KB073550

슈뢰딩거의 소녀

슈뢰딩거의 ✦ 소녀

마쓰자키 유리 지음　장재희 옮김

일러두기
1. 모든 각주는 옮긴이 주입니다.
2. 내용 특성상 일본어 표현을 일부 살렸습니다.

차례

예순다섯

페스

죽음은 전혀 두렵지 않다.

그러나 지금 이 순간 내게 죽음이 닥쳤다고 생각하면……

이 짧은 순간 죽음이 내 눈앞에 닥쳤다고 생각하면……

그런 생각이 드는 것이 두렵다.

– 다니자키 준이치로,《미친 노인의 일기》에서

무라사키는 열두 살 때 처음 65 리스트를 만들었다.

"여러분, 아마도 한 번은 들어봤을 텐데." 담임 선생님은 교단에 서서 교실을 빙 둘러보았다. 서른 명쯤 되는 아이가 선생님에게 집중하고 있었다. "다시 제대로 설명할게요. 방금 나눠준 종이에 예순다섯 살이 될 때까지 하고 싶은 일을 적는 거예요. 생각나는 대로 다 적어도 상관없어요. 여러분에겐 앞으로 53년이나 남아 있으니까요."

"선생님." 한 남자아이가 노란 메모지를 쥔 손을 번쩍 들었다. "이 종이를 53년이나 써요? 너덜너덜해지잖아요."

담임 선생님은 남자아이에게 미소를 지어 보였다. 30대에 날씬하고 키도 큰 여선생님은 남녀 학생 모두에게 인기가 있었다. "찢어지면 다른 종이에 옮겨 적으면 돼요."

"뭘 적어야 할지 모르겠어요." 다른 여자아이가 고민스럽다는 듯 물었다.

"어렵게 생각하지 마세요. 남에게 보여주지 않아도 되니까요. 물론 선생님에게도요. 그리고 이 리스트는 여러분이 평생 관리하는 거예요. 이미 이루었거나 흥미를 잃은 일은 선을 그어 지우고, 하고 싶은 일이 생기면 더 적고. 그러면서 예순다섯 살까지 여유롭게 어울려 가면 돼요."

아이들은 마음이 한결 편해진 것 같았다. 저마다 연필을 쥐고 책상 위의 노란 종이에 고개를 숙였다. 무라사키도 오른손에 연필을 쥐었다. 왼손은 평소처럼 자동으로 왼쪽 볼에 대고 있었다. 으음, 무엇보다도 먼저 아버지를 편히 살게 해드리고 싶었다.

어머니가 자신을 낳자마자 돌아가시는 바람에 아버지가 혼자서 딸을 키웠다. 아버지는 어머니의 유품을 애지중지했다. 오랜 시간 일을 한 탓에 하루에 한 번이나마 얼굴을 보면 다행이었는데, 그때마다 아버지는 흐뭇한 듯 눈꼬리를 내리면서 이렇게 말했다. 넌 이 세상에서 제일 사랑스러운 아이란다.

그렇게 생각하는 사람은 아버지밖에 없다는 걸 무라사키는 일찍부터 알고 있었다. 왼쪽 얼굴을 뒤덮은 크고 검은 반점을 손바닥으로 가리는 버릇은 초등학교에 들어가기 전부터 몸에 배었다. 주위의 또래들은 아이다운 솔직함과 잔혹함을 앞세워 그 반점을 거침없이 지적했다. 얼굴에 있는 그건 뭐냐? 커다란 손바닥이 붙어 있네. 새까만 게 악마의 손 같아. 징

그러워. 악마가 만졌나 봐. 가까이 오지 마. 나한테 옮기지 마.

아버지가 입버릇처럼 하는 말은 하나 더 있었다. 넌 이 세상에서 제일 똑똑한 아이란다.

이 세상에서 제일까지는 아니지만 학교 성적은 좋은 편이었다. 이 나라 니폰*에서는 공부를 잘하면 고수입을 얻는 직종에 종사할 수 있다는 것도 무라사키는 일찍 깨쳤다. 그러니 아버지를 편히 살게 해드리려면 열심히 공부해야 한다. 그리고.

노란 메모지에 첫 줄을 적었다. 돈 잘 버는 전문직에 종사하기.

그 뒤에는 어떻게 할까. 무라사키는 주위를 둘러보았다. 여자애들의 하얀 볼은 분홍빛으로 발그레했고 흉한 반점은 어디에서도 찾아볼 수 없었다. 저런 애들은 장래에 행복한 신부가 되고 싶다고 적겠지만 그건 나와는 거리가 먼 이야기다.

돈 잘 버는 전문직에 종사하기. 그 밑에 이렇게 적었다. 많이 벌면 은퇴해서 우아하게 살기.

서른다섯 살이나 차이 나는 아버지가 그때까지 살아 계실까. 어떻든 구체적인 그림은 그려지지 않지만, 아담하면서도 멋들어진 집을 사서 반짝거리고 고급스러운 물건에 둘러싸여 즐겁게 살 생각이다.

항목을 하나 더 적었다. 번 돈은 예순다섯 살까지 남김없

---

* 일본을 일본어로 발음한 '니혼'에서 변형했다.

이 쓰기.

완성한 리스트를 보고 고개를 끄덕였다. 그래, 괜찮은 인생이네.

무라사키는 흡족해하며 노란 메모지를 반듯하게 접었다.

*   *   *

오늘로 예순넷이 되었다. 자기 생일을 잊어버릴 사람이 이 세상에 있을까.

무라사키는 넓은 베란다에 둔 등나무 의자에 앉아 정사각형으로 꾸민 안뜰을 내려다보았다. 저물어가는 여름 노을빛이 공동주택의 하얀 바깥벽을 비췄다. 둥근 테이블에 올라와 있는 것은 샴페인 병과 유리잔 그리고 재떨이. 왼손에는 불을 붙인 양절연초*를 들었다. 입맛이 없었다. 이날을 위해 주문한 음식은 전부 냉장고에 처박아 놓았다. 레스토랑에서 넉넉히 2인분을 보낸 것도 식욕을 뚝 떨어뜨리는 데 한몫했을지 모른다. 예산만 잡아놓고 나머지는 레스토랑에서 다 알아서 하게끔 맡겨버린 자기 탓도 컸지만.

"욕구는 나이가 들수록 줄어드는 법이지."

무라사키는 혼자 중얼거렸다. 혼잣말이 잦아졌다는 건 스

---

* 양쪽 끝을 자르고 물부리를 달지 않은 담배.

스로 느낀다. 아버지가 돌아가셨다. 현직에서 은퇴했다. 도키요* 중심부의 고즈넉한 주택가에서 혼자 산다. 그러니 혼잣말이 늘 수밖에. 그렇게 또 중얼거렸다.

전화벨이 울렸다.

의자에서 일어나면서 담배를 재떨이에 짓눌러 껐다. 하얀 민소매 원피스의 치맛자락을 걷으며 베란다 유리문을 건너 거실로 들어왔다. 젊었을 적 체형과 체중을 그대로 유지하는 데는 어느 정도 자부심을 느낀다. 이 나이가 되면 세상만사 될 대로 되라고 포기한 채 게으르게 사는 사람도 많은데.

베지터블 태닝 가죽**으로 된 팔걸이의자에 앉았다. 너도 밤나무로 만든 작은 탁자 위에는 이스마일 카다레***의 양장본과 반질반질 윤이 나는 검은색 전화기가 놓여 있다. 수화기를 들었다. "여보세요."

높다란 천장에서는 날개가 세 개 달린 실링팬이 천천히 돌아갔다. 벽에 걸린 레오나르도 후지타****의 석판화를 바라보면서 상대방의 말에 몇 초간 귀 기울이다가 "아뇨, 괜찮습니다. 어떻게 할지 이미 정해놨거든요."라고 대꾸한 뒤 거칠게

---

* 일본의 수도 '도쿄'를 변형한 지명.
** 자연에 존재하는 천연 타닌을 사용하여 태닝한 가죽.
*** 알바니아 출신의 소설가. 독재 정권의 부조리를 고발하는 사회성 짙은 소설을 주로 발표했다.
**** 일본의 화가이자 조각가. 본명은 후지타 쓰구하루. 동양화 기법을 유화에 적용하여 20세기 초 유럽에서 큰 성공을 거두었다.

전화를 끊었다. 그리고 한숨을 흘렸다.

"요즘 상조업체 광고 전화가 자주 오네. 성대한 장례식도 거창한 묘지도 필요 없어, 난. 맛있는 담배와 함께 묻어주면 그걸로 충분해."

혼잣말이 끝나자마자 또 전화벨이 울렸다. 무라사키는 가볍게 혀를 차고 수화기를 들었다. "광고 전화는 사절입니다."

그런데 이마에 깊이 파였던 세로 주름이 순식간에 사라졌다. "누군가 했더니 자네였군. 그래, 나도 마침내 예순넷이 됐지 뭐야." 얼굴에 어렴풋이 미소가 번졌다. "그런데 미안하네. 난 은퇴해서 의뢰를 받을 수 없어. 응, 그래, 맞아. 자베르 경감*을 피해 다니는 것도 이젠 지긋지긋하고."

이번에는 수화기를 살며시 내려놓았다. 은퇴라는 말 자체가 완전히 손을 떼겠다는 뜻인데, 방금 전화한 이도 그렇고 사람들은 예순다섯까지 일하는 걸 당연하게 생각한다. 자베르 경감 역시 그럴 것이다. 내 나이에 비하면 그는 훨씬 젊지만.

팔걸이의자에서 일어나 양말로 카펫을 밟으면서 벽 옆에 있는 발 달린 서랍장 앞으로 갔다. 맨 위의 서랍을 열어 손바닥만 한 종이를 꺼냈다. 종이에는 석 줄이 적혀 있었다.

---

* 빅토르 위고의 소설 《레 미제라블》에서 장발장을 집요하게 추격하는 인물이다.

돈 잘 버는 전문직에 종사하기

많이 벌면 은퇴해서 우아하게 살기

번 돈은 예순다섯 살까지 남김없이 쓰기

"마지막 줄도 조만간 끝내겠군."

65 리스트를 다시 서랍 안에 넣었다. 이 리스트는 무척 단순한 편이다. 직업상 의뢰인의 리스트를 헤아릴 수 없이 많이 봐왔다. 큰 종이에 수백 가지 항목을 만다라처럼 적어 넣어 자기 방 벽에 붙인 사람이 있는가 하면, 수첩의 전체 페이지를 채운 긴 리스트를 날마다 수정하는 사람도 있었고, 리스트를 부적 속에 접어 넣어 늘 가지고 다니는 사람도 있었다.

완전히 납작해진 가슴에 손을 얹었다. 리스트를 이룰 날이 머지않았는데 이 허무함은 뭐란 말인가. 나는 이 세상에 무엇을 남겼을까.

분명한 건 유전자는 아니다. 나와 결혼하려는 남자는 없었으니까.

고개를 저었다. 턱 위로 가지런히 내려온 은발이 뺨을 때렸다.

서랍장 위에 있는 동그란 캔을 내려서 뚜껑을 열었다. 즐겨 피우는 양절연초가 몇 개비밖에 없었다.

"아뿔싸, 깜빡했네. 또 사러 나가야겠군."

쇼핑은 좋아한다. 수입이 늘어 주머니에 여유가 생긴 뒤로 더 즐기게 되었다. 고급 주택가의 공동주택에 자리를 잡은 데는 주변 곳곳에 고급 상품을 파는 마트가 있다는 점도 한몫 했다.

캔에서 담배 한 개비를 꺼냈다. 원피스 주머니에서 순은으로 된 라이터를 꺼내 불을 붙였다. 깊이 들이마셔 천천히 음미한 후 희뿌연 연기를 내뿜었다. 왼손 셋째 손가락과 넷째 손가락으로 담배를 받쳤다. 이렇게 들면 얼굴의 반점을 자연스럽게 가릴 수 있다. 젊을 적부터 길들인 습관이라 지금도 고쳐지지 않는다.

순은으로 된 담배 케이스에 남은 담배를 전부 옮겨 담고 나서 중얼거렸다.

"그럼 나가볼까."

담배를 물고 현관으로 갔다. 나무를 본뜬 모자걸이에서 그날 기분에 맞는 패션 아이템을 고른다. 먼저 테두리에 보석이 박힌 선글라스를 끼고, 마노 팔찌를 왼쪽 손목에 차고, 기다란 터키석 목걸이를 이중으로 둘렀다. 깃털 장식이 달린 쿨메시 소재의 포크파이 해트*로 은발을 덮고 전신거울을 들여다봤다. 검은 악마의 손이라고 불리는 반점은 독특한 선글라스와 모자 덕에 크게 두드러지지 않았다. 장바구니는 지금은 대가 끊기고 만 장인이 으름덩굴로 만든 것을 들었다. 휴대용 재떨이와 지갑은 주머니에 넣었다. 무라사키는 굽이 7센티미터나

---

* 꼭지가 평평한 펠트 모자.

되는 굽 높은 샌들을 신고 현관문을 열었다. 해 질 녘 습한 공기가 들이덮쳤다.

마트 안의 넓은 담배매장에서 담배를 피우며 즐겨 쓰는 브랜드를 고르고, 담배를 피우며 계산하고 밖으로 나왔다. 해가 넘어가고 있었지만 가로등이 켜지기는 아직 일렀다. 지금이 거리가 가장 어둡게 느껴지는 시간대다. 원래는 깊은 밤이 더 어두울 법한데. 고전시가에 있는 '그 앞에 있는 당신은 누구요'*라는 표현이 떠오른다.

또각또각 굽 소리를 내면서 하얀 보도블록이 깔린 인도를 걸었다. 스쳐 가는 어른들도 다 담배를 피웠다. 시가렛, 시가, 파이프 등 종류도 각양각색이었다. 예전에 한 동료가 18세 이상 성인의 흡연율이 90퍼센트를 넘는다고 말했다. 담배가 건강에 해롭다고 해도 지금은 아무도 그 말을 신경 쓰지 않는다.

담배 끄트머리에서 재가 뻗어왔다. 휴대용 재떨이를 꺼내려고 왼손을 주머니에 넣는 순간이었다.

몸 오른쪽이 농구공을 맞은 것 같은 센 충격을 받았다.

"아야!" 했지만 담배는 떨어뜨리지 않았다. 불 붙인 담배를 떨어뜨리지 않으며 말하는 기술은 소싯적에 이미 익혀두

---

* 이 말은 옛 일본어로 '다소가레誰ぞ彼'라고 한다. 옛날에는 해가 지고 어두워지면 눈앞에 있는 사람의 얼굴도 분간할 수 없어서 '당신은 누구십니까'라고 물었다고 한다. 세월이 흐르면서 '다소가레'의 음에 황혼黃昏의 한자가 붙어 지금은 '해 질 녘'을 뜻한다.

었다.

정신을 차려 보니 오른팔에 끼었던 장바구니가 없어졌다. 이게 무슨 일이람. 6년 전 니혼바시의 골동품 가게에서 발견한 보물인데.

소매치기 놈. 놓칠까 보냐.

뒤를 획 돌아보았다. 지저분한 차림을 한 소년이 무라사키가 아끼는 장바구니를 안고 줄행랑치고 있었다. 무라사키는 한 번에 두 걸음씩 뛰어 표적을 따라잡아 때 묻은 그놈의 목덜미를 움켜잡았다. 여기까지 걸린 시간은 0.8초.

"잡았다, 이 도둑놈!"

호통을 치고 어린 범인의 발을 걸어 인도에 쓰러뜨린 무라사키는 소년의 등에 무릎을 올려 그 작은 몸을 땅바닥에 내리눌렀다. 소년은 분하다는 듯 신음을 뱉었다. 그 가냘픈 팔에서 비싼 장바구니를 거둬들였다.

"늙은이라고 얕봤다간 큰코다친다, 요놈아."

그 순간 입에 문 담배 꽁지에서 재가 떨어졌다. 무라사키는 재빠르게 휴대용 재떨이를 꺼내 뚜껑을 열었다. 담뱃재는 재떨이 한가운데에 떨어졌다.

"우아."

"끝내준다."

"어, 엄청 멋있어."

걸음을 멈춘 행인들이 눈을 동그랗게 뜨고 범인 체포 장면을 구경했다. 감탄하며 박수까지 보내는 사람도 있었다. 무라사키는 살짝 비뚤어진 모자와 선글라스를 가다듬고는 구경꾼들을 노려보았다.

"뭔 구경거리라도 있나? 어서 갈 길 가시오."

구경꾼 울타리가 뿔뿔이 흩어지자 무라사키는 소년을 일으켰다. 열 살가량 됐으려나. 볼품없이 마른 탓에 반소매 티셔츠와 반바지 밖으로 나온 팔다리는 젓가락이 따로 없었다. 목욕을 얼마나 오랫동안 안 했는지 머리카락은 떡져서 뭉친 데다 피부와 옷에도 때가 덕지덕지 붙어 있었다. 슬럼가에서 앵벌이를 하러 나온 부랑아가 아닐까 짐작했다.

금전 피해가 없거니와 경찰에 신고하자니 딱해 보였다. 그래서 설교만 하고 돌려보낼까 했다. "애, 꼬마 원숭아." 소년의 턱을 쥐고 고개를 올렸다. 그 얼굴을 본 순간, 무라사키는 덜컥 놀라 동작을 멈췄다.

소년의 오른쪽 볼이 검은 반점으로 뒤덮여 있는 것이 아닌가.

불과 0.5초의 틈을 타 꾀죄죄한 소년은 입을 벌려 무라사키의 팔을 물려고 했다. 간발의 차로 피한 무라사키는 소년의 손목을 잡아 등 뒤로 비틀어 꺾었다. 소년은 짐승처럼 울부짖었다.

"가만히 있어, 꼬마 원숭아." 보면 볼수록 소년의 반점은 무라사키의 반점을 닮았다. 검은 악마의 손 모양. "얌전히 굴면 집에 가서 먹을 걸 주마."

그러자 소년은 놀라서 눈이 휘둥그레졌다. 그 표정에서 어럼풋하나마 제 나이에 맞는 천진난만함이 엿보였다.

무라사키는 자기 손을 뿌리치고 도망가려는 소년을 협박하고 달래면서 간신히 집까지 끌고 왔다. 꽁초는 현관에 둔 재떨이에 버렸다. 이제 소년을 집 안으로 들이려니 문제가 있었다. 신발을 신지 않았던 것이다. 그 맨발은 정체를 알 수 없는 진흙투성이였다.

"이 발로 집 안을 돌아다니게 할 수는 없지."

무라사키는 깡마른 아이를 가볍게 둘러메고 바로 욕실로 갔다. "밥 먹기 전에 몸부터 씻자. 머리부터 발끝까지 깨끗하게 닦아주마, 더러운 꼬마 원숭아." 발 달린 이동식 욕조에 집어넣자 소년은 화를 내며 들짐승처럼 울부짖었다.

발버둥 치든 말든 아랑곳하지 않고 지저분한 티셔츠를 휙 벗겼다. "걱정하지 마라. 나가면 깨끗한 옷을 줄게." 소년은 싫다면서 또 악을 썼다. 아이의 상반신 알몸을 본 순간, 무라사키는 심장이 꽉 조여드는 듯한 기분을 느꼈다.

작은 등에는 눈에 띄게 길쭉한 상처가 셀 수 없이 많이 나 있었다.

"흐음." 채찍인가. 이건 생각보다 골치 아프겠군.

무라사키는 울부짖고 발악하는 녀석의 바지도 벗겨냈다. 그리고 또 놀라고 말았다.

꾀죄죄한 사내아이인 줄만 알았는데 여자아이였다.

"암컷이었다니."

얼굴의 반을 뒤덮은 검은 반점은 아무리 청초하고 예쁘게 생겼을지라도 그것을 무색하게 한다. 아니, 마이너스로 떨어뜨린다. 그런 데다 슬럼가에서 살면 미래는 없는 것이나 다름없다.

무라사키는 원피스의 긴 옷자락을 말아 올려 정강이를 드러냈다. 수도꼭지를 돌렸다. 샤워 꼭지에서 나오는 41도의 물을 욕조에 받았다. 그러자 소녀는 물에 빠진 고양이처럼 질겁하며 욕조에서 벗어나려 했다.

"이크, 어딜 빠져나가려고."

소녀의 머리를 누르면서 위에서부터 물을 뿌렸다. 목욕 타월에 비누 거품을 잔뜩 내서 얼굴부터 박박 문질렀다. 싫다고 바둥대도 힘으로 누르고 계속했다. 비누 거품을 씻어내니 얼굴 오른쪽에 있는 반점이 점점 도드라지는데 무라사키의 반점과 똑같아 보였다. 검은 악마의 손. 마치 거울에 비친 자기 모습 같았다. 하지만 왼쪽 볼은 아이답게 연분홍빛을 띠었다.

"얘, 이름은?"

물에 푹 젖은 소녀는 적개심을 드러내며 으르렁거렸다.

"그렇게 털 세우지 마라. 나가면 맛있는 걸 배불리 먹게 해줄게."

꼬르륵하고 소녀의 배에서 소리가 났다. 배고픔에 항복했는지 그때부터는 다루기가 한결 수월해졌다. 물어뜯으려 하지 않는 것만 해도 다행이었다.

"이제야 어디 내놓을 만하네."

땟국물과 기름기와 슬럼가의 구정물을 씻어내니 비로소

여자아이다워 보였다. 서랍장에서 여벌 잠옷 중 윗도리만 꺼내서 주었다. "입고 마무리까지 해야지. 앞의 단추는 채우고 소매는 너무 기니까 접고." 그러나 소녀는 단추도 제 손으로 채우지 못했다. 어쩌면 단추 달린 옷을 난생처음 입어봤는지도 모른다.

식탁 의자에 쿠션을 두 개 겹쳐 깔아 높이를 맞추고 나서 소녀를 앉혔다.

"얌전히 기다려"라고 이른 뒤 부엌으로 가서 냉장고를 열었다. 유리볼에 샐러드를 가득 담고 그 위에 올리브오일과 파르메산 치즈를 뿌렸다. 미트로프와 키슈는 전자레인지에 넣고 살짝 데웠다. 단호박 냉수프가 들어 있는 주전자도 꺼냈다. 냉장고 안에는 디저트만 남겨놓고 나머지 음식은 전부 큰 접시에 덜어서 식탁으로 옮겼다.

굶주린 어린 원숭이의 배를 채울 먹을거리가 있어서 다행이었다. 레스토랑의 실수는 소 뒷걸음질 치다가 쥐 잡은 격이 되었으니 좋게 넘어가 줄까.

소녀의 눈은 음식에 고정되어 있었다. 침 삼키는 소리가 또렷하게 들렸다. 소녀가 미트로프로 돌격하려 하자 무라사키가 재빨리 가로막았다.

"기다리라고 했지?"

소녀는 어깨를 움츠렸다. 순순히 따르는 게 낫겠다고 깨달은 모양이다.

두 사람 몫의 양식기와 납작한 큰 접시와 수프 접시를 식탁에 가지런히 놓았다. 무라사키는 소녀의 맞은편에 앉아서 두 손을 모았다. "잘 먹겠습니다. 얘, 너도 날 따라 하렴."

소녀는 불만 가득한 눈빛으로 노려보았다. 하고 싶은 말이 느껴졌다. 빨리 먹게 해줘.

억지로 강요하고 싶지는 않았다. "음식을 맛있게 하는 주문이란다."

그러자 소녀는 작은 손을 모으고 무라사키가 한 대로 따라 했다. "잘 먹겠습니다." 처음으로 말 같은 말을 들었다. 의외로 가녀리고 귀여운 목소리였다.

식사를 시작했다. 포크와 나이프 사용법을 가르칠까 했지만 일찌감치 포기했다. 손으로 집어먹게 놔뒀더니 식탁 위는 순식간에 폭격이 쓸고 간 듯한 모습으로 변했다. 식욕은 끝내주게 왕성하다만.

"샐러드는 안 먹니?"

유리볼을 가리키자 소녀는 오일에 적셔진 녹색 채소를 미심쩍은 눈빛으로 빤히 바라보았다. 통 손을 대려 하지 않길래 접시에 덜어주었다. "맛있으니까 이것도 먹어봐."

그래도 반응이 없었다. 시범을 보여주는 편이 낫겠다 싶어서 무라사키는 자기 접시에 싱싱한 채소를 수북이 쌓아 올렸다. 포크로 찍어 입에 넣고 꼭꼭 씹으면서 미소 지었다. "으음, 최고야. 이보다 맛있는 게 또 있을까."

그러자 소녀가 반응했다. 소녀는 쭈뼛쭈뼛 손을 뻗어 채소를 한 장 집었다. 그것을 한 번 더 미심쩍게 쳐다보다가 두 눈을 질끈 감고 입에 넣어 오물오물 씹었다. 그러나 곧.

웩하면서 식탁보에 뱉어버렸다.

이렇게 식사 예절을 모르는 사람은 바로 쫓아냈겠지만, 싫다는 걸 억지로 데려온 이상 눈감아줄 수밖에 없었다. 채소를 싫어하는 걸까. 하지만 키슈에 든 시금치나 수프의 주재료인 단호박은 그냥 먹는 걸 보면, 단지 생채소가 먹는 게 맞는지 의심하는 것 같았다. 슬럼가에서는 신선한 채소를 구할 수 없을 테니 그럴 만도 하다. 천천히 익숙해지면 된다.

천천히? 내가 지금 무슨 생각을 하는 건가.

무라사키는 포크와 나이프를 움직였다. 아까만 해도 식욕이 없었는데 지금은 언제 그랬냐는 듯 자연스레 음식을 먹고 있었다.

전쟁 같았던 식사와 뒷정리를 마치고 나니 창밖은 이미 어둑했다.

"이 시간에 나가면 위험해. 하룻밤 자고 가라." 여자아이는 특히나 더 위험하다. 이 밤에 슬럼가를 돌아다니게 놔둘 수는 없다.

데려오는 길에 그토록 난폭하게 굴었으니 싫다고 할 줄 알았는데 소녀는 얌전히 따랐다. 저녁밥이 마음에 들어서 그런 거라고 무라사키는 해석했다.

거실에 있는 팔걸이의자 두 개를 마주 보게 붙이니 아이가 누울 만한 멋진 침대가 되었다. 가운데에 예비용으로 사둔 깃털 베개와 담요를 올렸다. "자, 네 침대다. 여기서 자렴."

소녀는 임시 침대를 가만히 바라보다가 고개를 저었다.

무라사키는 약간 샐쭉해졌다. "왜, 마음에 안 드니? 그럼 네가 알아서 해." 무라사키는 뒤돌아 침실로 갔다. 침실은 욕실만 한 크기였다. 잠잘 공간은 토끼굴처럼 좁아야 안락하다. 그래서 이 집을 구입한 뒤 벽을 이동시켜 침실을 좁히는 공사를 했다. 그 대신 거실이 넓어졌다.

그런데 소녀가 무라사키를 따라 침실로 들어왔다. 소녀는 방 안을 둘러보았다. 허리 높이에 난 오르내리창부터 상판을 밀어 넣을 수 있는 간이 책상과 의자, 벽에 설치된 책장, 아담한 장롱을 따라 눈동자가 움직였다. 그 눈길이 침대에 머무르나 싶더니 소녀는 날쌔게 그 밑으로 기어들어 갔다.

무라사키는 침대 다리 사이를 들여다보았다. "너도 좁은 데가 좋으냐?"

대꾸는 하지 않았지만 몸을 둥글게 웅크린 떠돌이 소녀는 금세 잠들어 쌕쌕거렸다.

그 순진무구한 얼굴을 잠시 바라본 뒤 현관으로 갔다. 이번에는 챙이 좁고 고전적인 크로셰 모자와 옅은 색 선글라스를 골랐다. 해가 졌을 때의 복장이다. 무라사키는 담배에 불을 붙이고 아까 되찾은 장바구니를 팔에 걸치고 나서 밖으로 나가 문을 잠갔다.

무라사키가 간 곳은 야간에도 영업하는 드러그스토어*였다. 형광등 불빛이 눈부시게 밝은 매장을 둘러보다가 식품 코너를 발견했다. 냉장 진열대의 유리문을 열고 달걀이 든 종이팩을 꺼냈다. 항상 찾는 마트의 상품에 비해 질이 떨어지지만 달리 선택할 여지가 없었다.

"하룻밤 자고 가라고 했으니 아침밥은 차려줘야지."

계산하고 가게를 나왔다. 가로등이 비치는 주택가 밤거리를 걸으면서 내일의 일을 골똘히 생각했다. 냉장고에 버터와 우유가 있으니 팬케이크를 구워야겠다. 오후가 지나기 전에 마트에 가서 신선한 식재료를 보충해야겠다. 채소를 요리에 잘 섞어서 아이의 눈을 속일 방법을 연구해야겠다.

누군가를 위해서 요리를 하는 건 오랜만이다. 웬일인지 하이힐 샌들을 신은 발걸음이 가볍게 느껴졌다.

집이 점점 가까워졌을 때, 무라사키는 침실 창문이 보이는 위치에서 걸음을 뚝 멈췄다. 선글라스를 내리고 수상한 광경이라도 본 듯 눈을 가늘게 떴다. 낌새가 이상했다.

창문이 소리 없이 천천히 열렸다. 작고 검은 머리통이 불쑥 나와서 주위를 획획 둘러보았다. 뒤이어 뾰족한 어깨와 가느다란 허리가 빠져나왔다. 그것은 창틀에 서서 자세를 가다듬더니 바깥벽 배수관을 향해 한 손을 힘껏 뻗어 배수관을 붙

---

* 의약품을 위주로 간단한 생필품을 판매하는 상점.

잡았다. 두 손과 맨발을 써서 원숭이도 울고 갈 솜씨로 배수관을 타고 미끄러져 내려갔다.

흐음. 무라사키는 별로 놀라지 않았다. 저건 전문가다. 보통 기술이 아니다.

그러나 날 이길 생각은 마라.

입에 문 담배를 빼서 휴대용 재떨이에 넣었다. 발소리를 죽이려고 샌들을 벗어서 장바구니에 넣었다. 무라사키는 양말 한 장으로 길바닥을 자박자박 밟으며 어린 도둑을 몰래 따라가기 시작했다.

건물이 만든 그림자에서 그림자로, 가로등 사이의 어둠에서 어둠으로 건너가는 조그만 맨발은 작은 소리 하나 내지 않았다. 행인들의 움직임을 예측하고 교차하는 시선을 교묘히 피하면서 이동했다. 한 실력 하는 무라사키도 혀를 내둘렀다. 저 나이에 저런 기술을 갖추다니. 설마 두 발로 걸을 때부터 도둑질을 시작한 건 아니겠지. 소매치기가 실패했을 때도 부딪치기 전까지는 인기척을 전혀 느끼지 못하지 않았던가.

무라사키도 발소리를 죽이며 행인도 미행 대상자도 눈치채지 못하게 뒤를 밟았다.

고급 주택가는 이미 한참 전에 벗어났다. 공원을 통과하고 역 앞을 지나 번화가를 가로질렀다. 가로등 불빛이 점점 뜸해지자 눈치챘다. 소녀는 슬럼가로 가고 있었다. 소녀의 걸음이 갑자기 빨라졌다. 이제 제 안마당에 들어갔나 보다.

무라사키는 슬럼가에서 살아본 적이 없다. 어릴 적 넉넉하지는 않았지만 아버지가 피땀 흘려 일한 덕에 빈민으로 추락하지는 않았다. 무라사키가 취직한 뒤로는 수입이 상승곡선을 타서 훨씬 살기 좋은 지역으로 이주했다. 그렇지만 현역으로 일할 때는 이곳을 다니기도 했다. 당시의 기억은 선명해도 그것을 곧이곧대로 믿을 수는 없다. 슬럼가는 지도에도 없는 곳, 날마다 변하는 곳이므로.

이런, 집중하지 않으면 놓치겠어.

추억에 잠길 뻔한 정신을 깨우며 선글라스를 벗었다. 시야가 제법 뚜렷해졌다. 이곳에는 가로등이 없다. 달빛이 이 기묘한 동네를 비출 뿐이다. 옛 부도심의 우뚝 솟은 폐건물 사이사이로 판잣집 지붕이 즐비했다. 군데군데 머리만 튀어나온 전봇대에 무수한 전선이 불법으로 펼쳐져 있다. 줄지어 선 썩어가는 전봇대가 과거에 도로 폭이 어떠했는지를 알려준다. 예전에는 몇 차선이나 되는 넓은 도로였는데 현재 아스팔트와 보도블록은 마구 뜯겨 건축 자재로 재활용되었다. 판잣집이 세력을 넓히면서 도로는 인력거가 간신히 지나갈 만큼만 남았다.

미행 대상자의 경계가 느슨해졌다. 기껏 빌려준 깨끗한 잠옷 대신 욕실 쓰레기통에서 제 옷을 찾아 입었다. 이곳은 소녀가 사는 동네이며, 소녀가 이 풍경의 일부로 어우러지는 장소였다. 그러니 소녀는 이제 남의 눈치를 보지 않고 길바닥의 흙

탕물을 튀기면서 편하게 걸어갔다. 상점과 포장마차 앞에 우글대는 궁상맞은 어른들도 소녀에게 눈길을 주지 않았다. 그도 그럴 게 아이들은 사방에 있었다. 하나같이 지저분하고 잘 먹지 못하고 구멍 난 티셔츠를 입어서 다들 남자아이로 보였다. 여자아이에게는 남장이 자신을 지키는 수단일 것이다. 여자라는 걸 들키면 팔려 갈 위험이 있으므로.

그런데도 아이들이 왜 슬럼가에 눌러사는지 무라사키는 그 이유를 안다. 고아원의 환경이 지나치게 열악하기 때문이다. 고아원은 위생 관리를 소홀히 해서 전염병이 돌았다. 직원이 식비를 가로채서 아이들의 영양 상태도 매우 심각했는데, 삐쩍 마른 아이들을 밖으로 내보내 막노동을 시키고 학대까지 일삼았다.

무라사키는 주민들의 눈길을 끌지 않으려 조심스럽게 미행을 이어갔다. 쓸데없는 시비를 피하는 기술이었다.

판자촌 길을 오른쪽으로 또 왼쪽으로 돌아간 끝에 연필처럼 가늘고 긴 낡은 건물 앞에 도착했다. 한쪽으로 약간 기운 낡은 건물은 그와 비슷하게 기운 옆 건물의 옥상과 맞닿아 서로를 지탱했다. 만약 큰 지진이 일어난다면 그 주변을 집어삼키면서 무너질 것이다. 거기에 불까지 나면 주변이 전부 잿더미로 변할지도 모른다. 불길이 휩쓸고 간 자리에는 또 판자촌이 들어설 것이다.

소녀는 낡은 건물의 외부 계단을 원숭이처럼 네 발로 뛰어 올라가 3층으로 들어갔다. 무라사키는 어두운 골목에 숨어 5초가량 기다렸다가 뒤따라갔다. 계단에는 손잡이가 없고 발판은 썩어서 군데군데 빠진 부분도 있었다. 이래서는 손을 짚지 않을 수 없겠다. 무라사키는 조심스럽게 3층까지 올라가 문에 달라붙어 귀 기울였다.

"아빠, 저 왔어요."

그 아이 목소리였다. 아버지가 있었단 말인가. 고아인 줄만 알았는데.

문은 잠겨 있었지만 건물이 허술하게 지어졌는지 문틈으로 불빛이 새어 나왔다. 그 틈새로 안을 들여다보았다. 시야는 좁디좁았으나 반점이 있는 소녀의 등이 보였다. 소녀는 아빠라는 남자와 대화하고 있었다.

소녀와 마주 보고 서 있는 인물을 집중해서 관찰했다. 소녀의 옷과 비슷한 누더기를 입은 중년 남자였다. 신발은 신었지만 양 발톱 끝은 쩍 갈라져 있었다. 슬럼가에 사는 사람들이 그러하듯 그도 병적으로 말랐고, 어깻죽지까지 내려온 머리카락은 헝클어진 채 굳어 있었다. 입가에는 싸구려 담배가 매달려 있었다. 홀쭉한 볼, 처진 눈꼬리에 낮은 코, 뾰족한 턱. 부녀지간이라기엔 닮은 구석이 없었다.

"보세요, 아빠. 제가 가져왔어요. 잘했다고 해주세요."

소녀는 더러운 티셔츠 옷자락을 자랑스럽게 접어 올렸다. 소녀의 상체에 비단 스카프가 감겨 있었다. 뱅갈 레드색 테두리 안에 호쿠사이* 그림을 패러디한 무늬. 틀림없다. 침실 장롱에 들어 있던 내 물건이다.

스카프를 푼 소녀는 그 안에서 주먹 크기의 무언가를 꺼내 남자에게 내밀었다. 그것은 수명이 간당간당한 형광등 불빛을 받아 반짝였다.

간이 책상 위에 장식해두었던 크리스털 술잔이었다. 의뢰인이 보내준 답례품이었다. 에도 기리코**라고 지금은 사라진 전통 기술로 가공되어 골동품으로서 가치도 상당히 높다.

안목이 보통 높은 게 아니다. 그러고 보니 맨 처음에 노린 물건도 으름덩굴 장바구니 아니었던가.

그러나 슬럼가의 남자는 소녀를 칭찬하지 않았다. 그러기는커녕.

"지금까지 어디서 노닥거리다 왔냐?"

그는 호통을 치면서 팔을 휘둘러 소녀의 뺨을 때렸다. 아이의 몸은 장난감처럼 날아가 무라사키의 시야에서 사라졌다. 전리품도 활을 그리며 날아가 1초 뒤 쨍그랑 소리와 함께 수명을 다했다. 꺄아아아악 하고 새끼 원숭이의 소리 같은 요란한 비명이 일제히 터지자 무라사키는 고개를 틀어 다시 안

---

* 가쓰시카 호쿠사이. 19세기에 활동한 일본의 대표적인 풍속화가. 그의 작품 중 유명한 파도 그림은 지금도 잡화부터 예술작품에 이르기까지 다방면으로 패러디되고 있다.
** 에도시대인 19세기에 만들기 시작한 독특한 유리 공예품. 정교한 수작업으로 유리 표면을 깎아 전통적이고 기하학적인 문양을 새긴다.

을 들여다보았다.

가구는 찌그러진 파이프 침대밖에 없었다. 그 덕에 집 안은 쓸데없이 넓어 보였다. 그 침대 옆에서 역시나 깡마르고 꾀죄죄한 아이 십여 명이 굳은 채 새된 소리를 질렀다. 그 무리의 맨 앞에 반점이 있는 소녀가 엉덩이와 한 손을 바닥에 대고 웅크려 앉아 있었다. 다른 손은 방금 얻어맞은 볼을 감싸고 있었다. 반점이 없는 연분홍빛 볼을.

"규칙을 어겼으면 벌을 받아야지." 남자가 채찍을 들었다. 무라사키는 0.2초 만에 문틈으로 자물쇠 상태를 확인했다. 안쪽에서 싸구려 빗장으로 걸어 잠근 게 전부였다. 이어서 3초 만에 장바구니에서 샌들을 꺼내 신었다. 높은 힐을 신고 뒤돌려차기를 하자 어둠을 찢는 굉음과 함께 얇은 문이 힘없이 무너졌다.

남자와 아이들의 깜짝 놀란 시선이 일제히 무라사키에게 꽂혔다. 반점이 있는 소녀도 입을 떡 벌리고 있었다. 미행당했을 줄은 꿈에도 몰랐다는 표정이었다.

"뭐, 뭐야?" 몹시 당황하던 남자는 상대가 가녀린 노파인 걸 보고 금세 우쭐해져 팔자걸음으로 걸어 나왔다. "어이, 할망구. 나한테 볼 일 있어?"

무라사키는 진흙으로 얼룩진 바닥을 또각또각 걸어가서 반점이 있는 소녀에게 손을 내밀었다. "얘, 집으로 돌아가자."

"무어?" 남자는 말꼬리를 상스럽게 올렸다. 그 바람에 목이 갈라졌는지 몇 번 콜록거리다가 바닥에 가래를 뱉었다. 가래에는 검붉은색이 섞여 있었다. 손등으로 입술을 닦고 침입자를 쏘아본 남자는 "늙은 할망구가 뭔 수작이야? 썩 꺼지지 못해?"라고 고함치며 채찍을 휘둘렀다.

그 짧은 순간에 무라사키는 남자의 실력을 파악했다. 영양실조인 데다 담배를 지독히 피워대서 폐도 손상됐군.

무라사키의 눈에는 남자의 공격이 느린 화면으로 보였다. 고개를 치켜든 독사처럼 덤벼오는 채찍을 최소한의 움직임으로 피하며 상단 발차기를 펼쳤다. 샌들 굽이 남자의 오른손에 있는 무기를 쳐서 떨어뜨렸다. 그 충격으로 남자가 휘청거리자 무라사키는 그의 뒤로 돌아가서 등을 가볍게 찔렀다. 여기까지 0.4초. 남자는 비실비실한 다리가 균형을 잃으면서 머리부터 곤두박질쳤다.

"돌아가자." 무라사키는 쓰러진 남자에겐 눈길도 주지 않고 소녀의 손을 잡아 일으키려 했다. 그러나 소녀는 몸을 웅크린 채 고개만 저었다.

"왜 그러니. 여기 있어봤자 좋을 게 없잖아. 입을 것도 먹을 것도 변변찮아서 도둑질을 강요당하고, 심지어 언어맞기까지 하면서."

그런데도 소녀는 한사코 싫다고 도리질했다.

그사이에 남자가 몸을 일으켰다. 바닥에 패대기쳐진 가벼운 충격을 빼고는 크게 다친 데가 없다는 걸 알아챘으려나. "소용없어. 이놈들은 여길 못 떠나. 제 발로 나가지도 않을걸. 어떻게 왔는진 모르겠지만 당신 혼자 돌아가." 남자의 말이 약간이나마 부탁 조로 바뀌었다. 실력으로 상대가 안 된다는 걸 본능적으로 깨달았으리라.

"아빠." 반점이 있는 소녀는 무라사키의 손을 뿌리치고는 남자의 다리에 매달렸다. 다른 아이들도 앞다투어 남자의 다리로 모여들었다. 아빠, 아빠, 아빠, 아빠.

"얘들이 다 당신 아이야? 그러기엔 너무 많잖아. 당신을 닮은 애도 하나 없고."

"피는 달라도 내 자식이나 마찬가지야. 불만 있냐?" 남자는 당당하게 가슴을 폈다. 오래 입어서 너덜너덜 얄팍해진 티셔츠 위로 늑골의 윤곽이 드러났다. "얘들은 갓난아기일 때 부모에게 버림받았어. 창부나 약물 중독자는 애를 낳으면 그냥 툭툭 버리거든. 그런 애들을 데려와서 길렀어. 이만하면 자선사업 아니야? 여긴 고아원보다 훨씬 더 살 만한 곳이라고." 그는 한술 더 떠 으스대기까지 했다.

그런 최악의 시설과 비교하다니. "당신, 차일드 갱단의 두목이지? 반점 있는 그 아이는 내가 데리고 가겠어. 아이에게 도둑질을 시키는 것도 모자라 때리고 채찍질까지 하는 남자에게 맡길 순 없지."

"반점……." 남자는 그제야 알아봤는지 무라사키의 얼굴을 빤히 쳐다보았다. "아, 설마 친척이었어?"

이걸 이제야 알아보다니 꽤 얼빠진 남자로군. "아니, 아까 처음 만났어. 저건 우리 집에서 훔쳐 온 거고." 무라사키는 방구석에 나뒹구는 가련한 술잔의 잔해와 유리 파편이 묻어 다

시는 못 쓰게 된 스카프를 가리켰다. "아깝기도 해라. 저 애가
애써서 값비싼 물건을 가져왔건만."

잠시 무라사키의 반점과 소녀의 반점을 번갈아 보던 두목
은 갈라진 입술을 벌리며 타르로 누렇게 된 치아를 드러냈다.
위쪽 앞니가 두 개 다 빠져 있었다. 그는 "데려가겠다면 그만
한 값을 내야지"라면서 오른손을 내밀었다. 손바닥이 누런 걸
본 무라사키는 황달을 의심했다.

"아빠"라고 부르는 소녀의 여린 목소리가 무라사키의 귀
에 들어왔다. 얼굴이 창백해진 소녀는 이를 딱딱 부딪치면서
눈을 크게 뜨고 아빠라는 남자를 바라보았다.

무라사키는 소녀를 돌아보았다. "그래. 저 남자는 널 팔아
넘기려는 거야." 원피스 주머니에서 지갑을 꺼내면서 다시 두
목을 향해 몸을 돌렸다. "이름은?"

"나, 나 말이야?"

어디까지 멍청한 남자인지. "저 아이."

"이름 따위는 없어."

"그럼 나이는?"

"열한 살."

"이름도 없는데 나이는 아는군."

"계집애는 매춘업소에 팔아넘길 수 있잖아. 하지만 얼굴이
저러니 사줄 곳을 찾기도 힘들겠지. 그럴 바엔 여기서 당신에
게 팔려고."

무라사키는 오랜만에 몸속에서 분노가 용솟음치는 기분을

느꼈다. 지갑 속에 든 현금을 전부 꺼내 두목의 누런 손바닥에 내팽개쳤다.

"오호." 남자는 상스럽게 웃으며 지폐를 센 뒤 바지 주머니에 쑤셔 넣었다. "당신, 부자였네."

무라사키는 남자를 무시하고 반점이 있는 소녀의 손을 잡았다. "집에 가자. 넌 이제 자유야."

소녀는 무라사키를 의지해서 힘겹게 일어섰다. 얼굴은 여전히 새파랗게 질린 채 무릎을 떨었다. 이가 딱딱 맞부딪쳐 말도 하지 못했다.

"자, 가자." 소녀의 어깨를 감싸며 문으로 인도했다. 그때 등 뒤에서 두목이 말을 걸었다.

"이봐, 당신 부자잖아. 기왕이면 다른 애들도 데려가면 안 될까? 한꺼번에 사면 싸게 쳐줄게."

무라사키는 고개를 돌리지도 않았다. "난 자선사업가가 아니야." 그리고 소녀를 감싸 안으며 문을 나섰다. 위험한 계단을 내려간 두 사람은 불빛도 없는 어둠 속으로 사라져갔다.

* * *

팬케이크를 만드는 순서는 머리에 입력되어 있었다. 아버지가 어머니에게 배웠고 나는 아버지에게 배웠다. 어릴 적엔 휴일 아침에 으레 팬케이크를 먹었다. 특별한 조리도구도 필요 없으며 어디에서나 파는 값싼 재료로 배를 채울 수 있다.

덤으로 마음까지 채워지는 정감 어린 맛이다.

먼저 달걀을 깬다. 흰자와 노른자를 분리해 볼 두 개에 나
눠 담는다. 노른자가 든 볼에 설탕을 넣고 식물성 기름을 두른
뒤 고루 섞는다. 밀가루와 베이킹파우더도 체에 걸러 넣어서
가볍게 섞는다. 흰자가 든 볼에는 설탕을 넣고 머랭이 될 때까
지 거품을 낸다. 그리고 두 내용물을 합쳐서 반죽을 만든다.
불에 달군 프라이팬에 버터를 넣고 반죽을 둥글게 굽는다. 양
면이 노릇해지면 크고 하얀 접시에 차곡차곡 쌓는다. 팬케이
크 꼭대기에 버터 덩어리를 올리고 그 위에 시럽을 부으면 완
성이다.

주방 식탁에는 우유병과 유리잔, 개인 접시와 양식기가 가
지런히 차려져 있었다. 무라사키는 가운데에 팬케이크 접시
를 놓고 나서 침실을 향해 말을 걸었다.

"나와라, 아침 먹자. 한창 자랄 나이니까 끼니는 거르면 안
된다."

반응이 없었다.

무라사키는 열려 있는 문을 넘어 침실로 들어갔다. 바닥에
무릎을 대고 침대 밑을 들여다보았다. 어젯밤 집에 돌아오자
마자 소녀는 이 안으로 숨어들었다. 하고 싶어 하는 대로 하게
해주려고 일부러 내버려두었지만, 이제는 뭐라도 먹어야 할
때였다.

"어서 나와 봐. 배고프지? 맛있는 걸 만들었단다. 네가 싫
어하는 채소도 안 넣었어."

대답이 없었다. 무라사키는 몇 초간 가만히 있다가 나지막이 말했다.

"버리지 않을게."

휴 하는 한숨 소리가 침대 밑 어둠 속에서 들려왔다.

"나는 널 버리지 않아. 절대로 안 버려. 마지막 날까지 너와 함께 있을게."

그러자 침대 밑에서 소녀가 얼굴을 반만 내밀었다. 숱한 채찍질에 희망을 잃은 맹수의 눈빛이 노파에게 꽂혔다.

무라사키는 그 시선을 똑바로 마주하면서 "이 반점을 봐" 하고 자신의 왼쪽 볼을 가리켰다. "네 반점과 똑같이 생겼지? 널 처음 본 순간부터 운명이 우릴 이어주었다고 느꼈어. 어쩌면 전생에 인연이 있었는지도 몰라. 그러니 난 널 버리지 않을 거야. 끝까지 지켜줄게. 날 믿어주겠니?"

침묵의 시간이 한참 흐른 뒤 소녀가 은둔처에서 기어 나왔다. 소녀는 방바닥에 웅크려 앉아 고개만 들었다. 반점이 없는 볼은 발그스름했다.

"믿어줘." 무라사키는 아이의 눈을 가만히 들여다보았다. 소녀의 깊은 갈색 눈동자에 반점이 있는 노파의 얼굴이 비쳤다.

이름을 붙여주는 의식을 할 시간이다. 무라사키는 그렇게 느꼈다.

"이제부터 네 이름은 사쿠라야." 무라사키는 소녀의 분홍빛 볼을 어루만졌다. 이 외톨이 아이의 기억에 스며들듯이, 지난 11년의 공백을 메우듯이 천천히 이름을 불렀다. "사. 쿠.

라. 어떠니, 괜찮은 이름이지?"

"사. 쿠. 라." 그렇게 소녀는 여린 목소리로 자기 이름을 불러보았다.

무라사키는 고개를 끄덕이고는 거실로 나가 서랍장에서 65 리스트와 필기구를 꺼냈다. 소녀의 옆에 앉아 방바닥에 메모지를 펼쳤다. "잘 보렴. 이건 살아 있을 때 하고 싶은 일이나 해야 할 일을 적는 리스트야. 나 자신에게 다짐하는 성스러운 맹세지."

> 돈 잘 버는 전문직에 종사하기
> 많이 벌면 은퇴해서 우아하게 살기
> 번 돈은 예순다섯 살까지 남김없이 쓰기

무라사키는 필기구를 쥐고 마지막 항목을 지웠다. 아이가 글을 몰라도 이해할 수 있게 소리 내면서 여백에 이렇게 적었다. '사쿠라에게 돈 버는 전문 기술을 전수하기'

메모지를 가리키며 빙긋이 웃었다. "이 전문 기술은 도둑질이 아니란다. 내가 하는 일도 불법이긴 하지만, 손님에게 고맙다는 말을 듣고 사례금까지 두둑이 받는 일이야." 그 녀석에게 다시 전화해서 어제의 그 의뢰를 수락해야겠다. 노병은 다시 전선으로 돌아간다. 신병에게 전투가 무엇인지 보여줘야 할 사명이 생겼으니.

사쿠라라는 이름이 생긴 소녀는 웅크렸던 몸을 풀었다. 그리고 무라사키에게 손을 뻗어 반점이 있는 볼을 살며시 만졌다. 손끝이 깊게 파인 주름을 덧그렸다.

"버리지 마요." 소녀는 처음으로 눈물을 글썽였다. "버려지는 거 이젠 싫어." 가득 차오른 눈물은 아침이슬처럼 볼을 타고 흘러 턱에서 무릎으로 떨어졌다.

"안 버린다니까." 무라사키는 사쿠라의 야윈 어깨에 두 팔을 둘렀다. 소녀의 고사리손도 노파의 등을 감싸 안았다.

"내 목숨이 다할 때까지, 절대로."

두 사람은 그렇게 한참을 부둥켜안고 있었다. 식탁 위에서는 천천히 식어가는 팬케이크가 주인을 기다리고 있었다.

인구 과밀 도시 도쿄에서 전원주택에 사는 사람은 전 세대 중 0.1퍼센트에 지나지 않는다.

의뢰인의 집은 높은 담장에 둘러싸여 있었다. 담장 위로 깔끔하게 손질된 정원수 가지가 고개를 내밀고 있었다. 무라사키와 사쿠라는 대문 앞에 나란히 섰다. 그 뒤에서 여름의 오후 햇살이 두 사람의 등을 덥히며 대문에 선명한 그림자를 새겼다. 사쿠라에게는 지금 무라사키가 입고 있는 옷과 거의 비슷한 어린이용 원피스를 사서 입혔다. 모자, 선글라스, 액세서리까지. 무라사키는 오른손에 현역 시절 애용했던 진홍색 닥터백을 들었다. 왼손은 사쿠라의 손을 잡고 있었다.

용건을 말하고 안으로 들어가자 먼저 가사도우미가 그들을 맞이했다.

정원은 아담해도 정성껏 손질되어 있었다. 정원수의 모양은 가지런했고 깨끗하게 빗질된 디딤돌은 물기를 머금고 있었다. 나무 그늘로 들어가면 마법처럼 시원했다. 무라사키는 부잣집의 으리으리한 외관에 주눅 들지 않는 사쿠라가 대견스러웠다. 이런 집에 자주 숨어들어봐서 익숙한 건지도 모르겠지만.

"2층으로 가시죠."

고풍스러운 마룻귀틀은 무릎까지 올라올 정도로 높았다. 가사도우미의 안내에 따라 원목재로 된 계단을 올라갔다. 부잣집에서 노년을 대비하여 집 안에 슬로프나 엘리베이터를 설치하던 유행은 역사 속으로 사라져버렸다.

"부인, 손님이 오셨습니다."

두 사람은 넓은 거실로 안내받았다. 바닥과 벽과 천장도 사치스럽게 천연 목재로 되어 있었다. 놀랍게도 창틀까지 목재였다. 저 얇은 판유리는 전 시대의 골동품이 아니던가. 값비싼 가구를 많이 봐온 무라사키도 눈을 가늘게 뜨며 감탄했다.

천연가죽 소파에 앉아 있는 사람은 얼굴형이 동그랗고 30대로 보이는 여자였다. 그 옆에 그녀를 빼닮아 동글동글하게 생긴 여자아이는 다섯 살쯤으로 보였다. 아이의 어머니가 벌떡 일어나서 무라사키 일행을 반갑게 맞이했다.

"어서 오세요. 시노노메 선생님이 추천한 분이시죠?"

"시노노메는 내 오랜 벗이라오." 무라사키는 모자와 선글라스를 벗었다. 그 순간 부인은 소스라치게 놀라는 표정을 지었다. 그런 반응엔 익숙했다. 반점이 경외심을 유발하여 이 일에 좋은 효과를 준다는 사실을 알게 된 뒤부터는 적극적으로 이용해왔다.

얼굴이 동그란 부인은 급히 미소를 지었다. 당연히 어른은 반점을 대놓고 지적하지 않는다. "시노노메 선생님께 말씀 많이 들었어요. 선생님이라면 우리 어머니를 맡길 수 있겠다 싶었어요. 그런데 이 아이는?" 부인은 사쿠라에게 눈길을 건넸다.

"내 양녀요. 제자는 받지 않는 게 원칙이지만 이 아이는 소질이 있어서 견학 삼아 데려왔소."

"잘, 부탁, 드립니다." 소녀는 배운 대로 인사하고 모자와 선글라스를 벗었다. 머리 모양은 단골 미용실에 데려가서 무라사키와 똑같이 꾸몄다.

부인의 얼굴에 또 깜짝 놀라는 기색이 스쳤다. 두 사람의 반점이 똑같다는 걸 알아차린 모양이다. 부인은 이해했다는 듯 "나도 잘 부탁해요"라고 인사한 뒤 거실 안쪽을 돌아보았다. "어머니."

안쪽의 방문이 열렸다. 곧이어 방에서 누군가 나왔다. 까맣게 염색한 머리를 머리 꼭대기에 묶고 라메*로 된 터번을 두른 노부인이었다. 집 안에 있는데도 빈틈없이 화장을 하고 극

---

* 금실과 은실을 섞어서 짠 천.

채색 귀걸이와 목걸이로 치장했다. 검은 레깅스가 딱 달라붙은 다리는 놀랍게도 길쭉하고 탄탄했다.

노부인은 모델처럼 걸어 나와 소파로 다가왔다. "시노노메 선생님이 꼭 만나보라고 하시길래"라면서 손님을 쳐다본 직후 노부인은 입을 벌린 채 몇 초간 제자리에 멈춰 서 있었다. 그리고 부들거리는 손가락을 들어 무라사키를 가리켰다.

"그, 그, 그 반점은!" 말하는 도중에도 이가 딱딱 맞부딪쳤다. "당신을 잊은 적이 없어. 그래, 어떻게 잊겠어? 하, 하, 하 하키기, 하하키기 무라사키!"

시노노메 자식. 환자 이름 정도는 귀띔해주었어야지. 의사로서 실력은 인정하지만 그는 옛날부터 어딘가 나사 하나가 빠진 듯한 사람이었다. "우리 어디서 만난 적 있나?"

"만난 적 있냐니." 노부인은 주먹을 불끈 쥐고 무라사키에게 다가갔다. 그 움직임은 젊은 여자 뺨치게 가벼웠다. "잊었다고 하지 마. 32년 전 그날을."

"어머니, 진정하세요." 젊은 부인이 말려도 노부인은 말을 듣지 않았다.

"32년 전 전국 격투무예 대회 A급 결승전. 장소는 구단시타에 있는 니폰 무도관. 여기까지 말하면 떠오르는 게 있으려나?"

"아하." 무라사키는 손바닥을 마주쳤다. "그때 그."

"난 결승전에 진출한 게 그때가 처음이었어." 노부인은 흥분한 나머지 어깨를 파르르 떨었다. "결국엔 40점 만점으로 당신이 우승을 낚아챘지. 나는 다음번에 꼭 설욕하리라 다짐했는데 그 후로 당신은 격투무예 대회에서 자취를 감춰버렸어."

"은퇴했거든. 뭐든지 일찍 은퇴하는 걸 좋아해서."

노부인은 아이라인이 그려진 눈을 치켜떴다. "그 덕분에 내 65 리스트에는 미완성 항목이 남고 말았어." 노부인은 소파에 털썩 앉더니 레깅스 바지 주머니에서 가죽 표지가 붙은 작은 수첩을 꺼내어 무라사키 눈앞에 펼쳤다. 거의 모든 항목에 선이 그어져 있었는데 유일하게 남은 항목은.

하하키기 무라사키를 꺾는다

코로 숨을 내뱉은 무라사키는 옆에 얌전히 서 있는 사쿠라의 머리를 쓰다듬었다. 복귀 첫날부터 개인적으로 악연이 있는 환자를 만날 줄이야. 조금 더 일반적인 사례를 보여주고 싶었는데.

아니, 어쩌면 그 악연 때문에 내게 넘겼는지도 모른다. 하여간 방심할 수 없다, 그 남자는.

"자, 앉아서 말씀하세요." 조마조마해진 젊은 부인은 무라사키에게 자리를 권하고 가사도우미에게 홍차를 주문했다. 이렇게 그냥 가면 안 된다고 그녀의 눈빛이 호소하고 있었다.

무라사키는 사쿠라를 데리고 환자의 맞은편 소파에 앉았다. 닥터백은 옆에 내려놓았다. "나는 오늘 일을 하러 왔다오. 사적인 원한은 잠시 접어두고 이야기를 들어봅시다."

"어머니." 젊은 부인이 재촉했다. 노부인은 한숨을 짓고는 가사도우미가 가져온 찻잔을 들었다.

"할 얘기는 딱 하나야." 차를 후루룩 마셨다. 마음이 조금은 진정된 것 같았다. "난 이제 곧 예순넷이 돼. 다다음 주에 생일을 맞지."

무라사키는 고개를 끄덕였다. 아무래도 불안감이 최고조에 이를 시기다.

"그런데 화가 나잖아." 노부인은 찻잔을 내려놓고 일어섰다. 테이블과 소파 사이에 한 발로 중심을 잡고 서서 깔끔하게 한 바퀴를 돌았다. 곧게 뻗은 자세는 한 치의 흔들림도 없었다. 기술점수 19점에 예술점수 18점이라고 무라사키는 판정했다. "이렇게 건강한데. 지금도 격투무예 대회에 나갈 수 있는데. 그런데 왜……." 그러면서 말이 끊겼다. 눈썹꼬리가 처지고 이마에는 팔자 주름이 파였다. 입술이 떨렸다. 노부인이 끝내 두 손에 얼굴을 파묻고 소파에 주저앉자 젊은 부인이 걱정하면서 어머니의 어깨를 감쌌다. 노부인의 한탄은 우물거리면서 이어졌다. "왜 예순다섯에 죽어야만 하는 거야?"

말투나 표정은 저마다 달라도 모든 환자가 한 번은 꼭 하는 말이다.

무라사키는 얌전히 앉아 있는 손녀딸에게 고개를 돌렸다. "꼬마 아가씨는 왜 할머니가 내년에 죽는지 아니?"

손녀딸은 천진난만하게 고개를 갸웃했다. 보통 미취학 아동은 자세한 경위를 들어보지 못했을 것이다. 사쿠라도 알 리가 없었다.

지금이 좋은 기회였다.

"그럼 꼬마 아가씨가 이해할 수 있게 설명해볼까." 담배를 꺼내려고 주머니에 손을 넣었다가 아이가 있어서 멈칫했다. 그렇지 않아도 이 집에는 흡연자가 아무도 없는 것 같다. 냄새로 안다. 유복하고 유서 깊은 집안은 전 시대의 금연 습관을 여전히 지키곤 한다. "백 년쯤 전에 이 세상은 인간들로 넘쳐서 식량과 집과 연료 등 온갖 자원이 바닥날 지경에 이르렀어. 그러자 세계 각국의 대표가 한자리에 모여 회의를 열었어. 인간의 수를 줄일 방법을 논의하려고. 그 방법은 두 가지였지. 태어나는 인간의 수를 줄이거나, 아니면 죽는 인간의 수를 늘리거나."

다시 말하면 세상의 입구를 좁히느냐 아니면 출구를 넓히느냐였다.

"태어나는 인간의 수를 줄이려면 여자가 임신할 가능성을 줄이면 돼. 죽는 인간의 수를 늘리려면 나이 든 노인을 일찍 죽게 하면 되고. 과연 어느 쪽을 선택해야 할까?"

무라사키는 천장을 올려다보았다. 십자형의 큰 실링팬이 천천히 돌아가고 있었다. 손은 쉴 새 없이 주머니 속 담배 케이스를 만지작거렸다. "모두가 결과를 받아들일 수 있게 다수결로 정했어. 그 결과 죽는 인간의 수를 늘리는 쪽이 이겼지."

그 회의에서는 공평하게 각국이 한 표씩 행사했다. 그런데 참가국 대부분이 국민의 평균 수명이 짧은 개발도상국이었다. 그들은 생각했다. 미래의 노동력인 아이의 수가 줄어들면 곤란하지만 예순다섯 이상의 노인이 일률적으로 죽는다고 한들 크게 달라질 건 없으리라고.

흔히 빠지기 쉬운 착각이다. 평균 수명은 인간 대다수가 그 나이에 죽는 것을 뜻하는 게 아니다.

"그 후 똑똑한 과학자들이 새로운 병원체를 만들어 전 세계에 뿌렸어. 예외 없이 전 인류가 감염되었지. 한 번 감염되면 예순다섯 살까지밖에 살지 못해. 그 성질은 자손에게도 유전되었어."

엄밀히 말하면 정확히 예순다섯 살 생일에 죽는 게 아니다. 바이러스 벡터가 인류의 생식세포에 주입한 치사유전자가 텔로미어*의 길이를 재기에 인생의 남은 시간이 언제부터 카운트되는지는 정확히 알 수 없다. 그렇지만 95퍼센트는 생일 전후로 반년 이내에 죽는다. 8개월 이내에 사망할 확률은 100퍼센트다. 당시의 과학자들은 매우 뛰어난 이들이었다.

"그나마 고통 없이 죽는다는 게 유일한 위안이지."

그러자 환자의 손녀딸은 고개를 귀엽게 갸우뚱하며 날카로운 질문을 던졌다. "할머니, 죽어봤어요?"

무라사키는 무심코 쓴웃음을 지었다. "죽어보진 않았단다. 그래도 고통스러운지 아닌지는 보면 알지. 내가 지금까지 본

---

* 진핵생물의 염색체 말단에 있는 소립자. 나이가 들수록 텔로미어의 길이가 자연히 짧아지므로 텔로미어의 단축을 노화의 원인으로 보는 견해도 있다.

사람들은 다들 편안하게 웃으면서 눈을 감았거든."

간접경험만으로 말하는 게 아니라 명확한 근거도 있다. 치사유전자는 발현되는 동시에 엔도르핀을 방출하도록 설계되어 있다. 자연이 내려준 뇌 속 마약 물질 덕에 인간은 고통 없이 행복에 감싸여 승천한다. 이 구조는 의료관계자들 사이에서 자비의 방아쇠라는 이름으로 통한다.

"저기, 여기서 끝내는 건 아니지?" 환자는 겨우 마음을 추스르고 손녀딸의 보드라운 머리칼을 쓰다듬었다. "뒷이야기도 있잖아. 65 리스트가 왜 생겨났는지, 당신이 하는 일이 왜 필요한지도 이 아이에게 알려주지 않겠어?"

이 역시 사쿠라에게 알려줄 좋은 기회였다. "이렇게 되자 나라의 높은 사람들은 생각했지. 예순다섯에 무조건 끝나는 삶을 최대한 의미 있게 살리려면 삶의 목적을 찾아보는 수업을 학교에서 하는 게 좋겠다고. 그래서 65 리스트가 생겨났어." 무라사키는 자신의 양녀에게 눈길을 돌렸다. 이 정책은 학교에 다니지 못하는 아이들을 놓치고 있다. 아니, 무시하고 있다.

"하지만 65 리스트만으로는 죽음을 앞둔 사람의 마음을 구원하지 못했어. 고통 없이 죽는다는 걸 알아도 죽음 앞에서는 누구나 방황하고 두려워하고 후회하거든. 그런 사람들에게 힘이 되어주는 게 내가 하는 일이야." 무라사키는 가슴에 손을 얹었다. "아직 나라에서 허가하지 않았으니 법의 테두리에서 벗어난 일이지만. 그래서 나 같은 사람을 불법 의사라고 하지."

그러나 시노노메 같은 합법적인 의사도 때로는 불법 의사에게 의지했다.

"죽음의 공포를 전문적으로 치유하는 일은 하하키기 선생님이 처음으로 시작하셨다고 시노노메 선생님께 들었어요." 젊은 부인이 말했다.

"그런 것 같구려." 무라사키는 잠시 지난 시절을 떠올렸다. 그러나 이 별난 직업을 생각해낸 계기까지 밝힐 필요는 없을 것 같았다. "몇 년 지나니 사방에서 나를 흉내 내는 자들이 나타났지. 머지않아 사라져 갔지만."

"선생님." 젊은 부인이 조심스럽게 물었다. "혹시 하하키기 선생님은 무면허인가요?"

"동업자 중에는 의사 면허가 없는 놈도 있지. 이 일 자체가 불법이니 면허 따위는 상관없잖소. 시노노메에게 들었겠지만 나는 국가시험에 정식으로 합격했고 몇 년간 합법적인 일도 했다오. 그 점은 신뢰해주길 바라는 바요."

그러자 젊은 부인은 안도하는 표정을 보였다. 당사자에게 직접 듣고 싶었던 것 같다.

"그럼 시술을 시작해볼까." 치료라고 하지 않는 것은 무라사키만의 자부심이었다. 이것은 의료행위가 아니다.

무라사키는 자세를 고쳐 앉았다. 옆에는 사쿠라가 있다. 똑같은 반점이 있는 두 사람이 나란히 앉아 있는 모습은 환자들에게는 제법 인상에 깊이 남을 광경이리라. "예순다섯에 죽는 건 아무도 피해갈 수 없소. 당신도 나도."

"나도 알아. 하지만." 환자는 테이블 위의 수첩으로 시선을 떨구더니 "이루지 못한 일이 남아 있으면 죽을래야 죽을 수 없어. 그랬는데 오늘은 신이 주신 기회야!"라고 외치며 다시 또 일어섰다. 정말이지, 가만히 앉아 있지 못하는 여자였다.

"하하키기 무라사키, 여기서 결판을 내자!" 환자는 경기 시작을 선언하며 자세를 잡았다.

숲새의 자세인가. A급 경기 파이널 리스트에 어울리는군. 그 순간 무도관의 팔각형 격투장이 아련하게 머릿속을 스쳤다. 관중들의 함성과 이어지는 정적, 정면 승부, 날카로운 기술의 향연, 심판이 치켜드는 깃발.

그러나 무라사키는 소파에 등을 기대며 미소 지었다. "이런 데서 그러지 맙시다. 난 이미 오래전에 은퇴했고 지금은 그저 평범한 할머니에 불과한데, 그런 나를 이겨야만 속이 시원하겠나?" 격투무예 기술을 실전에 응용하고 있다는 것은 비밀로 했다.

"그럼 난 어쩌라고." 노부인은 무릎을 굽히면서 소파에 앉더니 두 손에 얼굴을 묻었다. "리스트를 완수할 수 없잖아. 이러면 미련이 남잖아."

역시 65 리스트 정책은 완벽하지 않았다.

이 정책이 삶의 질을 높이는 데 어느 정도 공헌했는지에 관한 양적 연구는 이루어지지 않았다. 무라사키가 현장에서 느낀 바로는 도리어 문제를 심각하게 키우고 있었다. 무라사키에게 넘어오는 일은 정식 의사도 손을 놓은 것이니 다소 편

향적일 수는 있지만.

"다시 한번 말하는데 당신과 나는 환자와 시술자야. 일단 과거는 잊읍시다." 무라사키는 소파에서 일어났다. 딸이 분위기를 파악하고 어머니의 옆자리를 비워주었다. 무라사키는 빈자리에 앉아서 환자의 어깨에 손을 올렸다. "증상은 어떤가? 문제가 있으니까 시노노메 클리닉을 찾았겠지?"

"바, 밤에 잠이 안 와." 노부인은 얼굴을 감싼 손바닥 틈새로 목소리를 쥐어 짜냈다. 옛 라이벌에게라도 의지하고 싶을 정도로 상태가 심각한 게 틀림없었다. "심장에는 이상이 없는데 가슴이 콕콕 쑤셔. 땀이 많이 나고 목도 칼칼해져. 깜빡 잠이 들었다 싶으면 악몽을 꾸고 벌떡 일어나지."

"침실에서 비명이 들렸어요." 젊은 부인이 덧붙였다. "이 아이도 잠에서 깰 정도로요." 그러면서 어린 딸을 보았다.

그러면 걱정될 수밖에 없다. "어떤 꿈이었지?"

"뚜렷하게 기억나진 않아. 하지만 마지막에는 꼭 어둡고 흐릿한 무언가가 내 몸을 조금씩 갉아먹기 시작해서 손톱까지 남김없이 먹어 치워."

환자의 등을 쓰다듬었다. 영원한 소멸, 무無에 대한 공포인가. 환자들에게서 종종 보이는 증상이었다. 그렇다면 이 환자에게 맞는 방법은.

사쿠라의 옆자리로 돌아가 진홍색 닥터백을 열었다. 환자와 그 가족과 사쿠라까지도 무라사키의 행동에 집중했다. 시선이 주는 압박감에는 익숙했다. 말하자면 이곳은 무대고 그

녀는 배우였다. 무라사키는 차분하게 가방에서 종이 한 장을
꺼냈다.

"도리노코가미"*라고 운을 뗐다. "이 색은 마치 달걀 같구
나. 따라서 도리노코라 부르노라. 표면이 매끈해서 글이 쉬이
써지며 재질이 단단하고 오래가니 이야말로 종이의 왕이 아
니겠는가."

이어서 가방에서 먹과 벼루와 녹색을 띤 연적을 꺼냈다.
"이 물은 새벽녘 풀잎이 머금은 이슬을 모아온 것이오. 따라서
땅의 더러움을 모르지." 벼루 윗부분에 물을 동전만큼 따랐다.
가장자리가 닳은 먹의 윗부분을 잡고 앞뒤로 갈기 시작했다.

"어린아이를 다루듯. 요조숙녀를 다루듯. 때로는 먹의 무
게에 맡기면서." 물은 점점 검어지며 점성이 높아졌다. "오,
향기가 올라오는군." 모두가 무라사키의 손끝에 집중했다. 그
래, 잘 보고 기억에 새겨야 한다. 이런 도구를 만드는 장인도
이젠 없으니. 그래서 교바시의 골동품 가게 한구석에서 이걸
발견했을 때는 절로 춤을 추었다는 게 아닌가.

먹을 다 갈고 나서 붓을 잡고 먹물을 묻혔다. 에헴 하고 기
합을 넣고는 단숨에 글을 적었다.

---

* 닥나무로 만든 연노란색 고급 종이로 주로 회화나 서예용으로 쓴다. 도리노코는 달걀
을, 가미는 종이를 뜻한다.

기나긴 밤중

깊이 든 단꿈에서

모두 깨었네

파도에 오른 배의

아름다운 소리에

"좋은 꿈을 꾸기 위한 축문祝文*이네. 그리고 회문回文*이기도
하지." 무라사키는 엄숙하게 말했다. "그러나 이것만으로 완성
되는 건 아니라오. 따님과 손녀따님은 잠시 한 손을 빌려주시
겠소?"

두 사람이 손을 내밀자 무라사키는 두 사람의 넷째 손가락
에 먹물을 묻혔다. "넷째 손가락은 무명지無名指라고도 하지.
치유의 힘을 지닌 중요한 손가락이니까 이름을 숨겨 사악한
존재로부터 자신을 보호하지. 이름이 알려지면 저주를 받으
니." 두 사람의 지문을 축문 옆에 찍었다.

먹물이 마른 종이를 배 모양으로 접었다. "이걸 베개 밑에
넣어두시오. 악몽으로부터 지켜줄 것이오. 이로써 거의 괜찮아
지겠지만, 혹시 모르니 악몽을 물리치는 주문을 알려주겠소."

---

* 앞에서부터 읽거나 뒤에서부터 읽어도 같은 말이 되는 구조의 시. 이 시는 5-7-5-7-7
음절의 형태를 따르는 일본의 정형시이며, 원문은 '나카키요노 토오노네후리노 미나메사
메 나미노리후네노 오토노요키카나長き夜の 遠の睡りの 皆目醒め 波乗り船の 音の良きかな'라고
읽는다.

바쿠쿠라에 바쿠쿠라에 바쿠쿠라에*

"이 주문을 외우면 악몽은 사라질 거요. 그럼 내 일은 여기 서 끝이오. 배웅은 필요 없소."

무라사키는 사쿠라의 손을 끌며 소파에서 일어났다. 시술 이 끝나면 퇴장은 신속하게. 환자 집에서 차나 마시면서 스스 럼없이 잡담을 나누면 효과가 떨어진다.

대문을 나서니 거리에는 땅거미가 내려앉고 있었다. 무라 사키는 담배부터 꺼내 불을 붙였다. 연기를 깊이 들이마시고 나서 사쿠라와 함께 포장된 길을 걸었다.

"이번에는 급하게 왔으니 어쩔 수 없었다만." 무라사키는 제자에게 일렀다. "의뢰를 받은 날부터 시술일까지 여유가 있 으면 환자와 그 주변을 철저히 사전 조사를 하는 게 이 일의 철칙이란다."

"사전 조사." 소녀는 노파에게서 떨어지지 않으려고 샌들 을 신은 발로 종종걸음을 쳤다.

"무슨 일을 하는지, 취미는 뭔지, 가족관계나 친구관계는 어떤지, 아끼는 보물은 무엇인지, 싫어하는 건 있는지, 되도 록 환자가 눈치채지 못하게 탐색해야 해. 옛말로 하면 탐정 이네."

---

* 바쿠는 중국에서 일본에 전해진 상상 속 동물로 사람의 꿈을 먹고 산다고 한다. '바쿠쿠 라에'를 세 번 외치는 것은 바쿠에게 악몽을 먹어 치워달라고 하는 주문이다.

"탐정."

"사쿠라의 주특기 아니니."

제자는 고개를 끄덕였다. 표정이 왠지 자신만만해 보였다.

"그렇게 얻은 정보로 시술 방법을 생각하는 거야. 오늘은 다행히 알기 쉬웠어. 의뢰인이 환자의 딸이었고 손녀딸도 함께 있었으니까. 그 두 사람이 해결의 열쇠야." 무라사키는 사쿠라를 내려다보았다. "죽음의 공포를 없애려면 약만으로는 안 돼."

무라사키는 정식 의사로 일했던 때를 떠올렸다. 그 어떤 항불안제를 써도 효과가 없는 환자가 있었다. 어느 날, 시노노메가 그 환자에게 새로 들여온 약의 효능을 자신만만하게 설명하고는 실수로 그 약과 이름이 비슷한 약을 처방하고 말았다. 그런데 신기하게도 항불안 효과 따위는 없었을 그 알약이 환자의 공포심을 누그러뜨렸다. 그게 실마리가 되었다.

"먹을 가는 의식도 축문이나 주문도 그럴싸한 느낌을 내려는 장치에 불과해. 환자가 느끼는 공포심의 본질은 자신이 소멸된다는 두려움이야. 그러니 환자의 유전자가 앞으로도 연면히 살아간다는 걸 일깨우면서 시술했지."

"연면이 뭐예요?"

"끊임없이 길게 이어진다는 뜻이란다." 무라사키는 양녀에게 어려운 말을 주저 없이 쓰기로 했다. 모르는 게 있으면 질문하라고 일러두었다.

"유전자는 뭐예요?"

"몸의 설계도야. 부모가 자식에게 물려주지."

"추억은 물려줄 수 없나요?"

무라사키는 흐뭇하게 웃으며 머리를 가리켰다. "그건 여기에 저장되어 있다가 입으로 나와 다른 사람의 머리로 들어간단다."

사쿠라는 흐음 하고 생각해본 뒤 또 물었다. "오늘, 얼마 받았어요?"

"넉넉히 받았지." 무라사키는 활짝 웃었다. "돈 많은 사람들 주머니에서 왕창 빼내는 게 빨리 부자가 되는 비결이란다."

그때 앞쪽 가로수 아래에 낯익은 남자가 서 있었다. 진남색 모자에 하늘색 반소매 셔츠에 진남색 바지. 허리춤에 두른 검은 혁대에는 호신용 삼단봉이 매달려 있었다.

"여, 하하키기." 제복을 입은 경찰은 오른손을 올렸다. 입에 문 담배가 까딱였다. "이게 얼마 만이야."

"고모노였군." 무라사키는 양절연초를 크게 한 모금 빨았다. "중년 아저씨가 다 됐네. 자네도 늙었군그래."

"늙은 건 피차일반이지." 경찰은 길바닥에 담뱃재를 털면서 다가왔다. 땀에 젖은 제복은 주름져 있었다. 그는 턱짓으로 진홍색 닥터백을 가리켰다. "그 가방을 들었다는 건 돈벌이를 좀 하셨다는 건데 서로 돕고 삽시다."

무라사키는 양녀에게 고개를 돌렸다. "저런 피라미는 돈을 먹여서 쫓아내는 게 상책이란다. 상대하는 시간이 아까우니까."

"피라미라니, 말이 심하네." 그러면서도 고모노는 딱히 싫어하는 느낌을 보이지 않고 칙칙한 입술에 담배를 문 채 실실거렸다.

무라사키도 담배를 문 채 닥터백에 넣은 지 얼마 안 된 돈봉투에서 지폐를 몇 장 뺐다. "옜다, 썩을 대로 썩은 인간들 같으니."

"매번 고맙수다." 악덕 경찰은 비열한 웃음을 흘리며 무라사키에게서 받은 지폐를 작게 접어 제복 가슴께의 주머니에 쑤셔 넣었다. "불법 행위로 떼돈을 버는 선배가 썩었다는 소리 막 해도 되나. 난 부를 재분배하는 것뿐인데." 그는 필터 부분까지 피운 담배를 던져버리고는 손을 내밀었다.

무라사키는 얼굴을 찌푸리며 주머니에서 은색 케이스를 꺼내 담배 한 개비를 건넸다. 라이터도 빌려주었다.

"역시 피우는 것도 고급이셔." 고모노는 양절연초를 거침없이 피워댔다. "그럼 다음에 또 봅시다. 죽는 날까지 열심히 버쇼." 그리고 뒤돌아 손을 흔들면서 떠나갔다.

"고모노." 사쿠라는 포장된 길 위에서 아직 연기를 내는 담배꽁초를 바라보았다. "때려눕히지 그랬어요." 무라사키를 올려다보며 고개를 갸웃했다.

"때려눕힐 수 있지만, 경찰에게 손대면 두고두고 골치 아파지니까 그냥 돈으로 해결하는 게 제일 편해. 기억해두렴."

"알겠어요." 사쿠라는 여전히 고모노의 뒷모습을 바라보왔다.

슬럼가에서 나고 자랐으니 경찰에게 원한이 있는지도 모른다. 그러나 이 세상에서 썩어빠진 건 경찰만이 아니다.

"참, 가는 길에 마트에 들러 장을 보자." 무라사키는 사쿠라의 머리를 쓰다듬었다. "오늘 밤엔 맛있는 걸 먹자꾸나. 뭐가 먹고 싶니?"

"팬케이크!" 소녀의 얼굴이 확 밝아졌다. 무라사키는 무심결에 쓴웃음을 지었다.

"아가씨는 이름이 어떻게 되죠?" 노부인의 볼은 장밋빛으로 발그레했다. 나이가 들면 기초대사량이 떨어져 지방이 온몸에 골고루 달라붙는 법인데 그녀는 보기 싫게 찌지는 않았다. 깔끔한 이목구비에서 지난날의 미모가 엿보였다.

"하하키기 사쿠라."

이제는 제 이름을 대는 게 자연스러워졌다고 생각하면서 무라사키는 옆에 앉은 양녀를 내려다보았다. 히라가나*로 이름을 쓸 줄도 아니까 슬슬 한자를 가르쳐 봐야겠다. "리스트에는 미완성 항목이 꽤 많군." 올리브색 표지의 스케치북을 덮은 무라사키는 몸을 앞으로 내밀어 테이블 맞은편에 있는 환자에게 돌려주었다.

---

* 일본어의 기본 문자로 50음도로 이루어져 있다.

예순넷이 된 노부인은 자그마한 스케치북을 끌어안았다. "하고 싶은 일이 너무 많아서. 하지만 다 하기에는 시간이 모자라요." 응접실 기둥에 걸린 시계가 오후 3시를 알렸다. "날마다 리스트를 보면서 이것저것 해야겠다고 생각한 걸 적는데, 그때마다 앉았다 일어났다, 전화를 걸었다가 하면서 안절부절못해요. 한순간도 마음이 편치 않아요. 잘 때도 꿈을 꾸고, 최근에는 입맛도 사라졌죠. 맛있는 걸 정말 좋아하는데." 엷은 복숭아색 립스틱을 바른 입술에서 후 하고 한숨이 새어 나왔다.

무라사키는 차분한 표정으로 고개를 끄덕했다. 이런 환자는 비교적 쉬운 편이다. 노년에 리스트의 항목이 늘어난다는 것은 마음이 불안하다는 증거다. 그 불안함을 감추려고 항목을 늘리는 것이니 그중 한 가지라도 이루면 공포심은 사라진다. "우선순위를 정할 수 있겠소?"

"그게 안 되니까 힘들어요." 환자는 통통하고 하얀 오른손으로 턱을 괴었다. "가장 하고 싶은 게 뭔지 너무 오래 고민하다 보니 저도 잘 모르겠어요. 그래서 유명하신 하하키기 선생님께 상담해보려고."

"그렇다면." 무라사키는 새빨간 닥터백을 열었다. "신성한 알에게 여쭤봅시다." 그 안에서 꺼낸 것은 손바닥 크기만 한 작은 상자였다. 보석함처럼 검은 벨벳으로 덮여 있었다. 반원형 뚜껑을 열자 안에는 검은 벨벳에 폭신하게 감싸인 알이 들어 있었다. 크기는 달걀만 했고 껍질은 크림색이었다.

"이게, 신성한 알이군요?" 노부인은 말끄트머리를 올렸다.

"니제르강 유역에 사는 아주 희귀한 새, 황금관코뿔새의 알이라오. 현지에서는 예언의 새로 알려져 있지. 더구나 이 알은 유정란이오." 무라사키는 알을 집어서 환자에게 살며시 건넸다. "조심하시오. 매우 비싼 알이니까 깨지 않게."

노부인은 조심스레 알을 받았다. "이렇게 귀한 걸 어떻게 그 멀리서?"

무라사키는 입꼬리를 올렸다. "힘들었지. 내 손에 들어오기까지 두 사람이나 목숨을 잃었으니."

노부인의 얼굴이 새파래졌다.

"유정란이니 아프리카에서 배로 싣고 오는 동안 배아가 조금씩 발달했지. 즉 그 알 속에는 새끼가 들어 있소. 당신의 리스트 중 가장 중요한 항목이 무엇인지 이 황금관코뿔새에게 물어볼 것이오."

이번에는 가방에서 홍차 받침잔 같은 접시를 꺼내 테이블에 내려놓았다. "순서를 설명하리다. 수평을 유지한 이 접시 위에 알을 세우시오. 당신이 알을 세우는 사이에 내가 리스트의 미완성 항목을 줄줄이 읽어 내려갈 것이오. 알이 섰을 때 읽은 항목이 바로 신성한 알이 선택한 게 되겠소."

"알을 세우라니, 어렵겠는걸요. 제가 할 수 있을까요."

"당신이 세우는 게 아니오. 신성한 알, 아니 예언의 새가 스스로 서는 거니까."

"그런가요. 다행이네요." 환자는 안도하는 미소를 짓고는 무라사키에게 스케치북을 건넸다. "그럼 부탁합니다."

사실 알은 끈기만 있으면 누구나 세울 수 있다. 껍질 표면이 미세하게 울퉁불퉁하기 때문이다. 달걀이 쉽게 세워지도록 접시 표면에도 아주 미세하게 요철 가공을 했다. 긴 리스트를 여러 번 반복해서 읽는 동안 한 번은 세울 수 있다.

무라사키는 분위기를 잡으려고 테이블 네 귀퉁이에 향을 피웠다. 연기가 적당히 피어오르기를 기다렸다가 스케치북을 열었다. "자, 이제 시작하겠소. 첫째, 첫사랑 남자를 찾고 싶다." 노부인은 진지하게 알 세우기를 시도했다. 그 모습을 사쿠라도 당사자만큼이나 진지한 얼굴로 지켜보았다. 견학 중인 수제자답게 필요한 말만 하면서 위엄과 신비감을 풍기라고 한 가르침을 그대로 실천하고 있었다.

리스트를 반 정도 읽었을 무렵, 응접실 밖이 소란스러워졌다. "안 됩니다, 요시히토 님. 사모님은 지금 상담 중이세요."

"비키세요." 문이 거세게 벌컥 열렸다. "이모님, 멈추세요. 그건 사기예요."

안으로 뛰어 들어온 사람은 숨이 멎을 정도로 잘생긴 청년이었다. 환자의 이목구비를 쏙 빼닮았다.

무라사키는 침입자를 쳐다보았다. 젊은 시절에는 이런 남자를 상대하는 일이 제일 거북했다. 하지만 나이가 들 만큼 든 지금은 편하게 대할 수 있었다. "어서 나가시오. 시술하는 데 남이 끼어들면 부정 타니까." 그에 관해서는 사쿠라에게 들어서 알고 있었다. 그러나 철저히 모르는 척했다.

"남이 아닙니다. 전 이분의 조카입니다." 청년은 이마를 타고 내려온 긴 머리칼을 넘기고는 환자 앞에 무릎을 꿇었다. "이모님, 속지 마세요. 제가 여기저기 알아봤어요. 불법 의사는 의사가 아니에요. 가짜로 치료해놓고 돈을 버는 사기꾼이라고요. 저 사람이 하는 말은 다 거짓말이에요. 밖에서 엿들었는데, 이걸 보세요." 청년은 환자의 손에서 알을 빼앗아 접시 위에 깨뜨렸다.

걸쭉한 노른자가 흘러나왔다.

"일반 달걀이잖아요. 무정란이고요. 애당초 황금관코뿔새라는 새는 존재하지도 않아요." 청년은 무라사키를 돌아보았다. 반듯한 눈썹 밑 눈동자에는 젊은이 특유의 올곧은 정의감이 넘쳐흘렀다.

사쿠라가 불안한 눈빛으로 올려다보았지만, 무라사키는 계속 차분한 태도를 보였다.

그때였다. "요시히토도 참." 환자의 장밋빛 볼에 보조개가 생겼다. "그건 나도 알고 있단다."

"네?"

"치료법이 가짜인지 아닌지는 중요하지 않아." 환자는 조카와 함께 들어온 가사도우미에게 신호를 주었다. 가사도우미는 날달걀이 든 접시를 치웠다. "난 선생님을 믿고 싶어. 그러면 이 방황에서 벗어나 편해질 테니까."

"이, 이모님?" 청년의 하얀 얼굴이 점점 더 하얗게 질렸다.

"실례합니다." 가사도우미가 돌아왔다. 방금 치워간 접시를 깨끗하게 닦아서 다시 가져왔다. 다른 손에는 달걀 여섯 개가 든 종이팩을 들고 있었다. "사모님, 이거면 될까요?"

"네, 고마워요." 노부인은 가사도우미를 나가게 하고 조카를 향해 빙긋이 웃었다. "돈이 들더라도 괜찮아. 하하키기 선생님은 일부러 우리 집에 발걸음을 하셔서 내게 맞는 치료법을 찾아주셨는걸. 그에 합당한 사례는 해드려야지. 걱정해주는 네 마음은 고맙지만, 더는 방해하지 말아주렴."

"메타플라세보 효과라고 하네. 믿음이 있으면 가짜 약이라는 사실을 알고 복용해도 효과가 있어." 무라사키는 청년을 똑바로 바라보았다. "자네의 65 리스트에는 이렇게 적혀 있겠지. 정의를 관철하라고."

"그, 그걸 어떻게?"

"이 일을 괜히 오래한 게 아니야." 무라사키는 소파에 등을 기댔다. "자네의 인생은 앞으로도 기니까 정의의 의미가 무엇인지 한번 곰곰이 생각해보게."

얼굴이 하얗게 질린 청년은 두 주먹을 부르르 떨었다. 그러나 대꾸는 없이 이모를 한 번 더 본 다음 응접실을 떠났다. 향에서 피어오르는 연기가 희미하게 흔들렸다.

시계가 3시 반을 알렸다.

"그럼, 선생님. 계속하시죠." 환자는 지난날의 미녀로 돌아간 듯한 미소를 지으며 종이팩에서 크림색 달걀을 하나 꺼냈다. 종이팩에는 자연에서 키운 토종란임을 인증하는 마크가 찍혀 있었다.

최고층 레스토랑의 예약석에는 시노노메가 먼저 와서 앉아 있었다.

"오래 기다렸나?"

"아니, 나도 막 들어왔어."

이렇게 인사를 나누는 사이에 지배인이 의자를 빼주었다. 비취색 에나멜 핸드백을 먼저 내려놓고 나서 앉았다. 이 자리에서는 도쿄의 야경을 한눈에 바라볼 수 있었다.

"하얀 드레스네." 시노노메는 평소처럼 무라사키의 옷차림을 칭찬했다. "역시 당신은 하얀색이 잘 어울려. 흰 가운은 이제 더는 입지 않겠지만." 그는 리넨 정장을 입고 있었다. 젊었을 때보다 배가 많이 나와서 조끼 단추가 밀려 올라가 있었다. 완전히 은빛으로 바뀐 턱수염은 오늘도 짧게 다듬어져 있었다.

소믈리에가 병을 들고 와서 와인을 따라주었다. 두 사람은 잔을 들었다. "건배."

목을 한 모금 축이고 나서 시노노메가 물었다. "사쿠라는 잘 지내나?"

"저녁은 챙겨주고 왔지. 나올 때는 한자 쓰기 연습을 하고 있었어. 이제 5학년 수준까지 따라잡았다니까."

"고 녀석, 빠르기도 하네." 시노노메는 감탄을 터뜨렸다. "산수는 어때?"

"한자 쓰기보다는 좋아해. 법칙성이 있잖아."

"한자는 암기해선 안 된다고 말해줘. 한자는 표의문자니까 거기에도 법칙이 있다고."

"고마워. 참고할게." 무라사키는 와인잔을 입에 댔다. 공부는 기대 이상으로 진도가 쑥쑥 나갔다. 영양소는 균형 있게 섭취해야 한다는 말을 알아듣고 이제는 채소도 잘 먹는다. 머리와 몸을 청결히 하는 습관이며 청소하는 법이며 요리의 기초까지 익혔다. 땅바닥을 벗어나 벽장을 고쳐 만든 침대에서 잠을 잔다. 슬럼가의 꼬마 원숭이였던 시절과는 몰라보게 달라졌다. 그러나.

전채가 나왔다. 단새우 아보카도 타르타르를 먹으면서 대화를 이어 나갔다.

"당신에게 양녀라니. 떠들썩해서 좋겠군." 시노노메는 포크질을 멈추고 창밖을 바라보았다. "나는 이제 혼자 사는 생활에 익숙해진 참이야."

"벌써 3년 됐나. 부인이 떠난 지."

"연상의 여자랑 결혼하면 먼저 떠나보내는 것이야 어쩔 수 없지." 그는 다시 음식으로 고개를 돌렸다. "그날은 운 좋게 집에 있어서 떠나는 길을 배웅해줄 수 있었어. 수없이 많은 환자를 봐서 알고는 있었지만, 어찌나 만족한 얼굴로 가던지."

무라사키는 고개를 끄덕이며 새우를 입에 넣었다. 은은한 로즈메리향이 코로 들어왔다. 아버지가 돌아가신 날을 떠올렸다. 그날도 아버지는 미소를 지으며 말했다. 넌 이 세상에서 제일 귀여운 아이야. 너와 함께 살아서 아빠는 행복해.

"그걸 잘 아는데도 죽음은 역시 무서워. 인간이란 참 이상하지."

꿀꺽 삼킨 새우가 식도 부근에 걸린 듯한 느낌이 들었다. 리스트의 마지막 항목을 완수할 수 있을까. 그럴 시간은 얼마 남지 않았는데.

버리지 마요. 집으로 데려온 날, 사쿠라는 그렇게 말했다. 왜 버리겠어. 절대로 버리지 않아. 하지만 언젠가는 떠나야 할 날이 찾아온다.

무라사키는 가볍게 헛기침을 하고 화제를 바꿨다. "자네의 리스트는 어때?"

시노노메는 가볍게 웃으며 항상 하는 대답을 했다. "비밀이야."

"치사하긴. 내 리스트는 다 봤으면서." 항목을 바꿨다는 사실은 말하지 않기로 했다.

"너무 단순해서 무라사키다운 리스트였어." 시노노메는 눈가에 깊은 주름이 파인 눈으로 옛 동료를 보았다. "항목을 구체적이면서 실천적으로 적었지. 예를 들면 '빨리 아버지를 편히 살게 해드리고 싶다'라고 하지 않고 '돈을 많이 버는 일을 한다'라고 적은 게 그래."

무라사키는 대꾸하지 않고 아보카도를 입에 넣었다. 구체적이고 실천적으로. 그래서 마지막 항목을 그렇게 적었다. 절대 버리지 않겠다는 식으로는 적지 않았다.

"사실은 한 가지를 아직 해내지 못했어." 시노노메는 포크를 내려놓았다. "하지만 괜찮아. 당신의 방침을 따른다면 리스트에 적을 만한 게 아니었는지도 몰라."

전채 접시가 치워지고 수프가 나왔다. 옅은 초록색의 정체는 한술 떠먹어보고 나서야 풋콩이라는 걸 알았다.

"참, 자베르 경감은 아직도 당신을 쫓고 있나?"

"아니. 복귀한 뒤로는 아직 못 봤어." 물론 자베르는 본명이 아니다. 너무나 끈질기게 쫓는다고 해서 시노노메가 붙인 별명이다. "고모노는 만났지."

"그럼 다시 나타나는 건 시간문제겠군." 시노노메는 눈을 가늘게 뜨며 숟가락을 움직였다. "조심해, 무라사키. 경찰은 수배자를 체포할 때 총기를 주저 없이 쓰는 쪽으로 가고 있으니까."

"그래봤자 냄새나 맡고 다니기밖에 더 하겠어. 피해 신고서가 한 건도 접수되지 않았는걸. 영장 따윈 내밀지도 못할 거야."

"그건 그렇지." 시노노메는 접시를 앞으로 기울여 마지막 한 숟갈을 떠먹었다. "생각해보면 터무니없는 오해를 하고 있잖아. 무라사키는 어떻게든 합법적인 범위 내에서 방법을 연구하는데, 그걸 불법으로 취급하다니."

"난 괜찮아. 인생은 원래 모순투성이란 걸 아니까." 무라사키도 수프 접시를 비웠다. "수입도 정식 의사였을 때보다 훨씬 짭짤하고."

생선 요리는 농어 푸알레*였다. 여름에 어울리는 레몬 소스가 식감을 돋웠다. "자베르 경감은 당신을 왜 그리 끈질기게 따라다니는지 모르겠군. 우리 클리닉에도 여러 차례 탐문하러 왔었거든. 그게 단순 접촉 효과를 일으켜서 우리 비서가 그에게 러브레터를 보내기도 했지."

"그건 또 뭐래." 두 사람은 껄껄 웃었다.

"자네가 은퇴했다고 알려줘도 전혀 믿질 않더군. 그냥 믿기 싫었던 거야."

시노노메의 관찰력은 신뢰할 만하다. "이 세상의 모든 불법 행위는 용납하지 않겠다, 뭐 그렇게 리스트에 적었겠지. 당신을 모방한 불법 의사들을 모조리 잡아넣어서 한가한 건지도 몰라. 아니면 반점 있는 여자한테 원한이라도 있나? 과거에 호되게 차였다거나."

두 사람은 웃었다. 반점을 농담거리로 삼을 수 있는 사람은 시노노메밖에 없었다.

잠시 말없이 생선 요리를 맛보았다. 맞은편에 있는 시노노메 덕분에 추억이 새록새록 떠올랐다. 의사 면허를 취득하여 대학병원에 근무했던 시절, 종종 보험에 가입하지 않은 환자가 응급실로 실려 왔다. 그러나 그런 사람은 치료해줄 수 없었다. 젊은 무라사키는 현행 의료제도에 분개하면서도 가난한

---

* 기름을 두른 그릇에 향신재료와 액체를 자작하게 넣은 뒤 뚜껑을 덮고 음식을 천천히 익히는 것.

환자를 그냥 돌려보낼 수밖에 없었다.

그 후 학창 시절 동기였던 시노노메가 병원을 냈다면서 함께 일하자고 권유했다. 그러고 나서 얼마 뒤 그 위약 처방 사건이 발생했다.

법외 치료라는 아이디어가 떠오른 순간이었다. 위약으로 효과가 있었으니 한 걸음 나아가면 가짜 약도 통할지 모른다고. 플라세보는 약사법상 약품이 아니라 식품으로 분류된다.

시노노메도 추억에 잠겼는지 뜬금없이 웃음을 흘렸다. "마침 옛일이 떠오르는군. 당신이 처음으로 슬럼가에 간다고 했던 날 말이야. 나도 걱정돼서 따라갔잖아."

"아, 그날." 무라사키는 나이프 끝으로 흰 생선살을 찍어 레몬 소스를 묻혔다. "기억하네?"

"대단했지. 지금도 생생히 떠올라." 눈앞의 남자는 주먹을 입술에 대고 웃음을 참으려 애썼다. "돌려차기가 선두에 선 남자 얼굴에 제대로 먹혔을 때 다들 비명을 지르면서 도망갔잖아. 구경꾼들은 우레와 같은 갈채를 보냈고. 당신을 보호하려 했던 나도 시종일관 관객이었지."

"부끄러워. 그땐 어려서 남들의 이목을 끌지 않는 기술을 익히지 못했어. 상대를 안 다치게 하면서 꼬리 내리게 하는 기술도."

접시에 남은 소스를 빵으로 닦아냈다. 실전에서 활약한 건 아주 오래전 일이다. 당시의 깔끔한 기술이 지금도 녹슬지 않았으려나. 여차할 때 사쿠라를 지켜줄 수 있을까.

생선 요리 다음에는 그라니타*가 나왔다. "벌써 배가 나왔네. 여름도 곧 물러가겠군." 시노노메가 한 숟갈 떠먹으면서 말했다.

"잘됐네. 이제 좀 시원해지려나." 무라사키는 반구형 그라니타의 꼭대기에 올려진 박하잎을 숟가락 끝으로 조심스럽게 떼어냈다. 바로 그 순간, 맞은편에 앉아 있던 남자가 고개를 푹 떨구었다.

"시노노메!" 엉겁결에 소리치며 일어섰다. 황급히 그의 곁으로 달려가 손목과 목덜미를 짚었다. 세상에, 어떻게 이런 일이.

두 손바닥 사이에 그의 얼굴을 살짝 끼워 정면으로 돌렸다. 눈은 감겨 있었고 입술에는 희미한 미소가 번져 있었다. 그의 입가와 눈꼬리와 지나온 세월이 새겨진 이마의 주름은 만족한 인생이었노라고 말하는 것 같았다.

리스트의 미완성 항목이 무엇이었는지는 모른다. 하지만 미완성인들 어떠하랴.

짧게 다듬어진 하얀 턱수염을 만졌다. "시노노메……." 코가 시큰거리고 목이 메었다. 목소리가 갈라졌다. "고, 고기가 나오기도 전에 가버리는 건 예의가 아니지."

어느새 레스토랑 직원들이 테이블 옆으로 몰려왔다. 그들

---

* 신선한 과일주스로 만든 셔벗.

은 망설이지 않고 축 늘어진 채 움직이지 않는 시노노메를 솜씨 좋게 들것에 실었다. 연령대 높은 손님이 많이 찾는 가게라서 그런지 이런 사태에 익숙해 보였다.

"행복하게 눈을 감으셨군요." 지배인으로 보이는 검은 제복을 입은 중년 남자가 무라사키에게 의례적인 위로를 건네고는 오른손을 가슴 위에 대고 허리 숙여 인사했다.

무라사키는 혼자 레스토랑을 빠져나와 집으로 돌아왔다.

현관문을 열자 사쿠라가 기다렸다는 듯이 달려 나왔다. 사쿠라는 밝게 "다녀오셨어요!"라고 인사하고는 무라사키의 모자와 선글라스, 핸드백을 받아서 모자걸이에 걸었다. 그리고 무라사키의 손을 잡아끌며 거실로 갔다. "시킨 대로 정리정돈 했어요. 한자 문제집도 다 풀었고요. 지금은 산수 공부를 하고 있었어요." 부엌에서는 식기세척기가 낮게 드르렁거리면서 수증기를 뿜어내고 있었다. 주방 식탁 위에는 펼쳐진 메모장과 연필이 있었다.

무라사키는 양녀의 머리를 헤집듯이 쓰다듬다가 무릎을 꿇고 그 작은 몸을 끌어안았다.

"왜 그래요?"

소녀의 귓가에 난 머리카락에 볼을 문질렀다. 아이 특유의 달콤한 향기가 났다. "오늘 밤에 내 친구가 죽었어."

"예순다섯이었구나."

"생일까지는 아직 여덟 달이나 남았는데. 그 녀석이 나보다 먼저 가다니." 눈물이 볼을 타고 흘렀다. 어깨가 떨렸다.

알고 있다. 고통 없이 떠났다는 것도 안다. 그러나 아버지가 돌아가셨을 때도 이렇게 울었다. 그때는 시노노메가 곁에 있었다.

✳   ✳   ✳

여름이 드디어 물러갔다. 금목서 향기와 함께 투명한 가을이 찾아왔다. 아침저녁으로 기온이 떨어지자 무라사키는 코트를 사서 사쿠라에게 입혔다. 사쿠라는 무슨 이유에서인지 코트에 달린 동그란 솜털 장식을 유난히 마음에 들어 했다. 나무에 싹이 움트고 두툼한 겨울옷을 집어넣을 계절이 오자 사쿠라는 솜털 장식만 떼어내 액세서리처럼 옷에 달고 다녔다.

"뭐가 그렇게 좋니?"

무라사키가 묻자 사쿠라는 '촉감'이라고 대답했다. 그러고는 손끝으로 하얗고 폭신한 장식을 기분 좋게 쓰다듬었다.

다시 여름이 돌아왔다. 무라사키는 생일을 맞았지만 사쿠라에게 알리지 않았다. 말한들 무슨 소용이 있으랴. 언제 떠날지 짐작도 할 수 없는데.

그사이 무라사키는 꾸준히 의뢰를 받아서 순조롭게 해결해나갔다. 시시각각 닥쳐오는 죽음에 겁먹은 부자 환자는 끊이지 않았다. 일하고 받은 보수는 신탁을 이용해 사쿠라에게 남겼다. 이만큼 벌어두면 사쿠라가 성인이 될 때까지 부족하지는 않겠지.

당장 돈 걱정은 없었다. 그러나 훗날에는.

건강하기만 한 심장이 이상하게 조여들었다. 최근에는 의뢰인이 허락하면 사쿠라에게 시술을 시켜보았다. 하지만 환자의 공포심을 없애기에는 아직 역부족이라 시술 도중에 번번이 무라사키가 교대해야 했다.

"소질은 있어. 환자를 자세히 관찰하는 데다 방향성도 좋아." 무라사키는 의뢰인 집에서 나오자마자 어깨를 떨군 사쿠라를 격려했다. "특히 사전 조사는 완벽해. 나도 그렇게까지는 못하는걸." 슬럼가에서 도둑질로 단련된 사쿠라의 탐정 능력은 특출났으니 그 점은 전혀 불안하지 않았다.

"착실하게 경험을 쌓는 수밖에 없겠군." 그다음에는 양녀를 데리고 골동품 가게를 돌았다. 안목을 키우는 법을 알려주기 위해서였다. 도구를 마련하는 것 또한 엄연히 일이다. 다행히 이쪽에도 소질이 있었다.

절대적으로 부족한 것은 경험이었다. 시술이 아니라 사람과 어울려본 경험이. 이제 열두 살에 불과한 아이이니 그럴 수밖에 없지만. 아, 시간이, 시간이 더 필요하다. 제힘으로 독립할 때까지 옆에서 지켜볼 수 있다면 좋으련만.

왜 예순네 살 생일에 이 아이를 만나고 말았을까.

"모르는 값은 일단 x로 두자. 굉장하지 않니? 정체를 알 수 없는 것에 이름을 붙이니까 계산할 수 있게 되잖니."

그날 밤이었다. 저녁을 먹고 나서 사쿠라에게 기초 방정식을 가르쳐주는데 현관 벨이 울렸다.

불길한 예감이 들었다. 시노노메가 죽은 지금은 이 시간에 찾아올 사람이 없는데.

그러나 아무도 없는 척해봤자 의미가 없었다. 무라사키는 사쿠라에게 눈짓을 하고는 현관으로 나가 문을 열었다. "누구시죠?"

"실례합니다."

자베르 경감이 중절모를 벗었다. 홑꺼풀의 삼백안*이 드러났다. 그는 얇은 입술에서 피우던 담배를 빼서 휴대용 재떨이에 버린 뒤 양복 주머니에 집어넣었다. 뒤에서 대기하던 사복 경찰들도 현관 앞에서 휴대용 재떨이를 꺼냈다.

잘 훈련된 부하들이군. 무라사키는 팔짱을 꼈다. "영장을 보여줘. 있다면 말이야."

경감은 말없이 안쪽 주머니에서 종이를 꺼내서 펼쳤다.

죄명이 적힌 곳을 보고 무라사키는 눈을 부릅떴다. "유괴라니, 말도 안 돼!"

"피해 신고서에 그렇게 적혀 있었어." 마침내 체포 영장을 들이밀었으니 의기양양하게 웃어도 될 상황인데, 경감은 눈썹 하나 까딱하지 않았다. 그렇지. 예전부터 무표정한 남자가 아니었던가.

누가 피해 신고서를 냈는지는 짐작이 갔다. 이렇게 오랜

---

* 눈동자의 크기가 작아서 흰자가 많이 드러나는 눈. 주로 검은 눈동자가 위쪽에 있고 흰자가 좌우와 아래쪽에 드러나는 눈을 가리킨다.

시간이 걸릴 만도 했다. 경찰서 근처까지 가는 데도 용기가 필요했을 테니.

경감은 말없이 수갑을 꺼냈다.

"잠깐만 기다려줘." 무라사키는 힘없는 미소를 지어 보였다. "이제 당분간 감옥에서 지내게 될 텐데 집을 나서기 전에 샤워라도 하게 해주겠나. 이래 봬도 여자인데, 여자는 원래 준비할 게 많거든."

경감은 고개를 끄덕이고는 한 손을 올려 뒤에 있는 부하들을 막았다.

"고맙네." 무라사키는 미소를 보이고 천천히 욕실로 들어갔다. 그런 다음 재빨리 문을 잠갔다. 사쿠라는 진작에 와서 창문을 열어놓고 기다리고 있었다. 무라사키는 샤워기를 최대로 틀고 욕조로 방향을 돌려 센 물소리를 계속 흘려보냈다. 두 사람은 양말을 벗어 각자 원피스 주머니에 찔러 넣었다.

사쿠라를 먼저 내보냈다. 소녀는 작은 창문을 손쉽게 빠져나가 배수관에 매달렸다. 양녀로 거둔 지 1년이 지난 지금은 살집도 적당히 좋고 키도 계속 자라고 있는데 몸놀림은 그때나 지금이나 가볍다. 배수관을 타고 밑으로 내려가나 했는데 거꾸로 위로 올라갔다.

흠. 이럴 때는 듬직하기 그지없다.

무라사키도 창틀 밖으로 머리를 내밀고 뒤이어 어깨를 빼냈다. 상체가 통과할 때는 창틀에 등이 쓸려 아팠지만 어떻게든 빠져나왔다.

배수관을 단단히 잡고 맨발을 붙여서 몸을 고정했다. 이 건물에 튼튼한 배수관이 붙어 있어서 다행이라고 한숨을 돌렸다.

위를 올려다보니 때마침 소녀의 하얀 발이 옥상으로 사라졌다. 소리가 나지 않게 조심조심 배수관을 타고 올라갔다. 밤바람에 원피스 자락이 나부꼈다. 손바닥에 땀이 배어 나와서 잠시 멈춰 옆구리 쪽 옷자락에 번갈아 손을 닦아야 했다. 저아이를 흉내 내고 싶어도 몸이 따라주지 않았다.

담장을 넘어 옥상에 도착했다. 사쿠라는 왜 이렇게 늦었느냐는 표정으로 반겼다. 무라사키는 쓴웃음으로 답하고 소녀의 뒤를 따라갔다. 정사각형 모양의 안뜰을 에워싼 옥상을 반쯤 돌아 다시 담장을 넘어 배수관에 매달렸다. 이번에는 밑으로 내려가 어두운 골목길에 내려섰다. 숨어 있는 사복 경찰은 없었다. 두 사람은 마주 보고 고개만 끄덕이고는 주머니에서 양말을 꺼내 신었다.

어디로 가야 하나.

이렇게 도망치는 게 맞을까. 무라사키는 앞서가는 사쿠라를 따라 밤거리를 달리면서도 마음은 갈피를 잡지 못했다. 일단 영장이 나온 이상 자베르 경감을 뿌리치고 도망가기란 쉽지 않다. 차라리 얌전히 구속되어 재판을 기다리는 편이 나으려나. 정식적인 양자결연 절차도 밟았겠다, 유괴라는 죄목은 순전히 트집에 불과하기 때문이다. 그러니 돈을 들여 좋은 변호사를 선임하면.

안 돼 하면서 고개를 저었다. 재판을 기다린다니. 지금은 그만한 시간도 남지 않았다. 최후의 순간까지 저 아이 곁에 있어야 한다. 맹세하지 않았던가. 절대로 버리지 않겠다고.

정신을 차려 보니 번화가를 지나 어느새 더럽고 난잡한 구역에 들어와 있었다. 맞다, 이 앞으로 가면 슬럼가다. 사쿠라는 자기가 잘 아는 길로 도망치려 했다.

무라사키는 소녀의 손을 붙잡아 끌어당겼다. "그쪽은 안 돼." 두목의 눈에 띄었다가는 일이 복잡해진다. 그나저나 그 남자가 이렇게까지 원한을 품을 줄은 상상도 하지 못했다. 돈도 그렇게 넉넉히 쥐여줬는데.

그 남자도 제 딴에는 이 아이를 사랑했을까. 아니, 사랑이라고 하기에는 심하게 비뚤어졌다. 이건 집착이 아닐까. 자기 소지품을 부당하게 빼앗겼다고 느꼈을지도 모른다.

"이쪽으로 가자." 사쿠라의 귀에 속삭인 뒤 두목이 사는 낡은 건물로 가는 길에서 직각 방향으로 꺾었다. 기억을 더듬으며 오물이 널린 좁은 길을 지나갔다. 다행히 밝은 달이 가로등도 없는 길을 환히 비춰주었다. 건물들은 제법 바뀌었지만 지형이나 랜드마크는 예전 그대로였다. 아마 저쪽일 텐데. 그래, 저거다. 금방이라도 무너질 것 같은 육교. 무라사키는 소녀의 손을 끌고 폐타이어 더미 사이를 빠져나갔다. 모기 몇 마리가 두 사람의 따뜻한 피를 노리고 덤벼들었다.

다행이다. 지금도 있구나.

지붕이 붉게 녹슨 판잣집은 무라사키가 기억하는 그 장소에 그대로 있었다. 파란 함석벽에는 얇은 문을 포위하듯이 커다란 뱀과 도마뱀이 그려져 있었다. 젊은 시절 무라사키가 그린 그림이다. 병환의 고통에서 가족을 지켜줄 거라고 설명하면서.

　　사쿠라의 손을 꽉 잡고 다른 손으로 문을 두드렸다.

　　그러자 마흔쯤 된 여자가 얼굴을 내밀었다. "누구죠?" 여자는 경계하는 눈빛으로 무라사키를, 이어서 사쿠라를 쳐다보았다. "뭐예요? 퇴거하라는 얘길 하러 왔으면 돌아가요." 여자의 오른쪽 눈 주위에 검푸른 내출혈 자국이 보였다.

　　여자의 다리에는 거의 벌거벗은 세 아이가 달라붙어서 불안에 떨고 있었다. 그 꾀죄죄한 작은 얼굴에도 한 군데 이상은 내출혈 자국이 보였다. 신발을 벗어둘 데도 없이 바로 거실이었고, 방바닥에는 닳고 닳은 카펫만 깔려 있었다. 낡은 가재도구는 기력을 잃은 듯이 벽에 기대어 있고, 가운데에 놓인 기울어진 탁자 앞에서는 초췌한 중년 남자가 술에 취해 몸을 가누지 못하고 있었다. 실내에는 공업용 알코올 같은 싸구려 술과 피로, 미래를 잃은 체념의 악취가 진동했다.

　　"미안하오. 사람을 잘못 봤소." 무라사키는 소녀의 손을 당기며 한 걸음 물러섰다. 그러자 판잣집 벽이 흔들릴 정도로 거칠게 문이 닫혔다.

　　그 일가가 아직도 여기에 살 리 없지. 만약 그렇다고 한들 무슨 부탁을 한단 말인가.

왔던 길로 다시 가려고 돌아섰다. 그런데 그 앞에 누군가 가 달빛을 등진 채 서 있었다.

"아니, 당신은!"

젊은 남자의 목소리였다. 그 인물은 잔달음으로 다가왔다. 넥타이를 한 회사원이었다. 젊은이는 달빛에 의지해서 무라 사키의 얼굴을 확인하더니 기뻐서 외쳤다.

"하하키기 선생님이시죠? 접니다. 예전에 우리 할머니가 선생님께 신세를 졌죠."

무라사키는 쓴웃음을 지었다. 눈에 띄는 반점이 있는 것도 썩 나쁘지 않았다. 마지막으로 본 뒤로 오랜 세월이 흘렀는데 도 기억해주니 말이다. "그 꼬마구나. 몰라보게 컸네."

"반가워요. 이런 데서 만나다니요. 아, 우연히 마주친다면 여기밖에 없었으려나." 젊은이는 흥분해서 무라사키의 손을 잡고 위아래로 흔들었다. "예전에 살았던 동네를 보러 왔어 요. 가끔은 그리워져서."

"지금은 어디에 사니?"

젊은이는 중산층 계급이 사는 동네 이름을 말했다. "다 선 생님 덕분이에요. 왕진을 마치고 돌아가는 길에 제게 그러셨 잖아요. 높이 올라가고 싶으면 죽을 각오로 미친 듯이 공부하 라고."

"그래, 그랬지."

젊은이는 들떠서 추억을 계속 꺼냈다. "그때는 정말 마법 을 본 것 같았어요. 할머니가 괴로워한 원인은 암으로 인한 고통뿐만 아니라 예순다섯도 안 돼서 죽는다는 점 때문인 것도 컸죠. 날마다 원망하는 말을 들었던 우리 가족도 괴로웠는데, 선생님 말씀으로 저희 모두가 구원받았어요."

"문트 테라피Mund-Therapie*가 통했지."

"선생님은 이렇게 말씀하셨죠. 그것도 수명이다. 일찍 죽는 건 벌칙이 아니야. 이 세상에서 제 역할을 마치고 인생을 졸업하는 거다. 봐라, 이렇게 훌륭한 자식과 손자가 있잖아."

무라사키는 고개를 끄덕였다.

"그러고 나서 파도에 비유한 이야기도 해주셨지요. 작은 파도는 바다에서 넘실거리며 즐겁게 살고 있었다. 그런데 어느 날 앞서가는 파도들이 해변으로 밀려가 차례차례 부서지는 모습을 보고 만다. 어떻게 해야 할지 몰라서 새파랗게 질려 있을 때, 뒤의 파도가 말을 걸었다. 작은 파도가 사정을 설명하자 뒤의 파도는 웃었다. 넌 아직 모르는구나. 우리는 파도가 아니라 바다의 일부인 거야."

시노노메가 추천해준 오래된 책에 실린 이야기다. 그 책의 제목은《모리와 함께한 화요일》로 지금도 침실의 서재에 꽂혀 있다.

젊은이는 사쿠라에게 시선을 돌렸다. "그런데 선생님은 이곳에 어쩐 일로……" 두 사람이 똑같이 양말 한 장만 신고 있

---

* 독일어로 입을 뜻하는 '문트'와 치료를 뜻하는 '테라피'가 결합한 말로, 환자와 대화로 하는 치료법이다.

다는 걸 눈치챈 것 같았다.

"사실은……." 무라사키는 짤막하게 경위를 설명했다.

"그러시다면." 청년은 고개를 끄덕이며 넥타이 위로 자기 가슴을 두드렸다. "제가 좋은 장소를 알아요. 안내하겠습니다. 세간의 관심이 식을 때까지 숨어 계시는 게 어떨까요?"

"고맙다. 수고를 끼치는구나."

"수고라니요. 선생님은 우리 가족을 구해주셨는걸요. 게다가 플라세보 요법은 치료가 아니니까 돈은 필요 없다고 하셨잖아요. 언젠가 뭐라도 좋으니 은혜를 갚고 싶었어요. 그럼 이쪽으로 따라오세요." 젊은이는 앞서가면서 손짓했다.

사쿠라가 고개를 갸웃하며 무라사키를 올려다보았다. 무라사키는 한쪽 눈을 찡긋했다. 부자에게는 받아도 가난한 사람에게는 그럴 수 없잖니.

슬럼가를 5분쯤 걷다가 젊은이는 터널 입구 같은 구조물 앞에서 멈춰 섰다. "여기예요."

생김새는 터널 같은데 바닥은 지하로 내려가는 계단이었다. 아치형의 입구 위쪽에는 이렇게 적혀 있었다.

히가시신주쿠

"폐선된 지하철의 입구예요. 내부가 복잡해서 숨기에 딱 좋아요. 우리 가족도 마피아의 표적이 되었을 때 여기서 숨어

지냈어요."

젊은이는 둥근 달을 올려다보았다. 괴로웠던 경험도 이제는 추억으로 승화되었을 것이다.

"물론 지하철이니까 선로를 계속 따라가면 도키요를 빠져나갈 수 있어요. 북쪽으로 가면 산, 남쪽으로 가면 바다예요."

"고맙다. 여기까지면 됐어." 무라사키는 사쿠라의 손을 다시 잡았다. "신세를 졌구나. 건강하게 지내렴."

"조심하세요." 젊은이가 손을 흔들었다.

손을 맞잡은 두 사람은 양말 신은 발로 폐허 속 계단을 터덜터덜 내려갔다. 무라사키는 주머니를 뒤져 은색 라이터를 꺼냈다. 불빛은 작아도 계단에서 미끄러지지 않게 돕는 일은 톡톡히 해냈다.

"산과 바다, 어느 쪽이 좋니?" 작은 목소리로 사쿠라에게 물었다.

사쿠라는 "바다"라고 대답하자마자 바로 바꿨다. "아니다, 산도 좋겠어요."

무라사키는 쓴웃음을 지었다. 언젠가 산도 바다도 다 가봤으면 좋겠다.

계단, 층계참, 다시 또 계단. 지하는 생각보다 꽤 깊었다. 벌써 몇 미터나 내려왔을까. 밑으로 내려갈수록 공기가 탁해지고 먼지와 곰팡이가 섞인 냄새가 짙어졌다. 작은 동물이 재빠르게 달아나는 기척이 느껴졌다. 이따금 천장에서 물방울이 떨어져 두 사람을 깜짝 놀라게 했다. 무라사키의 손을 맞잡은 작은 손에 힘이 바짝 들어갔다.

"옛날 사람들은 참 똑똑했어." 사쿠라에게 또 말을 걸었다. 어둠 속을 걷는 소녀의 불안감을 걷어주고 싶었다. 동시에 자신을 격려하기 위해서이기도 했다. "이렇게 깊숙한 데까지 터널을 뚫어서 전철을 지나가게 하다니 말이야. 이 계단도 옛날에는 자동으로 움직였다고 해."

"자동으로 움직였다니, 어떻게요?"

"인간이 자기 다리로 오르락내리락하지 않아도 계단이 저절로 움직여서 이동시켜줬지."

"굉장하다." 소녀는 침을 꿀꺽 삼켰다.

"자동계단 말고 자동인형도 있었다는구나. 인간보다 훨씬 똑똑해서 뭐든지 찾아보고 생각하고 판단했고, 인간보다 일을 더 잘했다고 해. 그걸 뭐라고 했더라." 무라사키는 옛 기억을 샅샅이 더듬었다. "모라벡이라고 했던가." 이 정보는 전해들은 거라서 정확하지는 않다. 어떤 환자가 어릴 적 할아버지에게 들었다고 한 이야기를 그녀가 들은 지도 벌써 30년이 지났다.

"굉장해요." 사쿠라는 한 번 더 말했다. "그런데 지금은 왜 그런 굉장한 게 없나요?"

"높으신 양반들이 이런저런 이유를 붙이긴 했지. 자원 고갈이니 기후 변동이니 신종 감염병 유행이니 심각한 금융위기니 어쩌니 하면서. 그런데 내 생각에는 이 세상에서 예순다섯 이상의 인간이 사라진 탓이 아닐까 싶어. 연장자에게서 젊은이에게로 유형·무형의 수많은 지혜가 전승되지 못해서 그래." 무라사키는 자신이 한 말 때문에 더 불안해졌다. 나도, 더 오래 살 수 있다면⋯⋯.

두 사람은 계속 계단을 내려갔다. 시간이 얼마나 지났는지, 계단을 몇 개나 내려왔는지도 알 수 없었다. 양말 한 장으로 버틴 발뒤꿈치가 아파질 무렵 계단이 끊겼고 두 사람은 플랫폼에 내려섰다.

"내려가서 선로를 좀 걷자. 침목에 발이 걸리지 않게 조심해라."

조심하라고 일렀지만 쓸데없는 걱정이었다. 사쿠라는 어두운 선로로 가뿐하게 뛰어들었다. 공자 앞에서 문자를 쓴 격 같아서 무라사키도 피식 웃으며 내려갔다.

두 사람은 천장이 아치형으로 된 지하 통로에 섰다. 어둠으로 가득한 두 갈래 길 중 어디가 북쪽이고 어디가 남쪽인지 구별할 수 없었다.

"산과 바다, 어느 쪽이든 상관없지?"

소녀는 고개를 끄덕이며 미소를 보였다. "산이 나오면 꽃을 꺾고, 바다가 나오면 수영할래요."

"그럼 골라보렴. 어디로 갈래?"

사쿠라는 지하 통로의 두 갈래 길을 번갈아 보다가 "이쪽" 하면서 한쪽을 가리켰다.

두 사람은 손을 맞잡고 걸어갔다.

터덜터덜. 양말만 신은 네 발이 라이터가 발하는 희미한 빛을 의지하며 나아갔다. 사쿠라의 원피스 목소매에 달린 하얀 솜털 장식이 흔들렸다. 시간이나 거리의 감각은 어둠에 녹아 불분명해졌다. 한참을 걸었더니 통로 양쪽에 막다른 플랫폼이 보였다.

"오, 다음 역이구나."

무라사키는 거리감을 되찾고 겨우 마음을 놓았다. 그러자 사쿠라가 말했다. "잠깐 쉬어가요."

"그래, 그럴까?"

소녀는 먼저 플랫폼으로 가볍게 기어 올라가서 무라사키에게 손을 내밀었다.

아무래도 지친 건 이 아이가 아닌 것 같군.

또 피식 웃은 뒤 양녀의 손을 잡았다. 플랫폼 가장자리에 나란히 앉아 두 발을 흔들면서 숨을 크게 내쉬었다. 추격을 따돌릴 수 있을지도 모른다는 희망이 샘솟았다. 산이든 바다든 당분간 그곳에서 숨을 죽이고 있자. 지방 도시에서 다시 시술을 시작해도 괜찮겠지. 사쿠라를 더 많이 훈련시켜서 훗날 도키요로 돌아가게 할까. 이 아이 혼자라면 문제없겠지. 피해 신고서가 나오지 않는 선에서 시술한다면 경찰을 두려워하지 않아도 된다.

밝은 미래가 그려졌다. 몸이 따뜻해졌다. 그런데.

"저기다! 저쪽이다!"

강력한 하얀 불빛이 플랫폼을 구석부터 쓸다가 두 사람의 얼굴을 포착하자 움직임을 멈췄다. 무라사키는 반사적으로

사쿠라를 끌어안고 뒤돌아 어둠 속으로 도망치려 했다. 그러
나 불빛 다발이 두 사람을 집요하게 쫓았다.

"찾았습니다. 니시와세다역 상행 홈입니다." 형사 한 명이
무선 무전기에 대고 외쳤다. 반대편 플랫폼에서 검은 그림자
서너 명이 뛰어내려 선로를 가로질러 왔다. 곧이어 총성이 울
렸다. 무라사키는 등에 타는 듯한 충격을 느꼈으나 멈추지 않
고 달렸다.

"멍청아, 쏘지 말라는 명령이 내렸잖아!" 성난 목소리가
등 뒤로 멀어졌다.

무라사키는 사쿠라를 데리고 플랫폼을 전력 질주했다. 도
중에 지상으로 통하는 계단을 발견하고 뛰어들었다. 과거에
는 전기의 힘으로 자동으로 움직였던 계단을 죽을힘을 다해
뛰어 올라갔다. 내려오는 길도 길었지만 올라가는 길은 그보
다 몇 배나 더 길게 느껴졌다. 숨을 헐떡이며 층계참을 몇 개
나 지나 더 올라가고 나서야 넓은 평지를 만났다. 익사하기 직
전에 간신히 물가로 헤엄쳐 나온 기분이었다. 아, 간신히 지상
에 도착했다. 이제 추격자를 따돌리기도 수월할 터.

그러나 조금 달려가 보니 그곳은 탁 트인 지상이 아니라
지하철 개찰구였다. 황급히 도망칠 길을 찾았지만 앞과 뒤에
서 발소리가 들려왔다.

쳇, 사방이 막혔군.

무라사키는 빠르게 주위를 둘러보았다. 라이터 불빛이 벽
에 그려진 빨간 원과 삼각형 기호를 비췄다. 여자 화장실이었

다. 무라사키는 사쿠라의 손을 끌고 화장실로 달려가 한 칸에 들어가서 문을 잠갔다.

"괜찮아요?" 거친 숨소리를 들은 사쿠라가 걱정스레 물었다. 사쿠라는 무라사키의 손에서 라이터를 빼앗아 상처를 살펴보려고 했다.

바닥에 웅크려 앉은 무라사키는 신음하면서 가슴을 눌렀다. 총알은 늑골 사이를 깨끗이 빠져나간 것 같았다. 아드레날린 분비량이 줄었는지 갑자기 극심한 통증이 덮쳐왔다. 상처를 누른 손바닥에 묻어나오는 피의 양으로 미루어 이제 얼마 남지 않았다는 것을 직감했다. 이 상태로는 30분도 못 버틴다.

여기서 죽는 건가. 치사유전자의 발현 때문이 아니라 과다 출혈로.

라이터의 흐릿한 불빛에 사쿠라의 얼굴이 보였다. 고통 때문에 시야가 일그러졌다. 붉은 피가 심장 고동에 맞춰 흘러나왔다. 손발 끝이 저렸다. 출혈성 쇼크가 시작된 것 같다. 아, 이제 곧 죽는구나. 이럴 수가. 그게 왜 하필이면 지금이란 말이냐. 지금은 안 돼, 안 되는데…….

불안해하는 소녀의 얼굴이 눈앞에 아른거렸다.

무라사키는 피범벅이 된 채 떨리는 손을 사쿠라에게 뻗어 반점이 있는 볼을 어루만졌다. "널 두고 갈 수 없는데."

그러자 사쿠라가 갑자기 원피스에 달린 솜털 장식을 잡아 뜯어서 입에 넣었다. 희미하게 바스락하는 소리가 났다.

소녀는 노파의 이마로 입술을 가져갔다. 부드러운 입술을 쭈글쭈글 주름진 이마에 대고 몇 초간 가만히 있었다. 이내 얼굴을 떼고는 입에서 무언가를 꺼내 라이터 불빛에 비췄다. 두 손가락 사이에 핏빛으로 물든 작은 덩어리가 끼어 있었다.

"보세요. 제가 두려움을 빨아냈어요."

자신감에 찬 사쿠라는 볼 안쪽에서 낸 피로 적신 솜털을 라이터 불로 지졌다. 붉은 덩어리가 연기를 내며 타들어가 거뭇해질수록 무라사키의 가슴을 짓누르던 공포심도 줄어들었다.

그랬구나.

걱정하지 않아도 되겠다, 이 아이는. 내 마음을 치유할 정도면 이 세상에 치유하지 못할 사람이 없다.

사쿠라는 손가락 사이에 남은 재를 훅 불어서 공중에 날렸다. 무라사키는 반쯤 감긴 눈으로 그 모습을 흐뭇하게 지켜보았다. 총상의 고통은 이제 아무렇지 않았다. 두려움이 밖으로 나와 재가 되어 사라졌으니. 아, 눈꺼풀이 점점 무거워졌다. 더는 눈을 뜨고 있기가 힘들었다.

주위가 빛으로 가득 찼다. 시럽과 버터 향기가 흠뻑 풍겼다. 고개를 들어보니 그리운 얼굴이 보였다. 예순다섯에 세상을 떠난 아버지가 앞치마를 입고 프라이팬을 들고서 무라사키에게 미소 짓고 있었다.

넌 이 세상에서 제일 귀여운 아이란다.

"사쿠라." 피투성이가 된 손으로 한 번 더 양녀의 볼을 쓰다듬었다. 소녀의 얼굴에 새빨간 줄이 그어졌지만 무라사키는 이제 아무것도 보지 못했다. "넌, 이 세상에서 제일 귀여운 아이야."

노파의 움직임이 멈췄다. 소녀의 얼굴에서 손이 스르륵 떨어졌다.

"이쪽에 핏자국이 있습니다!"

발소리가 우르르 몰려들었다. 사쿠라가 돌아본 순간 화장실 칸 밖에서 귀를 찢는 굉음이 나면서 문이 떨어져 나갔다. 소녀의 눈동자 속에 자베르 경감과 부하들의 모습이 꽉 들어찼다. 휴대용 손전등 불빛이 칸 구석구석을 비췄다.

경감은 화장실 칸 안을 내려다보았다. 오랫동안 추적한 불법 의사는 가슴에서 피를 많이 흘린 채 숨이 멎어 있었다. 그 옆에 있는 건 열두 살쯤 된 소녀. 얼굴에는 피의자와 똑같은 반점이 있었다. 얼굴에 피가 묻은 소녀는 은색 라이터를 꽉 쥐고 경찰들을 죽일 듯한 눈빛으로 쏘아보았다.

"죄, 죄송합니다." 젊은 부하는 창백한 얼굴로 떨면서 말했다. "단지 위협만 하려고 했습니다. 그런데 상대의 움직임이 너무 빨라서."

경감은 변명하는 부하를 돌아보았다. 홑꺼풀 눈에 극심한 분노가 깃들어 있는 것을 본, 그와 가장 오래 일해온 부하는 놀라움을 금치 못했다. 저 사람이 감정을 드러내다니.

그러나 경감은 아무 말도 없었다. 그는 시신 앞으로 가서 그 앞에 무릎을 꿇었다. 슬랙스 바지가 핏물을 빨아들였다. 수갑을 옷 속에 넣으면서 가죽 담배 케이스를 꺼냈다. 그 애용품을 피로 물든 원피스 위에 올렸다. 단 1초였지만 그가 두 눈을 감는 것을 부하는 놓치지 않았다.

경감은 짧은 묵념을 마치고 일어섰다. "죽은 사람은 체포할 수 없지."

"얘야, 이리 와." 다른 부하가 몸을 숙이며 다정하게 말을 건넸다. 소녀는 작은 송곳니를 드러내며 궁지에 몰린 짐승처럼 으르렁거렸다. "괜찮아. 널 보호해주려는 거야. 무서워하지 말고 이리 와."

경감은 부하의 어깨를 두드렸다. "놔둬라."

"네? 그렇지만."

"영장을 제대로 봤냐." 경감은 안쪽 주머니에서 종이를 꺼냈다. "여기다. 유괴 대상자의 이름이 비어 있잖아."

"앗." 부하는 소녀를 다시 보았다. "꼬마야, 이름은 있니?"

그러자 소녀는 위협을 멈추고 똑 부러지게 "있어. 사쿠라야"라고 대답했다.

그래도 부하는 포기하지 않았다. "그래도, 잘못 생각했던 거라고 해도 우리와 같이 가자. 이런 곳에 널 내버려둘 수는 없어."

소녀는 다시 공격적으로 으르렁거렸다.

"바보야." 오랜 부하가 상사를 대신해서 타일렀다. "우리는 이 아이의 보호자를 죽인 거야. 우리를 따라오고 싶겠냐."

다른 부하도 말을 보탰다. "서에 데려가봤자 결국 고아원으로 보내지기밖에 더 하겠나. 그냥 이 아이의 선택에 맡기는 편이 아이가 더 행복하지 않을까."

소녀를 보호하려고 했던 부하는 입을 다물었다.

"피의자가 사망했으니 수사를 종료한다. 철수한다." 경감
은 부하 일동에게 지시하고 등을 돌렸다. 그는 뒤돌아보지도
않고 화장실을 빠져나가 지상으로 향했다. 부하들은 말없이
그를 따라갔다.

사쿠라라는 소녀는 시신과 함께 남겨졌다.

*　　*　　*

거실에 있는 검은색 전화기가 울렸다.

여름 석양이 드리운 베란다에서 오른쪽 볼에 반점이 있는
소녀가 하얀 민소매 원피스의 옷자락을 걷으며 방으로 들어
왔다. 소녀는 팔걸이의자에 앉아 수화기를 들었다. 잠시 말없
이 용건을 들었다. 높은 천장에서는 실링팬이 천천히 돌아가
고 있었다. 소녀는 마침내 입을 열었다.

"하하키기 무라사키는 죽었습니다. 저는 사쿠라, 그분의
양녀입니다. 무라사키의 기술은 제가 전부 전수받았습니다.
제가 찾아뵐까 하는데 그래도 괜찮으신가요?"

수화기를 내려놓았다. 소녀는 자리에서 일어나 침실로 가
서 진홍색 닥터백을 들고 나왔다. 현관으로 향하는 길에 벽 옆
의 서랍장 위에 있는 양절연초 케이스를 집었다. 뚜껑을 열었
다. 그 안에는 메모지 한 장이 들어 있었다. 사쿠라는 접힌 종

이를 펼쳤다.

> 돈 잘 버는 전문직에 종사하기
> 많이 벌면 은퇴해서 우아하게 살기
> 사쿠라에게 돈 버는 전문 기술을 전수하기

메모지에 따뜻한 입김이 살랑 닿았다. 그 종이를 다시 고이 접어 빈 담배 케이스에 넣었다.

"다녀올게요, 엄마."

오늘의 의뢰인은 슬럼가에 사는 주민이다. 돈은 되지 않지만 그래도 상관없다.

현관에서 모자와 선글라스와 액세서리를 골랐다. 전신거울 앞에서 모자의 각도를 알맞게 조절했다. 7센티미터의 하이힐 샌들을 신은 사쿠라는 격투무예 A급 선수처럼 자신감에 찬 꼿꼿한 자세로 세상을 향해 문을 열었다.

이세계 수학

수학이 어렵다고 걱정하지 마라.

내가 더 골치 아픈 걱정을 하고 있을 테니.

– 여중생 바버라 윌슨에게 보낸 아인슈타인의 편지

3점.

에미는 한없이 백지에 가까운 답안지를 바라보았다. 그 오른쪽 구석에 빨간 펜으로 또렷하게 적힌 숫자는 3.

3점이라니. 이건 위험하다. 수학 점수는 항상 낮긴 했지만 이번에는 명백하게 최저점이다. 이 점수를 보면 두 손이 떨릴 수밖에 없다.

"방과 후에 수학과 교무실로 와라."

담임 교사인 시무라는 쪽지 시험지를 돌려주면서 그렇게 속삭이고는 옆 책상으로 갔다. 꼭 끼는 세로줄무늬 치마에 감싸인 엉덩이가 에미를 향했다. 시무라는 에미 옆자리에 앉은 남학생에게 답안지를 돌려주며 이렇게 말했다. "마음 같아서는 120점을 주고 싶네."

교사는 다음 학생에게 갔다. 에미는 옆자리를 슬그머니 곁눈질했다. 다니야마는 선생님께 칭찬받고도 역시나 평소처럼 아무렇지도 않다는 표정을 유지했다. 앗, 만점 답안지를 무슨 편의점 영수증처럼 아무렇게나 수학Ⅱ 교과서에 끼워 넣었다. 어머, 이제는 다른 책을 꺼내 읽었다. 제목은 《해석개론》. 저자 이름은…… 뭐라고 읽는 거야. 다카기 사다하루? 뭐, 보나마나 위대한 수학자겠지. 저렇게 두꺼운 책을 썼으니까.

그 수학자의 이름이 '다카기 데이지'라는 사실을 에미는 몰랐다.

시무라는 이 남학생이 수업에 집중하지 않아도 문제 삼지 않았다. 이 여교사뿐 아니라 다른 교사들도 그랬다. 수업과 관련 없는 공부는 하지 말라는 호통이 떠나지 않은 중학생 시절의 교실 분위기와는 사뭇 달랐다.

에미는 에휴 하고 한숨을 흘렸다. 이대로 가다가는 정말로 위험하다. 에미는 답안지에 적힌 3이라는 빨간 숫자와 옆자리 남학생을 번갈아 봤다. 햇볕에 그을려본 적이 없는 것처럼 피부는 하얘도 약골처럼 보이지는 않았다. 전문서를 읽는 눈빛에 힘이 깃들어 있어서다. 부드러워 보이는 머리카락, 반듯한 이마, 오뚝한 콧날, 작은 턱 등 그의 모든 이목구비에서 지성미가 풍겼다.

찌릿 하고 가슴이 조여들었다. 교복 윗옷 위로 아픈 부위를 누르자 속주머니에 든 학생수첩이 만져졌다. 학생수첩에는 으레 교칙이나 교내 정보가 적혀 있어야 하는데, 이것은 거의 백지로 되어 있어서 학생들이 메모장이라고 야유하는 수첩이다. 그럴 만도 한 게 이 안에 적힌 교칙은 단 한 줄뿐이다.

게다*를 신고 등교하지 않는다.

백수십 년의 전통을 자랑하는 구제 중학교**시절부터 이 지역에서 으뜸가는 명문 진학고. 그게 바로 이 산노마루고등학교였다.

"실례합니다."

문을 두드리고 나서 수학과 교무실로 들어갔다. 이번에도 어김없이 등골이 오싹해지고 손바닥에 땀이 맺혔다. 아니나 다를까, 바로 오른편의 커다란 칠판 앞에서는 두 교사가 분필 가루를 뒤집어쓰며 격론을 벌이고 있었다.

"그러니까 이 아이디어를 처음 제창한 한스 모라벡을 따르면 말이야."

"하지만 그 논문의 주제는 다세계 해석을 일인칭으로 증명하는 방법이라니까."

칠판에 휘갈겨 쓴 복잡한 수학 공식의 의미는 전혀 모르겠고, 알고 싶지도 않았다.

교무실 한가운데에 밭 '전田' 자로 놓인 책상 중 하나에서 시무라가 고개를 들고 에미에게 손짓했다.

"이리 와서 앉아." 시무라는 책상 옆 둥근 의자를 가리켰다.

---

* 일본의 전통 나막신.

** 제2차 세계대전이 끝나기 전까지 남학생들을 대상으로 중등교육을 실시한 학교.

가시방석 같은 의자에 앉자 담임은 겹겹이 쌓인 서류 틈바구니에서 유리병을 집어 들었다.

"사탕 먹을래?"

교무실에 올 때마다 듣는 말이지만 에미는 한 번도 먹지 않았다. 색색깔 눈깔사탕이 수학 문제를 연상케 해서다. '봉지에서 빨간 구슬을 꺼낸 다음에 노란 구슬을 꺼낼 확률을 구하시오.' 아, 생각만 해도 기운이 빠졌다. 그런 걸 알아서 뭐에 쓰게요.

그래서 에미는 오늘도 고개를 저었다.

"알았어." 시무라는 사탕이 든 병을 제자리에 놓았다. 그리고 팔걸이가 달린 회전의자를 살짝 돌리며 다리를 꼬았다. 꽉 끼는 치마 밑으로 무릎이 드러났다. 오른쪽 무릎에 있는 얇은 스타킹 속의 저 반점을 에미는 지금까지 몇 번이나 봤는지 모른다. 반점의 모양과 크기는 아기 손바닥과 비슷했다.

담임 교사는 짧은 머리카락 속에 손가락을 집어넣고 무테 안경 너머로 여학생을 바라봤다. "널 왜 불렀는지는 알지?"

고개를 끄덕였다. 목소리는 나오지 않았다.

"아까 그 쪽지 시험에서 네가 답을 맞힌 건 유일한 서비스 문제였어. 공식만 암기하면 풀 수 있는 문제."

"이차방정식의 근의 공식이요." 에미는 입안에 탈지면을 한가득 머금은 듯한 말투로 대답했다. 머릿속으로 공식을 외웠다. 이에이분에 마이너스비 플러스마이너스 루트비제곱 마이너스 사에이시. 마치 주문 같았다.

"그래, 중학생도 다 아는 그 공식. 그런데 이번만이 아니야. 1학년 때부터 지켜봤는데, 넌 쪽지 시험이든 중간고사든 기말고사든 항상 암기로 풀 수 있는 문제만 맞혔더라. 사립대 인문계를 지망한다면 그 방법이 통할지도 몰라. 하지만."

담임의 눈빛에 눌려 에미는 어깨를 움츠렸다.

"내년에 네가 원서를 넣을 곳은 국립대 중에서도 서쪽의 최고 명문 기요토대학이야. 인문계 학부를 지원한다 해도 2차 시험에는 수학이 들어가. 해마다 암기가 통하지 않는 어려운 문제만 출제된다는 건 너도 알잖니."

"네." 끄으윽, 배가 아팠다.

"게다가 수학은 배점이 높아. 그 학교에 지원하는 수험생 중에는 인문계인데도 수학 성적이 좋은 애들이 득실득실해. 그것도 알지?"

"네." 눈앞이 어두워졌다.

그러자 시무라의 말투가 에미를 격려하듯이 부드러워졌다. "그래도 오르지 못할 나무는 아니야. 시간은 1년 이상 남아 있으니 그때까지 암기식 수학에서 벗어나는 게 좋겠다."

"네." 자신감을 잃은 게 목소리에서 티가 났다.

교사는 의자 등받이에 기대어 미소 지었다. "넌 타고난 머리가 있으니까 수학에 재미를 붙이면 금방 잘할 거야. 그러니까 기운 내."

"그럼 가보겠습니다." 에미는 고개를 숙인 채 교무실을 나왔다. 문을 닫고 복도에 서서 한숨을 푹 내쉬었다. 목과 어깨를 돌리며 딱딱하게 뭉쳐 있던 근육을 풀었다. 아, 지칠 대로 지쳤다.

시무라 선생님이며 다른 수학 선생님들이며 다니야마며 수학을 좋아하고 잘하는 사람들은 수학이 왜 재미있는지를 알려주지 않았다. 재미있는 게 당연하다고 얼굴에 쓰여 있다. 그들만의 울타리 안에서 그들끼리 즐거워하는 모습을 뒤에서 손가락을 물고 구경하는 기분이다.

아아아, 답답하다. 머리가 아프다. 이를 어쩌지.

언제부터 수학을 피하게 됐을까. 초등학생 때는 그렇지도 않았다. 중학교에 올라가 수학 성적이 뚝 떨어지고 나서부터 기피 과목으로 자각하게 되었다. 그 계기가 무엇이었는지 지금은 기억나지 않는다.

아무튼 수학이 진절머리 나게 싫다 보니 사고력으로 푸는 건 포기하고 암기 과목으로 단정 지었다. 다행히도 공립고등학교 입학시험은 현* 내의 어느 학교든 문제가 똑같았다. 수학의 난이도는 패턴만 통째로 암기하면 공략할 수 있는 수준이었다. 그 덕분에 무사히 고득점을 따서 명문인 산노마루고등학교에 합격했다.

그러나 대학 입시는 달랐다. 각 학교가 원하는 학생을 선별하려고 독자적으로 시험 문제를 만들어서 출제했다.

---

* 일본의 행정구역 단위 중 하나로 한국의 '도' 단위와 비슷하다.

암기가 통하지 않는 어려운 문제. 이제 미래가 캄캄하다. 절망감만 밀려왔다.

책가방을 메고 교정으로 나왔다. 선선한 초가을 바람이 금목서 향기를 싣고 왔다. 해가 저물어가고 있었다. 건물 벽은 금빛으로 물들었고, 잔디밭에는 정원수의 긴 그림자가 드리웠다. 지금은 그냥 집에 가는 학생들은 벌써 다 돌아갔거나 동아리 활동을 하는 학생들은 운동장, 체육관, 음악실, 미술실, 동아리방에서 각자 할 일에 열중할 시간대다. 따라서 학교 1층 출입구 앞에는 사람 그림자도 보이지 않았다. 에미도 수업이 끝나면 곧바로 집에 가는 쪽이었으니 담임과 면담하지 않았다면 지금쯤 전철 안에 있었을 것이다.

에미는 1학년 여름까지 소프트테니스부에 소속되어 있었다. 막연히 동아리 활동을 해보고 싶어서 가입했지만 얼마 못 가 테니스가 적성에 맞지 않는다는 걸 느끼고 그만두었다. 그때 동아리 부장도 이렇게 말했다. 그래, 안 맞는 것 같긴 했어. 너에겐 문화부 쪽이 잘 어울릴 것 같아. 뭐랄까, 가만히 앉아서 머리를 쓰는 쪽 말이야.

그러나 하고 싶은 걸 해보자고 이제 와서 문화부 쪽을 기웃거릴 생각은 없었다. 공부 시간을 확보하지 않으면 원하는 대학에 합격할 수 없다는 사실을 알기 때문이다.

원하는 대학. 사실은 에미 자신이 아니라, 그 애가 지망하는.

교문을 빠져나왔다. 묵직한 맞배지붕을 두꺼운 기둥이 양 끝에서 떠받치고 있다. 이 문은 야쿠이몬이라고 하는데, 옛날에 쇼군*의 담당 의사가 드나들었다는 데서 유래했다. 이 문을 지나면 다리가 나온다. 혼조바시라는 이름은 고풍스러워도 근대식 철근 콘크리트로 지어진 다리로 자동차도 오고 갈 폭은 된다. 다리 밑을 쭉 내려다보면 열차 선로가 지난다. 과거에 해자**였던 지형을 이용했다고 한다. 즉 이 고등학교는 옛 성터 위에 지어진 것이다.

에미는 잠시 멈춰서서 가방을 내려놓고 철제 난간에 두 손을 걸쳤다. 가을바람이 휭 솟구쳐 올라와서 남색 교복 치마를 부풀리고는 어깨까지 내려온 검은 머리칼을 흩트렸다. 열차 바퀴가 만들어내는 덜컹덜컹, 덜컹덜컹 하는 리듬이 점점 다가왔다.

어쩌면 좋지. 수학 성적이 이대로 가다가는…….

열차가 다가오는 소리를 들으며 노을빛 하늘을 바라보니 마음이 어지러워졌다. 같은 대학에 가고 싶었다. 옆자리에 앉는데도 말 한마디 나눠본 적 없는 그 애랑. 수업시간에 두꺼운 전문서만 읽는 그 애가 가끔 주머니에서 학생수첩을 꺼내 들여다볼 때가 있는데, 그 안에 적힌 메모가 어려운 수학 문제라는 것을 최근에 알았다. 소문을 듣기로 그는 기요토대학 한 곳만 지망한다. 학풍에 끌렸다고 한다. 보통 이 학교에서 성적이

---

* 일본에서 12~19세기에 실권을 장악한 무신정권의 수장을 가리키는 칭호.
** 성 주위에 둘러 판 못.

우수한 학생들은 수도에 위치해서 지리적으로도 가까운 도키요대학을 목표로 삼는데.

그 애가 왜 이렇게 신경 쓰이는지 잘 모르겠다. 모르겠지만 그래도 다니야마와 같은 대학에 가고 싶었다.

그런데 수학이…….

바람이 또다시 다리 위로 불어 올라와서 에미는 몸을 떨었다. 마음이 어둡고 무거워졌다. 등 뒤에서 검은 팔이 뻗어 나와 손톱이 뾰족하게 난 손으로 자신을 움켜쥘 것 같은 착각이 들었다. 아무것도 하기 싫다. 도망치고 싶다. 도망치고 싶어.

덜컹덜컹, 덜컹덜컹. 선로를 구르는 바퀴 소리가 점점 커졌다. 열차가 다리 밑을 통과하는 순간, 요란한 경적이 길게 울렸다. 마치 마음속에서 절규하는 것 같았다.

에미는 난간 앞으로 몸을 내밀었다. 그리고 열차가 통과하며 일으킨 바람을 정면으로 맞으면서 옛 성을 지킨 해자를 향해 소리쳤다. "수학 따위, 이 세상에서 사라졌으면 좋겠어!"

좋겠어, 좋겠어, 좋겠어…….

그 메아리가 경적이 남기고 간 여운에 녹아들었다. 그 소리에 섞여 이런 목소리가 들린 것 같았다.

네 소원을 들어주겠노라.

깜짝 놀라 허리를 펴고 주위를 둘러보았다. 매일 아침저녁으로 지나다니는 익숙한 다리의 하얀 노면과 저녁노을로 붉게 물든 옛 성시城市 미토의 풍경이 보여야 정상이었다. 전철역, 현청, 현립 도서관, 동네의 상징인 예술관의 삼중 나선 타워 말이다. 그런데.

"앗!" 얼떨결에 소리치며 다리 밑을 내려다보았다. 철제 다리는 온데간데없고 이끼로 뒤덮인 통나무가 다리를 떠받치고 있었다. 그 밑을 흐르는 개울은 둑 보호 공사도 되어 있지 않았다. 반짝이는 물결 속에 작은 물고기의 그림자가 엿보였다. 하늘을 우러러보니 해가 머리 꼭대기에 떠 있었다. 말도 안 되었다. 방금까지도 분명 저녁이었는데.

"엥?" 다시 소리쳤다. 뭐야, 뭐야. 뭐가 어떻게 된 거야?

그러나 미처 생각을 정리할 틈도 없었다. "거기, 비켜! 비키라고!"

고함이 들려서 뒤돌아보았다. 놀랍게도 수소 두 마리가 끄는 짐수레가 눈앞으로 다가오고 있었다. 소리친 사람은 짐수레를 모는 남자였다. 불그스레한 얼굴에 푸른 눈동자, 모자 밑으로 삐져나온 노란 곱슬머리, 허리에 찬 가죽 벨트에 무릎 위까지 오는 튜닉, 긴 양말, 나무 굽으로 된 가죽 신발과 장갑. 판타지 작품에 나올 법한 중세시대 농부의 모습을 그대로 옮겨놓은 것 같았다.

"앗, 미안해요." 짐차를 피하기에는 다리가 좁아서 허둥지둥 뒷걸음쳤다. 에미는 다리를 빠져나가 옆으로 물러서서 짐수레가 지나가길 기다렸다. 그런데 나무 멍에를 쓴 수소들은 속이 터질 정도로 느릿느릿 움직였다. 햇볕과 노동으로 달궈진 가축의 몸에서는 기름과 분뇨에 전 악취가 올라왔다. 끼잉끼잉, 덜컹덜컹 소리를 내는 짐수레의 바퀴와 차축도 나무이니 서스펜션* 역시 장착되지 않았을 것이다. 수레에는 커다란 나무통이 잔뜩 실려 있었다. 희미하나마 액체가 출렁거리는 소리가 들렸다. 색깔, 소리, 악취. 이 모든 게 꿈이라기엔 지나치게 생생한데.

볼을 꼬집어서 당겨보았다. 아프니까 역시 꿈은 아니다. 그렇다면.

가장 먼저 떠오른 것은 판타지 소설 속 설정이었다. 중학생 때까지는 추리소설을 제일 좋아했는데 최근 몇 년 동안은 판타지 소설만 읽었다. 공부하다가 잠시 숨 돌리기에 안성맞춤이었으니까. 책을 읽는 동안에는 입시에서 오는 두려움을 잊을 수 있었다.

지금 이 상황은 소설에 자주 나오는 그것, 주인공이 별안간 다른 세계로 떨어지는 설정과 비슷하다. 비슷하긴 한데.

고개를 저으면서 그 생각을 지웠다. 정신 차려, 에미. 그런 일이 현실에서 일어날 리 없잖아. 그건 지어낸 이야기야. 재미와 웃음을 주려고 지어낸 이야기일 뿐이라고.

그렇지만 달리 설명할 방법이 떠오르지도 않았다.

짐수레가 떠난 뒤 다시 주변 풍경을 관찰해보았다. 혼조바시를 건너면 눈앞에 나와야 할 교육 지구는 흔적도 없이 사라졌다. 하얀 보도블록이 깔린 포장도로와 플라타너스의 그늘

---

* 차체의 무게를 받쳐주는 장치.

과 맞은편에 있는 여학교와 그 옆의 초등학교는 또 어디로 갔을까.

이 길은 비포장도로라서 흙먼지가 날리고, 아까 그 짐수레가 간신히 지나갔을 정도로 좁다. 길 좌우로 직사각형으로 구획된 농경지가 보였다. 농작물이 자라나 푸르른 논밭이 있는가 하면 거무스름한 휴경지*도 있다. 드문드문 서 있는 민가는 하나같이 흙벽에 초가지붕을 얹은 조그만 단층집이다. 지붕에 난 굴뚝에서 연회색 연기가 길게 피어올랐다. 가옥과 농경지 너머는 숲이다. 울창한 숲은 마치 지평선의 테두리를 꾸미는 그림자 같다. 짙은 초록색과 눈부신 햇살과 희미하게 들려오는 종달새 노랫소리. 여기는 초여름인가 보다. 계절마저 바뀔 줄이야.

그때 뒤에서 말소리가 들렸다. 뒤돌아보니 짐수레를 몰았던 농부와 비슷한 옷차림을 한 세 남자가 농기구를 들고 이야기를 나누면서 걸어오고 있었다. 에미는 그들을 보자마자 도망치려 했다. 수상한 짓을 한 건 아니지만 현지인 눈에 띄고 싶지 않아서였다. 그러나.

"잠깐만, 아가씨. 희한한 옷을 입었네." 그쪽에서 먼저 말을 걸었다.

에미는 하는 수 없이 어색한 미소로 답했다. 진남색 블레

---

* 부치다가 갈지 않고 내버려둔 땅.

이저와 무릎 기장의 치마와 검은색 로퍼는 니폰 여고생들이 입는 표준 교복이지만, 여기에서는 이보다 더 튀는 옷이 없었다. 큰일이다. 뭐라고 설명하지?

그때 "그래, 그렇구나!"라며 빨간 머리 농부가 손뼉을 쳤다. "아가씨, 떠돌이 점쟁이지?" 그러자 다른 두 사람도 "아, 점쟁이였구나." "그래서 복장이 이렇게 이상한 거네."라고 알아서 해석했다.

휴, 천만다행이다. 잠시 그렇게 안도했지만.

"여기서 점쟁이를 만나다니 운도 좋지." 빨간 머리 남자가 크게 말했다. "우리에게 지혜 하나만 빌려주지 않겠나? 보답은 하겠네." 세 사람은 기대에 찬 눈빛으로 에미를 바라보았다.

이렇게 된 이상 이들의 말에 장단을 맞출 수밖에 없었다. 만족스러운 답을 해줄 수 있을지도 모르고, 여차하면 거짓말로 적당히 둘러대면 그만이다. "저, 저라도 괜찮다면 뭐."

"실은, 영주님이 명령을 내리셨어." 빨간 머리 남자가 농경지를 가리켰다. "여기서부터 저기까지의 땅에 새 길을 두 개 내라고 말이야. 두 길은 서로 교차해야 하고 폭도 같아야 해. 그런데 문제가 있어."

"새 길을 제외하고 밭으로 남겨야 할 넓이가 정해져 있어." 코가 길쭉한 남자가 이어받았다. "수확량이 필요 이상으로 줄면 안 된다고 했거든."

이번에는 키 작은 남자가 말했다. "그래서 길의 폭을 몇 큐빗*으로 해야 할지 상의해봤는데, 도무지 답이 나오지 않더라고."

윽, 하필이면 수학 문제였다.

잠시 얼어붙긴 했지만 반복 학습으로 새겨넣은 기억이 자동으로 흘러나왔다. 이 문제는 고등학교 입시 문제로 유명한 이른바 도로 폭 구하기다.

풀이법은 외우고 있었다. 직사각형 땅의 가로·세로의 길이와 남겨야 할 밭의 면적이 얼마인지 농부들에게 물었다. 작은 나뭇가지를 주워서 땅바닥을 칠판 삼아 식을 써 내려갔다.

구해야 하는 길의 폭을 x로 놓는 이차방정식을 세우고, 인수분해가 귀찮으니까 근의 공식을 쓴다. 이에이분에 마이너스비 플러스마이너스 루트비제곱 마이너스 사에이시.

"으음, 이렇게 저렇게 해서 여기랑 여기에 숫자를 대입하면…… 그렇지. 답은 두 개 나오는데 한쪽이 마이너스니까 이쪽이 답이겠네. 길의 폭은 2와 4분의 1큐빗으로 하면 되겠어요!" 1큐빗이 몇 미터인지는 모르겠지만 어쨌든 답은 구했다.

그런데 농부들은 기뻐하기는커녕 공포에 질렸다. 그들은 동시에 "개, 개방파다!"라고 외치더니 등을 확 돌리고 모래바람을 일으키며 도망가버렸다.

왜 저래. 기껏 문제를 해결해줬더니만.

---

* 고대 이집트, 바빌로니아 등지에서 썼던 길이의 단위. 1큐빗은 팔꿈치에서 손끝까지의 길이로 45.72cm에 해당한다. 현재의 야드, 피트의 바탕이 되었다.

나뭇가지를 던지고 나서야 뒤늦게 책가방이 없다는 걸 깨달았다. 원래 세계에 두고 온 모양이었다. 모든 게 낯설기만 한 이세계에 나만 혼자라는 뜻이었다.

교과서, 사전, 통학용 정기권, 손수건, 립크림이 들어 있는 파우치 그리고 지갑. 그런 소지품이 이세계에서 쓸모 있지는 않겠지만, 친숙한 물건들이 통째로 사라지자 발밑이 무너져 내리는 듯한 불안감이 솟구쳤다.

갑자기 한기가 들어 두 팔로 몸을 감쌌다. 평화로운 풍경에 속으면 안 돼. 지금 난 심각한 상황에 놓였다고. 어떻게 해야 원래 세계로 돌아갈 수 있을까.

당황한 나머지 집중력이 흐트러졌다. 농경지 한쪽에서 피어오른 봉화도 눈에 들어오지 않았다. 어디선가 들려오는 묵직하고 낮은 소리를 알아차렸을 때는 이미 한 발 늦었다. 소수의 기마대가 말발굽을 울리며 에미의 눈앞으로 달려왔다. 말은 전부 까마귀의 날개처럼 새카매서 진홍색으로 통일된 마구가 눈에 확 띄었다.

"거기 너! 너 말이다. 수상한 옷을 입은 검은 머리 계집!"

말을 탄 남자들은 에미를 포위하더니 한꺼번에 그녀에게 창끝을 겨누었다. 그들은 물방울처럼 꼭대기가 뾰족한 투구를 쓰고, 사슬 갑옷을 갖춰 입고, 팔과 다리에는 두툼한 가죽 장갑과 정강이 보호대를 착용하고 있었다. 투구와 갑옷에는 무수한 상처가 나 있었다. 실제 전투에서 생긴 것이라는 느낌이 들어 에미는 몸을 파르르 떨었다.

그들 가운데 유일하게 질 좋고 번쩍이는 은색 갑옷을 입은 남자가 간담이 서늘해지는 목소리로 외쳤다. "네가 개방파구나. 수도로 연행하겠다!" 투구에 달린 코 보호대 때문에 표정이 보이지 않아서 더욱 무섭게 들렸다.

"자, 잠깐만요!" 에미는 얼떨결에 두 손을 위로 들었다. "갑자기 왜 이러세요. 내가 무슨 잘못을 했다고 그래요? 그리고 개방파는 또 뭐예요?"

"수학을 쓰지 않았느냐. 그게 개방파라는 증거다."

"네? 무슨 말인지 전혀 모르겠어요."

갑옷을 입은 남자는 더는 항변을 듣지 않고 에미에게 밧줄을 씌우더니 끌고 온 말의 안장에 뚝딱 동여맸다. "이랴!" 무장한 남자들은 검은 말의 옆구리를 차면서 체포자를 연행했다.

멀찍한 곳에서 세 농부가 그 모습을 지켜보고 있었다.

"세상 참 무섭군. 저런 여자애가 개방파라니."

"저 애는 이제 어떻게 되려나."

"그런 걸 걱정해서 뭐 하나. 어서 가세. 일하러 가야지."

그들은 각자 튜닉의 가슴께를 눌렀다. 옷 속의 지갑에는 갑옷 입은 남자에게 받은 보상금이 들어 있었다.

달리는 말은 심하게 흔들려서 입을 꽉 다물지 않으면 혀를 깨물 것 같았다. 거친 밧줄이 조여들어 온몸이 아팠다. 말발굽이 일으킨 모래바람이 사정없이 얼굴을 때리고, 눈에 들어가서는 눈물을 뽑고, 콧속으로 파고들어서는 재채기를 일으켰다.

이게 뭐야, 뭐냐고. 다짜고짜 날 밧줄로 묶은 이유도, 날 어디로 데려가는지도 왜 알려주지 않는 거야. 그나저나 이 사람들은 대체 누구야.

물어보고 싶었지만 말도 제대로 나오지 않았다. 간신히 입을 뗀다고 해도 달리는 말들의 요란한 발굽 소리에 묻힐 게 뻔했다.

검은 말을 탄 남자들은 가는 내내 말이 없었다. 딱 한 번, 사거리에 접어들자 은색 갑옷을 입은 남자가 길가에 세워진 높은 기둥을 가리키며 말했다. "저게 개방파의 말로다."

에미는 그가 가리킨 방향을 올려다보았다. 모래 먼지가 시야를 방해해도 기둥 꼭대기에 무언가가 꽂혀 있는 건 보였다. 그 주위에서 까마귀 떼가 번갈아 으스스한 울음소리를 냈다. 설마, 저것은.

구역질이 올라왔다. 보고 싶지 않았다. 끔찍해서 한 번 보면 트라우마가 생길 참혹한 모습이었다. 나는 어쩌다가 이런 야만스러운 세계에 오고 말았을까.

사람의 목이 내걸린 기둥을 지나친 지 얼마 안 돼서 앞에 모랫빛 띠 같은 게 보였다. 가까이 다가가니 그것은 돌과 회반죽으로 지어진 벽이었다. 높이가 5~6미터쯤 되는 그 벽은 원형경기장처럼 거대한 무언가를 둥글게 에워싸고 있었다. 벽에는 기마대가 충분히 지나가고도 남을 문이 뚫려 있었고, 문지기가 양쪽 문 앞에서 기다란 창을 엑스자로 교차해서 들고 있었다. 그들은 갑옷 입은 남자와 신호를 주고받더니 창을 치우고 기마대를 맞아들였다.

벽 내부에는 도시가 있었다.

성안의 길도 비포장도로였는데 닭, 거위, 돼지, 개가 돌아다니고 아이들이 와자지껄 떠들면서 기마대의 양옆을 달려갔다. 유심히 보니 곳곳에 가축의 똥과 오줌이 널려 있었다. 이 세계 사람들은 야만스러운데다 불결하기까지 한 것 같았다.

길 양쪽에는 나무로 된 이층집과 삼층집이 무질서하게 늘어서 있었다. 위층은 튀어나와 있고 최상층은 서로를 지탱하듯 다리 형태로 연결되어 있었다. 건물이 길을 뒤덮은 탓에 하늘이 좁아 보였다. 1층은 점포였다. 판자로 된 진열대에는 채소와 과일, 식기류와 냄비, 신발과 벨트, 지갑과 의류 등이 올려져 있고, 가게 주인과 손님이 큰 소리로 가격을 흥정하고 있었다. 간판에 나무통과 맥주잔이 그려진 집은 술집, 침대가 그려진 집은 여관이리라.

길에는 가게 없이 물건으로 꽉 찬 함을 등에 걸머진 행상인이 손님을 끌고 있었다. '장작이 필요하지 않으십니까? 밥 짓는 데 필수품인 숯과 이탄*도 있습니다. 그리고 이 양초로 말할 것 같으면, 밀랍 양초라서 그을음이 나지 않는답니다. 라드 무첨가, 확실히 보증합니다.' '아주머니, 슬슬 침대 속 짚을

---

* 땅속에 묻힌 시간이 오래되지 아니하여 완전히 탄화하지 못한 석탄.

갈아야 할 시기가 오지 않았나요? 여기에 햇살 내음을 머금은 깨끗한 보릿짚이 있습니다.'

어디선가 종소리가 울렸다. 지금 시각을 알리는 것인지도 몰랐다.

이토록 활기 넘치고 소란스러울 수가. 에미는 잠시 자기가 처한 기묘한 상황과 밧줄에 쓸리는 아픔도 잊은 채 거리 풍경에 홀려 있었다. 와, 멋지다. 이곳은 색깔, 소리, 냄새가 생생하게 느껴지는 판타지 세계였다.

에미 역시 이곳 사람들의 관심을 끌었다. 수도에 사는 시민들은 외출복을 차려입고 다닐 여유가 있는지, 남자들은 화사한 색상의 긴 튜닉을 입었고 망토에 반짝이는 버클을 단 사람도 있었다. 여자들은 대부분 옆트임이 있거나 소맷부리에 레이스가 달린 튜닉에 정교한 자수로 장식된 겉옷을 입었다. 남자들은 모자 아래로, 여자들은 베일 너머로 눈빛을 교환하면서 속닥거렸다.

"저 여자애, 옷차림 좀 봐." "머리 색도 이상한걸." "멀리서 온 떠돌이 예인인가? 아니면 광대?" "무희일지도 몰라." "너무 튀는군. 점쟁이 같기도 하고." "창부 아닐까. 무릎을 다 드러냈잖아." "저기, 당신, 왜 히죽거려?" "저 나이에 흑마대에 끌려가다니, 대체 뭘 잘못을 했대?" "방금 들었어. 개방파래!"

사람들의 목소리에 갑자기 두려움이 번졌다. "잘못 들은 건 아니지? 개방파라고?" "세상에, 개방파라니." "개방파래." 사람들의 눈빛이 매서워졌다. 고개를 돌린 채 기도인지 주문인지 모를 말을 중얼거리는 사람도 있었다. 아이들은 어머니 등 뒤로 숨었다. 개가 마구 짖어댔다. 노파는 헐레벌떡 집으로 뛰어 들어가서 문을 쾅 닫았다.

왜 저렇게 겁에 질렸지? 개방파, 그게 뭐길래?

말을 타고 묵묵히 달린 남자들은 이윽고 도시의 중심부로 보이는 광장에 도착했다. 석재로 포장된 광장은 목조가 아닌 석조 건물로 정연히 둘러싸여 있었다. 그들은 그중 정면이 검은 화장석으로 꾸며지고 지붕이 원뿔형으로 된 건물로 들어 갔다. 또다시 종소리가 울렸다. 원뿔형 지붕 바로 밑에 종루가 있었다. 이 건물은 시청사이자 경찰서와 재판소 역할도 겸하고 있다는 것을 에미는 나중에 알게 된다.

"몇 번을 말해야 알겠어요? 이차방정식의 근의 공식은 학교에서 배웠다니까요. 중학생 이상은 누구나 다 알아요."

에미는 길쭉한 테이블 앞에 앉아 있었다. 에미가 앉은 나무 의자는 다리 높이도 맞지 않고 앉는 곳은 작은 데다 쿠션도 없어서 불편하기 짝이 없었다. 그 맞은편에는 세 남자가 있었다. 검은색 원통형 모자를 쓰고 검은색 망토를 두른 사람들이다. 그중 한 사람은 깃털 펜에 잉크를 묻혀 조서를 썼다. 그런데 자세히 보니 종이가 아니었다. 혹시 양피지인가, 세계사교과서에 나왔던 것 같은데. 그러는 사이 세 남자는 의혹에 찬 눈길로 에미를 쳐다보았다.

"학교에서 수학을 배웠다고?" "이 계집, 거짓말로 우리를 현혹할 속셈이야." "아닐세, 망상이겠지. 수학에 빠져서 머리가 이상해진 게야." "그래, 그래. 수학 때문이야." "재상님이 말씀하신 대로 수학은 접할 게 못 돼. 이리도 무서울 수가." "역시 개방파는 활개 치게 놔두면 안 돼. 이 나라에 해악을 끼칠 거야."

"그러니까 개방파가 뭐냐니까요?" 이제는 지쳤다. 말에서 끌어내려 밧줄을 풀어주는가 싶더니 그 뒤로는 줄곧 이 아저씨들과 겉도는 대화만 되풀이하고 있다. 돌로 벽을 쌓은 이 방에는 작은 창문 하나만 있는데, 지금은 지는 햇빛이 들어오고 있다. 밖에서 들어오는 빛만으로는 부족해서 테이블에 촛대가 올려져 있는데 그 불빛마저도 미덥지 못했다. 촛불을 밝혀도 이렇게 어둡다니.

"전 개방파가 뭔지 몰라요. 그 사람들의 동료도 아니고요. 제발 믿어줘요."

"한사코 잡아떼는군. 시치미를 떼는 건지 정말로 모르는 건지, 원." 세 심문관은 서로 눈빛을 교환했다. "아직도 결론이 나지 않으니 우리 선에선 안 되겠어. 재상님이 나서셔야 하지 않을까." "그래, 이 건은 이상해. 기이하고 어려워. 재상님께 판단을 내려달라고 부탁하세." 한 사람이 손가락으로 딱 소리를 내서 뒤에 서 있는 부하에게 신호를 주었다. 부하는 곧 바로 방을 나갔다.

재상……. 재상은 왕을 보좌하는 관직이라고 세계사 시간에 배웠다. 그렇다면 여기는 왕국인 건가.

그런 생각에 잠겨 있을 때 다시 방문이 열렸다. 그러자 부리나케 일어난 심문관들은 뒤로 한 발짝 물러나서 허리를 깊이 숙였다.

"됐네, 됐어. 고개를 들게." 손을 내저으면서 들어온 사람은 냉혹한 인상에 쉰 살은 족히 되어 보이는 남자였다. 볼은 칼로 깎아내린 듯 홀쭉했고, 콧날은 맹금류의 부리처럼 뾰족했다. 은빛 턱수염은 짧게 다듬어져 있고 역시 은빛으로 곧게 뻗은 머리칼은 턱 끝까지 내려와서 바깥쪽으로 가볍게 말려 있었다. 검은 망토는 심문관들이 입은 것과 비슷해 보였으나 길이가 훨씬 긴 데다 은실 자수로 꾸며져 있었다. 신분이 높은 사람이라는 걸 한눈에 알아보았다. 이 남자가 재상이구나.

한 심문관이 자초지종을 설명했다. "이 괴상한 옷을 입은 계집애가 함정 문제 42번을 풀었습니다."

함정 문제였다고? 그러니까 농부들이 내게 말을 걸었던 게 말하자면 함정 수사였던가. 어쩐지 너무 싱겁게 체포됐다 싶었다. 그나저나 함정 수사에 수학 문제를 활용하다니.

재상은 싸늘한 삼백안으로 에미를 내려다보았다. "계집, 그걸 어떻게 풀었느냐?"

에미는 같은 답변을 되풀이했다. "이차방정식의 근의 공식으로요."

그러자 그의 눈썹이 치켜 올라갔고 안색이 확연히 변했다. 아니, 이 아저씨는 왜 이렇게 동요하는 거지?

"여기에 적어보거라." 재상은 테이블에서 양피지와 깃털 펜을 집어 에미 앞에 놓았다. 에미는 익숙하지 않은 펜 끝을 긁고 긁으면서 공식을 썼다. 이차방정식은 에이엑스제곱 플러스비엑스 플러스시는 영이고, 이것의 근은 이에이분에 마이너스비 플러스마이너스 루트비제곱 마이너스 사에이시.

재상의 턱수염이 떨렸다. 그는 근의 공식이 적힌 양피지를 잽싸게 낚아채서는 돌돌 말아 망토 안쪽에 찔러 넣었다. 마치 남들 눈에 띄지 않게 하려는 것 같았다.

"틀림없는 개방파다." 그는 심문관들을 돌아보며 단언했다. "사형에 처한다. 될 수 있는 한 빠르게."

"예. 될 수 있는 한 빠르게, 사형." 세 사람은 입을 모아 그대로 따라 했다.

"사거리로 끌고 가라"라는 말을 남기고 재상은 긴 망토를 휘날리며 심문실을 나갔다.

헉, 지금 뭐라고 한 거야. 사형? 지금 당장, 아까 그 사거리에서?

까마귀의 갈라진 울음소리가 에미의 귓가에 맴돌았다.

아니, 잠깐만. 이런 전개로 흘러가면 안 돼. 안 돼, 안 된다고! 그렇게 외치고 싶었지만 충격과 공포로 말이 나오지 않았다. 몸도 꼼짝하지 않았다. 설마, 나 여기서 죽는 거야? 이런 낯선 곳에서, 아는 사람 하나 없는 곳에서, 영문도 모를 이유로 지금 사형당해야 하는 거야? 그건 싫어!

절망에 사무치면 눈물도 나오지 않나 보다.

그때 건물 위쪽의 종루에서 종소리가 흘러나왔다. 두 번,

세 번, 네 번, 다섯 번.

"시간이 됐군." "그렇군." "자, 돌아갈까."

검은 망토를 두른 남자들은 책상 위의 서류를 정리하고는 자리에서 일어났다.

처음에 에미는 무슨 일이 일어나는지 몰랐다. 몇 초 뒤에야 알아차렸다. 하하, 퇴근 시간이었다. 이쪽 세계의 관리들도 오후 다섯 시만 되면 칼같이 일을 멈추는 모양이었다.

일단 살았다. 긴장이 풀린 나머지 온몸의 힘이 쭉 빠져서 하마터면 쓰러질 뻔했다.

그러나 사형은 잠시 연기되었을 뿐이었다. 곧바로 헌병으로 보이는 두 남자가 에미의 양팔을 붙잡고 어두컴컴한 복도로 한참 끌고 가더니 돌로 된 작은 방에 집어넣었다. 그 방이 감옥이라는 것은 굳이 설명할 필요도 없었다. 창문은 점프해도 손에 닿지 않는 높은 곳에 있고 격자 창살까지 달려 있었다. 그 창으로 꺼져가는 노을빛이 새어 들어왔다. 요나 이불은 없고 차가운 돌바닥에 거뭇한 지푸라기가 초라하게 깔려 있을 뿐이었다. 감옥 한구석에 놓인 더러운 항아리에서 소변 냄새가 올라와 코를 찔렀다. 거칠고 울퉁불퉁한 나무문이 묵직하게 닫히더니 자물쇠 채우는 소리가 났다. 남자들의 발소리가 멀어지다가 이윽고 사라졌다.

홀로 남겨지자 몸이 부르르 떨렸다. 치마 밑으로 나와 있는 무릎을 열심히 문질렀다. 해가 져서 기온이 떨어진 것 같았다. 이렇게 춥고 악취가 나는 곳에서 어떻게 자란 말인가. 무언가가 부스럭거리며 기어가는 소리도 났다. 벌레인지 쥐인지 모르겠지만 눈에 보이지 않으니까 더 무서웠다. 인간을 물 정도로 거대하면 어쩌지.

그보다 내일이 걱정이었다. 사형은 단두대에서 할까, 교수형을 할까. 싫어, 싫어, 싫어. 상상도 하기 싫었다. 무서워서 정신이 나갈 것 같았다. 당연히 아플 테고, 죽을 만큼 괴롭겠지. 그리고 진짜로 죽겠구나. 난 아직 열일곱 살밖에 안 됐는데. 살면서 못 해본 것도 많고, 남자친구도 아직 사귀어보지 못했는데.

아, 엄마, 아빠. 나 지금 내 인생에서 가장 비참한 상황을 맞았어요.

이런 극한 상황에서도 배가 꼬르륵거렸다. 꼬리를 물듯 많은 일이 덮친 탓에 잊고 있었지만, 생각해보니 오늘 두 번째 맞는 저녁이었다. 점심시간에 도시락을 먹은 뒤로 아무것도 먹지 않았으니 배가 고픈 게 당연했다. 엄마가 만든 간장맛 닭튀김과 파 송송 넣은 계란말이와 미니토마토베이컨말이가 떠올라 눈물이 날 것 같았다. 내가 어쩌다 이 꼴이 되었는지.

그래, 왜 이렇게 되었을까. 팔짱을 끼고 고개를 갸웃했다. 이 어처구니없는 사건들을 차분히 생각해볼 시간도 생겼겠다, 무슨 일이 일어났는지 정리해보자.

생각에 잠기자 두려움이 멀어져갔다. 으음, 먼저 수학 쪽지시험에서 3점을 받았고, 시무라 선생님에게 불려가서 설교를 들었다. 그리고 학교를 나와 야쿠이몬을 지나 혼조바시를 건

넜는데, 다리 위에서 해자 쪽을 향해 외쳤다. 수학 따위는 사라져버리라고. 그러자 대답이 들려왔다. 네 소원을 들어주겠노라.

설마!

농부들이 한 말과 나를 연행하고 심문한 남자들이 한 말로 추측해보면 이곳에서는 아무도 수학을 쓰지 않는다. 수학을 못 해서가 아니라 수학을 쓸 수 없게 금지한 것 같았다.

그렇다면 나는 내가 원하던 세상으로 왔다고 봐도 좋았다. 그렇지만.

"그렇지 않아." 처음에는 중얼거렸지만 그다음에는 크게 외쳤다. "그렇지 않다고!"

않다고, 않다고, 않다고……. 공허한 메아리가 감옥의 높은 천장에 울려 퍼졌다.

아니, 난 이런 걸 바란 게 아니야. 이세계에는 다니야마가 없잖아. 우리 가족과 친구들, 나를 둘러싼 일상도 송두리째 빼앗겼어. 그뿐만 아니라 내 목숨도 위험해졌어. 수학만 사라지면 다른 건 어떻게 돼도, 체포돼서 처형을 당해도 상관없는 게 아니야. 이런 건 소원이 이루어졌다고 할 수 없어. 이건 소원이 아니라…….

천벌인가.

하늘이 와르르 무너져내렸다. 볼을 타고 흐른 눈물이 치마 위와 지저분한 지푸라기 틈새로 뚝뚝 떨어졌다. 에미는 급하게 자세를 고쳐 무릎을 꿇고는 두 손을 모아서 이마에 댔다.

"수학의 신이시여. 잘못했어요, 제가 잘못했어요. 편하게만 살려고 한 제가 어리석었어요. 제발 원래 있던 세계로 돌려보내 주세요. 그렇게 해주시면 꼭."

거기서 기도를 뚝 멈췄다. 그렇게 해주시면 꼭, 무엇을 어떻게 하겠다는 건가. 성실하게 수학 공부를 할게요? 그건 아니다. 지금까지도 할 만큼은 다했다. 그렇다면 수학을 좋아할게요 할까? 하지만 그게 정말 가능할지.

그때 난데없이 머리 위쪽에서 소리가 났다.

에미는 화들짝 놀라 고개를 들었다. 머리 위로는 밝은 달밤을 직사각형으로 오려놓은 창문이 보였다. 그런데 갑자기 격자 창살이 흔들거리더니 한 개가 빠졌다. 곧이어 다른 한 개도.

두려움에 몸이 얼어붙었다. 누군가가 침입하려고 한다. 누구지? 누구야? 나쁜 사람일지도 몰라. 말이 나오지 않고, 몸도 움직이지 않았다. 에미는 두 눈을 동그랗게 뜨고 그저 창문만 응시했다.

사람 그림자가 나타나 검고 긴 무언가를 감옥 안으로 던졌다. 뱀인 줄 알고 몸이 굳었는데 다시 보니 동아줄이었다. 그 그림자는 능숙하게 몸을 비틀어 창틀을 통과했다. 제법 날씬한 사람 같았다. 창문에서 떨어트린 동아줄을 타고 땅에 내린 그는 에미를 향해 조용히 하라는 신호를 보냈다.

달빛에 비친 침입자의 얼굴을 확인했다. 에미는 숨을 도로 삼켰다. 아이, 깜짝이야. 다니야마와 닮은 사람이라니.

그 즉시 두려움과 경계심이 사라졌다. 이세계의 소년이 손을 잡은 순간, 에미는 감옥에 갇힌 공주를 구출하러 온 운명의 왕자님을 만났다고 믿었다. 에미는 동아줄을 잡고 구원자의 도움을 받아 겨우겨우 벽을 기어 올라가서 창틀을 붙잡았다.

* * *

인기척과 말소리에 에미는 눈을 떴다.

소리가 난 쪽으로 고개를 돌리자 시야가 커다란 천에 가로막혔다. 실내는 벌써 환했다. 민가 2층, 가림막을 친 방 한구석에서 잠든 기억이 떠올랐다. 몸을 일으키니 속옷만 입고 침대로 들어간 것도 생각났다. 산노마루고등학교의 교복은 침대 옆 의자에 가지런히 개어져 있었다. 이 집의 여주인은 소피라고 했던가. 그녀가 정리해준 게 틀림없다. 교복은 어제 에미와 함께 누더기 꼴이 되었는데, 지금은 주름이 반듯하게 펴지고 눈에 띄는 흙먼지도 털린 상태였다. 여주인의 세심한 배려에 감사하면서 옷을 입었다.

벽 쪽의 작은 선반에 놋대야와 삼베 수건이 있어서 세수하고 머리를 빗었다.

옷매무새를 고친 뒤 조심스럽게 가림막을 걷고 나가 보니 에미를 감옥에서 구해준 소년이 큰 테이블 옆에 서서 일하고 있었다.

"잘 잤어? 기분은 어때?" 소년이 에미가 나온 걸 보고 미소 지었다. 두 사람은 지난밤 통성명을 했다. 그의 이름은 쿠르트. 무릎 위까지 오는 튜닉에 긴 양말과 가죽 단화라는, 간소하면서 활동하기 편한 복장을 하고 있었다. "슬슬 일어날 것 같더라. 이제 곧 점심시간인데 배고프지?"

꾸르륵. 뱃속이 먼저 대답하는 바람에 창피해진 에미는 두 손으로 배를 눌렀다. 어제는 늦은 데다 녹초가 되고 식욕까지 사라져 곧장 자러 들어갔지, 참.

쿠르트는 판자 하나로 된 테이블에 숟가락과 접시와 컵을 놓았다. 에미에게 앉으라고 하면서 나무 의자를 가리켰다. 그리고 벽 찬장에서 커다란 빵 덩어리를 꺼내 긴 나이프를 잡고 일정한 두께로 썰었다.

방 한쪽에는 석재로 둘러싸인 화로가 있었다. 냄비 앞에 웅크려 앉아 있는 여자가 소피였다. 음식을 그릇에 덜던 소피는 뒤돌아보며 말을 걸었다. "일어났니? 다행이다. 건강해 보이네." 소피의 나이는 서른쯤으로 보였다. 푸르게 염색한 긴 원피스에 하얀 앞치마와 하얀 두건을 썼다. 간밤에도 생각했지만 저 붉은 머리와 녹색 눈동자만 빼면 담임인 수학 선생님과 어딘가 닮았다.

2층에 있는 이 방은 부엌과 식당과 거실을 겸한 공간 같았다. 길거리와 뒷마당에 면한 벽에 하나씩 난 작은 창에는 유리 대신 얇은 천이 드리워져 있었다. 건물과 가구는 낡았어도 사람의 손길이 구석구석 꼼꼼히 닿아서 집 안은 깔끔했다.

아래층에서 목재가 삐걱대는 소리가 났다. 누군가가 계단을 올라오는 것 같았다. 문짝 대신 걸려 있는 가죽 한 장을 젖히면서 소피와 동년배로 보이는 남자가 들어왔다. 남자는 모자를 벗어 먼지를 털더니 벽에 박혀 있는 못에 걸었다. 모자에 감춰져 있던 덥수룩한 곱슬머리가 드러났다. 볼에는 소년 시절의 주근깨 자국이 남아 있었다. 옷차림은 쿠르트와 비슷하게 간소했다. 그는 에미를 보자마자 하얀 이를 활짝 드러냈다.

"오, 좀 좋아진 것 같구나. 어젯밤에는 다리를 후들거리더니만."

그 말을 들으니 생각났다. 어제 계단을 올라올 때 부축해준 남자다. "아, 어제는 고마웠어요." 에미는 고개를 꾸벅 숙였다.

"아직 소개를 안 했구나." 소피는 상을 차리면서 짤막하게 설명했다. "이 사람은 파울이야. 이 위층에서 살아. 쿠르트랑 같이." 그리고는 김이 모락모락 나는 밥그릇을 에미 앞에 놓았다. "자, 어서 먹으렴. 양은 많으니까 사양하지 말고."

에미의 눈앞에 소피의 오른팔이 있었다. 소매를 걷은 팔에 검은 반점이 보였다. 저 모양은 어디선가 본 적이 있는데. 맞다, 시무라 선생님의 무릎에 있는 반점과 똑같았다. 아기 손같이 작은 손바닥 모양. 이세계와 원래 세계 사이에는 어떤 연결 고리라도 있는 걸까.

에미는 식사를 했다. 밥그릇에 담긴 것은 숟가락이 세워질 정도로 걸쭉한 수프였고, 그 재료는 콩과 뿌리채소였다. 맛은 단조로웠으나 에미는 굶주려 있었다. 검은 빵은 먹을 수 있는 게 맞나 싶을 정도로 딱딱했다. 소년이 몸짓으로 먹는 방법을 알려주었다. 손으로 빵을 찢어서 수프에 찍었다. 치즈는 믿을 수 없을 만큼 독한 냄새가 났지만 다들 아무렇지 않게 먹는 걸 보면 상하진 않은 것 같았다. 물어보니 양젖으로 만들었다고 했다.

평소 먹던 빵과 치즈와는 전혀 다른 맛이었다. 에미는 평소의 아침 풍경을 떠올렸다. 엄마가 구워준 슬라이스 치즈토스트. 야들야들하면서 바삭바삭했지.

앗, 불평은 금물이다. 목숨을 구원받고 밥을 먹을 수 있는 것만 해도 분에 넘치는 호강인데.

밥그릇과 접시를 깨끗이 비우고 배가 차서 살 것 같자 에미는 다시 고개를 숙였다. "아무런 인연도 상관도 없는 사람을 구해주셔서 정말 감사합니다."

"아무 상관도 없기는, 서운하게." 파울이 손을 살랑살랑 내저었다. "우리는 동료잖아."

"네? 동료요?" 그게 무슨 말이지.

쿠르트가 테이블에 팔꿈치를 괴고 몸을 앞으로 내밀었다. "벽에 길이가 5큐빗인 장대를 비스듬히 세웠어. 그 장대의 상단에서부터 지면까지의 길이와 장대의 하단에서부터 벽까지의 길이가 모두 정수일 때, 각 길이는 얼마일까?"

으악, 또 수학 문제다. 이세계로 온 것은 역시 천벌이었나.

잠시 얼굴을 찌푸렸지만 이 풀이법도 머릿속에 들어 있었다. 아하, 이것은 피타고라스의 정리 문제다. "4큐빗과 3큐빗."

1큐빗이 몇 미터인지는 여전히 모르겠지만.

그러자 세 사람은 기뻐했다. "봐, 맞잖아." "역시 그랬어." "이 아이는 동료야."

수면과 영양을 보충한 덕에 사고가 작동하기 시작했다. 방금 받은 질문과 지금까지 겪은 일을 합쳐서 정리해보면 에미를 구해준 이 사람들의 정체는. "혹시 당신들, 개방파인가요?"

개방파. 농민과 시민들을 두려움에 떨게 하고, 관헌들이 함정 수사까지 펼쳐서 체포하려는 조직이다. 그러니 극악무도한 인간들이겠거니 싶었는데.

"그래." "물론." "맞아." 세 사람은 순진무구한 미소를 지으면서 그렇다고 했다.

에미는 세 사람의 얼굴을 번갈아 봤다. 극악무도와는 거리가 멀었다.

"서, 설명해주세요." 에미는 테이블 모서리를 꽉 잡았다. "지금까지 아무도 제대로 설명해주지 않았어요. 개방파가 대체 뭔가요?"

"개방파는 개방파지. 뭔지 모르는 거야?" 파울이 고개를 갸웃했다.

"이 아이, 정말 멀리서 왔나 봐." 소피가 에미의 교복으로 눈길을 돌렸다. "할머니 대부터 이곳에서 장사했는데 이런 옷은 처음 봤거든."

"떠돌이 예인?" 파울이 물었다. "무희? 아니면 점쟁이?"

또 그 이야기였다. "아니에요." 예인은 무조건 떠돌아다니는 법인가 보다.

소피가 교복으로 다시 화제를 돌렸다. "색이나 모양도 신기하지만 원단도 아주 독특해."

그렇게 독특한가. "울이에요."

"어머, 이게 울이구나." 소피의 눈이 휘둥그레지더니 목소리가 갑자기 높아졌다. "믿을 수 없어. 이렇게 부드럽다니."

"그러고 보니 눈동자와 머리카락 색도 신기해." 파울이 에미를 바라보았다. "밤갈색이랄까, 거의 검은색이야." 그렇게 말한 파울의 눈동자와 곱슬머리는 아주 밝은 갈색이었다. 주근깨 자국조차 연갈색이었다.

"에미는 대체 어디에서 왔어?" 쿠르트가 물었다. 오후 햇살 아래에서 보니 생각만큼 다니야마와 닮지는 않았다. 머리는 금발이고 피부도 다니야마보다 더 하얗다. 하지만 눈빛이, 힘이 깃든 눈동자가 똑같았다.

에미는 우물거렸다. "내 말을 믿어줄지 모르겠어." 나 자신조차 아직 믿지 못하고 있으니까.

"괜찮으니까 말해줘." 소년은 흐뭇하게 웃었다. 아, 다니야마와는 이렇게 이야기해본 적이 한 번도 없었는데.

그래서 털어놓았다. 에미가 사는 세계에서 일어난 일을. 이 세계로 건너와서 투옥되기까지의 경위를.

함정 수사를 언급한 대목에서 파울은 안쓰러웠는지 얼굴을 찌푸렸다. 에미가 이야기를 마치자 그는 오른손을 들고 질문했다. "그게 사실이야? 에미가 사는 세계에서는 모든 사람이 학교에서 수학을 배워? 한 명도 빠짐없이?"

"네, 한 명도 빠짐없이요." 의무교육이니까 어쩔 수 없이. 사실은 빠지고 싶지만.

연갈색 눈동자를 크게 뜬 파울은 어딘가 넋이 나간 듯했다. "굉장한걸. 정말 믿을 수 없어. 학교에서, 모두가, 수학을 배운다니."

믿을 수 없다는 대목이 그 부분인가. 에미는 마음속에서 지적했다.

"이야, 부럽네. 나도 학교에서 수학을 가르치고 싶은데." 소피는 두 손을 모으며 천장을 올려다보았다. 팔꿈치에 난 반점이 다시 보였다. 에미는 자기도 모르게 시무라 선생님 하고 부를 뻔했다. 전혀 다른 사람인데.

쿠르트는 가만히 고개를 끄덕였다. "그건 우리가 꿈꾸는 세계야."

아하, 짐작이 갔다. 개방파는 수학이 금지된 세상에서 수학의 자유화를 꾀하는 지하조직인가.

다행이었다. 수학 점수가 나쁘다거나 수학 없는 세상으로 가고 싶다고 빌었다는 건 밝히지 않아서. 이 사람들은 내가 수학을 좋아한다고 굳게 믿고 있다. 동지라고 착각하고 있다. 그러니까 일부러 감옥에서 구해주고 집에서 재워주고 식사까지 제공해준 것이다. 수학을 싫어한다는 사실은 감춰야 한다.

그건 그렇고 개방파는 왜 위험 분자로 낙인찍혔을까. 파괴공작을 펼쳐서 시민을 위험 속으로 끌어들이기라도 했나.

다시금 은인들의 얼굴을 바라봤다. 에이, 설마. 그런 짓을 할 사람들이 아니었다.

"아무튼 저는 원래 살던 세계로 돌아가고 싶어요. 하지만 돌아갈 방법을 모르겠어요."

"어느 방향에서 왔어?" 파울이 물었다.

"모르겠어요. 말이나 소 수레를 타고 멀리 떠나도 돌아가진 못할 것 같아요." 어차피 이건 천벌이니까. 이 부분도 덮어 둬야겠다.

그래도, 돌아갈 방법은 정말 없을까. 천벌이라면 이곳에서 영영 살아야 할까. 그건 싫다. 다니야마도 보고 싶고, 엄마가 손수 만들어준 닭튀김도 먹고 싶다. 그리고 검은 말을 탄 무장 집단에게 쫓기는 건 사절이다.

"일단은." 소피가 에미의 담임 교사와 똑 닮은 미소를 지었다. "돌아갈 방법을 찾을 때까지 여기 머물렴. 집이 좁아서 미안하지만."

"그, 그래도 되나요?" 한 줄기 빛이 내려왔다. 다행히도 머물 곳이 생겼다. "기뻐요. 감사합니다." 씩씩하게 고개를 숙이다가 그만 테이블에 이마를 찧고 말았다. 다들 웃었다. 에미도 이마를 문지르면서 웃었다. 눈물이 맺혔지만, 아파서 그런 게 아니었다.

"그런데 에미." 파울이 다시 오른손을 들었다. "네가 가장 아름답다고 생각하고, 가장 좋아하고 추천하는 수학적 정리는 뭐야?"

헉, 이게 웬 날벼락 같은 질문이람.

에미는 무심결에 눈을 깜빡거렸다. 보통 처음 만난 사람에게는 취미나 좋아하는 음식이나 무인도에 가져가고 싶은 책이나 집에 불이 난다면 꼭 챙겨나갈 물건이라거나, 대체로 그런 걸 묻지 않나. 거기서부터 이야기를 넓혀가지 않나.

그러나 파울은 에미가 당황해하는 기색을 알아차리지 못했다. "내가 좋아하는 건 비둘기집 원리야. 지극히 당연하고 뻔한 말 같지만, 이게 응용 범위가 넓고 깊거든. 이를테면 이 도시에는 은화가 같은 개수 들어 있는 가죽 지갑을 가진 사람이 무조건 둘 이상은 있다는 것도 알 수 있어."

비둘기집 원리라니, 그게 뭐더라. 배운 적이 없는데.

"비둘기집 원리란 이런 거야. 비둘기집이 네 개 있는데 비둘기가 다섯 마리 있다고 하면, 다섯 집 중 한 집에는 비둘기가 두 마리 들어간다는 얘기야." 쿠르트가 보충 설명을 했다. "가죽 지갑에는 은화가 수백 개 들어갈 수 있지만, 이 도시의 인구는 그보다 훨씬 더 많잖아. 은화의 개수가 비둘기이고 지갑이 비둘기집이라고 생각하면 돼."

지갑에 동전이 그렇게 많이 들어가는구나. 참, 이세계에는 지폐가 없겠네.

아무튼 생각해보면 단순한 원리다. 너무나 당연한 말이다. 그런데 파울은 왜 이 원리를 추천하는지 모르겠다.

에미는 파울의 얼굴을 다시 바라봤다. 흠, 그의 구불구불한 곱슬머리가 새 둥지를 닮긴 했다. 폭소를 터뜨리지 않으려고 간신히 참았다.

그러자 파울은 그 웃음을 이 이야기가 마음에 들었다는 뜻으로 해석한 것 같았다. "그럼, 에미는 뭘 추천해?" 그는 기대감에 찬 눈망울을 반짝였다.

내가 추천하는 정리……. 수학이라면 진절머리부터 나는데 그런 게 있을 리가. 어떡하지. 뭐라고 대답하지. 다항식의 나머지 정리든 중점연결정리든 체바의 정리든 메넬라우스의 정리든 코사인 법칙이든 이항정리든 드무아브르의 정리든 뭐든 다 싫다고 말할 수는 없잖아. 사실대로 말하면 모든 수학적 정리를 추천하지 않는다.

때마침 밖에서 종소리가 울렸다.

"어머, 벌써 점심시간이 끝났네." 소피가 자리에서 일어나 손뼉을 마주쳤다. 종소리가 또 한 번 에미를 위기에서 구해주었다. "참, 에미는 일단 옷부터 갈아입자. 그 옷은 너무 눈에 띄잖니."

소피의 말에 에미는 동의했다. 기마대에 다시 붙잡힐 수는 없다. "하지만 입을 옷이 없어요."

"헌 옷이라도 괜찮다면 빌려줄게." 소피는 손을 휘휘 저으면서 두 남자를 아래층으로 쫓아냈다. "그리고 그 옷은 더러워졌잖니. 내가 빨아줄까? 우리 집은 세탁소거든." 그러고 보니 소피의 두건은 이세계 기준에서 보면 마치 새것처럼 새하얗고 말쑥했다.

에미는 미안해서 직접 빨겠다고 했다.

소피가 옷 입는 것을 도와주었다. 한 번 배우고 나니 별로 어렵지 않았다. 다음부터는 혼자서도 입을 수 있을 것 같았다. 소매 없는 긴 속옷 위에 긴소매 윗도리를 입고 튜닉을 걸쳤다. 가느다란 가죽 벨트를 허리에 맸다. 양말은 무릎 밑까지 올려서 조였다. 그리고 부드러운 가죽 신발을 신고 발목을 끈으로 묶었다. 앞치마를 걸치고 두건에 달린 턱끈을 묶으니 비로소 이세계 사람이 된 듯한 기분이 들었다.

"어머, 잘 어울리네. 머리 색도 감춰졌고, 어딜 봐도 이 동네에 사는 여자애야." 소피는 교복 상하의를 돌돌 말아서 정리했다. "이리 따라오렴. 아래층이 작업장이야."

계단은 사다리라고 해도 될 정도로 경사가 가팔랐다. 간밤에는 파울이 도와줘서 괜찮았는데, 혼자서 가파른 사다리를 내려가려고 하니 꽤 무서웠다. 이 계단에 익숙한 집주인은 물건을 들고도 경쾌하게 내려갔지만, 에미는 계단 옆 벽에 달라붙어서 엉거주춤하게 내려갔다. 누가 볼까 민망한 자세였지만 미끄러져서 다치는 것보다는 나았다.

1층은 큰길 쪽으로 난 정문에서 뒤뜰로 통하는 뒷문까지 막힌 데 없이 시원하게 뚫린 넓은 방이었다. 중앙에 큰 테이블이 있고 하얀 두건과 앞치마를 두른 여자들이 뭉게뭉게 피어오르는 김 속에서 다리미질을 하고 있었다. 다리미는 나무 손잡이가 달린 금속 상자에 불과했다. 화로 앞에서 여자 한 명이 부집게로 시뻘겋게 달궈진 석탄을 집어넣는 모습을 보고 작동 원리를 파악했다. 뒤뜰로 통하는 문이 열려 있어서 팽팽하게 매달아놓은 줄에 널린 세탁물이 보였다.

세탁소 주인은 뒤뜰을 향해 말을 걸었다. "쿠르트, 이 아이를 마을 빨래터까지 안내해주렴."

쿠르트가 뒤뜰에서 들어왔다. "빨래터는 중앙광장으로 가야 해. 이 도시는 성벽으로 둘러싸인 원형구조인데 그 중심에 광장이 있어. 우리 가게는 성문 근처에 있으니까 조금 걸어가야 해." 쿠르트는 벽에 달린 찬장에서 작은 나무 들통을 꺼냈다. "이건 비누야." 안을 들여다보니 회색의 끈적한 반고형물이 들어 있었다. 고형도 분말도 액체도 아닌 비누는 처음 보았다.

쿠르트는 같은 찬장에서 마대를 꺼내 둥글게 말린 교복을 넣어서 에미에게 건넸다. "자, 가자. 밖에서 수학 얘기를 할 때는 다른 사람에게 들리지 않게 소곤소곤해야 해."

정문에서 큰길로 나갔다. 오늘도 길거리는 사람과 가축으로 넘쳤다. 두 사람은 자연스레 나란히 붙어서 천천히 걸었다. 그런데 쿠르트가 목소리를 낮추며 이렇게 물었다.

"에미, 너 사실은 수학 싫어하지?"

예고도 없이 핵심을 찔러서 에미는 당황하고 말았다. "아, 아니야. 그럴 리가"라고 얼버무리려 했는데.

"숨기지 않아도 돼." 쿠르트가 쿡쿡 웃었다. "우리 개방파는 수학을 싫어하거나 접해본 적 없는 사람들에게 수학의 재미를 퍼뜨리고 있으니까."

간 떨어질 뻔했네. 그제야 긴장감이 풀렸다. 수학을 잘하는 사람만 들어갈 수 있는 배타적 조직은 아니라는 것이다. "그래서 숨겨준 거니?"

소년은 고개를 크게 끄덕였다. "네가 어디에서 왔는지는 모르겠지만, 수학을 배울 기회가 충분히 있는데도 수학을 좋아하지 않는다는 게 안타까워." 밝은 하늘색 눈동자가 에미를 바라보았다. "왜 수학을 싫어하게 된 거야?"

"왜냐니. 뻔하지 뭐." 순간적으로 이런 말이 튀어나왔다. "점수가 나쁘니까."

"점수?" 쿠르트는 고개를 갸우뚱했다. "그게 뭐야?"

그런 반응은 충격이었다. 이건 신의 계시일까. 이세계에서는 학교에서 수학을 가르치지 않는다. 그러니 당연히 수학 시험이나 점수도 존재하지 않는 것이다.

만약 점수로 평가받지 않았다면, 나와 수학의 관계는 어떻게 달라졌을까.

다음 날 아침부터 에미는 세탁소 일을 도왔다. 식사와 잠자리를 공짜로 얻었으니 일이라도 하지 않으면 이곳에 머물 면목이 없었다.

일하는 순서는 쿠르트가 알려주었다. 손님이 맡긴 지저분한 빨랫감을 빨아 뒤뜰에 너는 것까지가 이 집에 얹혀살면서 세탁 기술을 배우는 쿠르트에게 주어진 일이었다. 에미는 그의 조수가 되었다. 세탁의 마무리는 다리미질과 인두질 기술을 익힌 가게 주인 소피와 출퇴근하는 장인들의 영역이다. 풀을 먹인 옷을 뜨거운 인두로 가는 주름을 잡아 다리는 작업은 숙련된 기술이 필요하다. 그리고 파울은 단골집에 주문을 받으러 다니고 작업이 끝난 세탁물을 배달하는 일을 담당했다.

손빨래는 상상을 초월하는 중노동이었다. 산더미처럼 쌓인 빨랫감을 마대에 눌러 담아서 중앙광장의 우물에서 가까운 공동 빨래터로 들고 갔다. 그곳에 가면 직사각형 빨래 대야가 돌바닥에 늘어서 있고, 그들처럼 세탁을 전업으로 삼은 사람이나 세탁비를 낼 수 없는 여자들이나 자기 옷은 직접 빨아야 직성이 풀리는 여자들이 각자 의류나 시트, 식탁보 등을 대야에 집어넣는 광경을 볼 수 있었다. 들통에 든 반고형 비누의 성분은 재와 가축 기름이라서 천에 문질러 손빨래하기 알맞게 부드러웠다. 두 사람은 힘을 주어 세탁물을 비비고 두드리고 발로 밟았다.

아, 세탁기는 위대한 발명품이었다. 에미의 이마는 벌써 땀으로 젖었다. 이세계의 기술력이 중세시대 수준에 머물러 있는 이유는 수학이 금지된 탓일지도 모른다. 세탁기를 만들려면 분명 수학이 필요할 것이다. 원심력도 계산해야 하고.

"이제 곧 여름이 오겠네. 그래도 이 시기는 즐겁게 일할 만해." 소년이 말했다. 겨울이 와도 이 일을 하고 있을까 봐 에미는 불안해졌다. 하지만 그런 말은 꺼내지 않았다. 소피의 호의 덕에 가게에서 지낼 수 있는 거니까.

돌아갈 때는 세탁물이 물에 젖어서 무게가 배로 늘었다. 마대를 짊어진 두 사람은 숨을 헐떡거리면서 세탁소 앞까지 걸어왔다. 녹이 슬어 운치가 느껴지는 구리 간판에는 다리미의 윤곽이 새겨져 있다. 나무로 된 비늘창과 문은 거리를 향해 열려 있었다. 두 사람은 다리미질을 하는 장인들과 가벼운 잡담을 나누면서 작업장을 지나 뒤뜰로 나갔다.

에미는 목소리를 낮춰서 쿠르트에게 물었다. "저 장인들도 동료야?"

"그건 아니지만 걱정하지 않아도 돼. 다들 소피에게 임금을 받아서 사니까 우리를 밀고하진 않을 거야."

함정 수사 외에 밀고 제도까지 있단 말인가. "그런데 내가 체포된 건 어떻게 알았어?"

쿠르트는 마대에서 물기를 꽉 짜낸 세탁물을 꺼냈다. "우리에게는 정보망이 있어서 동료가 될 만한 사람을 찾으면 연락을 돌려. 특히 수학 금지법 위반으로 적발되면 한바탕 소란이 일어나니까 금방 알지."

법으로 금지되어 있구나.

에미도 쿠르트를 도와 물기를 짠 세탁물을 펼쳤다. "수학 금지법이라니, 왜 그런 법이 생긴 거야?" 심문 도중에 나타나서 에미에게 사형을 선고한, 맹금류같이 생긴 남자를 떠올렸다. "재상인가 뭔가 하는 사람이 제정한 거야?"

"아니. 현 재상은 수학 금지법의 상징 같은 사람이긴 하지만 그 법이 생긴 건 한참 오래전이야."

"금지한 이유가 궁금해. 혹시 수학이 위험하다고 생각하는 건가."

"으음, 그건 말이지. 이야기하자면 좀 길어."

쿠르트는 작업하면서 설명을 이어갔다.

이 나라도 옛날에는 학교에서 수학을 가르쳤다. 그런데 이상하게도 수학을 싫어하는 사람이 조금씩 늘어갔다. 심지어 왕을 보좌하며 국정을 맡아보는 대신들 사이에서도 수학을 싫어하는 풍조가 널리 퍼졌다. 그러던 어느 날 국정 회의에서 수학을 완전히 추방하자는 법안이 제출되었다. 학교에서 가르치는 수학은 너무 따분하고 진절머리가 나고 들여다보기도 싫은데, 그런 수학을 아예 없애버린다면 이 나라가 평화로워지지 않겠느냐고.

그러나 당시 재상은 수학을 배제하면 국정이 바로 서지 않을 것이라고 반론을 펼쳤다. 당장 나라의 세수는 누가 계산하냐고 말이다. 그러자 고결한 왕이 나섰다.

짐이 민초들의 무거운 짐을 떠맡겠노라.

그 후 정치나 경제와 관련하여 반드시 필요한 계산 문제는 전부 왕에게 넘어갔다. 수학은 왕에게만 허락된 권력이 되었고, 서민들은 수학을 배우거나 가르칠 수도 없게 되었다. 이렇게 수학 금지법이 성립되었다. 이를 위반하면 초기에는 벌금형 정도로 그쳤지만 시간이 갈수록 벌이 엄격해졌다. 현 재상은 그 어느 때보다 수학 금지법 위반을 엄히 다뤄, 체포된 자에게는 최고형인 사형을 선고했다. 밀고 제도를 장려하고 함정 수사를 도입했다. 수학은 왕의 권력이므로 수학을 함부로 쓰는 것은 곧 왕에 대한 반역 행위로 여겼다. 그래서 개방파는 위험 분자로 낙인찍힌 것이다.

에미는 이 역사를 무섭다고 해야 할지 황당하다고 해야 할지 몰라서 혼란스러웠다.

"고작 수학을 쓴 걸로 사형이라니, 아무리 법이라도 너무하네. 시민들은 항의하지 않았어?" 에미가 사는 세계였다면 국회 앞에서 데모를 했을 일이다.

"거기서 재상의 교활함이 드러나. 그는 수학 금지법을 엄하게 처벌하는 대신에 절도죄를 사형에서 한쪽 팔 절단으로 감형했어. 그걸로 다들 흐지부지 넘어갔지."

흐음, 적도 보통내기가 아니다. "잡히면 사형이라며. 그런데 당신들은 왜 수학……."

"첫째, 아까 말한 것처럼 우리는 조직화되어 있어서 동료를 구해줄 수 있거든." 메인 침대용 대형 시트의 한쪽 끝을 쿠르트가 잡고 다른 한쪽을 에미가 잡아서 양쪽으로 당겼다. "관리 중에는 건성으로 일하는 놈들도 있으니까 허를 찌를 수 있어."

생각해보니 심문관 삼인방도 다섯 시가 되자마자 기다렸다는 듯이 업무에서 손을 떼지 않았던가. 시급히 처리하라고 명령받은 업무도 내팽개치고. 그 덕분에 하룻밤의 유예가 생겨서 쿠르트가 구하러 와주었지. "근무 태도가 불량해도 용케 안 잘리네."

"관리는 지위가 보장되어 있으니까. 하지만 그런 게으른 관리들이 있다고 해서 매번 구출에 성공하는 건 아니야."

에미는 사람의 목이 내걸려 있던 사거리를 떠올리며 몸을 오들거렸다.

"둘째는 내 목숨이 위험해지더라도 수학을 그만둘 수 없어서야."

혁. 에미는 입을 벌린 채 멍하니 있었다. 어서 손을 놀리라고 소년에게 지적을 받고 나서야 겨우 정지 상태에서 풀려났다. "왜? 이해 못 하겠어. 수학을 할 수만 있다면 죽어도 괜찮다는 거니?"

"그럴 리가. 나도 죽고 싶지 않아. 죽으면 수학을 할 수 없잖아." 시트를 펼쳐서 잡아당긴 다음 위아래로 털었다. 공기를 머금고 부풀어 오르는 커다란 삼베 천에서 주름이 사라졌다. "하지만 체포하고 죽이겠다고 협박한들 우리는 그만두지 않을 거야. 수학이 재미있는걸."

중간중간 무심코 손을 멈출 뻔했다. 그저 놀라울 따름이었다. 이 사람들은 누구에게 칭찬받지 않아도, 점수를 매기지 않아도, 게다가 신변을 위협당하기까지 하는 상황에서도 수학을 한다. 단지 재미있다는 이유로.

정말이지 이해할 수 없었다.

두 사람은 힘을 합쳐 젖은 시트를 빨랫줄에 걸었다. 이세계에서 쓰는 빨래집게는 흠집을 낸 나뭇가지였다. 초여름 바람이 세탁물 틈새를 빠져나가며 신선한 수증기 내음을 퍼뜨렸다. 쿠르트는 잘했다고 에미를 칭찬해준 뒤 화제를 돌렸다. "그럼 어제 했던 이야기를 계속해볼까. 수학을 왜 싫어하게 됐는지 좀 더 얘기해줘."

사실 싫어하는 이유를 곰곰이 생각해본 적이 없었다. 그래서 에미는 머릿속에 떠오르는 대로 말했다. "음, 예를 들면 증명을 왜 해야 하는지 모르겠어. 그림을 보면 확실해지는데 왜 굳이 수고를 들여서 확인해야 할까. 변 AB와 선분 PQ의 길이가 같은지 아닌지는 눈으로 보면 알 수 있잖아."

소년은 숙련된 손놀림으로 다음 시트를 펼쳤다. 시트의 한쪽 끝을 에미에게 건넨 뒤 잡아당겼다. "확실하다는 말은 쉽게 쓰면 안 돼. 만약 제도하는 사람이 그림을 이상하게 그려서 정사각형의 변의 길이가 다 다르거나 원이 일그러져서 타원이 되면, 그림만 보고 저건 정사각형 또는 원이라고 확신할 수 있을까?"

"으음, 그건 그렇지만." 왠지 억지 이론 같았다.

"증명은 답이 옳은지 그른지를 규명하는 도구야. 확실한 답을 확인할 수 있을 뿐 아니라 긴가민가했던 것까지 정확하게 밝혀주지. 한 줄 한 줄 옳은 논리를 쌓아 나가다 보면 반드시 옳은 결론에 이르게 되어 있어."

음, 그렇구나. 에미는 대수롭지 않게 생각하며 시트를 계속 잡아당겼다.

"실감하지 못하는구나." 쿠르트는 에미에게 이제 괜찮다는 신호를 보내고 시트를 너는 작업으로 들어갔다. "증명의 중요성을 쉽게 이해할 수 있게 예제 하나를 풀어보자."

예제를 푸는 게 이해로 연결된 적은 없었지만 이 상황에서 싫다고 할 수도 없어서 고개를 끄덕였다.

"그럼 생각해봐. 소수가 무한한지 유한한지 직감적으로 알수 있어?"라고 쿠르트가 말을 꺼냈다. "그런데 소수가 뭔지는 알지?"

"알아. 간단히 말하면 약수가 없는 홀수잖아."

"그 이해 방식은 조금 거친데. 소수는 수 체계의 최소 단위야. 비유하자면 건물을 짓는 석재 하나하나와 같달까. 모든 자연수는 소수를 곱해서 표현할 수 있으니 소수를 알면 자연수도 알 수 있어."

에미는 그 말을 머릿속으로 곱씹어보았다. 모든 물질은 원자의 조합으로 이루어져 있다고 화학 시간에 배운 개념과 비슷했다. 소수를 그런 관점에서 본 적도 없고 학교에서 그렇게 배운 적도 없었다.

이건 조금 신선한데.

"그럼 다시 돌아와보자. 소수는 무한할까, 유한할까?"

"그건 생각해본 적 없어."

"그럼 지금부터 생각해봐."

생각해봐. 그 말로 스위치가 켜졌다. 손이 쉬지 않고 세탁물을 너는 사이에도 뇌가 답을 탐구했다.

소수가 무한한지 유한한지를 따져보는 데는 계산이나 복잡한 공식이 필요하지도 않으니 이건 수학은 아닐 것이다. 퀴즈 아니면 퍼즐이다. 그렇다면 두렵지 않다.

"으음, 자연수는 무한하지. 하지만 소수는 1과 자기 자신외의 약수는 갖지 않으니까 수가 커질수록 출현 빈도가 줄어들 것 같은데."

"좋아. 계속해봐."

"그러니까 아주 큰 수까지 올라가면 어느 지점부터는 소수가 안 나오지 않을까."

"에미는 그렇게 답을 냈구나. 즉, 소수의 개수는 유한하다."

"그런 것 같아. 자신은 없지만."

"자신이 없다면 이제 증명이 등장할 차례야. 소수는 n개밖에 없다고 치자. n은 물론 자연수야. 첫 번째 소수를 P_1, 두 번째 소수를 P_2로 두고 n번째, 즉 최대 소수를 Pn이라고 하자. 그리고 이들을 전부 곱한 수에 1을 더한 수를 Q라고 해봐. Q는 지금까지 나온 그 어떤 소수로도 나눠지지 않겠지?"

"그렇네. 반드시 1이 남으니까."

"그러니까 Q는 소수야. Pn보다 큰 소수. 그러니 최대 소수 Pn이 있다고 세운 전제부터 틀린 거지."

"앗." 에미는 몇 초간 아무 말도 하지 못했다. 완벽해서 지적할 데가 전혀 없었다.

"어때? 아름답지?"

놀라웠다. 간결하고, 아름다웠다. 하지만.

어느샌가 빨랫줄에 걸린 모든 시트가 뒤뜰로 들어오는 햇살을 받으며 바람에 날리고 있었다. 펄럭이는 하얀 세탁물을 바라보던 에미는 다시 쿠르트를 돌아보았다. "아름답냐고 묻는다면 정말 아름다워. 그건 인정해. 하지만 그래서 어쩌라고.

아름다운 걸 위해서라면 목에 칼이 들어와도 무시할 수 있니? 난 잘 모르겠어."

"그래, 이해 못 하는구나. 음." 쿠르트는 기분 상한 기색 없이 고개를 끄덕였다.

오후에 가장 먼저 한 일은 장보기였다. 소피가 말했다. "달걀, 리크*, 양파, 렌틸콩, 토끼고기. 주문해둔 흑빵도 잊지 말고 찾아와야 해."

소년과 소녀는 손과 손에 마대를 들고 거리로 나갔다.

"제자가 하는 일 중 절반은 잡일이야." 쿠르트는 에미의 바로 옆에서 걸었다. "네가 있어서 다행이야. 장 볼 게 많은 날에는 몇 번을 왕복했는지 몰라."

조금이라도 도움이 되는 것 같아서 에미는 기뻤다.

공공장소에서 수학 이야기를 할 때는 작게 말하기. 에미는 그 규칙을 엄격히 지켰다. "그런데 아까 말한 수학 금지법 말인데, 한 가지 궁금한 게 있어."

"말해봐." 쿠르트가 상냥하게 받아주었다.

역시 쿠르트에게는 말하기가 편했다. "수학은 왕만 할 수 있다면, 일반인은 전혀 못 쓰는 거지? 물건을 사거나 할 때 계산을 쓰지 못하면 불편하잖아. 그럴 땐 어떻게 해?"

---

* 백합과의 한해살이풀 또는 두해살이풀. 높이는 60~80cm이며, 양파와 비슷한데 흰색의 뿌리 부분이 매우 크다.

"아주 좋은 질문이야." 쿠르트는 미소 짓더니 길거리로 시선을 돌렸다. "직접 보면 알 거야. 그래, 저길 봐."

그는 잡화점 앞을 가리켰다. 차분해 보이는 중년 주부가 물건을 사러 왔다. "수지 양초는 얼마인가요?"

"1개에 3드니에입니다." 긴 판자로 된 계산대 안쪽에서 풍채 좋은 주인이 말했다.

"7개 주세요."

7개라면 거기에 3을 곱해서 21드니에를 내겠지. 1드니에가 몇 엔인지는 모르겠지만.

그렇게 예상한 에미의 눈앞에 놀라운 광경이 펼쳐졌다. 먼저 가게 주인이 계산대 위에 양초 7개를 같은 간격으로 놓았다. 이어서 손님이 양초마다 옆에 은화를 3개씩 놓았다. 그 작업이 끝나자 손님은 계산대 위에 있는 양초들을 챙겼고, 가게 주인은 은화를 쓸어 담았다.

"그럼 잘 쓸게요."

"감사합니다."

에미는 할 말을 잃은 채 이 도시의 전형적인 시장 풍경을 바라보았다. 손님의 모습이 인파에 섞여 사라질 즈음에야 느낀 점을 털어놓았다. "너, 너무 번거롭잖아."

"하지만 정확하지. 저걸 일대일 대응이라고 하는데, 저 방식을 쓰면 곱셈은커녕 덧셈도 필요 없어."

"그래도 시간이 걸리고 동전도 많이 들잖아." 문득 비둘기집 원리의 예로 설명했던 동전과 지갑이 떠올랐다. 과연 지갑이 클 수밖에 없는 이유가 있었다. 에미는 무심코 쿠르트의 옷소매를 잡아당겨서 그의 귓가에 대고 속삭였다. "쿠르트, 곱셈을 알려주면 되잖아."

소년은 쓸쓸하게 웃으면서 대답했다. "너무 위험해."

위험…… 그렇겠지. 에미는 얌전히 물러나서 다시 쿠르트와 나란히 걸었다.

얼마 뒤 소년이 또 어딘가를 가리켰다. "앗, 저길 봐."

이번에는 술집이었다. 가게 앞 나무 받침대에 눕힌 나무통 옆에서 두 남자가 실랑이를 하고 있었다. 앞치마를 한 가게 주인은 한 손에 유리컵을 들었고, 손님은 도기로 된 술병을 치켜들고 있었다. 술을 계량해서 팔아달라는 것 같았다. "오늘은 돈이 부족해서 그런다니까. 절반만 팔아주면 안 되겠나?"

"안 돼. 우리 가게에서는 이걸로 한 잔이 최소 단위야." 가게 주인이 내민 유리컵이 햇빛 속에서 반짝였다. "이걸로 절반을 어떻게 정확히 재나?"

"테이블에 놓고 술을 따른 다음 옆에서 보면 되지. 용기도 투명하네, 뭘."

"안 돼. 정확한 방법이 아니야. 테이블도 덜컹거린다고."

"거참, 빡빡하게도 구네. 대충 좀 봐줘."

"그건 안 될 말이야. 이건 장사니까 눈대중해서 팔 수는 없어. 그렇게 하면 다른 손님들에게 불공평하잖아."

구경꾼들이 모여들었다. 가게 주인이 물러서지 않는 이유도 이해가 갔다.

"에미는 여기서 기다려"라는 말을 남기고 쿠르트는 남자들에게 다가갔다. 그러면서 아무런 의도도 없어 보이는 미소를 지었다. "아저씨들, 좋은 방법이 있어요."

"오, 세탁소의 지혜로운 꼬맹이가 등장했군." 구경꾼들 사이에서 이런 말이 나왔다.

지혜로운 꼬맹이. 에미는 헛웃음을 지었다. 저 촌스러운 별명은 뭐지.

가게 주인에게 컵을 빌린 소년은 나무통의 마개를 뽑고 호박색 액체를 절반가량 채웠다. "이 용기는 위아래의 두께가 같은 원통형이잖아요. 그러니까." 두 사람의 눈높이에서 컵을 천천히 기울였다. 액체의 표면에 생긴 수평선이 서서히 컵 테두리로 다가갔다.

소년은 "조금 많나"라고 중얼거리더니 가게 주인에게 빈 용기를 빌려 액체를 조금씩 따라냈다. "자, 이렇게 하면 딱 절반이에요."

기울인 컵을 옆에서 봤을 때, 술의 표면이 컵 테두리의 아래쪽과 밑바닥의 위쪽을 잇고 있었다. 즉 컵의 부피를 이등분한 것이다. 수치를 대입하지 않아도 일목요연하게 이해됐고, 수평을 맞춘 테이블이나 끈 같은 도구도 필요하지 않았다.

"이야, 의외로 간단한걸?"

"그렇네. 제법인데?"

"역시나 지혜로운 꼬맹이야. 이번에도 재미있는 구경을 했네."

가게 주인과 손님과 구경꾼들이 감탄하며 유리컵을 이리 저리 뜯어보는 사이에 소년은 스르륵 현장에서 빠져나와 소녀에게 돌아왔다. "막간의 선전 활동."

역사 시간에 배운 잠복 크리스천*을 보는 것 같았다. "이러면 위험하지 않아?"

"괜찮아. 다들 수학은 계산이라고 믿고 있거든."

"앗, 그렇지 않아?"

소년은 상쾌하게 웃었다. 그 미소는 마치 초여름 햇살 같았다. "수학의 본질은 계산이 아니야."

에미는 놀라서 그만 멈춰 섰다. 확실히 방금 문제를 해결할 때는 계산은커녕 숫자도 쓰지 않았다. 그래도 엄연히 입체 도형을 활용한 수학이었다.

그렇다면 수학의 본질은 뭐지?

뭐 해. 빨리 가자 하면서 쿠르트가 재촉하길래 다시 걸음을 뗐다.

두 사람은 심부름하러 갔다. 달걀은 깨지지 않게 톱밥을 깐 바구니에 넣었다. 채소 가게의 상품이 신선하길래 그 이유를 물어봤더니 당일 아침에 농부들이 도시로 직접 가져온다고 했다. 정육점에서는 토끼고기를 손질하고 있었다. 에미는 차마 구경할 수 없어서 소년의 등 뒤에 숨었다. 빵집에는 돌을

---

* 17~19세기 일본에서 가톨릭을 탄압하던 시기에, 앞에서는 불교 신자인 척하고 음지에서는 신앙생활을 계속한 가톨릭 신자들을 말한다.

쌓아서 만든 거대한 화덕이 있는데, 얼굴이 시뻘게진 장인들이 자루가 긴 주걱 같은 도구로 갓 구운 빵을 꺼내고 있었다. 소피가 주문한 빵은 테이블 위에서 식히는 중이었다. 어제 먹은 것처럼 검고 둥글고 크고 속이 꽉 찬 빵이었다. 에미는 또 마음속에서 야들야들 바삭바삭한 치즈토스트와 비교하고 말았다.

계산할 때 소년은 철저하게 일대일 대응을 따랐다. 덧셈을 봉인하다니, 지하조직의 일원으로 사는 것도 만만치 않겠다 싶었다.

돌아가는 길에 에미는 소년과 나란히 걸으면서 생각에 잠겨 있다가 잠시 후 소리를 낮춰 쿠르트에게 말을 걸었다.

"아까 술을 계량한 문제, 깔끔하더라. 역시 수학은 도움이 되네."

에미 딴에는 크게 칭찬한 말이었다. 조금이나마 수학과 친해지고 싶어서.

그런데 의외의 반응이 돌아왔다. "우리는 도움이 되나 안 되나를 별로 신경 쓰지 않아."

에미는 어안이 벙벙했다. "왜? 기왕이면 도움이 되는 게 좋지. 재상에게 이렇게 호소해봐. 수학은 편리해요. 일상 속 다양한 문제를 해결할 수 있으니까요. 그러면 재상도 생각을 바꾸지 않을까?"

여기까지 말하다가 어떤 의문이 머릿속을 스쳤다. 어쩌면 재상은 수학의 편리성을 알면서도 일부러 수학 금지법을 엄하게 적용하는 게 아닐까. 유용한 지식을 독점해야 민중을 지배하기 쉬우니까.

"도움이라." 고민에 잠긴 소년은 옆에서 걷고 있는 소녀를 보았다. "뭐라고 해야 하나. 에미는 친구를 사귈 때 그 친구가 도움이 되는지 아닌지로 따지진 않잖아. 그 사람이 좋은지 아닌지로 판단하지 않아?"

"그건 그렇지만." 친구와 수학을 같은 선상에 둬도 되는지 모르겠다. "하지만 수학이 도움이 되기도 한다는 건 인정하잖아."

쿠르트는 목소리를 더욱 낮췄다. "수학이 정말 도움이 된다고 느낀 적은 있어. 예전에 파울은 실연당해서 술에 찌들어 산 시기가 있었어. 한시도 술병을 떼어놓지 않아서 폐인이 되기 일보 직전이었지."

에미는 귀를 의심했다. 파울은 늘 건강하고 활기 넘치는데다 배달만 다녀오면 신나서 자기가 미는 수학의 정의를 자랑해대는 사람인데. 점심시간에는 비둘기집 원리의 일반화를 이야기했던가. 거의 흘려들었지만.

"이웃에 사는 소피가 파울을 걱정했어. 그래서 가게 3층에서 지내게 하면서 겸사겸사 수학을 가르쳤는데, 그 결과 멋지게 회복했지. 즉 수학 덕분에 알코올 중독을 극복한 거야."

에미는 잠시 말없이 걷다가 자기 생각을 정직하게 말했다. "믿을 수 없어."

"그럼 지금은 믿지 않아도 괜찮아." 소년은 대수롭지 않다는 듯 화제를 바꿨다. "다시 지난 이야기로 돌아가면, 왜 수학이 싫어?"

잘됐다. 이 기회에 수학의 싫은 점을 전부 말해버리자. "한 치의 틈도 없는 정확성을 요구하잖아. 계산 규칙도 많은데 외워야 하는 공식도 산더미라서 너무 힘들어. 제한 시간 안에 단하나의 옳은 답을 끌어내는 게 유일한 목적이니까 늘 초조하고 긴장되기도 하고."

"흐음." 쿠르트는 잠시 하늘을 올려다봤다가 다시 뒤돌았다. "그러면 재미난 문제를 하나 내볼까?"

헉! 또 문제라니. 불만을 얼굴에 그대로 드러냈지만 소년은 신경 쓰지 않았다. "옛날 옛적 어느 나라에 고집이 센 왕자가 살았어. 어느 날 왕자가 신하에게 이런 명령을 내렸어. 왕궁에 있는 정사각형 정원의 네 귀퉁이에 오두막을 하나씩 지어서 왕자가 아끼는 공작 24마리를 수용하라고. 단, 왕자가 정원 가장자리를 따라 시계방향으로 돌면서 오두막을 둘러볼 때, 그 오두막에 있는 공작의 수는 그 전의 오두막보다 10에 가까워야 해."

괜히 걱정했다. 이건 수학 문제라기보다는 퍼즐이다. 에미는 스무 걸음 정도 걷는 사이에 결론을 내렸다. "이건 꽤 간단하네. 그다지 재밌지도 않고."

"왕자가 정원을 한 번만 돈다고 생각한 거지? 아니야, 계속 돌 수 있어."

문제의 의미가 바뀌었다. 정원을 두 번째 돌 때도 그 조건을 충족해야 하는 건가. 그렇다면 곧바로 답을 낼 수 없었다. 생각할 시간을 더 달라고 해야 할지도. "언제까지 기다려줄 거야?"

"언제든 상관없어." 소년은 가볍게 말했다. "마음껏 생각해도 돼."

에미는 다시 충격에 빠졌다. 놀랐다. 제한 시간이 없는 문제라니.

시장에 다녀온 뒤 물통을 채우러 공용 우물로 갈 때도, 장인들이 귀가하고 난 가게를 청소할 때도, 저녁상 차리는 걸 도울 때도, 에미는 줄곧 고민에 잠겨 있었다. 밥 먹는 동안에도 말이 없어서 결국에는 소피가 걱정하고 나섰다.

"왜 그러니? 배탈이라도 났어?" 뒷정리를 하고 나서 파울과 쿠르트를 위층으로 쫓아낸 소피는 에미에게 손짓해서 조용히 물었다. 에미가 사정을 털어놓자 소피의 창백했던 얼굴이 점점 환해지더니 마침내 웃음을 터뜨렸다.

"그랬구나. 내가 좋은 걸 줄게. 문제를 푸는 데 도움이 될 거야." 소피는 에미의 등을 토닥인 뒤 자리를 떠났다.

"예비로 둔 게 있을 텐데." 소피는 벽 옆의 기다란 궤를 열고 그 속을 헤집다가 "그래, 이거야. 이걸 써" 하면서 에미에게 무언가를 건넸다.

끈으로 묶은 엽서 크기의 판자 두 장이었다. 끝이 뾰족한 봉도 있었다.

"고맙습니다"라고 인사는 했지만. "그런데 이게 뭔가요?"

"표면에 납을 얇게 입힌 판자야. 본 적 없니?" 소피는 잠깐 눈썹을 들썩였다. "판 두 장을 이렇게 펼치면 안쪽 면이 가장자리보다 조금 더 파여 있지? 여기에 납이 발라져 있어. 펜으로 눌러쓰면 흔적이 남아. 문지르면 지워지고. 원래대로 닫으면 펜으로 쓴 내용은 마찰로부터 보호돼. 여기에 달린 끈을 목에 걸면 언제든지 문제를 갖고 다닐 수 있어. 단, 옷 속에 잘 감춰두렴. 다른 사람 눈에 띄지 않게."

메모장 역할을 하는구나. 다니야마의 학생수첩을 따라 할 수 있겠다.

"머릿속에 든 것을 판 위에 전부 펼쳐봐. 생각이 정리될 거야." 그러고 나서 소피는 시무라 선생님처럼 훗 하고 웃었다. "그런데 이 판 말이야. 접었을 때와 펼쳤을 때의 모양이 닮은 꼴 직사각형인데, 눈치챘니?"

에미는 메모판을 여러 번 열었다 닫았다 해보았다. "아, 진짜네요. 그런데 왜 굳이 이렇게 만들었어요? 어떤 모양의 직사각형이든 상관없을 것 같은데."

"아름다우니까." 소피는 바로 답했다. "반으로 접으면 닮은 꼴이 되는 직사각형의 비율은 세로 1에 가로가 루트 2야. 이 비율이 얼마나 아름다운지 백은비*라는 이름이 붙었을 정도

---

* 서양에서는 황금비를 안정적이고 아름다운 비율로 치지만 일본에서는 주로 이 비율을 건축과 디자인에 활용한다. 귀금속의 백은과 같은 말이며, 영어로는 silver ratio라고 한다.

라니까."

복사 용지의 비율이 그렇다는 걸 떠올렸다. A4 용지는 A3 용지의 절반 크기다. 가장 큰 사이즈가 A0이고 그것을 반에서 반으로 계속 접어가던가. 아무튼 효율적이면서도 아름다운 비율이다.

그래, 이참에 시무라 선생님, 아니, 소피에게도 물어보자. "소피, 수학에서는 왜 그렇게 아름다움을 중시하나요?"

"아주 좋은 질문이야." 소피는 기다렸다는 듯이 고개를 끄덕였다. "수학은 추상의 세계잖니. 어디로 나아가야 할지 헷갈릴 때 길잡이가 되는 건 아름다움밖에 없어. 내가 아름답다고 생각한 쪽으로 가는 거야. 그래야 즐거움을 느끼면서 하지."

그렇구나. 이 설명에는 공감할 수 있을 것 같았다.

에미는 다시 소피에게 고맙다고 인사한 뒤 밝은 화롯가에 자리 잡고 앉아서 공작새가 사는 정원을 메모판에 그려보았다. 우선 커다란 정사각형을 그려서 정원이라고 하고, 네 귀퉁이 안쪽에 작은 정사각형을 그려 넣어 오두막이라고 한다.

앗, 이 그림, 치즈토스트와 비슷한 것 같다. 네 귀퉁이를 전부 베어 먹혔지만.

입가에 절로 미소가 지어졌지만 이내 진지한 얼굴로 돌아왔다. 안 돼, 안 돼. 문제에 집중해야지.

어디 보자. 네 귀퉁이에 있는 오두막을 시계방향 순으로 A, B, C, D로 둔다. D에서 A로 이동할 때도 A에 있는 공작의 수는 D보다 10에 가까워야 한다. 으음, 그게 가능할까.

"화롯불을 끌 때까지는 생각해도 되지만, 그 뒤에는 충분히 자렴. 잠이 모자라면 머리가 안 돌아가니까." 소피도 화롯가로 의자를 당겨와서 튜닉 속 가슴께에서 메모판을 꺼내 자신의 문제를 풀기 시작했다. 그 시각, 3층에서 자다 깬 두 사람도 같은 일을 하고 있었다. 밤에는 업무와 잡일에서 벗어나 골똘히 생각할 시간이 충분했다.

침대로 들어간 에미는 꿈속에서도 문제를 고민했다. 공작새를 안아서 이쪽 오두막에서 저쪽 오두막으로 옮겼다. 그리고 정원을 빙빙 돌면서 확인했다. 빙빙 또 빙빙.

다음 날 밤, 에미는 출제자에게 한 가지 의혹을 제기했다.

"쿠르트, 이 문제 말인데, 뭔가가 빠진 것 같지 않아? 조건이 부족하다거나."

저녁식사를 마친 뒤였다. 에미는 쿠르트와 함께 빈 접시와 그릇을 구석에 있는 설거지통에 넣고 있었다. 이물질을 대충 털어내고 삼베 천으로 닦으면 끝이다. 헹구지 않는 게 약간 찝찝했지만, 물이 귀하다는 걸 알고 난 뒤로는 무덤덤하게 넘어갔다. 물을 쓰려면 직접 길러 가거나 물을 파는 행상인에게 사야 하므로.

그러자 소년은 태연하게 말했다. "앗, 알아챘구나? 훌륭해, 훌륭해." 소년은 그릇에 남은 토끼 뼈를 창밖으로 던졌다. 이것도 처음 봤을 때는 깜짝 놀랐지만, 거리를 떠도는 개들이 먹는다는 걸 알고 나서는 에미도 똑같이 따라 했다. "그건, 사실 아무리 풀려고 해도 답이 안 나오는 문제야."

"뭐, 뭐라고?" 에미는 화가 나서 어깨를 부들거렸다. "어떻게 그런 말도 안 되는 문제를 낼 수가 있어? 그러면서 뭐가 훌륭하다는 거야?" 에미는 젖은 손을 들어 소년을 때리려 했다.

"미안, 미안. 그런데 에미가 그랬잖아." 소년은 사과하면서도 웃음을 그치지 않았다. "단 하나의 정답을 구하는 게 수학이라며. 하지만 수학에는 친절하게 답이 하나뿐인 문제만 있는 게 아니야. 문제 자체가 이상할 수도 있고, 풀리지 않는 문제도 있을 수 있다는 걸 알았으면 했어."

"나오지도 않는 답을 찾으려고 내가 얼마나 고심했는지 알기나 해? 하루하고도 반나절이 걸렸어. 하루하고도 반나절."

"그렇게 끈질기게 고민할 줄은 몰랐지. 너, 소질이 있네."

"어디에?"

"수학에."

쿠르트를 때리려 한 손을 멈췄다. "그럴 리가. 수학에 소질이 있다는 건 문제를 순식간에 푸는 걸 두고 하는 말이잖아." 에미는 손을 내저었다.

뒤에서 어른 두 사람이 폭소를 터뜨렸다.

"아니, 아니야. 그것도 오해라니까." 쿠르트는 에미의 손에서 날아오는 물방울을 피했다. "문제를 진득하고 끈질기게 생각하는 능력, 그게 진정한 소질이야. 금방 포기해버리면 풀 수 있는 문제도 못 풀거든."

소질이라니. 그런 엄청난 능력이 내 안에 있다고?

하기야 문제를 생각하는 동안에는 잡생각이 들지 않았다. 원래 세계로 돌아갈 수 있을까 없을까 불안해할 틈도 없었다. 지금 생각해보니 감옥에서도 이세계로 온 경위를 곰곰이 생각하는 사이에 죽음의 공포를 잊어버리지 않았던가.

끈질기게 생각하기. 그것을 소질이라고 하는 걸까.

"내가 모르는 게 있다는 걸 인식하고, 그걸 알아낼 때까지 끈질기게 생각하는 거야. 그런 사람이 결국에는 수학을 잘하게 돼. 계산력이나 빠르게 푸는 능력이 중요한 게 아니야."

"무엇보다 전제를 한번 의심해보는 태도가 좋았어." 소피가 테이블 위의 빵 부스러기를 치우면서 거들었다. "그걸 훌륭하다고 한 거야."

칭찬받았다. 속아 넘어간 것 같긴 해도 이상하게 기분이 좋았다.

"그런데 난 수학의 재미는 정답을 찾아내는 데 있다고 생각했어. 뭐랄까, 무언가를 성취해서 얻는 기쁨처럼." 생각해보면 추리소설을 읽다가 범인이 누군지 알았을 때나 어릴 적 아빠가 내준 퀴즈의 정답을 맞혔을 때, 날아오를 듯이 기뻤다. 분명 그와 비슷한 느낌이리라.

"정답을 찾은 성취감이라. 뭔지는 알겠는데 아마도 초심자 단계가 아닐까." 소피는 팔짱을 끼고 교사 같은 말투로 말했다. "수학의 재미, 그 진수라 하면."

"혹시 아름다움?" 에미는 짐작으로 말해보았다.

"그것도 있지. 하지만 더 큰 건."

소년이 자신만만하게 말했다. "로망이야."

"로망이지." 파울도 맞장구쳤다.

로, 로망……. 갑자기 무슨 말을 하는 거지, 이 사람들은. 소설이나 영화도 아니고 이건 수학이라고요, 수학.

"좋아. 수학의 로망에서 내가 가장 좋아하는 예를 알려줄게." 파울이 자세를 고쳐 앉았다. 이야기가 길어진다는 뜻이다. "중앙광장 근처에 아주 큰 흰색 건물이 있어. 그 건물은 이 도시에서 제일 좋은 호텔인데, 힐베르트라는 사람이 경영하고 있지."

"힐베르트 씨도 우리 동료야." 쿠르트가 보충했다.

"아무튼 힐베르트 씨의 호텔은 커. 어마어마하게. 객실이 무한히 많거든."

"실제로는 57개이지만. 뭐, 이건 이야기니까." 소피가 덧붙였다.

"이제 여기서부터가 본론이야." 파울은 테이블 위에서 두 손을 깍지꼈다. "어느 날 밤, 힐베르트 씨의 호텔은 꽉 찼어. 그런데 한 여행객이 찾아와서 제발 하룻밤만 묵어가게 해달라고 사정하는 거야. 하지만 이 호텔에서는 규정상 다른 손님과 방을 같이 쓰는 건 안 돼. 이런 상황에서 호텔 주인은 어떻게 했을까?"

"어떻게 했냐니, 그야 뻔하지." 에미는 고민도 하지 않고 대답했다. "파울이 좋아하는 비둘기집 원리가 등장하네. 객실이 아무리 많더라도 이미 꽉 찼다면 뒤늦게 온 손님은 한 명도 들어갈 수 없잖아. 힐베르트 씨는 손님을 거절했겠지."

"아까워. 객실 수가 유한하다면 그 말이 정답이겠지만." 파울은 입가에 의미심장한 미소를 띠었다. "거기서 개방파인 힐베르트 씨는 이렇게 생각했어. 모든 손님에게 현재 묵고 있는 객실 번호에 1을 더한 번호의 객실로 옮겨달라고 부탁하기로. 1호실에 묵는 손님은 2호실로, 2호실 손님은 3호실로, 나머지도 똑같이. 그러면 1호실이 비니까 새로 온 손님에게 방을 줄 수 있지."

"자, 잠깐만. 그게 무슨 말이야?"

하지만 파울은 이야기를 끊지 않았다. "만약 새로 온 손님이 두 명이면, 원래 객실 번호에 2를 더한 번호의 객실로 이동해달라고 하는 거야. 그러면 아까와 같은 원리로 방 두 개가 비겠지? 세 명이 오면 3을 더하면 되고. 이걸 일반화해서 새로 온 손님이 n명이라고 하면, 기존 손님이 기존 객실 번호에 n을 더한 번호의 객실로 이동하면 돼. 참, n은 임의의 자연수야."

에미는 눈을 감고 그림을 그려보았다. 힐베르트 씨가 운영하는 무한 호텔은 밤하늘을 향해 무한으로 뻗어나간다. 피터르 브뤼헐이 그린 〈바벨탑〉이 완성됐다면 이런 느낌이었을까. 오늘 밤은 꽉 차서 모든 방에 불이 켜져 있다. 거기에 손님 n명이 추가로 들어간다. n개의 방을 비우기 위해 기존 숙박객들은 n만큼 떨어진 방을 향해 위로 이동한다. 모든 층에서, 그보다 더 높고 높은 층에서도 손님들은 n을 더한 방을 찾아간다.

잠시 후 눈을 뜬 에미는 "신기해"라고 한마디 했다. "그런데 잘 생각해보면 말이 되네. 자연수의 개수는 무한개니까 앞의 방은 몇 개든지 비울 수 있어."

"더 신기한 이야기가 있어." 이번에는 소피가 파울 옆에 있는 의자에 앉았다. "다음 날 밤에도 힐베르트 씨의 호텔은 꽉 찼어. 그런데 거대한 마차가 호텔 앞에 멈춰서 손님을 계속 쏟아내는 거야. 그 수는 무려 무한히 많았지. 그 모두가 호텔에 묵고 싶다고 했어."

"서, 설마, 힐베르트 씨가 무한히 많은 손님까지 받아줬다고 하는 건 아니겠죠?"

"그 설마가 맞아." 소피는 아주 해맑게 웃으면서 말했다. "이번에는 기존 손님들에게 각자 객실 번호에 2를 곱한 번호의 객실로 옮겨달라고 했어. 1호실 손님은 2호실로, 2호실 손님은 4호실로. 그러면 홀수 번호의 방이 비지? 자연수와 마찬가지로 홀수도 무한하니까 무한히 많은 손님에게 빈방을 줄 수가 있어."

에미는 잠시 마음속에서 지금까지 들은 이야기를 되새겼다. 잘 모르겠다. 신기하다. 하지만 곰곰이 생각해보면 옳다는 걸 알 수 있다. 그래도 여전히 신기하다.

"어때, 로망이지?" 쿠르트가 에미의 눈을 들여다봤다.

"잘 모르겠다, 신기하다, 그런 느낌이 수학의 로망일까? 그런데 신기하니까 자꾸만 생각해보게 돼."

"그거야. 유일하고 절대적인 정답과는 상관없어."

"수학의 본질은 단순해. 잘 모르고 신기해서 생각해보는 것. 그뿐이야." 파울이 덧붙였다. "그리고 마지막에는 로망을 느끼지."

"모르는 걸 즐기게 된다면 그땐 너도 수학을 좋아하게 된 거야." 소피가 의미심장하게 말했다.

이게 수학의 본질이라고?

지금까지 학교에서 배운 계산과 암기 위주의 수학과는 확연히 달랐다. 제한 시간도 없다. 점수로 냉혹하게 평가받지도 않는다. 신기함을 맛보고 로망을 느끼면 그만이다.

이런 수학이라면, 하고 싶다. 퍼뜨리고 싶다. 모든 사람에게 수학의 재미를 알리고 싶다.

"혹시 수학 금지법을 폐지할 방법은 없을까?" 에미는 개방파 세 명을 번갈아 봤는데 그들의 얼굴빛에서 답을 읽었다. "앗, 미안해. 그런 건 이미 고민해봤겠지. 그래도 이렇게 재미난 수학을 금지당한 게 너무 안타까워서 그래."

"그렇게 생각해준다니 기뻐." 쿠르트가 말했다. "개방파에게는 더없이 고마운 말이야."

"하지만 재상을 설득하는 건 불가능한 일이야." 파울이 중얼거렸다.

"그자는 수학을 왕궁 내의 전유물로 가둬두고 싶은 거야. 서민들이 수학을 몰라야 자기들에게 유리할 테니까." 소피가 툭 내뱉듯이 말했다.

에미는 자기 추측이 크게 빗나가지 않았다는 것을 알았다. 역시 재상은 수학 지식을 감춰두려 하는 것이다. "왕은 어떤데? 그렇지 않아도 당대의 국왕 이야기는 못 들어봤는데, 어떤 사람이야?"

쿠르트가 도기로 된 컵을 에미 앞에 놓았다. 김이 올라오면서 신선한 허브 향기가 풍겼다. 화롯불에 데운 주전자 속 물을 따라준 것 같았다. "고마워."

허브차가 전원에게 돌아간 뒤 대화가 다시 이어졌다.

"전통적으로 왕이 이 나라의 수학을 도맡고 있다고 했지? 평소에 왕은 수학에만 빠져서 지내? 앗, 혹시 함정 수사의 문제를 만드는 것도 왕이야?"

"아니, 그건." 파울이 오른손을 들었다. "문제를 만든 건 체포된 개방파야."

"앗." 에미는 잠시 머뭇거리다가 물었다. "고문당해서 억지로?"

"아니야. 재상은 교활한 인간이거든. 제발 좋은 문제를 만들어달라고 겸손하게 부탁하던걸. 그렇게 나오면 우리는 만들 수밖에 없어. 왜냐하면 문제를 만드는 건 수학에서도 특히나 재미난 부분이니까."

문제를 만든다? 문제는 항상 받아보기만 해서 스스로 만든다는 생각은 해본 적이 없었다. 그게 그렇게 재미있을까. 뭐가 재미있을까. "꼭 눈앞에서 본 것처럼 말하네."

"미안." 파울은 곱슬머리를 긁적였다. "에미가 푼 도로 폭

문제. 실은 내가 만든 거야."

혁, 그럴 수가.

"뻔하지만, 파울을 감옥에서 구한 사람은 쿠르트야." 소피가 덧붙였다.

실력이 뛰어난 탈옥 도우미였네.

"그래도 되도록 체포되는 사람이 나오지 않게 하려고 노력했어. 어차피 재상은 좋은 문제인지 아닌지 판단할 줄 모르니까 재미없는 쪽으로 가버렸지. 근의 공식에 숫자만 넣으면 답이 나오는 문제는 수학 마니아들의 흥미를 끌지 못하거든. 게다가 문제를 농경지에서만 적용할 수 있게 설정했어. 그 주변은 인구 밀도도 낮고 함정 수사에 걸릴 만한 사람도 별로 찾아오지 않을 것 같아서. 그랬는데."

그랬는데, 내가 걸렸다는 건가. 체포된 상황을 설명했을 때 묘하게 변했던 파울의 표정이 떠올랐다. 나를 안쓰럽게 여긴 게 아니라 그가 노린 효과가 나타나지 않아서 실망한 것이었다.

"그래서 왕은 어떤 사람인데?"

쿠르트의 표정이 어두워졌다. "어린아이야. 이제 고작 아홉 살. 곧 탄신일이 돌아오니까 열 살이 되겠네."

"그, 그렇게 어린데 이 나라의 수학을 혼자서 어떻게?"

"암기야." 소피의 미간에 주름이 잡혔다. "재상은 왕의 교육도 담당해서 날마다 곱셈표와 나눗셈표를 외우게 해. 농경지의 면적은 이차방정식에 귀착되니까 제곱근표도 외우게 하지."

에미는 할 말을 잃었다. 구구단 정도는 외워야 편하지만, 두 자릿수 이상의 곱셈을 생각하면 정신이 몽롱해졌다. 게다가 제곱근 값이 웬 말인가. 5까지는 어찌어찌 외웠지만 그 이상은 외울 엄두도 나지 않았다. 2는 히토요히토요니히토미고로, 3은 히토나미니오고레야, 5는 후지산로쿠오우무나쿠.* 거기까지 외운 것도 암기력보다는 언어유희의 힘 덕분이었다.

"곱셈이나 나눗셈은 쓰면서 계산하면 되고, 제곱근의 값은 표를 보고 찾으면 되는데."

"나도 그렇게 생각해. 하지만 재상은 그걸 허락하지 않아." 평소에는 온화한 파울의 말투에도 분노가 섞여 있었다. "문제를 들고 찾아온 관리나 시민 앞에서 일국의 왕이 일일이 계산하거나 표에서 값을 찾으며 머뭇거리는 모습을 보이면 안 된다고 생각하는 거야. 진정한 왕이라면 신탁을 내리듯이 입에서 숫자가 툭 튀어나와야 한다는 거지."

"날마다 암기를 시키니 어린 왕은 가엾게도 성안의 정원조차 마음껏 산책하지 못해." 소피가 안쓰러워하며 말했다.

즉 재상은 어린 왕을 인간 계산기로 키우는 것인가. "아무리 그래도 제곱근표를 암기시키다니 말도 안 돼."

소피가 이어서 말했다. "말도 안 되지만 아이의 뇌는 유연

---

* '고로아와세'라고 하는데, 숫자를 연상시키는 음을 조합하여 뜻을 가진 단어나 문장으로 바꿔서 숫자를 쉽게 외우고 기억하게 하는 방식.

해. 억지로 집어넣으면 어떻게든 들어가겠지."

그렇게 생각하면 도카이도선의 역 이름이나 공룡 이름을 전부 외우는 초등학생이 가끔 화제가 되기도 한다. 아예 불가능한 일은 아니려나.

그래도 이건 아니다. 철도나 공룡을 좋아해서 외우는 것이면 몰라도, 이건 무미건조한 숫자의 나열이다. 어찌 고통스럽지 않겠는가.

숫자를 토해내는 전자계산기가 되어버린 인생.

얼굴도 모르는 어린 소년에게 동정심이 일어 가슴이 답답해졌다. 구해주고 싶었다. 어둠을 틈타 높은 탑에 갇힌 공주님을 구하러 가고 싶은 마음이다.

"왕과 접촉할 방법은 없을까?"

세 사람은 동시에 고개를 저었다. "시민이 왕을 알현 가능한 기회는 농업이나 상업상의 회계 문제를 가져갈 때뿐이야. 하지만 심사도 까다로워. 신청서를 내고 나서도 몇 달을 기다려야 해. 물론 신원 조사도 하지." "무사히 심사를 통과해도 알현실은 넓고 왕은 멀찍이 떨어져 있어. 그리고 정예 부대가 왕 주위에서 빈틈없이 호위하고 있지. 사적인 대화도 나눌 수 없어." "경비가 엄중해서 몰래 숨어드는 건 훨씬 어려워."

"왕은 어디에 살고 있어?"

파울이 알려주었다. "이 나라를 위에서 내려다보면 원 모양인데, 그 중심이 중앙광장이야. 원주의 한 지점에 성문이 있으면, 성문과 중앙광장을 이은 선을 늘려서 원주와 다시 만나는 지점에 성이 있어."

이 가게는 성문 근처에 있으니까 여기에서 가장 멀리 떨어져 있다는 말이군.

"성의 위치를 안다고 해서 서민이 쉽게 들어갈 수 있는 건 아니지만." 소피가 한숨을 쉬면서 말했다.

그날 밤 에미는 침대에 들어가서 꿈결에 원래 세계를 떠올렸다. 어째서인지 중학교 도서실이 등장했다. 에미는 추리소설을 빌렸다. 두근거리는 마음을 안고 집으로 돌아와서 숙제를 후다닥 해치운 뒤 고대했던 책을 펼쳤다. 그런데 1장의 첫 페이지에 낙서가 있었다. 누군가가 한 등장인물의 이름에 동그라미를 치고 그 옆에 적어놓은 것은 이놈이 범인.

두근거렸던 마음이 한순간에 식었다. 에미는 그대로 책을 덮었고, 결국 한 번도 펼쳐보지 않은 채 반납해버렸다.

수수께끼 같았던 소피의 말이 무슨 뜻이었는지 그제야 이해했다. 모르는 상태를 즐긴다는 것은 누가 범인일까 고개를 갸웃하며 추리소설을 읽는 것과 같다. 그 재미를 빼앗겼으니 읽고 싶은 마음이 사라질 수밖에.

그리고 생각났다. 아마 그날이었던 것 같다. 수학 시간에 이차방정식의 근의 공식이 등장한 날.

수업할 의욕도 없이 그저 교과서를 읽기만 하는 교사가 칠판에 복잡한 공식을 적더니 학생들의 눈을 보지도 않고 이렇게 말했다. 이 식을 암기해라. 시험에 나온다.

그때 간신히 붙들고 있던 수학에 대한 호기심이 깨져 사라져버렸다. 그 후로 에미는 수학을 싫어하게 되었다. 지금도 근의 공식을 어떻게 유도하는지 모른다.

✢   ✢   ✢

다음 날 아침은 하늘이 흐렸다. 납빛 하늘 아래 에미는 가게의 비늘창을 열고 빗자루로 앞마당을 쓸었다. 아침에 출근하는 장인들은 아직 얼굴을 비추지 않았다.

"괜찮아, 걱정하지 않아도 돼." 소피는 평소와 다름없이 미소 지으며 파울과 쿠르트와 함께 엊저녁에 들어온 세탁물을 분류하고 있었다. 이쪽은 다리미질, 저쪽은 인두질, 그쪽에 있는 건 개기만 하면 된다면서. "마리아에게는 어린아이가 있고, 엘레노아는 몸져누운 부모님을 간호하고 있고, 올리비아의 남편은 부상당했어. 그러니 늦을 수도 있지, 뭐."

그래서 늦는 걸까. 에미는 그렇게 이해하며 전날 들어온 빨랫감을 마대에 채워 넣었다. 넷이서 한창 바쁘게 작업 중일 때 평화로운 마을이 술렁이며 방울 소리가 들려왔다.

"어머, 전령이네."

네 사람은 일하던 손을 멈추고 활짝 열린 비늘창으로 거리를 내다봤다. 군중들의 간격이 조금씩 벌어지는 틈새로 전령의 모습이 보였다. 검은 모자와 검은 망토, 가슴에 달린 휘장도 보였다. 한 손에는 방울을, 다른 손에는 양피지를 들고 있었다.

검은 옷을 입은 남자는 방울을 힘차게 흔들면서 멈춰서더니, 갈고닦은 목소리로 양피지의 내용을 읽었다.

"곧 국왕 폐하의 열 번째 탄신일이 다가온다. 그에 앞서 시내 정화를 실시하겠다. 개방파를 밀고하면 보상금을 세 배 내릴 테니 시민들은 적극 협조하길 바란다."

개방파를 소탕하겠다는 뜻이었다. 에미는 동료들의 얼굴을 살폈다. 역시나 세 사람의 안색도 변해 있었다.

"위험하네. 가게를 닫고 잠잠해지길 기다리자." 소피가 그렇게 말했을 때였다.

기분 나쁜 말발굽 소리가 다가왔다. 에미는 두 손으로 몸을 감쌌다. 저 울림, 생생히 기억했다. 도저히 잊을 수 없는 소리였다.

그러나 도망칠 여유가 없었다. 검은 말을 몰고 온 무장한 남자들이 순식간에 세탁소 앞을 포위했다.

"이곳에 세 명이 숨어 있다고 들었다."

소피와 파울이 쓱 앞으로 나섰다. "어머, 아침부터 수고가 많으시네요." "이렇게 많은 분이 세탁물을 맡기러 오시다니 감사할 따름입니다." 그들은 팔짱을 끼고 가슴을 펴며 적에게 도전적인 미소를 건넸다.

그 뒤편에서 쿠르트가 에미를 뒤로 밀었다. "밀고자는 신입인 너는 포함시키지 않았어. 너라도 도망쳐. 뒷문으로 나가, 얼른."

세 사람을 두고 갈 수 없다는 어리광은 부리지 않았다. 가슴이 찢어질 것 같은 심정이었지만, 에미는 잠시도 망설이지 않고 조심스럽게 뒷문으로 빠져나갔다.

뒷길로 접어들어 한숨을 돌리고 두건을 바르게 고쳐 썼다. 괜찮다. 이곳에 온 지 얼마 되지 않았으니 얼굴을 알아볼 사람은 거의 없다. 당당하게 걸으면 어딜 봐도 심부름을 하러 나온 마을 처녀다. 그리고 쿠르트를 비롯한 세 사람은 다른 개방파 동료들이 구해주겠지.

한동안 일부러 사람들이 많은 길을 골라 북새통에 섞여 시내를 돌아다니며 시간을 때웠다. 그러는 사이에 개방파 소탕 작전이 어떻게 돌아가는지 파악할 수 있었다. 전령 여러 명이 중앙광장의 시청사에서부터 성벽을 향해 방사형으로 이동하면서 고지를 읽었다. 걸어서 이동하니 정보가 전달되는 속도는 느렸고, 광장 근처에 사는 주민들은 누구보다도 먼저 보상금이 오른 사실을 알고 시청사로 달려가서 일러바쳤다. 그러면 즉시 흑마대가 출동했다. 이래서는 개방파가 동료들에게 도망가라고 알릴 틈도 없겠다.

보상금을 주머니에 챙기며 시청사를 빠져나오는 밀고자들의 대화를 엿들었다.

"호텔 주인 힐베르트 씨도 전부터 수상하긴 했어. 그간은 이웃의 정 때문에 모른 척했지만, 보상금을 세 배로 준다고 하니, 참."

"최근에 우리 아들이 치료를 받아서 돈을 어떻게 내야 하나 막막했는데. 서쪽에 사는 뇌터 씨에게는 미안하지만 난 그 덕분에 살았어."

곳곳에서 개방파가 적발되었다. 무거운 말발굽 소리, 말 울음소리, 무기가 부딪치는 소리, 위협과 비명이 교차했다.

"그만하세요. 이 아이는 관계없어요."

"닥쳐라. 네 자식이니까 당연히 수학에 물들었겠지. 의심스러운 자는 모조리 체포한다."

가냘픈 여자와 열 살도 안 된 소녀가 가차 없이 묶여서 끌려갔다. 상황이 이렇게 흐르자 에미의 가슴속에 근심이 자라났다. 호텔의 왕인 힐베르트 씨마저 잡혀갔다. 이러다가는 쿠르트 일행을 구해줄 개방파가 아무도 남지 않을 것 같았다.

하늘의 구름은 점차 두꺼워졌다. 대낮인데도 거리가 어두웠다.

정오를 알리는 종소리가 그칠 무렵에 세탁소로 돌아왔다. 만약을 대비하여 뒷문으로 들어갔는데, 가게 안에는 아무도 없었고 침대 위에 세탁물이 어지럽게 널려 있었다. 에미는 활짝 열린 비늘창과 문을 차례로 닫고 걸쇠를 채웠다. 그리고 2층으로 올라가 차갑게 식은 화로 옆에 웅크리고 앉아서 무릎을 감싸 안았다.

어쩌면 좋아. 쿠르트, 소피, 파울. 다들 날 도망가게 해주었는데.

잠시 후, 얇은 천 한 장으로 가려진 창 너머에서 쩌렁쩌렁한 목소리가 울려 퍼졌다. 간간이 추임새처럼 방울 소리도 같이 났다.

또 전령인가. 창문의 얇은 천을 살며시 걷고 거리를 엿봤다. 검은 옷을 입은 남자가 한 손에 양피지를, 다른 한 손에 방울을 들고 천천히 걸어왔다. 이번 고지는 이러했다.

"내일 정오에 개방파 일당을 처형한다. 장소는 성벽 내 광장이다. 국왕 폐하께서도 친히 관람하러 나오신다. 시민들에게도 특별히 견학을 허락하겠다. 악사와 광대와 무희들은 식전에 여흥을 돋우도록 하라. 보수는 충분히 지급하겠노라."

그러자 시민들이 술렁였다. "오, 성에 들어갈 수 있대." "신청서는 안 내도 되나." "저길 봐, 광장 쪽에서 봉화가 올라간다. 예인들이 모여들겠군." "앗, 역시나 비가 오네. 내일은 맑으려나." "분명 하늘이 노하신 게야." "쉿, 큰 소리 내지 마."

굵은 빗방울이 뚝뚝 떨어지더니 곧 거세진 빗줄기가 길바닥을 검게 적셨다. 사람들은 지붕 밑으로 피했고, 전령은 스산한 방울 소리를 내면서 떠나갔다.

처형. 당장 내일.

에미는 다시 화롯가에 웅크리고 앉았다. 창밖의 빗소리가 거세져 갔다. 신세를 진 사람들이 죽음을 당한다. 그들은 에미를 죽음의 문턱에서 구해주고 지낼 곳을 주고 수학의 로망을 조금이나마 느끼게 해주었다. 그들 덕분에 수학에 대한 편견이 깨졌다. 이와 더불어 에미 자신도 어딘가 달라졌다는 걸 느꼈다.

그러니 가만히 지켜볼 수만은 없다. 뭐라도 해야 한다. 지금 자유롭게 움직일 수 있는 사람은 에미뿐이니, 이 유일한 체스 말을 최대한 유효하게 이용해야 한다.

일단은 침착하자. 그렇지 않으면 머리를 굴릴 수 없다.

눈을 감고, 두 손으로 귀를 틀어막고 여러 번 심호흡했다. 떨림이 가라앉기를 기다렸다가 찬장으로 가서 어제 남은 빵을 꺼내 억지로 입에 넣었다. 역시나 딱딱하다. 집에서 아침 식사로 먹은 치즈토스트와는 천지 차이다.

딱딱한 빵을 꼭꼭 씹는 사이에 머릿속이 개운해졌다. 이제 지금 상황을 정리하자. 그러고 나서 어떻게 할지 생각해보자.

옷 속 가슴께에서 메모판을 꺼내 적어보았다. 개방파의 처형식은 내일 정오, 성안 광장에서. 사람을 죽이는 자리에서 음악과 여흥을 곁들인 축제를 연다. 왕도 구경하러 온다. 왕은 아직 어린 소년이다. 성에 갇힌 거나 다름없는 생활을 한다. 재상이 시키는 대로 숫자 암기와 계산에 몰두하는 인간 계산기 같은 인생.

메모판을 바라봤다. 이거, 잘만 하면 기회일지도. 절체절명의 위기를 대역전의 기회로 바꿀 수 있을지도 모른다.

재상의 속셈은 대규모 처형식을 화려한 축제로 삼아서 개방파의 패배를 시민들의 머릿속에 심어주려는 것이리라. 그러나 상대를 쓰러뜨리려다가 제 발에 걸려 넘어질 수도 있다. 개방파를 향한 시민들의 적개심도 그렇게 단단하지만은 않다. 수학을 사용해서 왕의 권위를 떨어뜨리는 개방파라는 조직은 싫어해도, 그 일원들은 모두 익숙하고 친근한 이웃이다.

썼다 지우고, 다시 썼다 지웠다 하면서 내일의 일을 계획했다. 밑져야 본전이라도 가능성이 조금이라도 있으면 해봐야 한다. 물론 위험도 따른다. 개방파의 동료라는 사실이 탄로 날지도 모른다. 그렇다면 이런 방법을 써볼까. 첫 난관에서는 그걸 이용해볼까.

에미는 자기 침대로 갔다. 침대 밑을 뒤지니 삼베 보자기가 나왔다. 침대에 걸터앉아 무릎 위에서 조심스레 보자기를 펼쳤다.

그 안에는 쿠르트와 함께 가서 손빨래한 교복이 깔끔하게 접혀 있었다.

다음 날 아침, 하늘은 화창했다. 축제가 열리기에 좋은 날씨였다. 처형식이 열리는데도 말이다. 신이 실제로 존재하더라도 날씨로 분노를 드러낼 생각은 없는 듯했다.

오전 열 시를 알리는 종소리가 났을 즈음부터 시민들은 성을 향해 이동하기 시작했다. 어제 봉화를 본 예인들도 차례차례 성문을 넘어 거리로 들어왔다. 악사들은 두 갈래로 갈라진 기묘한 관악기나 몸체가 나무통으로 된 현악기 또는 징이나 북 같은 타악기를 들고 있었다. 곡예사는 자기 키를 훌쩍 넘는 죽마*나 허리로 돌리는 커다란 링을 챙겨왔다. 화려한 원색 의

---

* 긴 대막대기 두 개에 나지막하게 발판을 각각 붙여 발을 올려놓고 위쪽을 붙들고 걸어 다닐 수 있게 만든 것.

상을 입고 우스꽝스러운 가면을 쓴 광대는 주머니에 든 다양한 소도구를 꺼내 지나가는 시민들에게 웃음을 선사했다.

에미는 가게의 비늘창 틈으로 지나가는 예인들을 관찰했다. 잠시 뒤 후보자를 발견했다. 좋아, 저기 오는 여자 광대다.

에미는 문을 열고 표적의 관심을 끌었다. 그녀에게 손짓하고 의미심장한 미소와 함께 손에 든 보따리를 보여주자

"날 불렀어요?" 하면서 여자 광대가 가게로 들어왔다. 에미는 문을 닫고 협상을 벌였다.

"저도 왕 앞에서 한몫 벌어보고 싶어요. 혹시 옷을 교환해 줄 수 있나요?"

"싫어요. 모처럼 돈벌이할 좋은 기회인데 왜 처음 본 당신에게 양보해야죠?"

"물론 공짜로 달란 말은 아니에요." 에미는 보따리를 풀어서 보여주었다. "이걸 줄게요. 여기에서는 처분할 수 없지만, 당신처럼 여러 나라를 여행하는 사람에게는 가치가 있을 거예요."

여자 광대의 눈빛이 달라졌다. "원단이 좋네요. 디자인도 독특하고. 팔면 100리블은 넘게 받겠네요." 그러면서 한쪽 눈을 찡긋했다. "알겠어요. 사연이 있는 물건이군요. 그렇다면 그 제안을 받아들일게요."

이리하여 산노마루고등학교의 교복은 사라졌다. 원래 세계로 돌아갈 유일한 연결고리라고 믿었지만 후회되지는 않았다.

교복과 바꿔 손에 넣은 광대 의상은 화려한 체크무늬 튜닉

이었다. 한쪽 발에는 붉은색, 다른 쪽 발에는 푸른색의 긴 양말을 끼고 발끝이 뾰족한 신발을 신었다. 가부키 배우가 화장한 것처럼 알록달록한 선이 들어간 흰색 가면을 쓰니 완전히 다른 사람이 된 것 같아서 용기가 생겼다.

마을 처녀의 옷으로 갈아입은 여자 광대를 뒷문으로 보냈다. "안녕, 잘하길 빌게요." 광대는 보따리를 안고 룰루랄라 신나게 뒷길로 사라졌다.

광대를 배웅한 뒤 에미는 갈아입은 옷의 양쪽 허리에 있는 주머니를 열었다. 안에 들어 있는 소도구를 전부 꺼내고 어젯밤에 준비한 물건들을 집어넣었다. 불룩해진 주머니를 겉에서 살며시 만져봤다. 좋았어, 준비 완료. 이제 출발하기만 하면 된다.

에미도 세탁소 뒷문으로 나갔다. 길을 돌아 큰길로 들어가서 성으로 향하는 시민과 예인들 속에 섞였다. 평소에 비할 수 없이 매우 혼잡해서 에미는 군중이 움직이는 속도에 발을 맞출 수밖에 없었다.

조급해하지 말자고 자신을 달랬다. 서두른다고 풀릴 일이 아니다. 정오까지는 아직 여유가 있거니와 인파를 무리하게 뚫다가는 오히려 눈에 띄어 위험해진다. 체스 말은 단 하나뿐이니 실수해서는 안 된다.

시청사를 곁눈질하면서 중앙광장을 빠져나갔는데 갑자기 길이 넓어졌다. 길가에는 으리으리한 석조 건물이 잇따라 나타났다. 성에 가까울수록 부자들이 사는 것 같다고 추측했다.

그렇다면 소피의 가게가 있는 일대는 변두리 마을이다. 그래도 에미는 그곳에서 마음 편히 지냈다.

이윽고 사람들의 머리 너머로 원기둥 모양의 탑이 보였다. 탑은 성벽과 일체화되어 있었으며, 탑을 관통하는 문 앞에는 도개교가 설치되어 있었다. 다리 밑은 깊은 해자였다.

저게 성으로 들어가는 입구인가. 에미는 인파에 떠밀려 다리를 건너고 성문탑을 통과했다.

성안은 서로 연결된 높은 벽과 탑으로 에워싸여 있었다. 탑 꼭대기에서는 붉은 삼각형 깃발이 푸른 하늘 속에서 펄럭였다. 광장은 야구장만큼 넓었는데, 일찍부터 구경 나온 시민들로 발 디딜 틈이 없었다. 경비는 삼엄했다. 광장 맨 안쪽에 우뚝 솟은 중앙탑 위나 고개가 꺾일 듯이 높은 탑 꼭대기에서는 궁수가 사방을 날카롭게 감시했으며, 광장에는 창을 든 보병이 다수 배치되어 있었다.

흠, 물 샐 틈이 없네. 자칫 잘못했다가는 목숨이 남아나지 않겠어.

한 보병이 에미에게 말을 걸었다. "이봐, 거기 있는 광대. 너희는 저쪽으로 가라."

"네, 죄송합니다." 에미는 어리숙한 말투로 사과하고 고개를 꾸벅 숙였다. "저쪽이군요"라고 하며 가볍게 걸음을 돌렸다. 제법 광대처럼 보였을까.

사람들 울타리를 헤치면서 보병이 지시한 방향으로 나아가자 별안간 시야가 탁 트였다. 창을 든 보병들이 구경꾼들을 막아서 원형으로 공간을 확보하고 있었다. 가장 먼저 에미의 눈에 들어온 것은 중앙에 세워진 통나무 기둥이었다. 기둥에서 튀어나온 가로대에는 밧줄로 된 올가미가 소름 끼치게 매달려 있었다.

오싹해서 온몸에 닭살이 돋았다. 저게 교수대란 말이지. 실물은 태어나서 처음 보았다.

그 옆에는 죄수들 수십 명이 병사들의 감시를 받으며 서있었다. 저절로 그쪽으로 눈길을 돌리다가 쿠르트를 발견했다. 소피와 파울도 있었다. 다행이었다. 언뜻 보기에 다친 데는 없는 것 같았다. 그러나 두 손은 등 뒤로 묶여 있고 옷은 지저분하며 머리는 헝클어져 있었다. 진이 빠진 채 불안한 낯빛으로 서 있는 그들의 모습이 몹시 애처로웠다.

기다려줘. 내가 어떻게든 해볼 테니. 구해준 은혜는 반드시 갚을게. 에미는 남몰래 주먹을 꽉 쥐었다.

중앙탑의 정면에 귀빈석이 마련되었다. 그 주변은 구경꾼의 출입이 철저히 차단되었다. 아직 아무도 앉지 않은 의자에는 두꺼운 쿠션이 깔려 있고, 연회용으로 설치한 탁상에는 술잔과 접시가 올려져 있었다. 귀빈석 좌우에서 대기하는 예인들을 보고 에미도 서둘러 그 무리에 끼었다.

시청사의 종이 현재 시각을 알렸다. 아홉 번, 열 번, 열한 번, 열두 번. 성문탑의 꼭대기에 선 나팔수들이 팡파르를 울렸다. 관중은 잡담을 그치고 일제히 귀빈석으로 고개를 돌렸다. 에미도 사람들의 시선을 따라 그쪽을 봤다.

중앙탑의 거대한 정문이 좌우로 열리고 있었다. 얇게 만든 부조가 전체에 새겨진 중후한 나무 문인데, 안쪽에서만 밀어서는 열리지 않는지 바깥에서도 제복을 입은 헌병 여러 명이 문을 잡아당겼다.

문이 열리자 제일 먼저 은색으로 빛나는 갑옷과 정교한 투구를 쓰고 칼을 찬 키 큰 호위병이 걸어 나와 귀빈석 옆에 섰다. 저 갑옷은 낯이 익은데, 흑마대의 대장이었다.

뒤이어 재상이 나타났다. 자수가 들어간 검은 망토를 걸친 그는 한 손에 빛나는 돌이 박힌 의식용 지팡이를 들고 다른 한 손은 높이 올려 시민들을 향해 흔들었다.

재상이 옆으로 한 걸음 물러나 고개를 숙이자 뒤에 있던 인물이 걸어 나왔다. 마르고 왜소한 소년이었다. 술 장식이 달린 망토와 진주 브로치와 은 세공된 왕관으로 치장하여 위엄을 드러냈다.

와, 호화롭게도 차려입었네. 저 아이가 왕이구나.

성안에 갇힌 인간 계산기.

실크 타이츠를 입은 다리는 학처럼 가늘어서 운동 부족을 여실히 말해주었다. 그늘에서 자란 어린나무처럼 얼굴에는 핏기가 없었다. 회색빛 눈동자는 초점 없이 허공을 바라보는데, 주위에서 일어나는 일에 아무런 관심도 없는 듯했다.

소년 왕과 그 뒤를 따르는 재상이 귀빈석에 앉자 다시 나팔이 울렸다. 식전 행사의 막을 올리는 신호였는지, 대기하던 예인들이 한꺼번에 처형장 안으로 흩어졌다. 악사들은 미묘하게 박자가 안 맞는 연주를 했고, 무희는 한 발로 서서 얇은 의상을 나부끼며 빙글빙글 돌기만 했다. 곡예사들은 죽마 위에서 높이 뛰어올랐다. 광대의 장기는 거의 이야기 위주였다.

이게 뭐야. 김빠지게.

전문 예인들의 실력이 이 정도라니. 그래도 다행이다. 이만하면 나서도 되겠다.

에미는 오른쪽 주머니에서 미리 준비한 소도구를 꺼냈다. 간밤에 삶아둔 달걀이었다. 두 개, 세 개, 총 네 개를 오른손으로 높이 던져서 왼손으로 받고, 다시 왼손에서 오른손으로 옮겨서 높이 던졌다. 흰 달걀 네 개가 부드럽게 원을 그렸다. 두 손으로 공 네 개 던지고 받기 기술이다. 던지는 박자에 맞춰서 노래도 불렀다.

일 곱하고 이 곱하고 삼 곱하고
사 곱하고 오 곱하고 다리 건너
다리 난간에 걸러앉아서
아득히 먼 곳 바라보는데
열일고여덟 꽃다운 울 언니
손에 꽃 들고 어데 가나

어릴 적 엄마가 알려준 콩주머니 놀이가 이런 때 도움이 될 줄이야.

달걀을 두 손으로 던지고 받는 재주는 금세 사람들의 눈길을 끌었다. "어머, 저건 뭐지?" "별 신기한 재주가 다 있네." "저런 기술은 처음 봤어."

공 묘기를 선보이는 곡예사도 있긴 했으나 동시에 네 개를 다룰 줄 아는 사람은 없었다. 던지는 방법도 달랐다. 그들의 공은 교차하는 궤도를 그렸다. 노래와 묘기를 동시에 하는 사람도 없었다. 에미는 점점 시선을 모았고, 다른 예인들도 동작을 멈추고 에미의 연기를 홀린 듯이 바라보았다. 이제 에미는 방향을 틀어 조금씩 조금씩 귀빈석을 향해 나아갔다.

이국에서 태어난 나는
이제 고향으로 돌아간다네
꽃은 어머니께 선물해야지

마침내 귀빈석 앞까지 갔다. 달걀 네 개를 차례로 받아서 오른쪽 주머니에 넣었다. 머리를 깊이 숙여 인사하자 검은 머리카락이 앞으로 스르륵 흘러내렸다. 고개를 들다가 왕과 눈이 마주쳤다. 넓은 이마, 두 눈 사이의 간격은 먼 듯하지만 커다란 눈동자. 보면 볼수록 평범한 아이였는데, 어린데도 그의 얼굴에는 피로가 쌓여 있어서 보기 안쓰러웠다.

좋아, 잘 풀리고 있다. 왕과 대화할 수 있는 위치까지 왔어.

자, 지금부터 시작이다. 침착해, 에미. 탑 위에 있는 궁수들은 쳐다보지 마. 연기에만 집중해. 어젯밤 수없이 연습한 대로만 하면 돼. 다행히 가면을 쓴 덕분에 표정을 읽힐 일도 없어.

가면이란 참 편리하네.

느린 동작으로 양쪽 주머니에서 달걀을 하나씩 꺼냈다. 두 손에 달걀을 하나씩 들고 잘 보이게끔 어깨높이로 들었다.

"국왕 폐하, 이 중 하나는 삶은 달걀이고 다른 하나는 날달걀입니다. 껍질을 깨뜨리지 않고 어느 쪽이 날달걀인지 맞히실 수 있으신지요."

재상의 눈썹이 치켜올라갔지만 에미는 못 본 척했다. "폐하, 이 중 날달걀은 어느 쪽일까요?"

소년 왕의 눈이 커졌다. 에미는 그 눈동자 안에 깃든 희미한 빛을 놓치지 않았다. 귀빈석으로 몇 걸음 다가가서 손에 든 달걀을 내밀었다. 갑옷 입은 위병이 칼집에 손을 대자 왕이 오른손을 들어 제지했다.

앗, 지금. 스스로 움직였어. 이건 좋은 징조야. "어떠십니까. 깨지 않고 구별하실 수 있으시겠는지요?"

소년 왕은 고개를 약간 오른쪽으로 기울였다.

좋아, 생각해보는군. 아마 그동안 무언가를 골똘히 생각해본 경험이 없었을 거야. 머리를 쓴다고 해도 기억 속에서 숫자나 공식을 꺼내는 것뿐이었겠지.

이어서 왕은 고개를 왼쪽으로 갸웃하더니 다시 또 오른쪽으로 기울였다. 그러고 나서 나온 한마디는. "모르겠다."

시작은 이 정도만 해도 성공이다. 이건 준비체조 같은 문제이니까. "그럼 여길 보십시오." 에미는 귀빈석 옆의 테이블로 다가가 와인 병과 과일 바구니를 양옆으로 밀어내고 공간을 만들었다. "두 달걀을 동시에 같은 힘으로 돌리겠습니다." 달걀을 테이블에 올려놓고 힘을 주어 돌렸다.

소년 왕은 가느다란 목을 앞으로 쭉 내밀었다. 회색빛 눈동자는 회전하는 달걀에 고정되어 있었다. 흥미를 보이면서 이다음에 어떻게 될지 궁금해했다. 조짐이 좋았다.

두 달걀 중 한쪽의 속도가 점점 떨어지면서 흔들리다가 끝내 회전을 멈추고 굴러떨어지려 하는 찰나였다. 그것을 에미가 잡았다. "이게 날달걀입니다."

"왜지?" 왕은 잠시도 기다리지 않고 물었다.

"날달걀은 말이죠." 에미는 와인 잔에 달걀을 깨서 떨어뜨렸다. 그리고 잔을 들고 천천히 흔들었다. 흰자 안에서 노른자가 회전했다. "날달걀의 속은 액체라서 딱딱한 껍질과는 움직임이 다릅니다. 삶은 달걀은 껍질 속도 단단하니까 껍질과 같이 움직이지요. 따라서 회전이 안정적이라 날달걀보다 더 오래 돌 수 있습니다." 다른 달걀도 깨뜨려서 삶은 달걀임을 보여주었다.

소년 왕은 어안이 벙벙한 듯 입을 벌리고 있었다. 젖니가 빠진 틈새에는 아직 영구치도 나지 않았다.

구경꾼들도 "우아" "신기해" "몰랐어. 편리한 방법이군." "집에 가서 마누라에게 알려줘야지"라고 하며 감탄할 때였다.

"그쯤 하면 됐다." 재상이 오른손을 들었다. 중지에 낀 반지의 큼직한 돌이 햇빛을 받아 반짝였다. "광대는 그만 물러가라. 수고했다."

"기다려." 소년 왕이 말했다. 재상이 깜짝 놀라며 어린 왕을 돌아봤지만 왕은 뜻을 굽히지 않았다.

"거기 있는 광대여, 여흥을 계속하라."

성공했다. 에미는 가슴 떨리는 기쁨을 느꼈다. 지금 왕은 재상의 말을 거스른 것이었다. 어쩌면 태어나서 처음으로.

"마음에 드셨다니 영광입니다." 에미는 두 손으로 옷자락을 살짝 들어 올리고 한 발을 뒤로 빼면서 고개를 숙였다. 세계사 시간에 배운 궁정 예법이었다.

이제 준비체조 2탄으로 들어갈 차례였다. 이번에는 재치가 필요한 퀴즈다. 어릴 적 아빠가 내준 퀴즈를 약간 변형했다. "밀 한 봉지를 물레방앗간에 가져가서 가루로 빻아달라고 했습니다. 이 가루로 처음 봉지와 크기가 같은 봉지 두 장을 채우려면 어떻게 해야 할까요?"

재상이 어처구니가 없다는 듯이 말을 툭 내뱉었다. "모래를 섞어서 양을 늘리면 되지 않느냐. 물론 그런 눈속임을 꾸몄다간 채찍형으로 다스리겠지만."

왕이 재상을 손으로 저지했다. 그리고 잠시 하늘을 올려다보다가 대답했다. "으음, 아니면, 밀가루로 한 봉지를 채우고 나서 그걸 다른 봉지에 넣으면 되지 않을까."

우아, 대단하다. 이렇게 짧은 시간 안에 정답을 맞히다니.

"정답입니다. 역시 폐하십니다." 에미는 손뼉을 치며 진심으로 칭찬했다. 그러자 주위에서도 맞장구쳤다.

"오, 정말 대단하십니다." "그런 생각은 하지도 못했습니다. "폐하의 관점은 남다르십니다." "좋다, 광대여. 재밌구나. 조금 더 해보거라."

왕이 눈을 반짝이며 고개를 끄덕이자 에미는 가볍게 인사하고 다음 문제로 넘어갔다. 이번에는 에미가 만든 문제다. 바로 여기가 승부처였다. 여러 의미에서.

"아이 일곱 명이 숨바꼭질을 하는데 술래가 두 아이를 찾았습니다. 그렇다면 지금 숨어 있는 아이는 몇 명일까요?"

그 순간 재상이 벌떡 일어나서 소리쳤다. "그건 계산 문제가 아니냐! 설마 넌!"

아, 역시나 들킬 줄 알았다. 그래, 누가 봐도 이건 수학 문제지.

그런데 왕은 재상의 말을 무시하며 이렇게 물었다. "숨바꼭질이 무엇이냐?"

야단났다. 에미는 등골이 오싹해지는 걸 느꼈다. 숨바꼭질은 이쪽 세계에는 존재하지 않는 놀이였다. 개방파의 동료라는 것을 들킨 데다 왕의 흥미도 끌지 못하다니 망했다.

그러자 그때까지 구경하던 예인들이 서로 눈빛을 교환하더니 동시에 움직였다.

"폐하, 숨바꼭질이란 이런 놀이입니다."

광대 한 명이 재빠르게 술래 역할을 맡아 두 눈을 손으로 가리고 수를 셌다. 다른 예인들은 귀빈석 뒤나 죄인들 뒤 또는 구경꾼들 틈에 숨었다.

"여덟, 아홉, 열. 이제 찾는다."

술래는 숨어 있는 예인들을 차례차례 찾아냈다. 곡예사 한 명이 구경꾼들 속에 교묘히 숨어서 도망 다녔다. 시민들은 이 놀이에 끼어들지 않았지만 쫓는 자와 쫓기는 자를 각각 응원했다. 이 지극히 단순한 놀이에 모두가 빠져들어 웃고 갈채를 보냈다. 소년 왕은 귀빈석에서 몸을 내민 채 그 모습을 부러운 눈길로 바라보았다.

에미는 또 마음이 아팠다. 정말로 밖에서 놀아본 적이 없구나.

"거기까지만 해라, 광대."

재상이 화난 목소리로 소리쳤다. 예인과 시민들이 동작을 멈췄고 사람들의 환성도 사라졌다.

"답은 다섯 명이잖느냐. 속히 물러가거라. 이런 시시한 문제로 폐하와 시민들을 어지럽게 하지 마라. 그만하지 않으면 너도 저 죄인들 무리에 넣어주겠다"라면서 교수대를 가리켰다.

잘 걸렸다. 사실은 왕이 대답해주길 바랐지만, 누가 대답하든 상관없었다.

에미는 가면 속에서 미소를 지으며 정답을 말하려고 했다. 그런데 왕이 먼저 나섰다. "재상, 그 답은 틀렸어. 정답은 네 명이야."

앗, 왕이 지금 재상을 나무랐다. 그것도 정답으로.

재상은 의표를 찔렸다. "무슨 말씀이십니까. 7에서 2를 빼면 5가 아닙니까. 그렇게 가르쳐드렸는데도 잊으셨습니까?"

역시 이 아이는 유연성이 뛰어난 것 같았다. 줄곧 인간 계산기로 살아왔다는 게 믿기지 않았다. "폐하께서 정답을 맞히셨습니다. 문제 속 상황을 파악하면 술래를 계산에 넣으면 안 된다는 걸 알 수 있지요. 이럴 때 모든 악의 근원은……." 에미는 뒤돌아보며 재상을 가리켰다.

　"암기입니다. 문제의 패턴을 통으로 암기해서 문제의 뜻도 생각하지 않고 조건반사식으로 계산하니까 이런 오답이 나오는 겁니다."

　주위는 찬물을 끼얹은 듯이 고요해졌다. 몇 초가 지나자 구경하는 시민들 사이에서 속삭이는 소리가 흘러나왔다.

　"참, 왕궁에서 접수한 문제를 정리해서 폐하께 가져가는 건 재상이었지."

　"그래. 우리 가게의 매상 계산을 부탁했을 때도 그랬어."

　"나도 그랬어."

　"그런데 지금 돌아가는 걸 보면, 폐하께 문제가 전달되기 전 단계에서 오류가 들어갔을 수도 있겠는데."

　재상을 보는 시민들의 눈빛이 달라졌다.

　그러나 재상은 시민들의 눈빛에서 느껴지는 압력에 기죽지 않았다. 그는 지팡이를 치켜들고는 이렇게 말했다. "암기는 중요하다. 암기야말로 지식의 근원인 법. 지식을 머릿속에 집어넣지 않고서 대체 무슨 말을 할 수 있겠느냐. 역사, 법률, 수학도 그러하다. 수치나 공식을 암기하지 않고서 수학을 쓸 수 있을 리가 없다."

"어머, 정말 그럴까요?" 에미는 순풍이 불어오는 것을 느꼈다. "이를테면 복잡하기로 유명한 이차방정식의 근의 공식 있잖아요. 그것도 굳이 외울 필요가 없어요. 필요할 때 도출해 내면 되니까요."

에미는 조금은 으스대면서 광대 의상 속에 감춰둔 메모판을 꺼냈다. 그 판을 펼쳐 머리 위로 치켜들었다.

"오오."

"우아하다."

"멋있는 그림이야. 저 그림 하나로 증명을 완성했어."

교수대 아래에서 개방파들이 탄성을 질렀다. 두 손이 묶여서 손뼉을 치지 못하자 발을 굴러 환호했다.

우아, 해냈다. 괜히 뿌듯했다. 에미는 가면 속에서 흐뭇하게 웃었다.

메모판에는 슬라이스 치즈를 얹은 토스트 같은 그림이 그려져 있었다. 슬라이스 치즈의 변의 길이는 x. 토스트의 각과 치즈의 각을 연결한 선이 대각선이 되는 정사각형 네 개가 빗금으로 칠해져 있고, 그 한 변의 길이는 $b/4$.

"이차방정식 $x^2 + bx = c$는 면적을 구하는 문제이니까 그림으로 풀 수 있어요. 변의 길이가 x인 정사각형의 면적과 한 변의 길이가 x이고 다른 변의 길이가 b인 직사각형의 면적을 더해서 c가 나온다고 치죠. 직사각형의 변 b를 4등분해서 한 변이 $b/4$가 되고 다른 변이 x인 가늘고 긴 직사각형 네 개를 정사각형의 상하좌우에 붙인 게 바로 이 그림이에요. 빗금으로 칠해지지 않은 하얀 부분의 면적이 c이죠."

이것은 다 공작새 문제 덕분이었다. 그 문제를 열심히 고민해보지 않았다면 이 증명법을 생각해내지 못했을 테니까. 그리고 엄마의 치즈토스트도 도움이 됐다.

"여기까지 오면 그다음은 간단해요. 큰 정사각형의 전체 면적은 c에다가 작은 정사각형 네 개의 면적을 더하면 되니까 $c+4\times(b/4)^2$. 그리고 큰 정사각형의 한 변의 길이는 $x+b/4+b/4$라는 걸 알 수 있으니 이 길이를 서로 곱해도 면적을 구할 수 있어요. 이 두 식을 등호로 엮고 x를 풀기만 하면 돼요." 그리고 이 식은 a=1인 특수한 경우이므로 a가 0이나 1이 아니면 변들을 a로 나누면 된다.

끝났다. 어젯밤에 이걸 완성했다. 혼자서 불 꺼진 어두운 화롯가에 앉아 그칠 줄 모르는 빗소리를 들으면서. 몇 년 넘게 몰랐던 의문을 해결했다. 오로지 자기 힘으로.

마치 저주에서 풀려난 기분이었다.

에미는 주위를 둘러보았다. 표정을 보니 증명의 의미를 완벽하게 이해한 이들은 개방파 사람들밖에 없었다. 쿠르트 일행이 계속 고개를 크게 끄덕이면서 신호를 보냈다. 아마도 목소리와 머리카락 색으로 가면 쓴 광대의 정체를 알았으리라. 시민들은 무슨 일이 일어났는지 모른 채 멍하니 입을 벌리고 있었다. 그 중간에 해당하는 재상과 왕은 증명이 옳다는 것을 직감한 듯했다.

"암기, 하지 않아도 되느냐."

왕이 나지막이 물었다. 그 목소리가 너무도 앳되어서 에미
는 서글펐다.

"네, 암기는 필요 없습니다." 에미는 자신 있게 대답했다.
"폐하. 이제 괜찮지 않을까요. 폐하는 물론 선대 국왕들께서
는 지금까지 충분히 백성들을 위해 사셨습니다. 앞으로는 백
성들도 수학을 할 수 있게 허락해주시지 않겠는지요. 암기하
지 않는 수학을요."

에미는 관중을 돌아보았다. "거기, 당신. 가게의 회계, 직접
관리해보고 싶지 않아요?"

"아, 나 말이오?" 가게 주인처럼 앞치마를 두른 남자는 놀
랐는지 두리번거리다가 고개를 갸웃했다. "그렇소. 전부터 그
런 생각은 했지. 매입에 얼마를 쓰고 돈은 얼마가 들어오는지
직접 파악할 수 있다면 가게를 어떻게 운영할지 더 연구해볼
텐데 말이오."

그러자 그 말을 계기로 곳곳에서 의견이 나왔다. "우리도
그래. 직접 하고 싶어.""우리 가게에 오는 손님의 수가 날씨
에 따라 얼마나 달라지는지 궁금해.""우리는 농부인데 연도
별 비료량과 수확량의 관계를 알고 싶어. 이것도 수학인가?"

예상대로 수요가 있었다. 에미는 가면 속에서 웃음을 멈추
지 않았다.

왕이 불안해하며 말했다. "그러나 짐은 암기하는 수학밖에
모른다. 짐에게 수학을 알려준 재상도 그렇고."

"걱정하지 마십시오." 에미는 교수대 아래에 서 있는 죄인

들을 자신만만하게 가리켰다. "저기에 좋은 교사들이 있습니다. 암기가 필요 없는 재미있는 수학을 잘 아는 자들입니다."

소년 왕은 눈을 크게 떴다. "재밌는가? 수학이?"

에미는 단호하게 말했다. "그럼요. 정말 재밌답니다."

그 순간 에미의 눈앞이 새하얘졌다. 왕도, 재상도, 교수대와 개방파도, 경비병도, 사형장을 둘러싼 시민들도, 사람들이 웅성대는 소리마저도 한순간에 사라졌다.

"앗."

길게 꼬리를 무는 전철의 경적이 사그라졌다.

에미는 허둥지둥 주위를 둘러보았다. 하얀 길바닥과 철제 난간과 저물어가는 해와 옛 성시가 보이고, 은은한 금목서 향기가 풍겼다. 발밑에는 익숙한 책가방이 있고, 자신이 입고 있는 옷은 이젠 다시 못 볼 줄 알았던 산노마루고등학교의 교복이었다.

지금까지 자신은 이세계의 성에 있었다. 그리고 지금은 원래 세계의 성터로 돌아와 있었다. 천벌인지 저주인지 모르겠지만 모든 것이 끝났다.

* * *

3점.

휴, 이번에도 망쳤네. 선생님이 나눠준 쪽지 시험 결과지는 에미를 털썩 실망시켰다. 그런데 시무라는 "발전했는데?"

라고 말하며 에미의 등을 토닥인 뒤 다음 학생에게 갔다.

에미는 답안지로 눈을 떨궜다. 이번에는 백지가 아니었다. 모든 답안지에 글씨가 빼곡하게 적혀 있었다. 마지막 문제에 매겨진 부분 점수가 3점이었다. 3이라는 빨간 글씨 밑에는 작은 꽃 모양 동그라미가 그려져 있었다. 선생님의 메시지도 있었다. 방향성은 좋았어. 이대로 하면 돼.

에헤.

에미는 조용히 웃으면서 답안지를 접어 학생수첩 속에 끼워 넣었다.

그날 방과 후 에미는 교정의 서쪽 끝에 있는 문화부 동아리용 건물 B동을 찾았다. 이곳에는 처음 와봐서 조금 긴장했다. 위아래가 안 맞아서 삐걱거리는 문을 옆으로 밀고 안으로 들어갔다. 형광등 불빛이 흐려서 실내는 어둑했고, 공기에서는 어렴풋이 곰팡이 냄새가 났다. 계단을 올라갔다. 계단을 밟을 때마다 푹 꺼질 듯한 소리가 났다. 2층의 동쪽 방향 세 번째 교실. 찾았다. 여기다.

문을 두드렸다.

"네." 볼에 주근깨투성이인 소년이 얼굴을 내밀었다. 머리는 마치 비둘기 둥지처럼 곱슬곱슬했다. 소년은 에미를 보더니 잠시 머뭇거렸다. "어, 무슨 일이에요?"

"여기 들어오고 싶어요. 지금은 가을이라서 시기는 좀 이상하지만, 괜찮나요?"

신기하게도 기요토대학에 가겠다는 집착은 깨끗이 사라졌

다. 입시 공부 외에 하고 싶은 일을 찾고 싶었다. 에미는 자기 마음에 솔직해지기로 했다.

작년 봄 입학식 때 받은 소책자를 서랍에서 꺼내 정독했다. 책자의 제목은 '산노마루고등학교 문화부 활동과 동아리 소개'였다. 사흘 동안 훑어보다가 한군데로 마음을 정했다. 캐치프레이즈가 에미의 마음을 움직였다. '풀기보다 만들기'를 중시합니다. 당신만이 만들 수 있는 문제를 창작해보지 않을래요?

에미의 말을 듣자 남학생의 얼굴이 확 밝아졌다. "고마워. 언제든지 환영해. 자, 퍼즐부에 어서 와."

남학생이 문을 활짝 열었다. 동아리방의 한가운데에 놓인 크고 긴 테이블에 남녀 학생 일고여덟 명이 둘러앉아 있었다. 칠판에는 도형과 기호가 빽빽하게 적혀 있고, 책장에는 마틴 가드너, 샘 로이드, 헨리 어니스트 듀드니의 저서들이 진열되어 있었다.

에미가 선택한 동아리는 퍼즐 창작연구부였다. 회원들이 고개를 들었다. "어서 와." "우아, 새로운 회원이다." "어서 와서 앉아. 좁아서 미안해." "거기 있는 과자는 마음껏 먹어도 돼." "냉장고에 보리차도 있어."

"앞으로 잘 부탁해." 에미는 웃으면서 대답했다. 자, 이제부터 학교생활이 재미있어질 것 같다.

꽁치는
쓴가, 짠가

꽁치는 슬픈 생선이다.

가을바람에 실려 식탁으로 올라오는 생선이니

슬프기도 하리라.

– 아키모토 후지오(하이쿠 시인)

위험해, 위험해. 진짜 큰일 났어.

거실의 길쭉한 소파에 드러누워 있는 지하루의 이마에 식은땀이 맺혔다. 오늘은 8월 30일. 지금 시각은 오전 10시. 내일이면 여름방학이 끝난다. 그런데 초등학교 5학년인 지하루는 자유연구 과제의 주제조차 정하지 못했다.

어떡해, 어떡해. 진짜 어떡하지.

담임 선생님의 얼굴이 머릿속을 스쳤다. 언제나 살갑게 대하고 미소가 예뻐서 학생들에게 인기 만점인 선생님. 그러나 화가 나면 무섭게 바뀐다. 숙제를 안 했을 때가 제일 무섭다. 알고는 있다. 교과 AI는 절대로 혼내는 법이 없으니까 그 대신 선생님이 꾸중하는 거라는 걸. 그걸 알아도 무서운 건 무서운 거다.

지하루는 일어나서 바르게 앉고는 남향으로 난 베란다 유리창을 바라보았다. 에어택시 한 대가 우아한 궤도를 그리며 도심의 맑은 여름 하늘을 날아갔다. 아, 타임머신이 있으면 좋겠다. 과거로 돌아가고 싶다. 여름방학 첫날까지는 바라지도 않을게, 오봉 연휴*로만 돌아갈 수 있으면 좋겠는데.

까짓것, 한번 물어보자.

왼쪽 손목에 낀 검은색 팔찌에 말을 걸었다. "모라벡, 부탁해. 1.5일 만에 끝낼 수 있는 자유연구 주제를 알려줘."

팔찌는 불빛을 깜빡이지도 않고, 왼쪽 팔 안쪽에 화면을 띄워주지도 않고, 중성적인 목소리로 이렇게만 대꾸했다. "현재 자기 힘으로 노력하기 모드를 실행 중입니다."

역시 안 통하네.

다시 소파에 드러누웠다. 왼손을 들어 "바보"라고 검은색 팔찌를 흉봤다. 초등용 어시스턴트 AI 따위는 정말 싫었다. 숙제에서 중요한 부분은 눈곱만큼도 안 도와주고, 디자인은 오래돼서 촌스럽고, 그런 주제에 맥박으로 멋대로 감정을 읽어서 참견이나 하고. 빨리 어른이 돼서 편리하고 세련된 최신형 AI를 차고 다니고 싶었다.

아무튼 주제 찾기에 모라벡은 도움이 되지 않았다. 이제 최후의 수단에 기대는 수밖에 없었다. 지하루는 일어나서 거실을 가로질러 칸막이 너머를 엿봤다.

---

* 양력 8월 15일 즈음 조상에 제사를 지내는 일본의 연휴.

"엄마." 조심스럽게 말을 걸었다. "저기, 여름방학 자유연구……."

거실 한구석에 설치된 업무용 공간에서 엄마는 고객과 마주 보고 있었다. 그 상대방은 입체 영상이며, 두 사람의 대화는 제삼자에게 들리지 않게 설정되어 있다. 지하루는 엄마가 원격 상담을 마칠 때까지 칸막이 옆에서 기다렸다.

엄마가 마침내 오른손을 한 번 흔들어서 사이드 테이블에 있는 3D폰을 종료했다. 두 손에 쏙 들어오게 생긴 원추형 기계는 두 번 깜빡이더니 빛을 잃었다. 엄마는 외동딸에게 고개를 돌렸다. "미안한데 엄마는 지금 출장 가야 해. 방금 대화한 환자분이 꼭 대면 상담을 원하신대서."

"엄마아." 지하루는 노골적으로 불만을 표시했다. "싫어, 가지 마요. 숙제 좀 도와줘요."

엄마는 의자에서 일어나 세면대로 향했다. 3D폰으로 상담할 때는 가상 메이크업 필터를 사용했으니 지금은 맨얼굴이다. "얘도 참. 넌 해마다 이 난리니. 숙제는 계획을 세워서 미리미리 하라고 항상 말했지? 이번엔 절대로 안 도와줄 거야."

"엄마아아아!" 하면서 투정을 부렸지만 엄마 말이 옳다는 건 알고 있었다. 지하루가 잘못한 게 맞다. 그렇지만 계획 세우기나 손재주에는 영 소질이 없었다. 그런 데다가 자신이 무엇을 하고 싶은지도 잘 모른다. 지금 할 일도, 장래의 꿈도. 선택지는 많은 듯하면서도 한정되어 있었다. AI가 거의 모든 일을 해주기 때문이다. 그러니 자유연구 주제 찾기는 지하루가 어려워하는 일을 상징했다.

엄마는 세면대의 큰 거울 앞에 섰다. 귓불에는 귀걸이가, 목에는 목걸이가 반짝였다. 그게 바로 엄마의 어시스턴트 AI 인 에르메스다. 액세서리와 똑같이 생긴 디자인에, 음성 외에 다양한 입력 기능이 있다. AI는 상황을 파악할 줄 알아서 마음의 병을 앓는 환자와 상담할 때는 그에 최적인 메이크업 입체 영상을 주인 얼굴에 씌운다. 화장이 망가질 염려도 없고 피부에 해롭지도 않으며, 무엇보다 화장품과 화장도구를 챙겨 다니는 수고를 덜 수 있다. 그렇지만 순전히 즐거움을 위해 자기 손으로 직접 화장하는 것을 선호하는 여자도 상당수 있다고 한다.

엄마는 거울 앞에서 입체 메이크업의 마무리에 들어갔다. 매뉴얼에서 색조를 미세하게 조정한 뒤 "됐어" 하면서 고개를 끄덕였다. 얼굴 가까이에서 에르메스가 빛났다. 마치 보석 같다고 지하루는 생각했다. 나도 빨리 저런 걸 갖고 싶어. 하지만 비싸겠지. 느긋하게 기본 소득만 받아서는 절대 못 사겠지.

화장을 마친 엄마는 세면대 옆의 아주 좁고 긴 옷장을 열어 얇은 재킷을 꺼냈다. 거울 앞에서 걸쳐보더니,

"지하루" 하면서 돌아보았다. "여름도 곧 지나가는데 이런 색은 별로인 것 같니?"

재킷은 여름 하늘의 파란색을 파스텔톤으로 연하게 한 색이었다.

지하루가 동의하자 엄마는 재킷을 둥글게 말아 벽에 붙은

재활용 통에 집어넣고, 다시 옷장에서 가을을 연상케 하는 호두색 옷을 꺼냈다. "점심은 후플리로 만들어 먹으렴." 엄마는 소매에 팔을 집어넣으면서 부엌 쪽을 눈짓했다.

"네에." 지하루는 떨떠름하게 대답했다. 3D 푸드 프린터가 조리한다고 해도 엄마가 조작해야 더 맛있는데.

"들리니, 에르메스? 우리 아파트 옥상 착륙장으로 에어택시 한 대만 불러줘." 엄마는 어시스턴트 AI에게 명령했다. 에르메스는 다시 반짝이면서 응답했다. 지하루는 부러운 눈빛으로 그 모습을 바라보았다. 좋겠다. 너무 멋있어.

엄마는 검은색 친환경 가죽 가방을 들고 현관에서 검은색 친환경 가죽으로 된 7센티미터 하이힐 구두를 신고 급하게 집을 나섰다. 집에는 지하루 혼자 남았다. 이럴 때는 도내 아파트의 표준인 10평 거실이 쓸데없이 넓게 느껴졌다. 거실에는 가구류와 관엽식물만 띄엄띄엄 배치되어 있고, 대부분 생활 가전류가 벽이나 천장 속에 파묻혀 있어서 그런지도 몰랐다.

앗, 이럴 때가 아니지. 외로워할 틈이 없었다. 자유연구 주제를 찾아야 했다.

지하루는 소파로 돌아가서 앉았다. 방학을 즐길 때는 달력도 까맣게 잊고 있었는데, 9월 1일이 무슨 요일이더라. 토요일이면 안 될까. 그러면 이틀은 여유가 생긴다. "모라백, 부탁해. 달력을 표시해줘."

이번에는 초등용 AI도 순순히 작동했다. 리스트밴드가 빛을 내더니 왼쪽 팔 안쪽에 8월과 9월 달력을 띄웠다.

이런, 토요일이 아니고 월요일이구나. 월요일이네. 달력을 뚫어지게 쳐다봐도 요일이 이동하지는 않았다.

그런데 뜻밖의 수확이 있었다. 달력에 '오늘의 기념일' 모드라는 게 있었다.

"앗, 이런 게 있었나." 지하루는 몇몇 반 친구들처럼 어시스턴트 AI를 능숙하게 다루지는 못했다. 화면을 요리조리 조작하다가 9월 30일의 항목에서 신기한 글자를 발견했다.

秋刀魚의 날

"추? 검? 어? 이게 뭐지?"

"추도어라고 읽고, 보통 꽁치라고 합니다." 모라벡이 곧바로 정정해주었다. 한자를 제대로 읽지 못하면 곧바로 바로잡아주었다.

"꽁치가 뭔데?"

"물고기입니다."

"글자를 보면 그건 알지. 무슨 물고기야?"

그러자 모라벡은 거실의 넓은 벽에 영상을 투사했다. 푸른 물결 속에서 하얗게 반짝이며 그 이름대로 검처럼 생긴 물고기가 무리 지어 헤엄치고 있었다.

"왜 2차원이야?"

"오래된 자료라서 그렇습니다." AI는 영상을 정지화면으로 바꿨다. "명칭은 꽁치, 학명은 콜로라비스 사이라*Cololabis saira*.

꽁치는 손가, 짠가

바다에 사는 경골어류. 동갈치목 꽁치과 꽁치속. 성체의 길이는 대략 30센티미터. 주로 북태평양에서 떼를 지어 다닙니다. 일본에서는 50년쯤 전까지 밥상에서 흔히 볼 수 있었으나 현재는 어획량이 전혀 없습니다."

"그렇구나. 그래서 몰랐구나." 벽에 비친 영상을 응시했다. 생김새가 가늘고 길었다. 부정교합인 것처럼 아래턱이 살짝 튀어나와서 귀엽기도 했다. "그런데 기념일이 있네. 신기해."

"꽁치는 가을의 별미로 유명했으니까요. 9월부터 11월까지가 가장 많이 잡히는 시기였습니다. 그 시절에는 해마다 수십만 톤을 잡아 올렸다고 합니다."

"수, 수십만 톤!"

"한 마리의 무게는 대략 150그램이니 대충 계산해도 십수억 마리입니다."

"십수억!" 머릿속이 잠시 어지러워지는 숫자였다. "그렇다면 일본의 인구가 대략 8천만이니까 한 사람당 24마리는 먹었겠네. 그것도 가을에만."

"50년 전 인구는 1억 2천만이었습니다. 그래도 전 국민에게 충분히 공급되는 양이었죠."

"50년 전……." 생각해보니 증조할머니라면 먹어봤을 것 같다. "모라벡, 부탁해. 센다이에 있는 할머니에게 연결해줘."

검은색 팔찌는 호출 중을 나타내는 하얀 불빛을 깜빡거렸다. 곧 익숙한 목소리가 흘러나왔다. "여보세요, 지하루니?" 아흔여덟의 증조할머니는 음성으로만 하는 통화를 선호했다.

"할머니, 궁금한 게 있는데요. 꽁치란 생선을 드셔본 적 있어요?"

증조할머니는 2초 정도 말이 없다가 "그럼, 먹어봤고말고!"라고 외쳤다. "미야기현의 꽁치 어획량은 전국에서 1, 2위를 다툴 정도로 흔했지. 그래서 가격도 쌌단다. 100엔 동전 한 개로 10마리를 산 적도 있었을 거야. 항구에서는 해마다 꽁치 축제를 열어서 신선한 꽁치를 무료로 대접하기도 했어. 몇 마리든 먹고 싶은 만큼 먹었지."

100엔 동전은 유형 화폐의 하나로 전자화폐가 보급되기 전의 형태였다고 수업 시간에 배웠다. 당시에는 기본 소득도 도입되지 않았다고 한다.

통화 내용을 글로 옮겨주는 텍스트 변환 기능을 켰다. "어떤 요리가 있고 어떤 맛이 나요?"

증조할머니의 목소리가 부드러워졌다. 이곳에서 400킬로미터 떨어진 북쪽 지방에서 옛 추억에 잠겨 흐뭇하게 눈웃음 지을 증조할머니의 얼굴이 눈에 선했다. "꽁치 하면 뭐니 뭐니 해도 소금구이가 최고지. 살집이 오른 꽁치에 소금을 뿌려 통째로 구우면 끝이라 해도 될지 모르겠구나. 껍질은 노릇노릇하면서 바삭바삭하고 기름기가 자글자글하지. 뜨거울 때 후후 불어가면서 먹는단다. 간 무나 영귤 과즙을 곁들일 필요도 없어. 신선한 꽁치는 소금 간만 해도 맛있거든."

소금 간만 해도 된다니 신기했다. 도대체 얼마나 맛있는 생선이길래.

"지금은 먹을 수 없지만 말이다."

증조할머니는 5초간 말이 없었다. 그리고 목소리가 약간 멀게 들렸다. "그래, 이제는 먹을 수 없네. 최근에는 그밖에도 맛있는 먹거리가 얼마든지 있어서 새까맣게 잊었지 뭐니. 아쉬워라. 그러고 보니 곧 가을이구나."

"가을에 잡히는 생선이라면서요."

"하이쿠*의 계절어로도 쓰이지. 아니, 쓰였었구나."

전화를 끊은 지하루는 소파에서 팔짱을 끼고 생각했다. 바삭바삭, 자글자글이라니. 말만 들어도 군침이 돌았다. 이젠 먹을 수 없다고 하니까 괜히 더 먹고 싶어졌다.

정했다. 올해의 자유연구 주제.

잃어버린 꽁치 소금구이의 맛 재현하기. 완성하면 먹어볼 수 있어서 좋았다.

"숙제의 주제를 정했어." 신이 나서 리스트밴드에 대고 말했다.

"축하합니다." 모라벡은 감정 없는 말투로 대꾸했다. "하지만 서둘러야 합니다. 마감까지 1.5일 남았습니다."

"헉." 지하루의 얼굴이 새파래졌다. 담임 선생님의 얼굴이 떠올라서였다.

---

*5·7·5조, 17자로 된 일본의 짧은 정형시. 계절을 나타내는 시어가 꼭 들어가야 한다.

"모라벡, 부탁해. 국립국회도서관 레퍼런스에 연결해줘."

1초가 지나기도 전에 왼쪽 손목에 걸린 팔찌에서 난쟁이가 일어섰다. 얼굴은 매끈하고 몸은 귀엽게 축소된 3차원 캐릭터가 성별을 알 수 없는 말투로 말했다. "안녕, 오래 기다렸지? 어린이도서관에 온 것을 환영해. 무엇이 궁금하니?"

늘 그랬듯이 오늘도 기운이 빠졌다. 전혀 오래 기다리지 않았거든. 그리고 괜히 친한 척하기는. 이 AI를 설계한 어른의 센스가 의심스러웠다. 하지만 마음에 들지 않아도 초등용 모라벡으로는 18세 이상이 이용하는 레퍼런스에는 접속할 수 없었다.

"꽁치 소금구이라는 요리를 자세히 알고 싶어. 레시피나 먹어본 사람의 감상평을." 감상평은 증조할머니에게 들었지만, 연구해서 정리하려면 여러 사람의 의견을 모으는 게 좋다.

"이 몸에게 맡겨주시라!" 난쟁이는 묘하게 고풍스러운 대사를 말하면서 엄지손가락을 치켜들고 한쪽 눈을 찡긋하고는 팔찌 속으로 사라졌다. 센스가 아주 꽝이다. 웃고 싶어도 웃음이 나지 않았다.

레퍼런스 AI는 단 2초 만에 자료를 모아왔다. "아쉽게도 50년 전 이후로 업데이트된 자료는 찾지 못했어. 그래서 텍스트와 이미지와 2차원 영상밖에 없는데 괜찮아?"

"보여줘." 2차원은 불편하지만 어쩔 수 없었다.

"그럼 레시피부터 보여줄게. 이거야."

기대감을 안고 왼팔 안쪽을 바라봤다. 텍스트가 표시됐는데 예상외로 짧았다.

1. 꽁치에 소금을 넉넉히 뿌린다.
2. 적당히 가열한 철망에 꽁치를 올리고 센 불로 양면을 굽는다.

"응?" 눈을 비비고 다시 텍스트를 봤다. 그래도 분량은 달라지지 않았다. "이, 이게 다야?"

"이것뿐이야." 난쟁이는 당당하게 말했다. "남아 있는 자료가 별로 없어. 몇 개 없는 레시피를 긁어모아서 평균을 낸 결과가 이거야."

지하루는 놀란 눈으로 두 줄밖에 안 되는 레시피를 바라보았다. 요리라 해도 될지 모르겠다고 한 증조할머니의 말이 떠올랐다. 이렇게 단순해서야 기록해서 남길 의욕도 생기지 않았다.

"참고로 다른 꽁치요리 레시피도 있어. 다양하지는 않아. 꽁치회, 꽁치 조림, 꽁치 양념구이, 꽁치 완자탕 정도 되려나."

"혹시 모르니까 그것도 부탁해." 목소리가 어두워진 것을 지하루 스스로 느꼈다. 너무 어려운 주제를 골랐을까. "레시피 말고 다른 정보도 있어?"

"그것도 별로 없긴 해." 레퍼런스 AI는 지하루를 다시 절망에 빠뜨리는 말을 했다. "주로 고전 문학작품이야. 하이쿠, 시, 에세이에 묘사된 게 있어." 왼쪽 팔에 텍스트 자료가 표시되었다. 첫 번째는 에세이였다.

꽁치 소금구이의 추억

– 마쓰자키 유리

센다이에 살았던 학창 시절. 가을이 오면 히로세강의 하천지구에서 이모니카이가 열렸다. 동북부의 도후쿠 지방에서 살아본 적 없는 사람을 위해 간략히 설명하자면, 이모니카이란 야외에서 전골 요리를 끓여 나눠 먹는 모임을 말한다. 사람들은 이 시기에만 편의점에 입고되어 층층이 쌓여 있는 장작을 사고, 연구실에 있는 대형 냄비를 짊어지고 히로세강으로 나간다. 부뚜막은 하천지구에 널린 돌로 만든다.

지하루는 글자를 쫓다가 포기했다. 더는 못 읽겠다. 꽁치는 나올 기미도 없고.

"소금구이에 관한 정보가 적으니까 어쩔 수 없네. 꽁치와 관련된 자료를 아무거나 있는 대로 모아줘."

"알겠노라." 난쟁이는 영문을 알 수 없는 사극풍 말투로 대답하더니 3초 후에 이렇게 보고했다. "자료의 출처는 신문 기사나 수산삼림자원지속이용청의 보고서야. 어획량과 관련된 내용뿐이야."

숫자투성이일까. 그렇다면 흥미롭게 연구할 만한 게 되지 않는다. "어획량 외의 정보만 골라줘."

"예썰." 레퍼런스 AI는 자료를 분류했다. "아주 많이 간추려졌어. 물론 50년 이전의 자료야. 살펴보면 이런 기사가 있어."

왼쪽 팔에 무엇이 뜰지 빤히 바라봤다. 기사의 표제는 이러했다.

세계 최초, 후쿠시마현의 수족관에서 꽁치의 인공 부화와 사육에 성공

이거다. 이건 재미있을 것 같다. "모라벡, 부탁해. 이 자료에 접속해줘." 좋았어. 이게 돌파구가 될지도 몰랐다.

모라벡의 초등용 연결 플랫폼으로 손쉽게 그 수족관에 연락했다. 하지만 사람과는 통화할 수 없었다.

"야호, 물고기 질문 상자에 어서 와. 궁금한 건 뭐든지 물어보시라."

수족관 안내 AI가 리스트밴드 위로 튀어나왔다. 역시나 목소리는 중성적인데, 캐릭터는 분홍색 돌고래였다. 또 기운이 빠졌다. 색이며 말투며 어딘가 어색했다. "그쪽에 꽁치 사육을 담당하는 분이 있어?"

작고 귀여운 돌고래 캐릭터는 커다란 눈을 깜빡였다. 눈동자는 푸른색이었다. "도움이 안 돼서 미안해. 이곳에서는 이제 꽁치를 키우지 않아."

"아니, 왜?"

"너무 어려웠거든. 떼죽음이 여러 차례 발생하기도 했고. 결국 꽁치 담당자가 정년퇴직하면서 사육도 종료했어."

지하루는 어깨를 떨궜다. 어떡하지. 개학이 코앞인데.

"어머, 실망했구나." 안내 AI는 리스트밴드 안쪽에 달린 센서로 실망한 기분을 읽은 것 같았다. "그럼 중요한 정보를 알려줄게. 전 꽁치 사육사의 연락처가 있어."

"앗, 알려줘도 돼?"

"넌 초등학생이잖아. 그 사람의 통신 허용 레벨은 오렌지로 설정되어 있어." 오렌지색은 어린이나 학생, 교육기관 관계자, 공무원이라면 자유롭게 연락할 수 있는 등급이었다.

다행이었다. "지금 바로 연결해줄래?"

"알겠노라." 분홍색 돌고래는 국회도서관의 난쟁이와 똑같은 대꾸로 지하루의 기운을 빼면서 사라졌다.

리스트밴드가 계속 깜빡거렸다. 접속되기까지 한참 기다려야 했다. AI와 다르게 사람에게는 각자 사정이 있다. 지하루의 연락을 가장 우선으로 받아주는 사람은 아마 증조할머니일 것이다.

"여보세요." 연세가 지긋한 남자의 목소리였다. 이 사람도 증조할머니처럼 음성통화만 하는 것 같았다. 꽁치 모양의 아바타가 나오는 것보다는 낫지만.

꽁치 사육에 관해 질문하자 은퇴한 사육사는 봇물을 터뜨리듯 이야기를 쏟아냈다. "힘들었어. 꽁치는 워낙 섬세한 물고기라서 바다에서 데려올 때부터 이유도 없이 죽었거든. 수조에 넣으면 유리에 부딪혀서 또 죽고. 넓은 바다를 자유롭게 헤엄치며 사는 물고기라는 걸 고려해서 수조를 최대한 크게 만들고 물도 흐르게 했는데, 그래도 자꾸만 죽어나가더라. 물 위에 뜬 사체를 망으로 건지면서 울곤 했지."

전 사육사는 꽁치가 얼마나 사랑스러우면서도 덧없는 생물인지를 절절히 설명했다.

"이렇게 까다롭다 보니 젊은 사육사에게 앞으로도 잘 유지해달라고 부탁할 수 없었지."

이 사람은 꽁치를 사랑해서 사육할 수 있었을 것이다. 안 되겠다. 이 사람에게는 차마 소금구이의 맛이 어떤지 물어볼 수가 없다.

"꽁치는 왜 볼 수 없게 된 걸까요?"

그러자 한숨 소리가 들려왔다. "정확한 이유는 잘 모르겠다. 꽁치의 수명은 2년으로 짧은 편이고 한번에 산란하는 알의 개수도 적어. 그런데 일본을 비롯한 태평양 연안의 국가들이 닥치는 대로 잡아 올린 탓인지도 몰라. 차가운 물을 좋아하는 물고기니까 지구 온난화로 수온이 올라간 영향도 컸을 거야. 특히나 꽁치는 싸다는 인식이 있었어. 그런데 어획량이 줄고 가격이 오르니까 사람들이 사지 않게 되었고, 어선도 굳이 꽁치를 잡으러 나가지 않았지. 이렇게 해서 꽁치는 바다에서도 수산시장에서도 사람들의 기억에서도 사라져갔어."

꽁치가 맛있다고 극찬한 증조할머니조차 잊고 있었다고 했지.

복이 없어 보이는 가늘고 긴 몸과 섭섭한 게 있는 듯 아래턱이 튀어나온 옆모습을 떠올렸다. 안됐다. 그렇게 많이 잡아

먹혔는데도 기억에서 잊히다니.

"이야기 들려주셔서 감사합니다." 지하루는 전화를 끊었다. 후 하고 한숨이 나왔다.

"모라벡, 부탁해. 지금 몇 시인지 알려줘."

"오후 2시 40분입니다."

"벌써 그렇게 됐네." 배에서 꼬르륵 소리가 났다. 숙제도 빈속도 더는 그대로 둘 수 없었다. 힌트가 턱없이 부족해도 시험 삼아 만들어보는 수밖에.

지하루는 소파에서 일어나 부엌으로 갔다. 카운터 밑 식기 세척기 옆에는 3D 푸드 프린터가 빌트인되어 있다. 앞문의 오른쪽 위에는 제조사의 검은색 로고가 붙어 있다. 제조사를 상징하는 손바닥 마크는 '당신의 손을 대신하겠습니다'라는 뜻이라고 한다. 실제로 이 가전제품으로 요리하면 인간의 손은 나설 자리가 없었다.

"후플리, 가동"이라고 명령하자 조작 패널에 불이 들어왔다. 몇 가지 조리 모드가 표시되었다. "5번, 샘플 모드." 샘플은 한입 크기로 프린트되므로 오래 기다리지 않아도 되며 원료 파우더도 절약할 수 있다.

"꽁치 소금구이 레시피 입력." 리스트밴드에 명령했다. 모라벡은 레퍼런스 AI로부터 받은 데이터를 푸드 프린터로 전송했다. 푸드 프린터는 램프를 세 번 깜빡이더니 에러를 표시했다.

정보 부족

왠지 그럴 것 같았다. 지하루는 푸드 프린터의 앞문을 붙잡고 끙끙거렸다. 꽁치에 관한 데이터도 부족한데 단 두 줄뿐인 레시피로 맛을 재현할 수 있을 리가 없지.

어떻게 하지. 부엌 카운터에 기대어 팔짱을 꼈다. 아무튼 지금 갖고 있는 정보는 뭐든지 쓰는 수밖에 없었다. 소금구이를 제외한 다른 요리 레시피는 어느 정도 길었다. 넣을 수 있는 건 다 넣고 그 안에서 꽁치 본연의 맛과 관련된 정보를 뽑아내자. 그런 다음 다시 소금구이 레시피를 입력한다. 증조할머니의 감상평을 텍스트로 변환한 데이터도 추가한다. 그리고 프린터에 내장된 일반적인 생선 가열 데이터를 불러온다. 갓 구운 게 포인트라고 하니까 최종 온도를 '따끈따끈'으로 설정한다. 이렇게 하면 되려나.

좋아, 해보자.

모라벡에 명령해서 푸드 프린터에 텍스트 데이터를 전송하고 실행시켰다. 생선구이 모드로 설정했다. 푸드 프린터가 작동하기 시작했다. 앞쪽 창을 들여다보니 노즐이 보였다. 안에서는 XY축 방향으로 미세하게 움직이면서 조금씩 Z축 방향*으로 재료를 쌓아 올렸다.

---

* X는 앞뒤, Y는 좌우, Z는 상하 방향을 가리킨다.

출력이 완료됐다. 신호음이 울리더니 잠금 해제된 문이 자동으로 열리면서 접시가 나왔다. 샘플 1호에서 김이 뿌옇게 올라왔다. 표면은 증조할머니가 묘사한 대로 노릇노릇했다. 몸통의 단면은 생선 근육에 나타나는 특유의 층을 이룬 구조를 실감 나게 재현했다. 이게 바로 3D 프린터가 자랑하는 점이다.

젓가락으로 집어서 혀를 데지 않도록 조심스럽게 입에 넣었다. 껍질을 씹으니 바삭바삭 소리가 났고, 살코기가 플레이크 형태로 부서졌다. 기름기와 감칠맛이 입안에 은은하게 퍼졌다. 이렇게 맛있을 수가.

샘플을 한 번 더 출력해서 모라벡으로 증조할머니에게 연락했다. "후플리로 꽁치 소금구이를 재현해봤어요. 같이 드실래요?"

"어머, 대단하구나. 사라진 음식을 재현하다니 지금은 참 편리한 시대네."

푸드 프린터에 딸린 미각 공유용 껌을 입에 넣은 다음 샘플을 먹었다. 증조할머니도 비슷한 단말장치를 이용해서 지하루의 미각을 공유하고 있을 것이다. 1분 정도 지나자 목소리가 들려왔다.

"오, 아주 잘 만들었구나."

성공했다. 지하루는 젓가락을 쥔 오른손을 번쩍 들었다.

"그렇지만 기름기가 부족한 것 같아. 그리고 약간 달짝지근해. 맞다, 지금 떠올랐는데 쓴맛이 빠졌네. 신선한 꽁치는 창자째로 먹을 수 있거든. 쌉쌀하긴 해도 익숙해지면 그 맛을 좋아하게 된단다."

"창자라뇨?"

"내장과 같은 말이야."

증조할머니의 조언에 따라 맛을 미세하게 조정했다. 기본 원료 세 가지 중 하나인 단백질 파우더의 양을 줄이고 지질 파우더를 늘렸다. 다섯 가지 맛 파우더 중에서 단맛을 약간 줄이고 쓴맛을 많이 추가했다. 샘플 만들기와 시식을 반복하다 보니 아무리 한입 크기로 만들었어도 배가 꽉 찼을 때였다. 증조할머니가 드디어 이렇게 말했다.

"거의 완벽하구나."

됐다. 이렇게 숙제를 정리해야겠다. "고마워요, 할머니."

"그런데." 증조할머니가 말끝을 길게 늘렸다. "거의란다. 똑같진 않고 거의 비슷해. 무언가가 빠진 것 같단 말이지."

"그 무언가가 뭐예요?"

"그게…… 딱 떠오르지 않는구나. 꽁치 소금구이를 먹은 건 50년도 더 지난 일이다 보니. 미안하다, 지하루."

떠오르지 않는 것을 억지로 알아낼 수는 없었다. 증조할머니는 치매의 징후를 보인 적도 없지만, 50년 전에 먹은 음식의 맛을 정확하게 묘사하기란 그 누구에게도 쉽지 않을 일이다.

부족한 맛이 뭘까. 다섯 가지 맛이 아니라면 대체 뭐지?

증조할머니를 의지할 수 없다면 50년 전의 기록에 기댈 수밖에 없다. 문학작품 데이터는 거의 손도 대지 않은 상태였다.

지하루는 거실 소파로 돌아가서 모라벡에게 부탁해 국회도서관 레퍼런스로부터 받은 데이터를 불러왔다. 그런 김에 지금 시각도 물어보았다. "오후 4시 12분입니다."

이런, 시간이 없다. 담임 선생님의 얼굴이 떠오른다. 긴 이야기를 읽고 있을 여유가 없으니 하이쿠를 보기로 했다. 꽁치는 가을을 나타내는 시어라고 할머니도 말했으니까.

> 꽁치를 굽는 희뿌연 연기 속 아내를 보네
>
> 야마구치 세이시

> 꽁치를 굽는 연기 속에 비치는 여인의 앞치마
>
> 스즈키 마사죠

> 꽁치를 굽는 연기를 피해 오니 책상 밑이네
>
> 이시카와 게이로

이야, 재미있다. 꽁치에게는 연기가 항상 세트로 따라다니는구나.

이어서 이런 시를 발견했다.

> 타는 연기도 맛의 하나로구나 싱싱한 꽁치
>
> 다카하시 유기요

아하, 연기인가. 그런데 연기의 맛이 무엇일까. 연기를 떠올리면 학교에서 가상 화재 훈련을 할 때 체험한 게 전부다.

실제로는 본 적도 없고 연기에서 무슨 맛이 나는지도 모른다. 꽁치의 연기, 그 정체는 뭘까.

그 힌트도 하이쿠에서 찾았다.

산속 숯불로 눈물을 쏙 빼내는 꽁치로구나

이시다 가쓰히코

알았다, 숯이었다. 그런데 사실 숯이 무엇인지도 잘 몰랐다. 부엌이 훤히 보이는 숯불구이 레스토랑에 가봤을 때도 연기가 나왔던가.

지하루는 리스트밴드에 말을 걸었다. "모라벡, 부탁해. 숯을 사줘."

"어머니께서 허락하지 않으면 결제할 수 없습니다. 그리고 이 아파트에서 숯 같은 연료를 사용하는 것은 금지되어 있습니다."

끄응, 이래서는 다음 단계로 나아갈 수 없었다. 지하루는 소파에서 뒹굴면서 베란다 유리문 너머를 내다보았다. 드론 택배가 저녁노을로 붉게 물든 하늘을 가로질렀다. 엄마는 늦네. 대면 상담이 길어지나. 가까운 데가 아니라 멀리 떨어진 규슈나 홋카이도로 갔을지도 몰라.

그러자 리스트밴드가 지하루의 불안함을 감지했는지 모라벡으로 엄마의 연락이 왔다. 짧은 문자 메시지였다.

미안해, 아직 일하는 중. 지금 가고시마야. 맛있는 거 사갈 테니
까 걱정 말고 있어.

어쩔 수 없지. 지하루는 소파에서 몸을 뒤척거렸다. 숯은
살 수 없다. 어차피 불을 피워볼 수도 없다. 숯불 연기의 맛은
포기하고 이쯤에서 숙제를 마무리할까. 이런 게 바로 어른들
이 자주 말하는 '부득이한 사정'이 아닐까.

하지만.

지하루는 몸을 벌떡 일으켰다. 역시 궁금했다. 숯불 연기를
가미한 꽁치 소금구이는 대체 어떤 맛일까. 50년 전 사람들이
일상적으로 먹었던 환상의 맛. 연기가 없어도 맛있는데 완벽
히 재현해낸다면…….

그래, 여기서 포기하면 안 되지. 지하루는 의욕과 식욕을
끌어올리면서 모라백에게 물었다. "숯 전문가는 어떤 사람
이야?"

"숯을 제조하는 장인들이 가장 잘 알겠지요. 숯쟁이라고도
합니다."

숯쟁이. 처음 들어보는 말이었다. 꽁치처럼 이미 사라져버
린 건 아니겠지. "그 사람들과 연락할 수 있을까?"

"시도해보겠습니다." 모라백은 초등용 연결 플랫폼의 바닷
속으로 가라앉았다. 그리고 4초 뒤. "통신 레벨이 녹색인 사람
을 찾았습니다. 이와테현의 기타카미 산지 쪽입니다."

녹색은 누구나 접속 가능한 등급이다. "연결해줘."

역시나 곧바로 연락이 닿지는 않았다. 이러쿵저러쿵하는 사이에 엄마가 돌아왔다. 엄마가 가져온 선물은 가고시마의 명물 아쿠마키*였다. 저녁을 먹을 때 엄마가 숙제는 잘되어가냐고 물었다.

"그럭저럭?"

지하루는 알쏭달쏭한 미소로 대답했다.

리스트밴드가 빛을 낸 것은 빈 그릇을 부엌의 식기세척기에 넣은 직후였다. 지하루는 "네"라고 힘차게 대답했다. 왼쪽 팔에 남자의 상반신이 입체 영상으로 떴다. 장인이라는 어감에서 상상한 느낌과 달리 젊은 사람이었다. 서른 살쯤으로 보였다.

"기다리게 해서 미안해. 오늘은 가마에서 숯을 꺼내느라 바빴어."

"그게 뭔가요?"

"불로 구운 숯을 가마에서 꺼내는 거야. 산에서 베어온 나무를 가마에 채워 넣고 며칠 내내 그 옆에 붙어서 굽거든. 그렇게 만들어진 숯을 꺼낼 때가 이 일을 하면서 가장 설레는 순간이지."

힘든 일인 것 같았다. "왜 숯 굽는 장인이 되었어요?"

젊은 장인은 쑥스러운지 두건을 두른 머리를 긁적였다.

---

* 찹쌀 반죽을 대나무 잎에 감싸 잿물에 삶아서 만드는 화과자.

"이 직업을 알게 된 계기는 AI 적성검사였어. 사실 난 사람과 어울리는 걸 어려워해. 연결 도우미 기능이 있어도 많은 사람과 어울리는 게 나에겐 스트레스였거든. 혼자서 나무나 불을 다루는 게 내 적성에 맞더라고. 아, 그래도 이렇게 일대일로 소통하는 건 적극 환영해. 그래서 접속 레벨을 녹색으로 설정했어."

그는 열정을 다해 설명했다. 일본의 숯 제조는 그 기원을 찾으면 야요이시대*까지 거슬러 올라가는 전통 기술인데, 한때는 후계자가 부족해서 대가 끊길 위기에 놓이기도 했다. 화석연료가 보급되면서 숯의 수요가 줄고 장인의 수입도 줄었기 때문이다. 기본 소득 제도가 도입된 것이 숯 장인이 모두 사라질 위기에서 구했다.

"전통문화를 계승한다고 생각하면 뿌듯해져. 문화는 한 번 단절되면 되돌아오지 않으니까. 그리고 숯은 탄소중립적인 연료로 지속가능해. 우리가 산에 들어가서 큰 나무를 베면 그 자리에서 다시 어린나무가 자라날 거야."

지하루는 중요한 질문을 했다. "숯불 요리에서 나는 연기는 뭔가요?"

그러자 청년은 미소를 지었다. "마침 잘됐다. 이제 저녁을

---

* 일본의 시대 구분 중 하나로 기원전 3세기부터 기원후 3세기까지이다.

먹으려고 막 풍로*에 숯을 넣어뒀거든. 그쪽에 후각 공유 단말기는 있니?"

앗, 미각이 아니다. "네, 있어요." 지하루는 모라벡을 일시 보류 상태로 두고 거실로 나갔다. 엄마는 소파에 내장된 마사지 기능을 켜서 출장으로 쌓인 피로를 풀고 있었다.

"엄마, 에르메스 목걸이를 잠깐만 빌려줄 수 있어요? 숙제를 마무리하려면 그게 꼭 필요해서요." 에르메스 목걸이에는 후각 공유 기능이 있어서 엄마는 인터넷으로 향수를 살 때 그 기능을 이용했다.

"숙제라면 빌려줘야지." 엄마는 목걸이를 빼서 지하루의 목에 걸어주었다. 가볍다. 목걸이가 공중에 떠 있는 느낌이다. 묵직해 보였던 겉모습과 정반대로 착용감이 좋았다. "대여 모드로 해놨으니 지하루의 목소리로 입력하면 돼."

신났다. 두근거리는 마음을 안고 동경하는 고성능 어시스턴트에게 명령했다. "들리니, 에르메스? 후각 공유 온On. 접속할 대상은 방금 모라벡으로 통화한 이와테현 사람."

그러자 별안간 신기한 냄새가 콧속을 간지럽혔다. 그러면서 콧속 깊숙이 들어와 가벼운 재채기를 유발했다. 눈물이 번졌다.

모라벡으로 그와 대화를 다시 시작했다. "뭐, 뭔가요, 이 냄

---

* 화로의 하나. 흙이나 쇠붙이로 만드는데, 아래에 바람구멍을 내어 불이 잘 붙게 한다.

새는?"

"지금 숯불 위에 말린 전갱이를 올려놨어. 합성 어육이 아니라 진짜 생선을. 오늘 가마에서 숯을 꺼낸 기념으로 한번 써봤지." 숯 장인이 나오는 입체 영상 주위에 한 번도 본 적 없는 검은 무언가가 피어오르고 있었다. 저게 연기라고? 화재 훈련에서 본 것과 전혀 달랐다. 숯 장인도 재채기를 한 번 하고는 눈을 비볐다. "내가 구운 숯으로 요리한 게 제일 맛있어. 아, 굽기만 했으니까 요리라 하기엔 좀 그런가?"

"저기, 숯불구이 레스토랑에서는 연기가 안 났던 것 같은데요."

"레스토랑은 환기 시스템이 철저하잖아. 그런 점은 아쉬워. 나는 연기도 맛의 일부라고 생각하거든."

연기도 맛의 일부.

그 말을 들으니 콧속으로 들어온 자극이 혀로 느껴지는 것 같았다. 이 찌릿한 감각을 기억했다가 최대한 똑같이 재현해내자.

8월 31일 오후까지 샘플 만들기에 열중한 끝에 마침내 만족스러운 꽁치 소금구이를 완성했다. 곧바로 증조할머니와 함께 먹어보고 싶어서 연락했는데 웬일인지 바로 연결되지 않았다. 몇 분 기다렸더니.

"지하루니? 미안, 미안." 할머니의 목소리가 흘러나왔다. 그런데 주변의 소리가 평소와 다른 것을 지하루의 귀가 감지했다. 쏴아, 쏴아 하는 규칙적인 물소리가 났고, 규칙적으로 새 울음소리도 들리는 것 같았다.

"할머니, 지금 어디세요?"

"귀가 좋구나." 증조할머니는 웃으면서 답을 알려주었다. "꽁치 축제가 열렸던 항구 마을에 나와 있단다. 꽁치는 이젠 볼 수 없지만 해변이 다시 우는구나. 들어보렴." 서걱서걱, 서걱서걱. 증조할머니의 건강한 다리가 한 걸음 한 걸음 내딛는 리듬에 맞춰서 소리가 났다. 할머니는 등산이 취미인데, 아흔 여덟의 연세에도 호타카*에 올랐다.

"해변이 운다뇨?"

"아주 깨끗한 모래는 밟으면 신발에 쓸려서 새가 우는 듯한 소리가 난단다. 여기서는 한동안 그런 소리가 나지 않았는데 바다가 다시 깨끗해진 거야." 서걱서걱, 서걱서걱. 등 뒤에서 쏴아 하며 울리는 건 파도 소리라는 것을 지하루는 알아차렸다.

"할머니, 재현하려고 한 소금구이를 완성했어요. 또 시식해주실래요?"

"오, 세상에, 열심히 했구나." 할머니는 웃음 섞인 목소리로 증손녀의 노력을 칭찬한 뒤 이렇게 말했다. "참, 네 엄마에게 가서 목걸이를 빌려오겠니. 촉각 공유를 켜보렴." 촉각 공

---

* 높이 3,190미터로 일본에서 세 번째로 높은 산이다.

유 기능은 예를 들면 인터넷에서 판매하는 의류의 소재감을 확인할 때 편리하다.

엄마는 할머니의 제안에 기꺼이 따라주었다. 지하루는 에르메스를 목에 걸고 촉각 공유 기능을 켰다. 그 순간 볼이 찌릿하게 시원해졌다.

"바닷바람이란다." 증조할머니가 설명했다. "나부끼는 바람을 맞으면서 따끈따끈한 꽁치 소금구이를 먹어보렴. 아주 행복한 경험일 거야."

파도 소리와 모래 밟는 소리를 들으며 그리고 바닷바람을 맞으면서 지하루는 따끈따끈 김이 나는 소금구이를 입에 넣었다. 짭조름하고 씁쓰름하고 달짝지근했다. 부드러운 기름기의 감촉이 느껴졌다. 콧속에는 연기 향이 감돌았다.

"이거야, 이거!" 증조할머니는 젊은 시절로 되돌아간 듯한 목소리로 환호했다. "지금 생각났는데, 부족했던 건 연기였어. 이걸 알아내다니 대단하구나."

"에헤헷." 지하루는 쑥스러워져서 숯 장인이 그랬던 것처럼 머리를 긁적였다. "그렇지만 할머니가 아니었으면 완성하지 못했을 거예요. 고마워요." 도심 속 아파트에 있는데 늦여름의 푸른 파도가 깨끗한 모래 해변을 쓸고 가는 풍경이 눈앞에 아른거리는 것 같았다.

31일 밤. 지하루는 거실 소파에 앉아서 지금까지의 성과를 보고서에 정리했다. 지난번처럼 학교에서 자유연구를 정리하

라고 준 보고서를 가리키자 모라벡은

"지금부터 자기 힘으로 노력하기 모드를 실행하겠습니다."
라고 말한 뒤 침묵했다.

보고서의 빈칸을 음성 입력으로 하나하나 채워나갔다. 이
연구를 시작한 계기. 옛날에는 많이 잡혔던 생선이 지금은 자
취를 감췄고 모두의 기억에서도 잊었다는 사실을 알고 놀라
서. 연구의 방법과 내용. 자료 조사는 국립국회도서관 레퍼런
스를 이용했고, 과거에 꽁치 소금구이를 먹어본 적 있는 증조
할머니와 수족관에서 일했던 전 꽁치 사육사와 숯 장인을 인
터뷰했음. 결과란에는 3D 푸드 프린터로 재현한 소금구이의
레시피를 꼼꼼히 적었다.

9시가 되었다. 피곤한 눈을 비비면서 남은 칸을 바라보았
다. 이제 딱 두 칸 남았다. 단숨에 끝내자.

앞으로의 과제.

"이번에는 시간이 없어서 추가하지 못했지만, 증조할머니
가 알려준 것처럼 해변의 소리나 바닷바람의 느낌을 레시피
에 넣으면 훨씬 더 맛있어질 것 같습니다. 기회가 된다면 꼭
해보고 싶습니다."

연구를 마친 소감.

"꽁치는 사라졌어도 소금구이의 맛은 제대로 재현할 수 있
었습니다. 협력해주신 많은 분 덕분입니다. 그리고 꽁치는 우
리 곁에서 완전히 사라진 게 아니라, 드넓은 바다 어딘가에서
조용히 살고 있을 테니 언젠가 다시 만났으면 좋겠습니다. 꽁

치가 힘차게 헤엄치는 모습을 보고 싶습니다."

음성이 글자로 변환되어 빈칸을 채웠다. 지하루는 두 손을 위로 쭉 치켜올리며 외쳤다. "끝났다아아아아!"

엄마가 맞은편 소파에서 일어나 지하루를 끌어안았다. "장해라. 혼자서도 이렇게 잘하잖니."

"에헤헷." 엄마의 목덜미에 코를 묻었다. 에르메스 목걸이가 닿아서 간지러웠다.

"모두가 도와준 덕분인걸요. 엄마도 고마워요."

9월 3일 늦은 오후.

"선생님, 부르셨어요?"

지하루는 쭈뼛거리면서 물었다. 교무실로 오라는 말을 들으면 불안한 예감밖에 들지 않는다. 엊그제 제출한 숙제에 무슨 문제라도 있었던 걸까.

크기가 4평 정도 되는 이 교무실은 인간 교직원 전용이었다. 이 방에는 네 명밖에 없었다. 교장과 교감과 젊은 남녀 교사 두 명. 그중 여교사가 지하루네 반의 담임이었다.

담임은 의자를 돌려서 지하루를 마주 보았다. "그 자유연구 과제 말인데."

"네." 드디어 올 것이 왔다. 지하루는 긴장해서 두 주먹을 꽉 쥐었다.

"정말 재밌더라." 담임은 반짝반짝 미소를 지었다. "사라진 맛을 복원한다는 착안점이 좋았어. 열심히 조사하고 고민도 하고, 여러 사람과 이야기도 나누고. 선생님은 얼마나 감탄했는지 몰라. 그래서 말인데." 담임은 왼쪽 손목에 찬 교직원용 어시스턴트 AI를 만졌다. 삑 하는 소리와 함께 지하루의 모라벡으로 데이터가 전송되었다.

지하루는 왼쪽 팔 안쪽을 보았다. "응모, 요강? 이게 뭔가요?"

담임은 흐뭇하게 웃었다. "초등학생 대상 3D 푸드 프린터 창작요리 콘테스트야. 한번 나가보지 않을래? 더 해보고 싶은 게 있다고 했잖니."

응모 요강의 오른쪽 위에 낯익은 로고가 보였다. 손바닥 마크. 집에 있는 푸드 프린터에도 이것과 똑같은 마크가 붙어 있다.

지하루와 담임은 몇 초간 서로를 바라보았다. 놀란 게 가라앉자 지하루는 환하게 미소 지으며 씩씩하게 대답했다. "네, 나갈래요! 꼭 나가고 싶어요!"

살 좀 찌면 안 되나요

식욕에 사로잡힌 노예는 계속 노예로 산다.

자유로워지고자 한다면 먼저 식욕에서 벗어나라.

– 레프 톨스토이

일 년에 한 번 하는 건강검진은 그녀에겐 우울하기 짝이 없는 연례행사였다.

"BMI* 37, 허리둘레 119. 작년부터 지금까지 눈곱만치도 안 줄었네요."

피부는 거무스름한데 치아는 눈부시게 하얀 의사는 건강검진 결과가 인쇄된 종이에서 고개를 들며 과장스럽게 눈썹을 찌푸렸다.

이마에 파인 주름조차 어쩜 저리 아름다운지. 하아, 그런 표정은 짓지 말아요.

심장이 고동치고 얼굴이 달아올랐다. 면담실에는 에어컨

---

* Body Mass Index. 몸무게를 키의 제곱으로 나누어 비만도를 파악하는 체질량지수. 25 이상부터 비만이고 35 이상부터는 고도비만으로 판정된다.

이 돌아가고 있는데 맨살이 드러난 위팔은 땀범벅이었다. 땀이야 원래 한겨울에도 나는 법이다.

"작년에도 말했지만, 다이어트는 열심히 하고 있어요."

"그렇군요." 그는 웃으면서 고개를 끄덕했다. 열심히 하는 건 사실이다. 날마다 저녁을 거르는 고통을 견디며 한 달 만에 5킬로그램이나 감량하고 기뻐한 적도 있다. 다이어트를 중단하자마자 원래 체중으로 돌아오고 말았지만. 그렇게 빼고 찌기를 되풀이했다.

의사는 쓴웃음을 지었다. "성공하진 않은 것 같은데."

그녀도 쓴웃음으로 답했다. "그래도 많이 먹진 않는다고요. 정말이에요. 그런데 체중이 줄 생각을 안 하니, 저도 답답해요." 솔직한 심정이었다. 다이어트라고 할 정도까지는 아니지만 지금도 상당히 적게 먹는 편이다. 그런데 왜 이런 걸까. 리바운드되는 마법에 걸린 게 아니고야 이걸 어떻게 설명할까.

"일반적인 감량법이 소용없다면 약물을 쓰는 방법도 있어요." 의사는 의자 등받이에 몸을 기댔다. "마진돌이라고 국내에서 유일하게 승인받은 살 빼는 약이죠. 중독성이 있고 정신에 영향을 미칠 수도 있어서 의사의 감독 아래 사용합니다."

"아니, 약이라뇨." 그녀는 통통하고 하얀 손으로 건강검진 결과서 복사본을 치켜들었다. "혈압도 혈당치도 콜레스테롤도 간 기능도 다 정상범위잖아요. 전 환자가 아니라고요."

"하지만." 의사의 표정이 진지해졌다. "비만은 각종 질병을 일으키는 위험 요인입니다. 이형 당뇨병, 순환기 질환, 각종 암. 지금은 젊고 건강해도 앞으로 몇 년 뒤에는 병마에 시달릴지도 몰라요. 약이 정 싫으면 꾸준히 다이어트해서 BMI 25 이하를 최종 목표로 삼아봅시다, 알겠죠?"

"네." 그녀는 둥그런 어깨를 으쓱했다. 살 빼라는 말만 들으면 기분이 축 가라앉았다. 그딴 것쯤 말하지 않아도 안다. 어릴 적부터 귀에 못이 박히게 들었으니까. 그런데 흰 가운을 걸친 그리스 조각상이 나긋나긋한 목소리로 설교하니 괴로웠다. 이렇게 만나면 얼굴을 감상하는 즐거움은 있지만.

그나저나 BMI 25라니, 너무나 까마득한 목표였다.

그날 일을 마치고 퇴근하는데 직원용 출입구 유리에 자기 모습이 비쳤다. 신경 쓰이는 배와 엉덩이를 감쪽같이 덮은 수수한 색상의 튜닉과 검은 레깅스 바지. 어제의 옷차림도 오늘과 비슷했다. 문득 이렇게 촌스러운 옷만 입으니까 살이 안 빠지지 않나 싶었다. 그렇다면 나이 들어 보이는 것 말고 스물일곱 살 여자가 입을 만한 귀여운 옷을 찾아보자. 그런 옷에 어울리는 몸매를 꿈꾸면 의욕이 솟아오를지도 모르니까.

회사에서 벗어나 큰길로 나왔다. 건물 사이의 하늘을 올려다보았다. 초여름의 해는 여전히 서쪽 하늘에 높이 떠서 퇴근 시간에 접어든 수도 도키요를 환히 비추었다. 집에 들어가기에는 아직 이르다고 미소 지어주는 것 같았다.

그래, 쇼핑하러 가자.

넓고 한가로운 아스팔트 길을 5분 정도 걷다가 예쁘게 꾸민 젊은 여자들로 붐비는 의류 매장에 들어갔다. 마침 바겐세일이 시작된 참이라 매장 앞에는 가격도 적당하고 화사한 옷들이 옷걸이에 나란히 걸려서 손님을 유혹했다.

와, 예뻐라.

그중 하나를 집어 들었다. 작은 꽃무늬가 들어간 원피스인데, 원피스와 같은 천으로 된 벨트가 허리를 졸라매는 디자인이다. 기장도 짧아서 무릎이 드러날 것 같다. 태그에 44사이즈라고 적혀 있으니 그 원피스가 자기를 유혹한 게 아니라는 것쯤은 잘 알았다. 그래도 언젠가는 이런 옷을 입어봤으면.

그때 누군가가 그녀의 어깨를 찔렀다. "이봐요, 당신."

아프잖아. "저요?" 말끝을 올리면서 뒤돌아보니 낯선 여자가 서 있었다. 나이는 엇비슷해 보였지만 두 손으로 움켜쥘 수 있을 것 같은 허리를 보니 틀림없는 44사이즈였다. 초면인 여자가 가시 돋친 말투로 말했다. "당신에게 맞는 옷은 이 매장엔 없을걸요." 여자는 미니 원피스를 낚아채서 팔에 들고 계산대로 가버렸다.

잠시 뭔가에 홀린 듯이 그 날씬한 뒷모습을 바라보다가 이내 고개를 흔들며 정신을 차렸다. 신경 쓰지 마, 신경 쓸 것 없어. 국제선 이코노미석에서 옆자리 승객이 왜 하필 뚱땡이냐는 듯 혀를 차며 좌석 팔걸이를 난폭하게 내리는 바람에 뱃살이 꽉 낀 아픔을 12시간 내내 참았던 걸 떠올리면 이까짓 일쯤이야.

그러나 그녀의 불행은 거기서 끝나지 않았다.

다음 날이었다. 하는 수 없이 평소처럼 수수한 옷차림으로 출근했는데 웬일인지 인사부에서 그녀를 호출했다.

"실례합니다." 하얀 문을 노크하고 면담실로 들어가니 인사부장 혼자서 그녀를 기다렸다. 이루 말할 수 없이 불길한 예감이 들었다. 입사 이래 처음으로 에어컨 바람이 매서운 겨울 바람처럼 느껴졌다.

"앉아요." 인사부장은 긴 책상을 끼고 마주 보게 세워둔 접이식 의자를 가리켰다. 그녀의 엉덩이를 한쪽씩 걸칠 수 있게 의자 두 개가 나란히 붙어 있었다. 그 섬세한 배려심과 그의 얼굴에서 묻어나는 어색한 미소가 그녀를 더욱 풀 죽게 했다. 내기를 걸어도 좋다. 이제 곧 안 좋은 소식이 들려올 것이다.

인사부장은 헛기침을 하고 손가락으로 책상을 톡톡 두드리더니 아재 개그 같은 시답잖은 농담을 던져봤다가 또 요즘 한창 사춘기라는 중학생 딸 이야기도 했다가 한 번 더 헛기침을 하고 나서야 본론으로 들어갔다. "저기, 이런 말 하긴 뭣한데……."

"해고인가요?" 인사부장이 너무 힘들어하는 것 같아서 선수를 쳤다. 이 사람은 인사과에 어울리지 않는다.

부장은 한숨 돌리는 표정을 숨기지 못했다. "미안해. 그게 그렇게 됐네."

"이유가 뭐죠? 전 그동안 결근한 적도 없고, 제 입으로 말하긴 그렇지만 디자인부에서 실적을 냈다고 생각하는데요." 가장 최근에도 한 상장 기업의 로고 디자인 프로젝트를 마무리했다. 고객은 납품한 결과물을 보고 기대 이상이라면서 만족해했다. 그녀의 풍만한 가슴은 기쁨과 뿌듯함으로 한껏 더 크게 부풀었다.

"솔직히 말하면, 해고 사유는 자네의 능력과 상관없다네." 그의 말투에는 진심 어린 동정심이 섞여 있었다. "자네의 체형 때문이야."

"말도 안 돼. 뚱뚱하다고 잘리나요?"

대답 대신 끄덕임이 돌아왔다.

"왜죠? 더욱더 모르겠는데요. 영업이나 서비스라면 몰라도 뚱뚱한 체형이 디자인 업무에 무슨 지장을 준다고요. 다만……." 그러면서 자신의 튼실한 하반신을 내려다보았다. "의자가 두 개 필요하지만, 의자야 뭐 창고에 수두룩하잖아요. 제 체형이 회사에 피해를 주기라도 했나요?"

"그렇다네." 부장은 한숨을 깊이 쉬었다. "비단 우리 회사만의 문제가 아니라 앞으로 전국의 기업들이 비만인을 해고하기 시작할 걸세. 현 정부에서 비만인은 병에 걸릴 확률이 높다는 이유로 보험료를 인상하겠다고 했거든. 미성년자의 보험료를 국가에서 전액 지원하듯이, 자네의 보험료가 인상되면 그만큼을 고용자인 기업에서 다 부담해야 해. 자네는 이번 정기검진에서 고도비만 판정을 받았더군. BMI가 높을수록 보험료도 올라가거든. 그래서……."

너무한다. 이건 비만인 사냥 아닌가.

몇 달 전, 이 나라 니폰을 과거처럼 장수 대국으로 만들겠다는 공약을 내건 국민건강증진당이 처음으로 정권을 잡았다. 정부는 곧바로 전 국민에게 번호를 부여해서 신장과 체중, 건강검진 데이터 등을 관리하기 시작했다. 상승하기만 하는 비만율을 파악하려면 필요한 정책이라고 했지만, 자칫 전체주의로 빠지지 않을까 우려하긴 했다. 그런데 그 여파가 설마 이런 식으로 덮칠 줄이야.

회사에서 잘리면 당장 수입이 끊긴다. 식비도 집세도 감당할 수 없게 된다. 매일 들르던 곳도, 동료들과 잠깐씩 수다 떠는 시간도, 디자인 기술이 향상될 때마다 느꼈던 기쁨과 성취감까지도 잃게 된다. 어디 그뿐이랴, 그 의사도 다시는 만날 수 없다.

해고. 처음 겪는 일이었다. 더구나 이토록 부당한 사유는.

자존감이 바닥을 치고 너무 지친 터라 집으로 돌아가는 지하철에서는 꼭 앉아서 가고 싶었다. 그러나 빈 자리는 3인석의 한가운데밖에 없었고, 양 끝에 앉은 표준체형 승객들의 눈초리는 노골적으로 이렇게 말했다.

오지 마.

결국 서서 갈 수밖에 없었다. 몸무게 때문에 발바닥이 아팠다.

역을 빠져나오니 비가 내리고 있었다. 낭패였다. 접이식 우산도 안 가져왔는데.

그녀는 집으로, 안전한 보금자리로 돌아가고 싶다는 일념 하나로 빗속을 달렸다. 아스팔트에 고인 물이 튀어 올라 레깅스 바짓가랑이를 적셨다. 이런, 최악이다. 이렇게 고약한 하루가 또 있을까.

간신히 집 현관으로 들어왔다. 납작해진 구두를 벗고 부어오른 발을 문지르고서 집 안으로 비틀비틀 들어갔다. 그녀는 원룸에서 혼자 살았다. 집은 좁지만 그다지 불편하지는 않았다. 그만큼 집세가 싼 데다 웬만한 물건이 손만 뻗으면 닿는 거리에 있어서 안락하기까지 했다. 방 안에 널어둔 타월을 걸어서 머리와 몸에 묻은 물기를 훔쳤다. 여름이니까 감기에 걸리지는 않겠지.

1초라도 빨리 빈백 소파로 다이빙하고 싶었지만, 그 전에 꼭 거쳐야 할 경로가 있다. 간이 부엌에서 압도적인 존재감을 자랑하는 대형 냉장고를 열었다. 그녀는 1리터짜리 아이스크림 통을 꺼내 뚜껑을 열고 스푼을 꽂으면서 소파로 향했다.

"아이, 정말 짜증 나."

소파에 엉덩이를 붙이자마자 스푼을 입에 물었다. 쿠키맛 아이스크림을 가장 좋아해서 한번에 여섯 통을 사서 넣어둔다. 그래서 일부러 대가족용 냉장고를 들인 것이다.

푹신한 소파에 몸을 푹 파묻고 한 손으로 아이스크림을 떠먹으면서 벽 쪽에 있는 홈 AI 일체형 텔레비전에 말을 걸었다.

"모라벡, 부탁해. 개인 메시지함을 열어줘. 참, 힐링 동영상도 틀어줘." 모라벡은 홈 AI의 이름이며, 웨이크 워드wake word*로도 쓰인다. 아, 빨리 나와라. 최악이었던 오늘 하루를 잠깐이라도 즐겁게 해줘.

32인치 화면이 환하게 빛나더니 하얀 장모종 고양이가 등장했다. 초롱초롱하면서 푸른 눈동자가 인상적이었다. 고양이는 조그마한 연분홍색 입을 벌리면서 야옹 하고 울었다. 귀엽다면서 입가에 미소를 머금고 싶었는데 그럴 틈도 없이 메시지 폭풍이 화면에 뜨면서 휴식을 방해했다.

'건강하게 먹으면서 살도 빼는 전통 발효식품 다이어트. 첫 배송 상품은 카망베르 치즈' '지방 연소 효과가 끝내주는 사천 불맛 다이어트. 첫 회 무료' '맛있어서 중단할 걱정 없는 곤약 파스타 다이어트. 파스타 면에는 식물섬유가 풍부한 곤약 분말이 무려 4퍼센트나 들어 있습니다. 이제부터 카르보나라도 안심하고 드세요.'

그만 나와, 그만. 왜 자꾸 아물지도 않은 상처를 후벼파는 광고만 오는 거냐고. 저리 꺼져. 나 좀 가만히 내버려둬.

광고 메시지가 밀려드는 족족 그녀는 손짓을 이용해서 삭제해나갔다.

그중 정부에서 보낸 공문이 섞여 있었다. 제목이 다음과 같아서 하마터면 광고 메시지와 함께 삭제할 뻔했다.

'축하합니다. 당신은 정부에서 주최하는 다이어트 왕 결정

---

* 기계에 내재된 음성인식 기능을 호출할 때 쓰는 단어. 웨이크업 워드라고도 한다.

전 제1회 참가자로 선발되었습니다.'

큰일 날 뻔했다. 나 원 참, 스팸 메시지 같은 제목을 붙이니까 그렇지.

그건 그렇고 뭐가 축하할 일이란 말인가. 내용을 열어보니 행갈이도 거의 없는 전형적인 공문서 스타일이라 금세 머리가 아파졌다. 제목과는 다른 면에서 문제가 있었다. 항상 느끼는 건데, 정부는 진심으로 국민에게 정보를 전달할 생각이 있는 걸까.

고생고생해서 읽은 내용은 이러했다.

현 정부는 가파르게 상승하는 비만율을 억제하려고 대국민 이벤트를 기획했다. 그게 바로 공문 제목에도 나온 다이어트 왕 결정전이다. 국민 중에서 추첨으로 참가자 다섯 명을 선발한다. 특히 BMI가 높을수록 뽑힐 확률이 높아진다. 우승자는 상금을 5억 엔 받고 최신식 다이어트 시술도 받을 수 있다. 그리고 다이어트 왕으로 임명되어 정부에서 주관하는 비만 박멸 캠페인 같은 행사에 계속 참여하며 당연히 그때마다 충분한 보수도 받는다.

우아, 멋지다. 우승하면 부자가 돼. 게다가 날씬해져서 연예인 대우를 받을 수 있어.

다섯 명 중 한 명으로 뽑히는 행운이 날아 들어오다니. 아이스크림 통을 들어 올려 힘껏 만세를 외친 뒤 통 안을 깨끗이 비웠다. 그녀에게 이 정도는 간식에 지나지 않았다. 저녁은 항상 배달시켜서 먹는 피자를 쓰리 라지 사이즈로 주문했다.

평소에는 투 라지로 만족했는데 오늘 밤은 조금 더 먹어도 괜찮을 것 같았다. 우승만 하면 다이어트 시술을 받을 수 있으니까.

우승한다면 말이다.

잠깐만 생각해보자. 홈 AI로 피자를 주문하고 난 그녀는 포동포동한 팔로 팔짱을 꼈다. 다이어트 왕 결정전이라고 했는데 어떤 방식으로 우승자를 가릴까.

정부 공문을 다시 처음부터 끝까지 꼼꼼히 읽어봤지만, 경기 방식이나 규칙은 어디에도 없었다. 그 대신 문서 끄트머리에서 아까는 못 보고 지나쳤던 문구를 발견했다.

> 하나. 참가 자격을 얻은 당첨자는 무슨 일이 있어도 절대 사퇴할 수 없다.
> 둘. 경기에서 진 사람은 무조건 죽는다.

헉!

이게 뭐야. 대체 무슨 소리람. 장난 아니게 무서운데요.

다시 읽어봤다. 정말로 '경기에서 진 사람은 무조건 죽는다'라고 적혀 있었다.

거짓말이겠지.

그녀는 웃었다. 무미건조한 웃음소리가 작은 원룸의 나지막한 천장에 울렸다. 정부도 참, 언제부터 이런 블랙 유머를 구사하게 된 걸까. 일련번호를 매겨 국민을 관리하고 정보를 수집하더니 이제는 추첨으로 데스 게임을 하겠다고? 웃기고 있네.

아니야, 아닐 거야. 정부의 공문을 가장한 일종의 스팸 메시지로 봐야겠지. 공문서처럼 보이도록 문장에 쓸데없이 명사를 남발하거나 중요한 내용을 끝부분에 슬쩍 흘린 건 제법이지만, 이건 누군가가 장난으로 보낸 스팸 메시지야. 그러니까 됐어, 신경 쓰지 마.

그때 현관에서 초인종이 딩동 하고 울렸다. 깜짝 놀라 심장이 멈출 뻔했지만, 피자를 주문한 게 떠올라 안심하면서 일어났다. 지금 생각해보니 스팸 메시지에 홀려서 괜히 쓰리 라지 사이즈를 주문했네. 뭐, 어때. 실직한 날이라도 푸짐하게 먹고 기운을 차려야지. "네, 네. 지금 나가요."

문밖에서 기다리는 사람은 피자 배달부가 아니었다.

"텔레비전 앞에 계시는 시청자 여러분, 안녕하십니까. 여러분은 토요일 오후를 어떻게 보내고 계신가요?"

살짝 말린 적갈색 머리를 좌우로 넘긴 사회자는 묘한 광택이 나는 겨자색 재킷을 입고 마이크를 쥐고 있었다. 그의 체형이 날씬하다는 건 굳이 말할 필요도 없다.

"정부에서 주최하는 기념비적인 제1회 다이어트 왕 결정전이 곧 시작됩니다. 방금 선수들이 경기장으로 들어왔습니다." 그를 따라다니던 원격 조정 카메라가 뒤로 물러나 하얀 돔형 스튜디오의 실내 전체를 비췄다. 야구장이 들어갈 만한 넓이는 될 것 같았다. 창문은 없고 양문 개폐형 출입구가 한 군데만 있었다. 카메라는 다시 줌인해서 원형 바닥의 중앙에 초점을 맞췄다. 그곳에는 비만인 다섯 명이 나른하게 앉거나 누워 있었다. 다들 몹시 지친 데다 얼굴에는 불만이 가득했다.

아! 죽을 것 같아.

막 실직한 디자이너는 손톱만 물어뜯고 있었다. 곧 살집까지 뜯어버릴 기세였다. 자기 다리를 뜯어먹는 문어의 심정을 지금이라면 공감한다. 그나저나 매니큐어를 바르지 않길 잘했다.

"그럼 출전할 선수들을 인터뷰해보겠습니다. 연장자 순으로 이야기를 나눠볼까요." 사회자는 일흔 전후로 보이는 남자에게 다가가 마이크를 넘겼다. "지금 기분이 어떠십니까?"

"배고파." 한쪽 팔꿈치를 괴고 하얀 바닥에 옆으로 누워 있는 노인은 다른 손으로 위풍당당한 뱃가죽을 쓰다듬었다. 그는 자수가 들어간 실크 셔츠와 서스펜더로 고정되어 무릎까지 내려온 반바지를 입고 머리에는 가죽 모자를 썼다. 비만인에게 맞는 세련된 기성복은 없으니 주문 제작했을 것이다. "아까 개인 대기실에 있을 때까지는 미네랄워터가 무한 제공됐지만 물만 먹고는 못 버티겠다. 적당히 하지 못하겠냐. 얼마나 기다리게 할 작정이야?"

"30분 뒤면 경기가 시작됩니다." 사회자는 재킷의 소매를 젖히며 고급스러운 손목시계로 시선을 떨구었다. "참가자들에게는 40시간 금식이 부과되었습니다. 도착한 순서에 따라서 조금 더 오래 금식할 분도 있지만."

"40시간이라니. 종합 검진으로 위내시경을 받을 때도 그렇게 오래 금식하진 않았다." 노인은 힘없이 한숨을 쉬며 바닥에 드러누웠다. 커다란 배가 파도처럼 출렁였다. "더는 못 참겠어. 내 몸에는 40시간이 아니라 10일을 굶어도 죽지 않을 정도의 지방이 붙어 있지만, 그렇다고 해서 공복감이 덜한 건 아니야. 다이어트 왕인지 뭔지 빨리 끝내줘. 나는 상금이나 다이어트 시술에도 관심이 없으니까."

"시청자 여러분." 사회자가 카메라와 눈을 맞췄다. "이 사람의 링네임은 미식가입니다. 무역회사를 경영하다가 지금은 은퇴했죠. 유일한 취미가 전 세계의 맛있는 음식을 먹으러 다니는 건데, 그 바람에 BMI 38에 달하는 이런 몸을 얻었지요."

"링네임? 그게 뭐야?" 지금 막 미식가로 소개된 노인이 물었다.

"이 방송을 보는 시청자들이 쉽게 기억할 수 있게 붙인 별명입니다." 사회자는 방송용 메이크업을 받은 하얀 얼굴에 방송용 미소를 얹었다. "시청자 여러분은 경기가 시작되기 전까지 댁에 있는 홈 AI로 응원하는 선수에게 투표할 수 있습니다. 우승자를 맞힌 분들께는 투표로 모인 금액과 배당금에 따라 상금을 지급합니다."

"즉, 공영 도박인가."

"맞습니다." 사회자는 또 미소 지었다. "수익은 나라에서 주관하는 비만 대책 프로그램에 쓰일 예정입니다. 그럼 다음 선수를 만나볼까요."

마이크는 40대 여자에게로 향했다. 피부가 가무잡잡하고 화장기가 없으며 푸석푸석한 머리를 하나로 묶은 여자였다. 꽉 조여서 터질 듯한 검은 트레이닝 바지와 검은 티셔츠 위에 아플리케*로 꾸민 앞치마를 입었다. 앞치마 주머니 한쪽에는 행주가, 반대쪽에는 주방 장갑이 삐져나와 있었다. 앞치마와 주방 장갑은 직접 만든 것 같았다.

봉제 기술은 뛰어나지만 디자인은 그럭저럭이라고 전 디자이너는 평가했다. 특히 앞치마의 아플리케가 그랬다. 왜 하필이면 손바닥 무늬일까. 어째서 그런 모양을 골랐는지 센스가 기가 막혔다.

"뭐죠, 이 상황은?" 그 여자는 두껍고 거뭇한 팔을 휘둘렀다. "느닷없이 잡아가서 조그만 호텔 방에 처넣더니 밥 한 끼도 안 주고 이런 이상한 곳으로 데려오는 게 어딨어요? 빨리 우리 애들에게 돌려보내줘요. 지금쯤 굶고 있을 거라고요. 어떻게 좀 해줘요."

"이 여성의 링네임은 못타이나이**." 사회자는 다시 카메라로 고개를 돌렸다. "다섯 아이의 어머니이자 전업주부입니다. 아이들이 먹다 남긴 음식을 배 속으로 치우는 사이에 몸집이

---

* 바탕천에 다른 천을 덧대거나 레이스나 가죽 조각 등을 꿰매서 장식하는 수예.
** 일본어로 '아까워하다'라는 뜻.

불어서 현재 BMI는 39. 남은 음식은 절대 버려선 안 된다는 낡은 사고방식의 소유자입니다."

"미안하게 됐네요, 낡아빠져서. 우리 세대는 부모님에게 다 그렇게 배웠다고요." 못타이나이는 못마땅하다는 듯 말했다. "됐고, 빨리 여기서 내보내줘요."

"우승하면 당신도 날씬해질 수 있습니다. 고액의 상금도 들어오고요."

"날씬해지지 않아도 상관없는데요. 난 나이도 있고." 그녀는 긴장감으로 팽팽해진 볼에 두툼한 손바닥을 댔다. "하지만 상금은 받으면 좋겠죠. 애들한테 맛있는 걸 잔뜩 사줄 수 있으니까."

"그럼 다음 선수입니다." 사회자가 뒤돌아보았다. 카메라가 실직한 디자이너를 비췄다.

어떡해. 나 지금 태어나서 처음으로 텔레비전에 나와. 긴장감과 흥분 때문에 잠시나마 극심한 공복감도 잊었다. "저기, 제 링네임은 뭔가요?"

사회자는 만면에 미소를 띠었다. "리바운드."

어깨가 축 처졌다. 정확히 꼬집었으니 반론할 수 없다. 정부는 BMI뿐만 아니라 이런 세세한 개인정보까지 전부 파악하고 있단 말인가.

"어때요? 우승하고 싶습니까?"

"아, 으음, 그럼요. 우승하고 싶냐고 하면 당연히 하고 싶죠. 날씬해지고 상금도 타고 싶어요."

"최근에 실직하셨죠?"

손바닥 들여다보듯이 다 꿰고 있군. "네. 과체중이라는 이유로 해고당했어요."

"살을 빼면 회사로 다시 돌아갈 수 있겠네요."

"그럴까요." 지금이 기회다. 그 질문을 해보자. "그런데 공문 마지막 줄에 적혀 있던 그건 사실인가요? 게임에서 지면 죽는다고 한 거요."

"이봐, 아가씨." 미식가가 끼어들었다. "그딴 건 뻔한 거짓말이지. 게임을 진지하게 하도록 정부에서 꾸민 잔꾀야."

"하지만." 리바운드는 스튜디오 한구석에 눈길이 꽂혔다.

돔의 하얀 벽과 바닥이 만나는 경계에 상어 대가리가 튀어나와 있었다. 당연히 정교하게 만든 모형이지만, 약간 벌어진 입 안으로 날카로운 은빛 칼날 같은 이빨이 엿보였다. 이 장소로 끌려와 감금당했을 때부터 저 거대한 대가리가 불길한 기운을 마구 내뿜고 있었다. 공교롭게도 상어의 입은 사람 한 명이 무난히 들어갈 만한 크기라서 불길한 기운을 더욱 북돋웠다.

"물론 사실입니다." 사회자는 방송용 미소를 지으며 고개를 끄덕였다. "먹으면 그 대가로 먹히는 겁니다."

"에이, 거짓말." 미식가는 누운 자세로 한 손을 휘저었다. "저런 말로 우릴 겁주려는 거야. 당근만 주기보다는 채찍도 있어야 중도 포기하는 사람이 안 나올 거 아냐."

그렇겠지. 단순한 협박이겠지. 리바운드는 풍만한 가슴을 쓸어내렸다. 아무리 전체주의 성향을 띠는 정부라 해도 설마 국민을, 그것도 넷이나 죽일 이유가 없다. 생중계하는 카메라 앞에서.

"그럼 이어서 만나볼 참가자는요." 사회자는 네 번째 선수에게 다가가 마이크를 내밀었다. "당신도 실직한 지 얼마 안 됐죠?"

저 사람도 실직을. 리바운드는 인터뷰하는 청년을 눈여겨보았다. 그의 몸에는 머랭처럼 희고 말랑말랑해 보이는 지방 덩어리가 알차게 붙어 있었다. 머리카락과 눈동자 색도 옅었다. 그는 펑퍼짐한 엉덩이를 땅바닥에 붙인 채 젖먹이처럼 다리를 벌리고 있었다. 가로줄무늬 티셔츠를 입은 탓에 군살의 모양새가 강조되었다. 실내가 더운지 땀을 뻘뻘 흘렸다. 키가 커서 낮은 산을 보는 것 같았다.

안경 속 눈은 심약해 보이는 미소를 지었다. "그렇습니다. 전 엔지니어였죠. 뚱뚱한 게 업무에 아무런 지장도 주지 않았는데……."

아니, 이렇게 비슷할 수가. 그녀는 자기도 모르게 포동포동한 두 손으로 볼을 감쌌다.

"이 청년의 링네임은 나가라구이*." 사회자가 카메라를 다시 주시했다. "채식주의자이지만 텔레비전을 보면서 땅콩류나 식물성 기름에 튀긴 팝콘을 쉴 새 없이 집어먹다가 이렇게

---

* 다른 일을 하면서 음식이나 간식을 먹는 성향을 뜻한다.

되었죠. 아직 스물넷밖에 안 된 청년인데 BMI는 40입니다."

"BMI에는 오차가 있어. 몸무게를 키의 제곱으로 나누니까 체형이 비슷해도 키가 크면 수치가 더 높아지거든. 또 젊은 남자는 뼈나 근육의 비율이 높아서 골밀도와 근밀도도 올라가기 쉬우니 수치가 높게 나올 수밖에." 나가라구이는 나지막이 중얼거렸다.

"자, 이제 마지막 선수입니다." 사회자는 전직 엔지니어의 말을 무시하고 10대 여학생 옆으로 갔다. 이곳에 와서 한마디도 하지 않은 여학생의 하얀 얼굴은 점점 더 새하얗게 질렸고, 푸딩 같은 몸을 하염없이 바들바들 떨었다. 특수 제작한 교복과 검정 고무끈으로 묶은 갈래머리가 그녀의 젊음을 드러내 주었다.

리바운드는 여학생을 바라보면서 가엾다고 생각했다. 한창 예민할 나이에 이런 곳에 끌려 나와 대중에게 노출되었으니까.

"놀라지 마십시오. 불과 열다섯 살에 BMI가 41인 최강자!" 사회자는 분위기를 돋우듯이 소리 높여 외쳤다. "마지막 선수에게 붙을 링네임은 야케구이.* 속상한 일이 생길 때마다 먹고 또 먹고 계속 먹어치웠더니 보시다시피 이렇게!"

"이봐요." 못타이나이가 날 선 목소리로 끼어들었다. "이 애

---

* 스트레스나 울분을 폭식으로 푸는 성향을 뜻한다.

는 이제 중학생이잖아요. 그런 식으로 말하지 마요."

"성장기의 비만은 BMI가 아니라 로렐 지수*로 따져야지."
나가라구이가 투덜거렸다.

사회자는 자식을 둔 어머니의 비난도 기술자의 지적도 무
시했다. "학교생활은 재밌나요?"

여학생은 아무 말 없이 고개를 숙였다. 그 모습을 본 리바
운드는 마음이 아팠다. 체형 때문에 괴롭힘을 당했을지도 모
르니.

사회자는 이제 인터뷰를 정리했다. "텔레비전을 보고 계신
시청자 여러분, 마음에 드는 선수에게 마음껏 투표해주십시
오. 잠시 후 경기가 시작됩니다. 여기서 잠깐 공지사항이 나가
겠습니다."

"이봐요. 게임 규칙은요?" 리바운드가 소리쳤지만, 사회자
는 카메라를 향해 활기차게 손을 흔들고 와이어에 매달린 채
천장 쪽으로 빨려 들어가듯이 사라졌다. 다섯 빛깔의 스모그
와 한없이 경쾌한 음악이 그의 뒤를 따랐다.

먹으면 먹힌다. 힌트는 그것뿐인가.

그때 문이 양쪽으로 열리면서 하얀 옷을 입은 사람들이 들
어왔다. 그들은 병원에서나 볼 법한 철제 카트를 밀면서 비만
인들을 향해 돌진했다.

---

* 주로 초등학생~중학생의 비만을 판정하는 체격지수. '체중(kg)/키(cm)×10'으로 계산
한다.

"그럼 지금부터는 중계석에서 중계하겠습니다." 사회자의 목소리가 돔 안에 울려 퍼졌다. "지금 막 의료팀이 등장했군요."

아하, 간호사들이구나. 만일의 사태를 대비해서 게임을 시작하기 전에 맥박이나 혈압 등을 체크하는 건가.

리바운드는 하얀 옷을 입은 여자가 옆으로 다가오자 순순히 팔을 맡겼다. 다른 비만인들도 똑같이 협조했다.

간호사들은 능숙하게 선수들의 소매를 걷어 올리고 팔에 고무줄을 묶었다. 맨살이 드러난 팔 안쪽을 알코올 솜으로 닦았다.

그런데 이 흐름은 설마 주사를 놓으려는 건가. "안 돼, 멈춰요!" 리바운드는 급히 팔을 뺐다.

"어이, 무슨 짓이야!" 미식가가 호통쳤다. "혈관에 뭘 넣으려는 거야?"

"걱정하지 마세요. 몸에 해롭지 않으니까요." 사회자가 친절하게 설명했다. "죄송하지만 규칙상 주사를 맞아야만 게임에 참가할 수 있습니다. 별것 아닙니다. 잠깐 따끔하고 말 거예요."

"흐음." 미식가는 잠시 침묵하다가 "맘에 안 들지만 이 게임을 끝내려면 시작은 해야겠지"라면서 체념한 듯 팔을 내밀었다.

리바운드도 그를 따라 했다. 기왕 참가한 이상 우승하고 싶었다.

간호사는 두꺼운 지방 속에 꼭꼭 숨은 혈관을 찾느라 잠시 진땀을 뺐으나 역시 전문가였다. 혈관에 바늘을 꽂아 투명한 액체를 주입하기 시작했다.

"이거, 무슨 주사인가요?"

궁금해서 물어봤지만 하얀 마스크로 얼굴의 반 이상을 가린 간호사는 한마디도 하지 않았다. 선수와 말을 나누지 말라는 명령이라도 떨어졌나.

바늘을 빼고 알코올 솜으로 지혈해준 뒤 간호사들이 카트를 밀면서 퇴장하자 사회자의 진행 멘트가 다시 울려 퍼졌다. "텔레비전 앞에 계시는 시청자 여러분, 방금 놓은 건 스테로이드 주사였습니다."

휴, 스테로이드였구나. 그러다가 리바운드는 고개를 갸웃했다. 스테로이드라면 스포츠 경기에서 곧잘 논란이 되는 약물인데. 이 게임은 도리어 도핑을 강요한 것인가.

"스테로이드이긴 해도 도핑에 쓰는 약물과는 다릅니다." 사회자는 리바운드와 다른 선수들과 시청자들이 느꼈을 궁금증을 풀어주었다. "방금 사용한 건 성호르몬의 일종입니다. 부신피질 호르몬이라고 하죠. 강력한 항염 작용 때문에 아토피성 피부염을 앓는 분들은 피부에 바르는 약으로 아실 겁니다. 효과가 큰 만큼 부작용도 센데요. 직접 복용하거나 체내에 주입했을 때는⋯⋯."

주입했을 때는. 리바운드도 다른 비만인들도 입술을 깨물며 그다음에 나올 말을 기다렸다.

"지독한 공복감이 닥칩니다. 굶주린 아귀가 된 것처럼."

"그런 말도 안 되는 부작용이 어딨어?" 미식가가 다 쓴 알코올 솜을 집어 던졌다. "내가 속을 줄 알고? 그렇게 해서 심리적으로 압박하려는 계산이지. 배고파지는 약을 주사 맞았다고 믿으면 정말로 배가 고파질 테니까."

억. 리바운드는 꾸르륵꾸르륵 울리는 위장 쪽을 눌렀다. 내 배야, 제발 참아줘. 그렇지 않아도 납치된 날 밤에 아이스크림 통을 해치운 뒤로 먹은 거라고는 오로지 물, 물, 물밖에 없으니까. 공복감을 유발하는 약 이야기는 더 듣고 싶지 않았다.

지독한 공복감이 덮쳤다. 지금 당장 먹고 싶었다. 뭐라도 먹지 않으면 죽을 것 같은 절박감 그리고 위장과 식도가 조여드는 생생한 감각 때문에 얼굴이 달아오르고 손바닥과 목덜미에 땀이 맺혔다. 심장이 지방으로 무장한 흉곽을 거세게 두들겼다. 다이어트를 가혹하게 했을 때도 이토록 심하게 내장이 뜯기는 배고픔은 느껴본 적이 없었다.

옆을 보니 다른 참가자들도 배를 누르면서 괴로워하고 있었다. 스테로이드의 부작용이 새빨간 거짓말이라고 해도 정부의 노림수는 제대로 먹혀든 것 같았다.

"이제 40시간이 지났습니다. 시청자 투표는 이만 종료하겠습니다. 그럼 선수 여러분, 건투를 빕니다. 레디 고!"

반구형 천장에서 종소리가 울려 퍼졌다. 음악까지 흘러나왔다. 돔의 가장자리에서 스모그가 피어오르고 스포트라이트가 어지럽게 쏟아졌다. 아까 간호사들이 퇴장한 그 문이 다시 좌우로 열렸다.

건투를 빈다니, 무슨 일이 일어나려는 거지?

스모그가 걷히면서 문 안쪽에서 하얀 무대가 밀려 나왔다. 이어서 먹음직스러운 냄새가 코를 찔렀다. 그 정체는 구운 버터와 기름진 고기와 참깨를 볶는 냄새였다. 커민과 팔각, 박하 같은 향신료 냄새도 났다. 지휘봉에 박자를 맞추듯 비만인들의 배가 동시에 꼬르륵 소리를 냈다.

무대 위에는 광 나는 스테인리스 부엌이 설치되어 있었다. 흰옷을 입고 흰 모자를 쓴 세 남자가 번뜩이는 식칼을 든 채 프라이팬을 흔들고 구리 냄비에 든 재료를 뒤섞고 있었다.

"앗, 저 사람은." 미식가가 바이스부르스트*처럼 통통한 둘째 손가락을 치켜들었다. "저기 저 중식도를 쥔 사람은 아카사카에 있는 고급 중식 레스토랑의 총괄 요리장이야. 그를 가리켜 현세에 환생한 전설의 요리사라고도 하지. 또 저 사람은 히로에 있는, 미슐랭 가이드에도 오른 프렌치 레스토랑의 오너 셰프야. 플랑베**의 마술사라고 불리지. 저 젊은 이탈리아인은 얼마 전 볼로냐 국제 신인 창작 요리상을 수상한 신예 요리사이고. 이 세 명을 한자리에서 만나다니 영광스럽군."

대단했다. 리바운드는 놀라서 할 말을 잃었다. 지금 들은

---

* 독일어로 흰 소시지라는 뜻. 잘게 다진 소고기와 신선한 베이컨으로 만든다.
** 조리 중인 요리에 도수 높은 술을 넣고 센 불로 알코올을 날리는 조리법.

말이 사실이라면 정부는 이 게임에 얼마나 막대한 돈과 수고를 들였다는 말인가. 이 스튜디오나 무대에 설치된 부엌만 봐도 공들여 준비한 게 확실한데.

"어서 오십시오." 전설의 요리사가 둥글고 두꺼운 도마 위에 돼지 넓적다리를 놓고 반으로 갈랐다. 탕탕 하고 시원스러운 소리가 울렸다. "저를 만났으면 한 접시는 무조건 드셔야지요. 안 드시면 후회할걸요?"

"혀에 사르르 녹는 요리는 어떠십니까?" 마술사로 불리는 남자가 요리를 수북이 담은 접시를 들어 보였다. 카메라가 접시를 클로즈업했다. 소고기 소테 위에 올린 건 푸아그라와 송로버섯이 아닌가. 그 둘레에 캐러멜색 소스가 뿌려져 있었다. 고기 옆에 곁들인 감자와 물냉이까지 싱그럽게 빛났다. "안 드시면 버려야겠네요." 영상을 충분히 찍게 한 다음 요리사는 접시를 들고 부엌 구석에 있는 쓰레기통으로 갔다.

"아악, 버리면 아까운데!" 못타이나이가 소리치면서 거뭇한 두 손으로 머리를 감싸 쥐었다.

먹으면 먹힌다. 리바운드는 천상의 맛이 보장된 달인표 요리와 등 뒤에 있는 상어 대가리를 번갈아 보았다. 느낌이 왔다. 유혹에 져서 음식에 손을 대면 저 상어 입으로 들어가 강제 퇴장되는 게 이 게임의 규칙이다. 저 상어는 먹힌다는 걸 뜻하는 메타포이리라.

하지만 그걸 어떻게 연출하려나. 스태프가 총출동해서 진 사람을 들어 저 입에 억지로 집어넣으려는 걸까. 참가자들은

100킬로그램이 넘으니까 몹시 버거울 텐데. 게다가 저 이빨은 방송용 소품이라기엔 너무 날카롭지 않나. 아, 그거다. 위험해 보여도 실제로 누르면 푹 들어가는 마술 도구 같은 거겠지, 암.

"나, 나는 채식주의자야!" 나가라구이가 소리쳤다. "버터나 고기가 들어간 건 절대 안 먹어."

"그런 손님을 위해서 준비했습니다." 이탈리아인 신예 요리사가 프라이팬을 크게 한 번 휘둘렀다. 연둣빛 식물성 기름을 두른 펜네와 빨간색과 녹색이 두드러지는 재료가 공중으로 떠올랐다. 그 짧은 순간은 굶주린 참가자들의 눈에 느린 화면으로 지나갔다. "제 요리는 철저한 비건식이죠. 엑스트라 버진 오일에 반건조 토마토, 파프리카, 바질, 오레가노, 에샬롯, 포르치니 버섯을 조리합니다. 채소만으로도 이렇게 맛있는 요리를 만들 수 있답니다."

나가라구이뿐 아니라 참가자 전원이 절로 침을 삼키고 코를 벌름거리면서 고개를 앞으로 내밀었다.

꾸르륵꾸르륵. 콧속을 파고드는 진한 향과 시각적 자극 때문에 그들의 배에서 백파이프 소리가 났다.

리바운드는 위장이 바닥 없는 늪이 된 기분을 느꼈다. 정말 맛있겠다. 저걸 위장 주머니에 다 집어넣고 싶다. 한 접시만. 아니, 모조리 다.

안 돼, 정신 차려. 고개를 좌우로 세차게 흔들며 참았다. 우승하겠다면서. 살을 빼고 부자가 되고 싶다면서. 그런데 여기서 주저앉으면 되겠어?

"어디 한번 먹어볼까." 미식가가 육중한 몸을 천천히 일으키더니 "그거 버리지 마시오"라고 말하면서 프렌치 셰프에게 다가갔다.

전 무역회사 사장의 반바지에 감싸인 박력 넘치는 엉덩이가 리바운드의 눈에서 멀어졌다. 그래, 저 사람은 이 게임의 승패에 관심이 없다고 했지. 맛있는 요리를 먹고 일찌감치 퇴장하려는 것이다.

욕심 없는 그 모습이 부러웠다. 리바운드와 다른 세 사람도 입 안에 가득 고인 침을 꿀꺽 삼켰다.

"드시죠." 플랑베의 마술사는 미식가에게 접시를 건넸다. 이어서 포크도.

"여기에서 당신 요리를 먹게 되다니. 지금까지 예약 잡기가 힘들었는데 이제야 소원을 이루는구면." 미식가는 얼굴에 미소를 한가득 띠며 접시를 들고 포크를 쥐었다. "로시니풍이군. 난 로시니가 살아온 삶을 좋아해. 그가 고안한 요리도."

요리사는 미소로 답했다. "여기서는 서서 드셔야 하니까 한입 크기로 바꿔봤습니다."

"이 요리의 정식명칭은 로시니풍 소고기 등심과 푸아그라입니다." 사회자가 리바운드를 비롯한 서민들을 위해 해설했다. "〈세비야의 이발사〉와 〈도둑 까치〉 등 유명한 오페라 작품을 남긴 이탈리아 출신 작곡가 조아치노 안토니오 로시니는 서른일곱 살에 〈기욤 텔〉*이라는 대히트작으로 막대한 부를 얻고는 돌연 은퇴했습니다. 그 후 파리로 이주하여 자신의 취미였던 미식가의 길을 걸었죠. 송로버섯을 채취하려고 돼지까지 길렀다고 합니다."

역시 미식가가 존경할 만한 인물이라고 리바운드는 생각했다.

"오, 알맞게 구워진 환상적인 빛깔. 진하고 깊은 퐁 드 보** 육수와 발사믹 식초의 향기." 미식가는 콧구멍을 벌름거리면서 두 눈을 지그시 감았다. 그의 입가에는 행복한 미소가 번졌다. 맛있는 요리를 진심으로 사랑하는 마음이 느껴지는 표정이었다.

"자, 그럼."

그는 포크로 음식을 찍어 입에 넣었다. 입을 오물거리자 턱에 알차게 붙은 지방이 흔들렸다. "음, 불맛도 적당하고 소스도 좋아. 아쉬운 게 없어. 장담컨대 지금까지 먹어본 것 중 최고의 음식이야. 이제 내 인생이 언제 끝나든 여한이 없어."

그 순간 미식가는 포크를 떨어뜨렸다. 먹다 만 음식이 든 접시도 떨어졌다. 발밑에 하얀 감자가 뒹굴고 갈색 소스가 흩뿌려졌다. 그는 깨진 접시와 음식물 위로 두 무릎을 털썩 꿇더

---

* 빌헬름 텔.
** 소의 힘줄이나 뼈를 고아서 졸인 육수. 프랑스 요리의 소스로 활용된다.

니 신음도 없이 쓰러졌다.

비만인들은 동요하면서 한마디씩 했다.

"왜, 왜 그래? 어떻게 된 거야?"

"설마 음식에 독이?"

"아니, 독이 아니야." 나가라구이가 오른손을 뻗었다. 위팔에 붙은 지방이 힘없이 축 처지면서 흔들렸다. "저길 봐. 그리고 저쪽도."

그가 먼저 가리킨 건 미식가의 둥그런 등판이었다. 좌우 서스펜더의 한가운데에 눈에 띄는 주황색 솜털이 달린 화살이 꽂혀 있었다. 이어서 나가라구이는 그들 뒤의 대각선 위 방향을 가리켰다.

위쪽 벽에는 아까까지만 해도 없었던 작은 창이 열려 있고 라이플을 잡은 남자가 그들을 엿보고 있었다.

"저, 저건, 마취총!"

리바운드가 외친 순간 바닥이 움직였다. 부엌이 설치된 무대는 움직이지 않았지만 참가자들이 서 있는 원형 바닥만 서서히 한쪽으로 기울었다.

으악, 위험해.

리바운드는 재빨리 납작 엎드려서 팔과 다리로 바닥에 매달렸다. 다른 세 명도 같은 자세로 버텼다. 한쪽으로 기울던 무대는 다행히 완만한 각도에서 멈췄다. 그러나 의식을 잃은 미식가의 몸은 체중 때문에 미끄러져 내려갔다. 네 명은 그저 바라볼 수밖에 없었다. 자칫 손을 뻗었다가는 그들도 떨어지고 만다. 비만인들은 중력의 무서움을 몸으로 실감했다. 중력은 그들에게 적대적이었다. 표준체형인 사람들은 절대 알 수 없는 세계다.

그런데 잠깐만. 저 아래로 내려가면.

리바운드는 고개를 틀어 뒤돌아보았다. 미식가가 질질 미끄러지는 방향의 끝에는 정교하게 만들어진 상어 대가리가 위아래 턱을 활짝 벌린 채 그를 기다리고 있었다.

설마, 아니지? 리바운드의 이마에 식은땀이 맺혔다. 연출이잖아. 먹혀 죽는다는 건 단순한 설정일 뿐이잖아. 패자는 죽는다니, 정말로. 그럴 리가!

미식가가 상어의 입으로 곤두박질치는 순간 그녀는 눈을 질끈 감았다. 그러나 그 직후 끔찍한 비명이 터져서 다시 눈을 뜨고 말았다.

바로 옆에서 못타이나이가 땀을 줄줄 흘리며 깜짝 놀라 비명을 질렀다. 충혈된 눈이 당장이라도 튀어나올 것만 같았다. 리바운드는 그만 그녀의 시선을 따라가고 말았다. 아악, 어떻게 이런 일이.

상어의 입은 닫혀 있었다. 예리한 이빨은 무뎌지기는커녕 흥건한 피로 물들어 있었다. 상어의 입가 아래에는 스페인산 생햄 덩어리 같은 것이 나뒹굴고 있었다. 그것이 미식가의 잘린 한쪽 다리라는 사실은 몇 초 지나서야 알아차렸다.

"거짓말이야, 거짓말! 저건 뭐야아아아!"

못타이나이의 얼굴은 눈물과 콧물로 얼룩졌다. 무대의 각도는 어느새 수평으로 돌아와 있었다. 고여 있던 핏물은 흘러내려갔고 상어가 먹어 치우지 못한 한쪽 다리도 치워지고 없었다. 리바운드는 아무 말도 하지 못한 채 야케구이의 어깨를 감싸고 있었다. 여학생은 지진에 흔들리는 젤리처럼 떨고 있었다.

"저놈들은 진심이야. 진지하다고." 나가라구이는 목소리를 낮게 억누르면서 말했다. 안경 렌즈가 땀으로 부옜다. "저놈들, 비만인한테는 인권도 없다고 생각하는군. 그래, 뚱뚱하면 인간 취급도 받지 못했지. 살찐 것 말고는 저들과 다를 게 없는데 왜 늘 이런 식이냐고!" 그는 주먹으로 거칠게 바닥을 내리쳤다. 그러나 그 소리는 화려한 음악에 묻히고 말았다. 또 스모그와 조명 효과가 이어졌고, 하얀 연기를 가르면서 다음 무대가 밀려 나왔다. 리바운드는 눈부신 조명 때문에 실눈을 떴다.

두 번째 무대는 부엌 옆에서 멈췄다. 딱 한 사람 정도만 설 수 있는 아담한 무대였다. 실제로 누군가가 서 있었다.

"안녕하세요, 선수 여러분?" 누군가가 반짝이는 은색 팔찌를 찬 가녀린 오른팔을 들었다. 하얀 망사 미니스커트 밑으로 쭉 뻗은 늘씬한 다리가 보였다. 갈래로 묶은 까맣고 긴 생머리에 은은하게 볼 터치한 자연스러운 화장. "배는 안 고프세요?"

"앗, 저 사람은!"

"세상에, 말도 안 돼."

선수들은 새로 등장한 인물을 가리키며 한마디씩 외쳤다.

"얏호!" 그 인물은 비만인들을 향해 애교 섞인 미소를 발사했다. 요즘 식도락을 주제로 한 방송에 자주 나오는 얼굴이었다. 신진대사가 무서울 만치 빠른 덕분인지 아무리 먹어도 살이 찌지 않는 꿈 같은 체형을 가진 그녀. 그렇다, 그녀는 바로 그 유명한.

"대식가 아이돌, 나쓰메!"

리바운드는 그렇게 놀라고 나서 옆을 보았다. 그런데 나가라구이가 입을 떡 벌린 채 영혼이 가출한 눈빛으로 청초하고 아름다운 소녀를 응시하고 있었다.

"이봐요, 왜 그래요? 정신 차려요." 청년의 말랑말랑한 옆구리를 팔꿈치로 찔러보았다. 두 번, 세 번 찔러도 반응이 없길래 위팔을 붙잡고 흔들자 그제야 그는 혼잣말을 흘렸다. "이, 이럴 수가. 실물을 만나다니."

"보아하니 당신, 나쓰메의 팬이군요?"

나가라구이는 고개를 크게 끄덕였다. 턱이 목 주위의 지방살에 파묻혔다.

"오늘은 먹고 싶은 만큼 마음껏 먹어도 된다고 해서 왔어요." 아이돌은 가볍게 뛰어서 부엌이 있는 무대로 이동했다. "와, 나쓰메는 볶음밥을 좋아해요. 저, 저, 이거 먹어도 돼요?" 그리고 지금 막 불 속에서 나온 중화 냄비를 들여다보며 고개를 앙증맞게 갸웃했다.

"얼마든지 드세요. 한 접시는 꼭 드셔야 합니다." 아카사카의 요리장이 국자로 냄비 안을 탁탁탁 긁어서 요리를 접시로 옮겼다. 순가락도 챙겨서 나쓰메에게 건넸다. 멋진 반구형 그릇에 담긴 볶음밥의 쌀알 하나하나가 달걀과 참기름에 섞여 황금빛으로 빛났다.

"와, 방금 스튜디오 옆에 있는 한다야라는 식당에서 공깃밥 곱빼기에 특대 돼지고기 된장국을 먹고 왔는데, 사실은 조금 부족했거든요. 잘 먹겠습니다." 나쓰메는 볶음밥을 한 숟갈 떠서 핑크빛 펄을 바른 조그만 입술 사이로 밀어 넣고 꼭꼭 씹어 맛을 음미하더니 "정말 맛있어요"라면서 진심으로 행복한 미소를 지었다.

비만인들은 그 모습을 불과 몇 미터 떨어진 곳에서 바라보고 있었다. 평소 화면으로 그녀가 먹는 모습을 볼 때면 덩달아 기분이 좋아지곤 했다. 우아하게 먹는 데다 진심으로 음식을 사랑하고 존경하는 마음까지 느껴졌다. 그것이 그녀가 인기를 끄는 비결이었다.

그런데 그 모습을 바로 눈앞에서 보고 있다. 더구나 40시간 금식한 뒤에 약물까지 주사 맞은 상태로.

본능이 그들을 자극했다. 먹어, 먹어, 그냥 가서 먹으라고. 본능은 단지 굶어 죽을 위험에 처했을 때만 발동하는 게 아니다. 인류는 무리 지어 상부상조하고 동료들과 먹을 것을 나누면서 끈끈한 유대감을 다지도록 진화해왔다. 그러니 옆에서 누가 뭔가를 먹고 있으면 따라서 먹고 싶어지는 법이다. 그 유혹을 이겨내려고 리바운드는 자신의 팔뚝살을 세게 꼬집었다. 제발, 참아. 앞으로 나가면 안 돼. 정부는 비만인 따위는 이 사회의 짐으로, 최대한 빨리 정리해야 할 존재로 여기고 있어. 쓰레기 처리하듯 무자비하게 치워버리려 한다고.

"역시 볶음밥은 달걀과 돼지고기와 파가 빠지면 섭섭하죠. 기본이긴 해도 가장 궁합이 좋은걸요." 나쓰메는 해맑게 감탄하면서 두 숟갈, 세 숟갈, 네 숟갈 떠먹다가 어느새 한 접시를 깨끗이 비웠다. "와, 이건 진짜 꿀맛이네요. 그런데 여러분은 왜 가만히 계세요? 저랑 같이 먹어요." 그녀는 또 나쁜 마음 없이 빈 접시를 기울여 보여주었다.

꿀꺽. 침 넘어가는 소리가 났다. 리바운드는 옆 사람을 흘 깃 보았다. 나가라구이의 눈이 수상하게 빛났다. 굳게 주먹 쥔 두 손이 무릎 위에 올라와 있었다. 포동포동한 주먹에는 보조 개처럼 네 군데가 움푹 들어가 있었다. 표준체형인 사람을 보면 보통 정맥이나 관절이 튀어나와 있겠지만.

"어머, 저쪽엔 또 뭐가 있을까요?" 대식가 아이돌은 접시와 숟가락을 정리한 뒤 젊은 이탈리아인 요리사를 향해 총총 총 뛰어갔다. "요리사 오빠는 뭘 만들고 있어요?"

"갈색 버섯과 바질, 땅콩을 토핑한 피자입니다." 청년은 오 븐을 열어 널따란 나무주걱 같은 도구로 피자를 꺼냈다. 올리브오일과 노릇하게 구워진 밀가루와 토마토소스의 먹음직스러운 향기가 피어올랐다.

리바운드는 현기증이 났다. 밀가루 반죽만 쥐도 되니까 한

입만 먹게 해줘.

"원래는 화덕에 굽는 게 정석이지만 여기에는 화덕을 설치할 수 없었습니다. 그 대신 오븐에 세라믹 판을 넣었으니 화덕에서 구운 것과 비슷한 맛이 날 겁니다." 바삭바삭 소리가 나는 피자에 녹색이 선명한 바질을 뿌리고 그 위에 구워서 으깬 호두와 아몬드, 캐슈너트를 추가했다. 마지막으로 레드페퍼와 갈릭과 허브가 든 작은 병을 열어 오일을 빙 둘렀다. 셰프의 마법이 담긴 양념이 틀림없었다.

"와, 맛있는 냄새." 아이돌은 삼각형으로 잘린 피자 한 조각을 집어 뾰족한 끄트머리를 입에 넣었다. "와, 맛있어요. 살짝 매콤하고 호두 알갱이가 오독오독 씹히고 반죽은 쫀득하면서도 바삭해요." 그러면서 빈 손바닥을 얼굴에 대고 귀엽게 꽃받침 포즈를 했다. 일부러 그랬는지는 모르겠지만 순박한 젊은 남자들을 쓰러뜨리는 동작이었다.

그때 나가라구이가 바닥을 구르더니 일어섰다. 코끼리 같은 두 다리가 부엌이 있는 무대를 향해 쿵쿵 묵직한 걸음을 뗐다.

"기다려. 멈춰, 멈추라니까!"

"이봐, 가면 안 돼. 먹으면 어떻게 되는지 봤잖아!"

"괜찮아." 그는 뒤에서 외치는 연상의 여자들을 타일렀다. "괜찮아. 나쓰메와 한 번만이라도 같이 식사할 수 있다면 어떻게 되든 상관없어."

뭐라는 거야. 팬이란, 팬의 영혼이란 그렇게 강렬하다는 말인가.

"정신 차려!" 리바운드는 쉰 목소리로 외쳤다. "저기 저 당신이 좋아하는 나쓰메는 저놈들과 한통속이야. 당신을 함정에 빠뜨리려 하잖아."

"아니야." 그는 고개를 저으며 단호하게 말했다. 눈빛이 이글거렸다. "나쓰메는 잘못이 없어. 여기에 오기 직전까지 스튜디오 밖에서 식사했다고 하잖아. 한다야에는 텔레비전이 없거든. 끔찍한 살인 게임인 줄도 모르고 출연한 거야."

일리는 있다. 그럴지도 모른다. 하지만. "그렇다고 자살 행위로 뛰어들 건 없잖아!"

"말리지 마. 지금 이 순간이 내 인생의 하이라이트니까. 철이 들 때부터 바보 취급당하고 웃음거리가 되고 노예처럼 부려 먹히다가 끝내는 직업까지 빼앗긴 내 24년이 얼마나 비참했는지 알아?" 미소까지 보인 청년은 정면을 보고 똑바로 무대로 나아갔다.

"오빠, 어서 와요. 저랑 같이 먹어요."

아이돌은 비건 피자를 한 조각 잘라서 나가라구이에게 건넸다. 여신에게 하사받듯이 두 손으로 공손하게 피자를 받아 든 그는 황홀감에 취한 표정으로 끝부분을 바삭 깨물었다.

악, 멈춰.

곧 붉은 표식이 달린 화살이 나가라구이의 등에 꽂혔다. 리바운드는 비명을 질렀다, 목청이 나갈 정도로. 청년은 더없이 만족한 표정을 지은 채 눈을 감았고, 무릎을 꿇으며 앞으로 엎어졌다. 곧 바닥이 기울기 시작했다.

바닥이 다시 수평으로 돌아왔을 즈음, 살아남은 세 사람은 울다 지쳐 있었다. 정신이 나가 창백해진 얼굴에는 땀이 비 오 듯 흘렀고 몸은 사시나무처럼 떨었다. 그래서 아이돌이 서 있 던 무대가 사라지고 새로운 무대가 등장해도 잠시 알아차리 지 못했다.

스모그가 걷혔다. 등장할 때마다 나오던 음악이 그치더니 네 박자의 경쾌한 리듬이 흘렀다.

앗, 이번엔 또 뭐지?

리바운드는 퉁퉁 부은 눈으로 무대에 집중했다. 이번에도 무대 위에 날씬한 여자가 서 있었다. 그러나 좀 전의 아이돌처 럼 가냘프고 청순한 이미지는 아니었다. 그녀는 검은 비키니 톱에 핫팬츠를 입고 건강한 담갈색 피부를 자랑했다. 운동으 로 단련된 몸의 체지방률은 14퍼센트인 것으로 알려져 있다. 더구나 그녀의 나이는 마흔 살이었다.

"거기 있는 뚱보들!" 날카롭게 소리친 여자는 어깨까지 내 려온 금발을 뒤로 넘기면서 아이라인이 진한 눈으로 세 여자 를 노려보았다. "그런 한심한 체형으로 지금까지 용케 부끄러 운 줄 모르고 살아왔네. 나라면 당장 다이어트를 시작했을 거 야. 그래서 3개월 만에 달라졌을걸."

"앗, 당신은!" 못타이나이가 부댕 누아르*처럼 오동통한 손가락으로 무대 위의 여자를 가리켰다. "카리스마 불맛 다이어트 강사. 또 다른 별명은 연소 강사 마사코."

"맞아." 마사코는 근육이 탄탄하게 붙어 균형 잡힌 팔을 잘록한 허리에 대고 자세를 취했다. "지방은 태워버려야죠"라는 자신이 늘 하던 대사를 하면서 선명한 붉은색 입꼬리를 올렸다.

왜 이 사람을 내보냈을까. 리바운드는 카리스마 강사를 올려다보다가 그 옆 무대에서 요리 중인 카리스마 셰프 삼인조에게 눈길을 돌렸다. 마사코는 직접 고안한 유지류 제로 조리법으로 책까지 냈다. 그런 그녀가 식도락가를 유혹하는 고지방 음식을 먹을 것 같지는 않은데.

"당신들. 마침 여자들만 있으니까 여자로서 솔직하게 충고하겠는데." 마사코는 무대 위에서 세 비만인을 흘겨봤다. "그런 체형으로 살면 평생 남자가 안 생겨."

"잠깐만." 리바운드는 못타이나이의 두툼한 팔을 들어 올렸다. "꼭 그렇진 않아. 이 사람은 결혼했고 아이도 있어."

"그 비밀을 푸는 건 간단하지." 카리스마 강사는 깔보는 태도를 거두지 않았다. "결혼할 때는 말랐었거든."

"그랬어요?" 리바운드가 쳐다보자 못타이나이는 겸연쩍은 표정으로 고개만 끄덕였다.

---

* 돼지피와 돼지고기, 채소 등을 창자에 넣어서 만든 프랑스식 소시지.

"하지만 그래도 말이야." 리바운드는 야케구이를 끌어당겨서 안았다. 이 아이는 아직 열다섯 살이다. 이 아이의 희망을 깨부술 순 없다. "남자들도 그렇게 말하잖아. 통통한 여자가 매력 있다고."

"당신, 뭔가 착각하고 있는데." 강사는 차가운 목소리로 말을 뱉었다. "남자들이 말하는 통통한 여자란 허리는 잘록하고 팔다리는 길고 가느다란데 가슴과 엉덩이만 풍만한 여자야. 당신처럼 뚱보는 그 축에도 못 껴. 아예 관, 심, 밖."

하! 그렇게까지 정곡을 찌를 필요는 없잖아.

야케구이가 떨고 있는 게 느껴졌다. 얼굴이 순백의 복사용지처럼 창백해진 여학생은 입술을 피가 날 정도로 세게 깨물었다. 입가에서는 침이 흘러나왔다.

이대로 둬도 괜찮을까. 리바운드는 가장 어린 선수를 걱정하다가 정부의 의도를 눈치챘다. 설마 그렇게 음흉할 수가.

"그러니까 살을 빼란 말이야. 다이어트하지 않으면 아무도 관심을 주지 않아. 여자 취급은커녕 인간으로 봐주지도 않을걸. 최악의 인생을 사는 거지."

무대에서 화려하게 한 바퀴를 돈 마사코는 자기가 고안한 에어로빅스를 넣은 창작 댄스를 추기 시작했다. 그녀는 스텝을 밟으면서도 선수들을 돌아보면서 심한 말을 퍼부었다.

"살 빼는 건 간단해. 소비 칼로리를 섭취 칼로리보다 높이면 돼. 그런 단순한 것도 못 하는 너희는 아주아주 한심해. 의지박약이야. 먹고 싶은 대로 다 먹는 건 이성적인 인간이 아니라 짐승이라고, 짐, 승."

야케구이는 리바운드의 품 안에서 바들바들 떨었다. 그 떨림이 점차 커져서 도카이 대지진이 덮친 중부 지방의 연약한 지반처럼 흔들리더니 결국.

으아아아아아아아아악!

여학생은 허공에 대고 울부짖으면서 리바운드의 손을 뿌리치고 일어섰다. 그리고 셰프들이 조리하고 있는 무대를 향해 곧바로 달려갔다.

마음은 그랬으나, 출렁거리는 지방살이 여학생을 방해했다. 간발의 차이로 리바운드와 못타이나이가 손을 뻗어 야케구이의 교복을 잡았다. 두 사람은 여학생을 쓰러뜨려 바닥에 눌렀다.

"진정해. 저건 마사코의 작전이야."

"그래. 홧김에 음식을 집어 먹게 하려는 속셈이라고. 넘어가면 안 돼."

그러나 야케구이는 요코하마항에 정박한 여객선의 뱃고동처럼 우우우웅 하고 다시 울부짖으면서 사쿠라지마 다이콘* 같은 팔다리로 마구 발버둥 쳤다. 어리니만큼 힘도 셌다. 여학생은 조금씩, 천천히, 매혹적인 냄새를 풍기는 부엌을 향해 기어갔다.

---

* 일본 남부 가고시마현의 특산물로 세계에서 가장 큰 무로 꼽힌다.

"아, 안 된다니까!" 못타이나이가 외쳤다. "더는 못 버티겠어. 우리 힘으로는 못 막아."

그랬다. 힘으로는 막을 수 없었다.

리바운드는 필사적으로 버티면서 생각했다. 이 아이를 죽게 할 수는 없다고. 아직 열다섯 살밖에 되지 않았지만 그간 괴로운 일을 숱하게 겪었을 것이다. 괴롭힘당하는 건 일상이고 가끔은 함부로 만지는 애들도 있었을지 모른다. 또 고기만두나 눈사람이나 본레스햄 같은 불명예스러운 별명으로 불리거나 남학생들에게는 존재감 없는 유령으로 취급받았을지도 모른다. 그래도 살아가다 보면, 좌절감이 들 때도 번번이 용기를 내서 살아가다 보면, 자기 재능을 찾게 되고 이 세상에는 따뜻한 사람도 있다는 걸 알게 된다.

디자인부의 동료, 건강검진 담당 의사, 인사부장처럼. 잠시 스쳐 가는 타인들은 차가웠지만 개인적으로 알고 지낸 사람들은 다들 정이 많았다.

안 돼. 이 아이를 죽게 할 수 없어, 절대로.

"들어봐." 리바운드는 야케구이와 못타이나이에게만 들리게 목소리를 낮췄다. "곧 저 요리를 배부르게 먹게 해줄게. 그러니까 잠깐만 내 얘기를 들어줘."

"앗, 정말이야?" 못타이나이의 눈이 휘둥그레졌다. "위험하지 않아?"

"걱정하지 말고 날 믿어줘. 우리 셋 다 살아남아서 정부가 찍소리도 못 하게 해주자고." 리바운드는 여유로운 미소까지 보였다. 그러자 야케구이가 바둥거리기를 멈췄다. 리바운드는 목소리를 더 낮춰서 두 사람에게 작전을 설명했다. 그러고 나서.

"준비됐지?"라고 묻자 두 사람은 고개를 끄덕였다. "좋아, 가보자!"

세 사람은 동시에 일어섰다. 가운데에 리바운드가, 오른쪽에 야케구이가, 왼쪽에 못타이나이가 섰다. 세 사람의 BMI를 합치면 100을 훌쩍 넘는다. 걸음을 뗄 때마다 온몸의 지방살이 출렁출렁 흔들리는 세 거구가 부엌 무대를 향해 나아갔다.

무대 앞에 멈춰선 리바운드는 "요리를 주세요. 삼인분이요!"라고 큰 소리로 주문했다.

그러자 마사코도 놀라서 춤을 멈췄다.

"주문 감사합니다." 늘 시간과 다투는 프로 셰프들은 신속하게 움직였다. 마무리 단계만 남겨둔 요리를 빠르게 완성하여 빛의 속도로 접시에 담아 선수들 앞에 내밀었다. 타이밍도 똑같았다. 동시에 주문하면 동시에 제공하는 것도 그들에게는 기본이다. 탕수육과 오믈렛과 채소 리소토. 세 비만인은 일치단결하여 동시에 접시를 들고 동시에 숟가락을 쥐고 정확히 동시에.

음식을 입에 넣었다.

"아니, 이게 무슨 반전이죠!" 중계석에서 사회자가 외쳤다. "대체 어떻게 된 일이죠? 시청자 여러분, 지금부터 잠시 회의를 하겠습니다. 채널을 돌리지 말고 기다려주세요." 배경음악의 음량이 갑자기 커졌다.

옳지, 예상대로 됐다.

정부는 건강 정책의 상징이 될 다이어트 왕을 단 한 명만 선발하려고 한다. 그런데 세 명이 동시에 음식을 먹는 바람에 우승자를 가리지 못하게 되었으니 혼란에 빠졌으리라. 이대로 가면 게임은 중지될 것이다.

그런 생각을 하면서도 리바운드는 손과 입을 쉬지 않았다. 이렇게 맛있는 오믈렛은 처음 먹어본다. 우선 달걀에서 깊은 맛이 난다. 그리고 버터. 이건 틀림없이 프랑스산이다. 여기에 전문가의 기술이 들어가 알맞게 구워졌는데, 달걀 거품이 녹아 흐트러지기 직전에 숟가락으로 올린다. 이게 혀와 만나면 극락이 따로 없다.

양옆에서는 못타이나이가 탕수육을, 야케구이가 리소토를 먹고 있었다. 세 명은 각자 접시를 깨끗이 비우고 나서 따로따로 외쳤다. 더 주세요! 한 그릇 더! 저도요!

"네, 나왔습니다." 셰프들은 손님의 동향을 파악하고 있었는지 주문을 받자마자 뚝딱 접시를 채웠다.

더할 나위 없이 행복한 시간이었다.

세 사람이 네 번째 접시를 비워갈 때 드디어 중계석에서 사회자의 목소리가 나왔다. "오래 기다리셨습니다. 회의 결과를 말씀드리겠습니다."

흠흠. 리바운드는 여유만만한 표정으로 입을 오물거렸다. 이제 게임을 중지하는 것 말고는 다른 방도가 없을걸. 매우 유감이네요.

사회자는 마이크를 떨어뜨려 헛기침을 하고 나서 말을 이었다. "세 사람이 음식을 먹는 순간을 느린 화면으로 재생해서 우승자를 가렸습니다."

윽.

리바운드의 손에서 숟가락이 떨어졌다.

"확인한 결과 0.1초 차로 리바운드가 늦었습니다. 따라서 제1회 다이어트 왕은 리바운드입니다!"

음악이 깔리면서 종이 꽃가루가 날리고 스포트라이트가 그녀를 비췄다. 그와 동시에.

"악!"

"윽!"

양옆에 있는 두 사람이 화살을 맞고 몇 초 만에 쓰러졌다. 또다시 바닥이 기울어졌다. 리바운드는 반사적으로 납작 엎드렸다. 그녀의 좌우로 의식을 잃은 두 사람이 미끄러져 내려갔다. 마취총을 맞은 타이밍이 미세하게 달랐는지 야케구이가 먼저 상어 입으로 빠질 것 같았다. 못타이나이가 그 뒤를 따랐다.

안 돼.

리바운드는 발을 힘껏 구르면서 하늘을 나는 슈퍼맨처럼 두 팔을 앞으로 쭉 뻗고 배로 바닥을 타면서 내려갔다. 먼저 못타이나이의 오른손을 잡고 나서 야케구이의 왼손을 잡았다. 놓지 마. 이 손을 절대로 놓으면 안 돼, 버텨.

세 사람은 거대한 경단 꼬치처럼 나란히 상어의 입을 향해 미끄러졌다. 조금만, 조금만 더 두 사람을 끌어당기자. 경단 꼬치가 아니라 찹쌀떡처럼 동그랗게 뭉치면 저 턱주가리를 암만 쩍 벌려도 우리를 집어삼키지 못할 거야.

동료들의 손을 꽉 잡은 리바운드는 원격 조종 카메라를 향해 소리쳤다.

"인간은 말이야. 아무리 참으려 해도 식욕엔 이길 수 없어. 식욕은 원초적 본능이잖아. 먹지 않으면 죽는걸. 그걸 억지로 참는 거야말로 아주아주 쓸데없는 노력이야." 윽, 손이 떨렸다. 두 사람도 워낙 육중한지라 붙잡고 있기가 힘들었다. 으으윽, 조금 더 당겨야 하는데 손가락이 아팠다. 여기서 뿔뿔이 떨어지면 정말로 끝이었다.

조금만 더 버텨. 여기가 인생 최대 고비야. "살찐 게 죄는 아니잖아. 병에 걸릴 위험은 있어도 원래 인류는 유사 이래로 늘 병과 싸우면서 살아왔어."

조금만, 조금만 더 두 사람을 끌어당겨야 했다. 내 손아, 힘을 내. "뚱뚱해도 살아가겠다는데, 그게 뭐가 나빠!" 조금만, 조금만 더. 그래, 이제 안전하게 한 덩어리로 뭉쳤어.

눈앞으로 다가온 상어의 입을 보았다. 입이 벌어질 대로 벌어져 있었지만 세 사람을 한꺼번에 삼킬 만큼 크지는 않았다. 계획한 대로 됐다고 생각하면서 그녀는 입가에 미소를 머금었다. 그러나 곧.

등의 한곳에 센 충격을 받고 날카로운 아픔을 느꼈다. 부자연스러운 졸음이 쏟아지면서 급격히 움직일 힘을 잃어갔다.

당했다. 어떻게든 두 사람을 포기하게 할 작정이로군. 하지만 그럴 순 없지.

마지막 남은 힘을 두 팔에 실어 동료들의 몸을 좌우로 힘껏 밀쳐냈다. 리바운드 혼자서 상어의 입을 향해 직진했다.

모두 안녕. 이 세상도 안녕.

시야의 끄트머리에 그녀를 향해 달려오는 카리스마 강사의 모습이 비쳤다. 셰프 세 명도 그 뒤에서 달려왔다. 사랑하는 가족 그리고 인생을 바쳐 키워온 가게를 인질로 잡혔으나 눈앞에서 일어나는 사태를 더는 방관할 수 없게 된 그들의 사정도 모른 채 리바운드는 의식을 잃었다.

초여름 햇살이 가득한 주말 오후였지만 그의 마음은 화창하지 못했다. 이번 주에는 우수한 여성 사원에게 해고를 통보했다. 이런 일, 이젠 진절머리가 났다.

기분 전환을 하고 싶지만 외출할 기운도 나지 않았다. 그는 텔레비전 앞의 소파에 앉아서 홈 AI에게 말을 걸었다. "모라벡, 부탁해. 텔레비전을 켜줘. 뭐가 좋을까, 예능 프로라도 볼까."

화면이 밝아졌다. 오늘은 동아리 활동을 쉬는 딸도 웬일로 거실로 나와 그의 옆에 앉아서 텔레비전을 보았다. 그 덕분에 인사부장의 우울한 기분이 조금이나마 풀렸다.

국영방송의 특집 프로그램이 나왔다. 멍하니 화면을 바라보던 그는 어떤 인물이 등장하자 눈을 크게 뜨고 엉겁결에 외마디 비명을 질렀다.

"왜 그래요, 아빠?" 딸이 아버지의 얼굴을 들여다보았다.

"아, 아는 사람이야, 저 사람." 그는 화면을 가리켰다. "저여자, 이번 주까지 우리 회사에 다녔어. 그런데 왜 텔레비전에 나오지?"

두 사람은 소파에 나란히 앉아 한참 그 방송을 지켜보았다. 그러다가 첫 번째 선수가 상어 입으로 떨어지자 공포에 질린 부녀는 서로 끌어안고 목이 아프도록 울부짖었다.

"저게 무슨 짓이야?" 인사부장은 코를 훌쩍이며 거실 천장을 올려다보았다. "정부는 대체 무슨 짓을 벌이는 거지? 뚱뚱하다고 해서, 의료비에 부담을 준다고 해서 사람을 죽여도 되는 건 아니잖아."

딸은 눈물범벅이 된 얼굴을 덜덜 떨면서 고개를 끄덕거렸다. "아빠, 저건 아니야. 난 저런 짓은 용서 못 해."

"그래, 나도 절대로 용서할 수 없다. 절대로." 아버지는 딸의 손을 세게 당기면서 일어섰다. "가자. 우리도 뭔가 해야 하지 않겠니?"

두 사람은 지하철을 갈아타고 국회의사당앞역에서 내렸다. 역은 이상하게 혼잡했다. 두 사람은 곧 모두가 그들과 같은 방향으로 가고 있다는 것을 알았다. 인파에 휩쓸려 도착한 곳은 총리 관저와 내각부 사이에 낀 도로였다. 아침의 혼잡한 출근시간에 버금갈 만큼 사람들로 빽빽했다. 급하게 만든 플

래카드와 깃발을 든 사람도 많았다.

"지금 당장 방송을 중지하라!"

"뚱뚱하다고 죽이는 건 잔혹하다!"

"체중 따위로 차별하지 마라!"

"비인도적인 살인을 멈춰라! 부끄럽지 않은가!"

아버지와 딸도 군중 속에서 주먹을 불끈 들고 외치면서 총리 관저를 향해 행진했다. 딸 옆에서는 사복을 입은 건강검진 담당 의사가, 아버지의 옆에서는 최근에 산 작은 꽃무늬 원피스를 입은 날씬한 여자가 같은 구호를 외치면서 주먹을 흔들었다.

국영방송국 앞에도 군중이 모여 있었다. 그들은 주먹을 들고 소리치고 욕하며 돌을 던지는 행위도 서슴지 않았다. 군중이 정문을 부수고 방송국 안으로 난입할까 봐 두려워진 프로듀서는 마침내 결단을 내렸다. 그는 마이크를 쥐고 건물 밖으로 목소리를 내보냈다.

"알겠습니다. 지금 당장 방송을 중지하겠습니다. 그러니 부디 조용히 집으로 돌아가 주십시오. 부탁드립니다."

국민건강증진당 정권이 무너지고 2년이 지났다. 그녀의 BMI는 여전히 37에 머물러 있다.

그렇지만 2년 전과는 분위기가 사뭇 달랐다. 이곳은 도쿄에 있는 한 임대 사무실이다. 오늘 그녀는 해바라기 무늬가 대담하게 들어간 흰색 원피스를 입었다. 해바라기색처럼 화사한 황금색 벨트 때문에 몸이 바짝 조인 것처럼 보였다. 신발도 황금색 에나멜이다. 그녀는 의자 두 개에 걸터앉아 펜을 들고 책상 위의 드로잉 태블릿에 무언가를 그렸다. 볼록한 손톱에는 매니큐어가 칠해져 있고 보석이 반짝였다.

그녀 옆에서는 과거에 못타이나이라고 불렸던 주부가 재봉을 하고 있었다. 자신의 주특기인 양복 재봉 기술을 살려서 한때 리바운드였던 동료가 디자인한 비만인용 옷의 샘플을 만들고 있었다. 두 사람이 설립한 신생 의류 스타트업의 실적은 순조롭게 늘고 있었다. 지금까지 그 어떤 의류 제조회사도 진심으로 개척하려 하지 않았던 분야였다. 그 길을 열정과 기술을 겸비한 여성들이 활짝 열었으니 당연히 실패할 리가 없었다.

딩동. 사무실 현관 벨이 울렸다. 문을 열고 들어온 사람은.

"선물로 케이크를 사왔어요." 열일곱 살이 된 여학생은 통통하고 하얀 얼굴에 밝은 미소를 띠며 오동통한 오른손으로 종이 쇼핑백을 들어 보였다. 묶지 않고 푼 머리는 어깨까지 내려와서 나풀거리는데 어딘가 어른스러운 분위기가 풍겼다.

"어머, 고마워."

"때마침 잘 왔네. 잠깐 쉬자."

두 사람은 일을 멈추고 여학생과 함께 둥근 테이블에 둘러앉았다. 과거에 야케구이라고 불렸던 여학생은 지금은 패션 전문학교에 다닌다. 이 사무실에도 매일같이 찾아와 두 사람의 일을 도와준다. 졸업하고 나면 든든한 일꾼이 될 것이다.

세 사람은 손뼉을 치며 웃고 홍차를 마시고 케이크를 먹었다. 그 테이블이 내려다보이는 벽에는 액자에 넣은 사진이 두 개 걸려 있었다. 세련된 가죽 모자를 쓴 노인과 하얀 피부에 안경을 쓴 청년의 사진.

현관 문패에는 회사 로고가 그려져 있었다. 로고를 디자인한 사람은 과거에 리바운드라고 불렸던 디자이너다. 로고는 하얀 바탕에 검은색 손바닥 모양인데, 제품을 손수 정성 들여 만든다는 뜻을 전하고자 했다. 무엇보다도 이 세 사람을 끈끈하게 연결해준 매개체가 손이었다. 게임 막바지에 꽉 붙잡았던 손과 손.

"사실은 그거, 내 앞치마의 아플리케에서 따왔지?" 봉제 담당자가 놀리자 패션 디자이너는 아니라고 하면서 웃었다.

* * *

그 후로 몇 세기가 지났다.

쌀 담는 되와 비슷하게 생긴 물체가 지구의 상공을 돌고 있었다. 머나먼 외계에서 온 탐사선이다. 크기가 이렇듯 작다 보니 당연히 실체가 있는 생명체가 탔을 리는 없다. 탐사선 자체가 자율적으로 움직이는 지성을 갖춘 기계였다. 탐사선은 우주 공간의 미세한 온도 차에서 에너지를 얻어 추진했고, 고장이 나면 알아서 수리했고, 나아가 자기복제를 하여 수 세대를 거친 끝에 은하계 변방에 있는 이 태양계까지 오게 되었다.

탐사선의 목적은 다른 별에 사는 생물을 조사하여 그 데이터를 고향별에 보내는 것이었다. 지구는 생명체로 가득했으므로 지성을 갖춘 큐브형 기계는 지금까지 머나먼 여행을 떠나온 보람이 있었다며 들떠 있었다. 탐사선은 한 달가량 이 행성을 꼼꼼히 관찰한 뒤 장문의 기록을 전송했다. 그중 인간에 관한 기록을 발췌해보았다.

"사람속은 다음과 같이 두 종으로 분류한다. Homo sapiens 지혜로운 인간 그리고 Homo obesus뚱뚱한 인간. 전자는 멸종 위기종이며 먹을 부위가 별로 없다. 후자는 살집이 있어서 식용으로 좋다. 구워 먹으면 맛있을 것이다."

슈뢰딩거의 소녀

당신은 정말로

달이 눈에 보일 때만 존재한다고 믿는가.

– 아인슈타인 –

실험 - 도입

당신에게는 물리학자 친구가 있다. 그에게서 전화가 오자 당신은 왼쪽 손목에 찬 웨어러블 디바이스로 받는다. 항상 사용하는 웨이크 워드로 디바이스의 어시스턴트 AI에게 명령한다. 모라백, 부탁해. 통화 개시.

"여보세요. 자네인가. 하나 부탁하고 싶은데 들어주겠나?"

친구는 과학자답게 언제나 서론도 없이 단도직입적이다.

당신은 들어보고 결정하겠다고 대답한다.

"별 건 아니고 아주 간단한 실험에 협력해줬으면 하네." 친구는 설명을 시작한다. 그러나 그는 편미분방정식*도 간단하

---

* 편미분을 포함하는 미분방정식을 편미분방정식이라고 한다. 여기서 편미분은 다변수함수에서 원하는 독립변수 이외의 변수는 상수로 생각하고 미분하는 것을 말한다.

다고 말하는 사람이니 그 말을 곧이곧대로 믿을 수는 없다. "이런 실험을 할 걸세. 상자에 고양이를 넣고 밀폐할 거야. 그 상자에는 생명체를 죽이는 가스가 든 병과 방사성 물질, 가이거 계수기*와 망치가 들어 있는데, 이것은 가이거 계수기가 방사성 물질의 붕괴를 검출하면 망치가 내려와서 병을 깨뜨리는 장치라네. 이때 사용할 동위원소가 한 시간당 붕괴될 확률은 50퍼센트야. 동위원소에서 나오는 건 알파선**인데 이것은 종이 한 장으로도 차단할 수 있으니 피폭될 위험은 없네. 자네가 도와줬으면 하는 일은 실험을 시작한 지 한 시간 뒤 상자를 열어서 고양이의 상태를 확인하는 것이네."

잠깐만 있게. 당신은 그의 말을 끊는다. 이 실험은 50퍼센트의 확률로 고양이를 죽이는 게 아닌가. 당신 목소리가 그만 거칠어진다. 과거에 당신은 고양이를 기른 적이 있다. 흰색과 검은색이 섞인 얼룩고양이라서 이름은 부치***였다. 비 오는 날 밤, 젖은 종이박스 안에서 야옹야옹 우는 녀석을 주워왔다. 깡마른 새끼 고양이는 당신의 보살핌을 받아 무럭무럭 자랐고, 열세 살까지 살다가 신장병으로 죽었다. 당신은 눈이 멀 정도

---

* 방사선 검출기의 하나. 금속 원통에 아르곤 따위의 가스를 넣고 중심축에 맨 철사를 양극으로 하여 1,000볼트 전후의 전압을 통하게 함으로써 방사선이 입사(入射)하면 방전이 일어나는데, 이 방전을 계측하여 방사선을 검출해내는 장치이다. 1928년 독일의 물리학자 가이거와 뮐러가 만들었다.

** 방사성원소의 α붕괴와 함께 방출되는 α입자의 흐름.

*** 일본어로 '얼룩'이라는 뜻이다.

로 펑펑 울었다.

이 실험의 설정을 따르면 상자를 여는 순간 당신 자신도 50 퍼센트의 확률로 가스를 들이마셔 죽을 수 있다는 것 따위는 당신 머릿속을 스치지도 않는다.

"걱정하지 말게나. 살아 있는 고양이를 넣지는 않아. 지금 설명한 건 100년 전쯤에 고안된 원조 격 실험이라네. 지금은 그 방식 그대로 실험하면 동물보호법을 위반하게 되니 고양이 형 로봇을 쓸 걸세. 실제 고양이로 착각할 만큼 정교하게 잘 만들어졌는데, 물론 가스가 새도 죽지 않아. 그 대신 가이거 계수기와 로봇의 기능을 정지시키는 스위치를 무선으로 연결 할 거야."

죽지 않는구나. 당신은 강렬한 호기심을 느낀다. 그건 나도 한 마리 갖고 싶군.

"지금은 안 돼. 우리 대학 공학부에서 만든 지 얼마 안 된 시제품이라서 아직 한 대밖에 없거든."

대량으로 만들면 알려달라고 친구에게 단단히 이른 뒤 당 신은 뒷이야기를 재촉한다.

"아무튼 고양이의 생사, 아니 고양이형 로봇의 기능이 정 지되었는지 아닌지를 확인했으면, 그로부터 다시 한 시간 뒤 내게 전화해서 결과를 알려주게. 이상이네. 간단하지?"

그런데 왜 전화로 말하는 건가. 자네 연구실에서 실험하니 까 직접 말을 걸면 될 텐데.

"아니, 나와 자네는 떨어져 있는 게 좋아. 그러니 대학까지

오지 않아도 되네. 내가 실험 장치를 가져갈 테니 자네 집에서 실험해주게. 그렇게 큰 장치는 아니거든."

그런가. 나가지 않아도 된다면 편하긴 하군.

그런데 전화하는 건 왜 한 시간 뒤인가. 이 실험에서 그게 중요한 의미라도 있나.

"있지. 반드시 한 시간이 아니라 스물네 시간 뒤여도 상관은 없어. 하지만 간격을 너무 길게 두면 자네는 반드시 내 부탁을 까먹겠지." 오래 알고 지낸 사이라서 친구는 당신의 성격을 꿰뚫고 있다.

그런데 이것은 무엇을 알아보는 실험인가.

"상세한 내용은 실험이 끝난 뒤 설명하겠네. 전문용어로 블라인드 테스트라고 하는데, 실험에 협력하는 사람은 내용을 자세히 모르는 편이 좋아. 어떤가, 해주겠나?"

고양이를 관찰하고 전화로 연락하기만 하면 된다. 정말로 간단해서 거절할 이유도 없다. 당신은 승낙한다. 그때부터 당신에게는 관찰자라는 이름이 주어진다.

세계 1

당신은 관찰한다.

당신은 시부야 한 귀퉁이에 있는 7층짜리 빌딩을 관찰하고 있다. 가로수가 가장자리를 두른 언덕길 중간에 아무렇지 않게 서 있는 건물이다. 서쪽에서 들어오는 노을빛을 받아 흰색 벽면의 검은색 로고가 또렷하게 눈에 띈다. 이 건물을 상징하는 마크는 사람의 손바닥 모양이다. 그 밑에는 고딕체로 이렇게 적혀 있다. MANUS Store Shibuya. manus는 라틴어로 '손'을 뜻한다.

그렇다. 이곳은 모든 DIY, 수공예, 핸드메이드 마니아들의 전당인 마누스 스토어의 대표 매장이다. 손으로 만드는 데 필요한 온갖 물품이 이곳에 다 있다.

꼭대기인 7층에는 거리 쪽 방향으로 커다란 창문이 나 있다. 당신의 시선은 유리창을 넘어서 실내로 들어간다. 개방감을 주는 높은 천장, 나뭇결이 아름다운 바닥, 의자 네 개로 둘러싸인 직사각형 테이블, 기다란 소파와 둥그런 소파, 앉는 곳이 작고 다리가 높은 의자가 일정한 간격으로 늘어선 카운터. 이 층은 카페다. 아니, 얼마 전까지 카페였다. 당신의 눈길은 카운터 위쪽에 붙어 있는 종이에 머무른다.

마누스 카페는 4월 말일을 끝으로 문을 닫습니다. 지금까지 사랑해주셔서 감사합니다.

카운터 안쪽에는 종이박스가 무료하게 쌓여 있어서 점포 측도 이 공간을 앞으로 어떻게 할지 결정하지 못한 낌새가 엿보인다.

당신은 팬데믹의 영향이 여기에도 그대로 드러나 있다고 생각한다.

폐점해서 아무도 없어야 할 카페에서 인기척이 난다. 당신은 눈을 움직인다. 남쪽 창가에 놓여 저녁노을이 떨어지는 이인용 소파에 중학생으로 보이는 작은 소녀가 팔걸이에 머리를 대고 하늘을 향해 누워 있다. 얼굴이 하얗고 이목구비가 앙증맞아서 5년쯤 지나면 대단한 미인으로 성장하겠다는 예감이 든다. 그리고 옷이 시선을 사로잡는다. 마치 인형 같은 의상이다.

넓은 망사 헤드 드레스부터 발밑의 하얀 타이츠와 통굽 스트랩 슈즈에 이르기까지 그녀가 착용한 모든 것이 롤리타 패션*이다. 파니에**는 루비처럼 진한 빨간색이다.

여자아이들의 꿈을 이보다 더 꽉꽉 채울 수 있을까 싶을 정도로 너무 화려한 의상이지만 이 소녀에게는 잘 어울린다. 당신이 느끼기에 그렇다.

그렇게 귀여운 옷을 입었는데도 소녀의 표정은 멍하다. 초점 없는 눈동자가 허공에 뻗은 오른손을 바라본다. 당신도 그녀를 따라 그 손을 본다. 작고 하얀 손에는 딱하게도 피가 배어 있다.

이런, 감염됐구나. 당신은 숨을 꿀꺽 삼키고는 진심으로 안타까워한다. 미인박명이란 말은 이런 때 쓰는 건가.

---

* 흔히 '소녀복'이라고 하는 귀엽고 어린 느낌인 패션의 총칭.
** 스커트를 부풀리려고 허리받이 형식의 속치마를 두 겹이나 넣어 풍성하게 부풀린 원피스.

그때 어디선가 발소리가 들려오자 당신은 시선을 돌린다. 카페 층의 끝에는 튼튼한 격자 철창살이 계단과 카페를 분리해놓고 있다. 이 빌딩은 신형 바이러스성 감염증 대책 특별조치법의 감염대책 기준을 지키고 있다. 이 철창살은 선박에 설치하는 수밀격벽*처럼 피해를 확산하지 않고 일정 범위 내로 막는 역할을 한다.

철창살 너머에서 발소리의 주인이 나타난다. 역시 롤리타풍 의상을 입은 소녀다. 이쪽은 나이가 조금 더 많은 고등학생으로 보인다. 의상의 디자인은 소파에 누워 있는 소녀의 옷과 똑같은데 색깔은 사파이어처럼 진한 파란색이다. 붉은 옷을 입은 소녀도 귀엽지만, 파란 옷을 입은 이 소녀를 한 번 보면 누구나 다시 한번 돌아볼 것이다. 하얀 피부에 발그레하게 혈색이 도는 도자기 인형 같은 볼, 댄서처럼 곧게 뻗은 등, 두 손에 잡힐 듯이 가는 허리, 허벅지에서 발목까지 흐르는 완벽한 곡선. 머리부터 발끝까지 후광에 감싸여 있는 것 같다.

대체 정체가 뭘까. 모델 또는 아이돌인가. 이 아이의 아름다움은 왠지 인간을 초월한 것 같다.

파란 원피스를 입은 소녀는 철창살을 기어오른다. 흔들리는 파니에 틈으로 엿보이는 하얀 타이츠를 입은 무릎은 그저 눈이 부신다. 철창살 맨 위에는 걸쇠가 세 개 잠겨 있는데 전

---

* 수압을 가해도 물이 새지 않는 칸막이벽.

부 해제하자 작은 문이 열린다. 소녀는 유연하게 몸을 비틀면서 빠져나온다. 이러한 움직임은 바이러스에 걸려 지성과 민첩성을 잃은 자라면 흉내도 내지 못한다. 유일한 출입구를 통과한 뒤 안쪽에서 걸쇠를 잠근다. 이제 철창살에서 카페 바닥으로 사뿐히 뛰어내린다. 파니에 틈새로 또 하얀 무릎이 엿보이자 당신의 심장이 크게 고동친다.

소녀는 소파로 다가가서 등에 멘 배낭을 내려놓고 구급상자를 꺼낸다. 상자에는 가격표가 붙어 있다. 긴급할 때는 상품을 정산하지 않고 이용하는 것을 특별조치법에서 허용하고 있었다. "구레나이 님, 내려가서 이걸 찾았습니다. 상처를 치료하겠습니다."

이제 당신은 어린 소녀의 이름을 안다.

"역시 내가 부탁한 건 가져오지 않았네." 구레나이는 공허한 눈빛으로 연상의 소녀를 바라보며 서글프게 눈썹을 일그러뜨렸다. "치료해도 소용없어. 아이*도 잘 알잖아."

당신은 다른 소녀의 이름도 알았다. 신기할 정도로 이목구비가 반듯한 얼굴을 차분히 감상한다. 맑고 푸른 눈동자가 특히나 아름답다. 그 오른쪽 눈 밑의 눈물점 위치에 작고 검은 손바닥 모양의 상징 마크가 있는 것을 발견한다. 그로써 당신은 알게 된다.

---

* 일본어로 '남색'을 뜻한다.

그렇다. 저 아이는 인간이 아니라 마누스 테크놀로지사에서 만든 프렌드 AI다. 그러니 비현실적으로 아름답고 어린 소녀에게 저렇게 공손한 태도를 보이는 것이다.

마누스 그룹은 수공업 분야를 중심으로 다각적 경영을 하고 있다. 이 그룹의 캐치프레이즈는 '모든 것을 사람의 손으로'다. 원래 자동차와 선박 제조로 유명하고, 범용 인공지능을 장착한 범용 로봇을 생산하는 마누스 테크놀로지사는 그룹 내의 후발주자였다.

"그건 저도 어떻게 할 도리가 없습니다. 아무리 구레나이 님의 소원이라고 해도." 아이는 구급상자를 끌어안고 신음했다. 헤드 드레스의 하얀 망사가 흔들리면서 어깨까지 오는 생머리가 앞으로 사르륵 흘러내린다. 노을빛을 받아 반짝인다. 마치 로코코 시대의 초상화를 보는 듯한 착각에 당신은 그녀에게서 눈을 떼지 못한다. "죄송합니다. 애초에 제 능력이 부족했던 탓에 이런 최악의 사태를 불러오고 말았습니다."

"그렇지 않아. 아이 탓이 아니야. 아이는 잘못한 게 없어. 그러니까 사과하지 마."

이들에게 무슨 일이 있었을까. 최강의 경호원인 프렌드 AI가 붙어 있는데 왜 저 아이는 감염되었을까. 당신의 시선은 아주 가까운 과거로 날아간다. 당신의 시곗바늘은 거꾸로 돌아간다.

✳   ✳   ✳

그날 오후 1시.

당신은 마누스 스토어 시부야점에서 비교적 가까운 거대한 스크램블 교차로를 관찰하고 있다. 120초마다 차량 신호등이 한꺼번에 빨간불로 바뀐다. 보행자 신호등이 초록불로 바뀌자마자 사방에서 인파가 교차로 중심을 향해 몰려들어 부딪히다 아무 일도 없었다는 듯이 반대편으로 빠져나간다. 이곳에서 인간이라는 입자는 물결처럼 움직인다.

당신의 시선은 교차로를 둘러싼 빌딩숲으로 옮겨간다. 빌딩 벽면에는 거대한 디지털 간판이 설치되어 있다. 하루에 수십만 명이 오가는 이 거리는 광고를 내보내기에 안성맞춤인 장소다. 매력적인 모델과 반짝반짝 빛나는 신상품을 어지럽게 비추는 상업광고 영상의 한구석에서 자막 뉴스가 흐른다.

오늘의 날씨. 시부야구의 강수 확률은 10퍼센트입니다. 전형적인 5월의 맑은 날씨를 보이겠으니 우산은 챙기지 않아도 되겠습니다. 이어서 오늘의 클러스터 예보입니다. 시부야구의 감염 발생 확률은 80퍼센트입니다. 오늘은 어쩔 수 없는 용건 외에는 외출을 삼가십시오.

양자 컴퓨터가 등장하면서 날씨와 클러스터 발생 예보의 정확도가 눈에 띄게 향상되었다.

교차로를 건너는 사람들은 대형 화면에 뜬 경고를 별로 주의 깊게 보지 않는다. 팬데믹이 시작된 지 3년째 되는 지금, 사람들의 의식은 완전히 신형 바이러스와 공존하는 쪽으로 전환되었다. 특별조치법이 제정되고, 파출소에는 항감염 장비를 착용한 순경들이 배치되고, 직장이나 학교에서도 정기적으로 감염대책 훈련을 실시하고 있다. 감염대책 매뉴얼은 가정마다 한 부씩 갖추고 있으며, 항감염 용품도 상점에 넘쳐나서 손쉽게 살 수 있다. 무엇보다도 집에 틀어박혀 있기만 해서는 생계를 유지할 수 없으니 알아서 조심하면서 외출하는 수밖에 없다.

대형 교차로를 벗어난 당신의 시선은 미야마스자카를 동쪽으로 올라가 그 옆의 미나토구로 들어간다. 초록빛이 무성하고 조용한 주택가가 나온다. 그중 깔끔하게 손질된 정원이 딸린 세련된 단독주택을 관심 있게 본다. 여기가 구레나이가 사는 집이다. 부지는 윗부분이 돌출된 담장으로 완벽하게 둘러싸여 있다. 즉 이 집은 특별조치법에서 권장하는 안전 기준을 충족한다. 당신의 시선은 담장을 넘어 실내로 들어간다.

대형 통유리창 너머의 밝은 거실은 바닥이나 벽에도 아낌없이 원목을 사용했다. 높다란 천장은 3미터는 되는 것 같다. 소파와 테이블과 찬장류는 실내의 분위기와 조화로워서 전문가의 안목으로 신중하게 골랐다는 것을 알 수 있다. 벽난로 위에는 에도 기리코 유리잔 컬렉션이 진열되어 있고, 그 옆의 벽에는 레오나르 후지타의 석판화가 장식되어 있다. 서재에는 이스마일 카다레의 전집이 나란히 꽂혀 있다.

파티를 열 수 있을 정도로 넓은 거실의 중앙에 구레나이가 있다. 실내복으로 입는 롤리타풍 의상도 그녀가 직접 디자인하고 바느질했다. 중학생이 만들었다고 믿기 어려운 훌륭한 솜씨다. 두 손에 끌어안고 있는 것은 방금 막 완성한 패턴이다. 빨리 옷으로 만들어보고 싶어서 몸이 근질근질하다. 원단은 온라인 쇼핑으로도 살 수 있지만, 역시 직접 보고 만져서 색깔과 촉감을 확인하고 싶다.

베란다 유리창을 통해 밖을 내다보았다. 담장 위의 하늘은 쾌청해서 팬데믹 이전의 기상 캐스터였다면 오늘은 외출하기 좋은 날이라고 표현했을 게 틀림없다.

구레나이는 실내로 고개를 돌렸다. "아이, 지금 마누스 스토어에 쇼핑 가고 싶어. 같이 가자."

"죄송하지만." 옆에서 대기하던 프렌드 AI는 프릴이 풍성하게 달린 하얀 앞치마 위로 손을 깍지꼈다. 이 롤리타풍 메이드복도 구레나이가 직접 만들었다. 진남색을 바탕으로 한 이 의상은 아이의 하얀 피부와 몸매를 돋보이게 했다. "오늘 시부야의 클러스터 발생 확률은 80퍼센트로 예상됩니다. 외출은 하지 않는 게 좋겠습니다."

아이가 구레나이의 집으로 온 것은 2년 전이다. 프렌드 AI는 범용 인공지능이 장착된 완전 인간형 로봇으로, 그 이름에 걸맞게 인간의 '친구'가 되도록 설계되었다. 요즘 도시에 사는 부유층이 프렌드 AI를 사는 주목적은 자녀를 보호하기 위해서다. 바이러스로 어지러운 시국에도 자녀들이 조금이나마 자유로이 활동하도록 해주고 싶은 게 부모의 마음이다.

그러나 구레나이의 아버지는 프렌드 AI의 도입에 불안감이 약간 있었다. 사랑하는 외동딸을 기계에 맡길 수 있을까 싶었다. 그러나 어떤 사건으로 망설임은 완전히 사라졌다.

아이를 가동한 날부터 계산하면 아이의 실제 나이는 두 살이지만, 열일곱의 외모와 어른스럽고 신중한 판단력을 겸비했다. 그런 아이를 구레나이도 아낌없이 신뢰하고 사랑했으니, 평소 같았으면 프렌드 AI의 말에 얌전히 따랐을 것이다. 그러나 이날은 날씨가 너무 좋았다. 하늘은 온통 새파랬고, 깃털 같은 구름 몇 가닥만 후지산 방향으로 두둥실 떠 있었다. 오늘은 일요일이라서 중학교 온라인 수업도 없다. 최근에 클러스터 발생 확률이 높은 날이 계속되는 바람에 구레나이는 몇 주나 꼼짝없이 집에서 지내야 했다. 오늘은 무조건 외출하고 싶었다. 자기 취향으로 만든 옷을 입고 시부야에서 쇼핑하고 싶었다.

어른 뺨치는 수예 기술을 갖췄으나 그녀는 아직 열네 살. 인내심에도 한계가 왔다.

"아이." 구레나이는 평소에 잘 쓰지 않는 강한 어투로 말했다. "너는 왜 이 집에 왔어?"

프렌드 AI는 눈을 깜빡였다. 긴 속눈썹의 움직임은 나비의 우아한 날갯짓을 떠오르게 하며 당신의 심장에 깊이 박힌다. "사용자인 구레나이 님을 보호하고, 성장기의 심신 발달에 필요한 다양한 자극을 마음껏 체험하게 하려는 것입니다."

"네가 있으면 나는 안전해."

"네. 죽을힘을 다해 지키겠습니다."

결론은 났다. 두 사람은 똑같이 생긴 외출용 롤리타풍 의상으로 갈아입는다. 구레나이는 루비색 원피스, 아이는 사파이어색 원피스. 치마 속에 넣는 파니에는 둘 다 두 개씩. 흰색 타이츠는 속이 비치지 않는 70데니어. 통굽 펌프스의 발목 끈은 세 줄이나 된다. 저걸 일일이 묶는 건 귀찮겠다고 당신은 생각하지만, 구레나이는 오히려 그 시간을 즐겁게 쓴다.

　당신의 눈은 두 사람이 탄 택시를 쫓는다. 택시는 스크램블 교차로 앞에 멈춰 소녀들을 거리에 내려준다.

　"와!" 구레나이는 자동으로 감탄을 터뜨린다. 시부야를 오랜만에 찾았다. 눈을 감고 한껏 공기를 들이마신다. 폭발할 것 같은 젊음의 에너지와 자유로운 디자인과 파격적인 아이디어 내음이 가득한 곳이다. 눈을 뜨니 보행자들로 넘실거리는 물결이 보인다. 신호가 바뀔 때마다 박동하는 거리, 그곳이 바로 시부야다. 정차 중인 차량에서 쏟아지는 시선을 한 몸에 받으며 횡단보도를 활보하는 이들은 생명력의 눈금이 정점을 찍은 젊은이들이다. 자기 시간은 미래로 무한히 뻗어나가리라 믿어 의심치 않는 젊은이들. 그들에게 두려울 것은 없다. 설령 상대가 치사율 100퍼센트인 바이러스라고 해도 그런 것 따위에게 자유롭게 살아갈 권리를 팔아넘기지는 않는다.

　보행자 신호가 초록불로 바뀌자 두 사람은 이노카시라 거리를 향해 걷는다. 당신의 시선도 소녀들을 쫓아간다.

　"저 애 봐. 민트그린색 머리가 멋져. 앗, 저 애는 보라에 분홍이 섞인 줄무늬 타이츠를 신었네. 가방에 달린 청록색 판다도 귀여워. 저건 어디서 샀을까?"

스크램블 교차로는 각자의 스타일로 꾸민 젊은이들이 자기 개성을 표현하는 무대다. 아이는 이리저리 한눈을 파는 사용자의 손을 꽉 잡고 인파를 헤치며 나아간다. 이제 두 소녀는 물결처럼 움직이는 두 입자가 된다. 초록불이 켜진 2분 사이에 교차로를 빠져나온 소녀와 프렌드 AI는 언덕길을 오른다. 빌딩의 하얀 벽면에 검은 손바닥 모양의 로고가 보이자 구레나이는 "어서, 서두르자"라고 아이를 재촉하며 상점으로 들어간다.

당신의 시선도 소녀들과 함께 1층 정면의 출입구를 통과한다. 좌우로 열리고 닫히는 자동문 양쪽에 손바닥 로고가 붙어 있어서 마치 손님에게 손짓하는 것처럼 보인다.

수예용품 매장은 4층에 있다. 엘리베이터 문이 열린다. 눈앞에 펼쳐지는 광경에 당신은 놀란다. 서점처럼 줄이 긴 선반에 판형으로 말린 원단이 빼곡히 차 있다. 이렇게 많은 색과 무늬를 어떻게 모았으려나. 저런 걸 사는 사람이 있을까. 바이러스의 소용돌이 속에서 외출도 제한된 탓에 실내용 취미가 재조명되고 있다는 사실은 알았지만 이 정도일 줄이야. 당신은 감탄하면서도 혀를 내두른다.

선반과 선반 사이에는 샘플 옷을 입은 마네킹이 백색 LED 조명을 받으며 자신감 넘치는 자세로 서 있다. 전통 의복부터 차이나 드레스, 사이버 펑크, 스팀 펑크, 여경·여군 제복도 있고 당연히 롤리타풍 의상도 있다. 이 옷들은 마누스에서 주최한 대회에서 수상한 작품이다. 구레나이도 언젠가 이 자리에 자기 작품을 전시할 날을 꿈꾸고 있다.

구레나이는 원단을 고르는 데 정신이 팔려 있다. 마음에 드는 게 보이면 선반에서 꺼내 펼쳐서 색상과 무늬, 촉감과 소재를 확인한다. 가격표는 보지 않는다. 그런 습관이 없어서다. 계산은 전부 아이가 전자결제로 처리한다.

"이거, 예쁘네" 하면서 원단을 꺼내려 하는데 동시에 손을 뻗은 사람이 있었다. 구레나이의 고개가 저절로 옆으로 돌아갔다.

"어머." 몸집이 작고 기품 있는 노부인이 서 있었다. 얼굴 옆에서는 하얀 곱슬머리가 부드럽게 물결쳤고, 손가락으로 집은 듯한 작은 콧등에는 빨간 테 안경이 걸려 있었다. "취향이 비슷한가 봐요." 노부인은 눈꼬리에 자글자글한 주름을 새기면서 웃었다. 구레나이도 미소 지었다. 수예를 좋아하는 사람이라면 누구나 친구다. 나이는 중요하지 않다.

그때였다. 지금까지 한 손에 점포용 장바구니를 들고 구레나이 뒤에서 말없이 대기하던 아이가 흠칫 놀라며 고개를 들었다. 프렌드 AI의 예민한 청각이 무슨 일을 감지한 것이다. 사람들의 울부짖음과 도망치는 발소리, 그들을 쫓는 증상 발현자들의 신음이 들린다. 좌우의 귀에 도달하는 소리의 시간 차로 소리가 나는 방향을 파악하고, 인간이 울부짖을 때의 최대 음량과 지금 들리는 음량의 차로 소리가 나는 곳까지의 거리를 계산한다. 클러스터가 발생한 지점은 스크램블 교차로로 산출되었다. 화창한 날씨에 이끌려 나온 인파다. 무증상 감염자가 섞여 있어도 이상하지 않다.

예보가 적중한 사태가 일어나고 말았다.

감염의 물결은 발생 지점에서 동심원상으로 퍼지고 있다. 물결의 전파 속도가 유난히 빠른 것은 감염부터 증상 발현까지 걸리는 시간이 매우 짧은 탓이다. 젊은이들의 거리로 불리는 이곳 시부야의 특징과 관계가 없진 않을 것이다.

백신은 이미 개발되었으나 감염 예방 효과는 전혀 기대할 수 없으며, 단지 증상 발현을 늦춰주기만 할 뿐이다. 그래서 건강하고 똑똑한 젊은이들 사이에서는 접종을 꺼리는 경향이 높았다.

"구레나이 님, 실례합니다." 프렌드 AI는 장바구니를 버리고 왼팔로 사용자의 작은 몸을 가볍게 들어 올렸다. "클러스터가 발생했습니다. 지금 바로 대피해야 합니다."

"앗!" 구레나이는 주위를 둘러보았다. 매장 안은 아직 평화로웠지만 아이가 그렇다고 한다면 틀림없다. "잠깐만. 할머니도 같이 가자"라면서 구레나이는 노부인을 돌아보았다.

아이는 사용자가 내린 명령의 중요성과 마우스 빌딩으로 점점 좁혀들어오는 증상 발현자의 수와 노부인의 체격 등의 정보를 추가한 뒤 신속히 판단을 내렸다. 두 명까지는 지킬 수 있다. 아이는 오른손으로 노부인의 가는 팔을 붙잡았다.

"자, 달리겠습니다."

프렌드 AI는 한 손으로 구레나이의 작은 몸을 안고 다른 손으로 노부인을 끌어당기며 수예용품 층을 바람처럼 달려나 갔다고 당신은 표현하고 싶겠지만, 실제로는 상품으로 가득 찬 선반이 쭉 늘어서 있어서 걸리적거린데다 샘플 옷을 입은 마네킹들이 통로를 차지해서 마음껏 속도를 내지 못했다.

그사이에도 아이의 귀에는 큰길을 타고 올라오는 비명이 들어왔다. 증상 발현자의 물결은 이미 빌딩 근처까지 들이닥 쳤다. 이럴 때는 무리하게 밖으로 나가면 안 되고, 격자 철창 살을 작동시키면서 위층으로 도망가 시간을 번 다음 헬리콥 터가 구조하러 오기를 기다리는 게 가장 좋은 방법이다.

계단으로 향하는 길에 아이는 엘리베이터를 무시하고 지 나쳤다. 증상 발현자는 엘리베이터를 조작할 지능이 없으나 우연히 타고 있을 가능성은 있다. 좁은 밀실에서 그들과 대 치하는 것만큼 절망적인 상황은 없다. 매뉴얼에서도 상대와 거리를 벌릴 수 있는 계단을 이용하라고 강력히 권장하고 있다.

두 인간과 프렌드 AI는 상품 선반이 만들어놓은 미로를 오 른쪽으로 꺾었다 왼쪽으로 꺾었다 한 끝에 겨우 계단으로 들 어선다.

지하에서 터져 나오는 신음이 마침내 인간의 귀에도 닿았 다. 구레나이는 아이의 팔 안에서 덜덜 떨었다. Z가 이 빌딩으 로 들어온 것이다.

Z바이러스. 누가 붙였는지 모르겠지만 알파벳의 마지막 글자가 세계의 종말을 떠올리는 절묘한 이름이다. 증상 발현

자는 간단히 Z라고 부른다.

다가오는 Z는 세 마리. 하나같이 발소리가 가볍다. 둔중형이 아니라 기민형, 다시 말하면 '달리는 Z'다. 아이는 Z를 막을 철창살을 작동하는 데 걸리는 시간도 계산에 넣는다. 운동 능력이 뛰어나지 않은 인간 두 사람을 보호하면서 대피할 여유는 없다. 그러니 층계참에서 맞서 싸운다.

아이는 인간들을 데리고 5층으로 연결되는 계단을 뛰어올라간다. Z들은 그 발소리에 반응하여 쫓아온다. Z바이러스에 뇌를 조종당한 그들은 예민해진 청각과 후각을 이용하여 살아 있는 인간을 추격해서 오로지 물어뜯으려고 한다. 침에 섞인 바이러스가 물린 상처를 통해 체내로 들어가면 끝장이다. 체액 접촉으로 감염될 확률은 100퍼센트이므로.

앞서 얘기했듯이 치사율도 100퍼센트이다. 감염자는 죽고 나서 Z가 되어 움직인다. 그것이 감염의 증상이다. 움직이는 것을 쫓고 물어서 바이러스를 퍼뜨린다는 지각과 운동 능력만 남는다. 그런 반면에 인간을 습격하는 행위를 주저하거나 망설이게 하는 지성은 깨끗이 소멸된다.

바이러스가 어떻게 이토록 교활하단 말이냐고 당신은 생각한다. 마치 지성을 갖춘 존재 같다. 감염자로부터 빼앗은 지성을.

층계참에 다다른 아이는 두 벽이 직각을 이루는 구석으로 두 인간을 밀어 넣었다. 그들을 자기 등 뒤에 두고 보호한다. Z 세 마리는 막 계단을 뛰어 올라오고 있었다. 머리는 산발이 되었고, 눈동자는 부옇게 흐렸으며, 떡 벌린 입에서는 바이러스를 가득 머금어서 위험하기 짝이 없는 침이 날카로운 빛을 내며 늘어져 있다.

그러나 위험하다는 말은 인간에게만 해당한다. 고성능 프렌드 AI는 Z에게 물리는 실수는 하지 않을뿐더러 만에 하나 물리더라도 감염되지 않는다. 인공 신체는 Z와 벌이는 전투에서 아주 유리하게 작용한다.

프렌드 AI는 파란 원피스의 옷자락을 살짝 걷었다. 당신의 눈은 흰색 파니에 두 개 밑으로 빨려 들어간다. 허벅지에 혁대로 동여맨 것은 총이나 칼이 아니라 쇠지레였다. 투박한 공구이지만 Z 대책 매뉴얼에서 근접전용으로 가장 먼저 권장하는 무기다. 휴대하기 좋게 가벼운데 튼튼해서 Z 수십 마리를 상대하는 장기전에서도 닳지 않는다. 물론 본래 쓰임새에 맞게 못을 뽑거나 무거운 물건을 움직여야 할 때도 사용할 수 있다.

아이는 쇠지레의 못 뽑는 부분을 쥐고 기다린다. Z 세 마리는 지적 능력이 없으니 아마도 우연이겠지만 삼각형 대열로 서 있다. 맨 앞에는 온몸을 쇠사슬과 타투와 피어스로 장식한 젊은이가 있다. 오른쪽 뒤쪽에는 머리부터 발끝까지 새까맣게 치장한 고딕 롤리타* 소녀가, 왼쪽 뒤쪽에는 분홍색

---

* 본래 다른 요소인 고딕풍과 롤리타 패션의 요소를 묶은 일본의 패션 스타일 또는 그러한 하위문화.

과 녹색이 섞인 개성 있는 옷을 입은 여자가 서 있다. 그들은 두 팔을 번쩍 쳐들고 입을 떡 벌린 채 당장이라도 달려들 기세다.

망설임은 없었다. 겉모습은 인간이지만 그들은 이제 인간이 아니다. 움직이는 시체다. 그러므로 전자두뇌에 입력된 인공지능공학 삼원칙은 아이를 방해하지 않는다. 제1조에서 금지하는 것은 인간에게 해를 가하는 것뿐이다.

쇠지레를 펑크족 증상 발현자의 안면을 향해 재빠르게 들이댔다. 인간의 눈으로 따라가기에는 동작이 너무 빨라서 당신은 결과만 볼 수 있다. 공구의 뾰족한 끝은 긴 앞머리를 가르고 오른쪽 눈에 꽂혀 있다. 아이는 즉시 공구를 밀어 넣는다. 두개골 안쪽에 뾰족한 끝이 닿는 묵직한 느낌이 오자 쇠지레를 쥔 손을 한 바퀴 돌린다. 이로써 두개골 내부는 으깬 두부처럼 산산이 파괴되었다. 타투투성이인 두 팔이 축 늘어진다.

뇌는 신체 운동을 관장한다. 그러니 뇌만 망가뜨리면 모든 움직임은 멈추게 되어 있다. 아이는 "한 마리"라고 외친 뒤 펑크족의 가슴을 통굽 펌프스로 인정사정없이 걷어찼다. 찌억하는 끔찍한 소리와 함께 쇠지레가 눈구멍을 빠져나오면서 젤리형 유리체를 사방에 흩뿌렸다. 각도를 넣어서 찼으므로 움직임을 잃은 시체는 오른쪽의 고딕 롤리타 소녀를 들이받아 함께 계단 밑으로 떨어졌다. 아무리 고성능 AI라고 해도 남은 두 마리가 동시에 공격해 들어오는 것은 달갑지 않다.

왼쪽에 서 있던 개성파 여자가 덤벼들었다. 아이는 그 어떤 일류 격투사도 따라올 수 없는 반사 속도로 몸을 웅크리더니 상대 턱 밑의 부드러운 살을 노려 공구를 찍어 올렸다. 쇠지레 끝은 쇼킹 핑크의 하이넥 셔츠 위로 파고들어 숨골을 파괴하고 대후두공으로 들어가 대뇌피질까지 꿰뚫었다. 마무리로 손에 회전을 가한다.

"두 마리"라고 외친다. 시체의 목에서 쇠지레를 뽑아낸다.

계단 밑에서는 고딕 롤리타 소녀가 핑크족의 시체를 밀치며 속박에서 막 벗어났다. 끄아아아악 하고 야수같이 울부짖은 소녀는 칠흑색 옷을 심해어처럼 펄럭이며 두 손 두 발로 뛰어 올라왔다. 옷과 똑같은 칠흑색 아이라인과 아이섀도에 속눈썹을 두껍게 넣은 두 눈이 성큼성큼 다가온다.

아이는 "세 마리"라고 외치고 쇠지레를 Z의 왼쪽 눈에 때려 박았다. 그 반동으로 인조 속눈썹이 날아가서 벽에 달라붙었다. 쇠지레를 비틀어 몇 초간 기다린다. 상대의 움직임이 완전히 멈춘 것을 확인한다.

끝났다.

그런데 그 순간. "아이! 살려줘!"

사용자의 비명이 들려서 뒤돌아봤다. 구레나이는 층계참 구석에서 공포에 질린 채 굳어 있다. 그 옆에서는 무사히 있어야 할 노파가 눈을 뒤집어 흰자를 드러낸 채 침을 질질 흘리면서 부들부들 떨고 있다.

증상 발현이 느린 감염자였다니. 당신은 침을 꿀꺽 삼킨다.

건강한 젊은이가 Z 백신을 외면한 반면 고령자, 비만인, 기초질환자, 미성년자 등 고위험군과 그 관계자들은 적극적으로 접종했다. 현행 백신에서 기대할 수 있는 효과는 단 하나, 증상 발현을 늦추는 것이다. 큰 효과는 없을 것 같아도 사실은 매우 중요하다. 감염에서 죽음을 거쳐 증상 발현에 이르는 시간이 짧으면 뇌 손상을 적게 입어 운동 능력을 보전한 '달리는 Z'가 된다. 민첩하지 못한 고위험군은 달리는 Z에게서 도망칠 수 없다. 백신 접종률은 피해 상황을 크게 좌우한다.

그러나 Z에게 물린 사실을 감추는 사람은 끊이지 않았다. 이 병은 증상 발현율이 100퍼센트다. 감염된 사실을 보건소에 신고했다가는 격리되어 안락사를 당하게 될 테니 그럴 만도 하다.

고딕 롤리타 소녀의 시체에서 쇠지레를 뽑을 틈이 없었다. 아이는 곧장 노파에게 달려들었다. 그러나 프렌드 AI가 미처 저지하기 전에 노파의 앞니가 구레나이의 오른손을 깨물었다.

이리하여 당신이 관찰한 대로 소녀의 손에는 피가 밴 잇자국이 남았다.

* * *

당신의 시곗바늘은 오른쪽으로 고속으로 감겨 현재로 돌아온다. 당신은 폐점한 카페에 피신해 있는 소녀들을 관찰하고 있다. 저물어가는 노을이 두 소녀를 물들인다. 한 명은 AI. 구급상자를 끌어안은 채 신음하고 있다. 다른 한 명은 인간이다. 아직은.

소녀가 저 구급상자 대신에 가져와달라고 한 게 무엇일지 당신은 짐작한다. Z 전용 권총이다. 원래는 Z를 처치하는 용도로 사용하지만 종종 자살용으로도 쓰인다.

총구를 관자놀이에 대고 방아쇠를 당긴다. 탄환의 재질이나 사출 속도가 세밀하게 조정되어 있어서 관자놀이를 뚫고 들어간 탄환은 당구공처럼 두개골 속을 튕기며 뇌를 완전히 파괴한다. 즉사하므로 고통은 없는데, 그걸 알아도 자기 손으로 차마 방아쇠를 당기지 못하는 상황도 있으리라고 보아 특별조치법에서는 자살 방조를 허가하고 있다.

Z 전용 권총은 마누스 스토어의 Z 방역용품 매장에서도 구할 수 있다. 비상식량이나 보호 장비처럼 누구나 가져갈 수 있는 장소에 쌓여 있지는 않고, 아마도 벽에 설치한 특수 강화유리로 된 케이스 안에 정글도와 세미 오토 라이플과 함께 진열되어 있을 것이다. Z 대책 매뉴얼에서도 만일의 사태에 대비하여 한 가정에 한 자루는 구비해두라고 권장했다. 정부에서 제작한 광고에서도 날마다 흘러나왔다.

사랑하는 사람이 인간이 아니게 되는 사태를 막을 수 있는 건 오직 당신뿐.

진열장이 잠겨 있어도 고성능 프렌드 AI가 마음만 먹으면 여는 것은 문제도 되지 않는다. 그러나.

프렌드 AI의 행동을 규정하는 것은 인공지능공학 삼원칙
이다. 그중에서도 가장 강력한 제1조에서 인간에게 위해를 가
하거나 가해로 이어질 행위를 금지한다. 가해 행위를 저지르
려고 하면 전자두뇌의 기능은 자동으로 정지된다.

그렇기에 아이는 구레나이가 원해도 자결용 권총을 가져
올 수 없다. 구레나이가 직접 매장으로 가려고 해도 아이는 가
만히 보고만 있지 않을 것이다. 마찬가지로 7층에서 뛰어내려
자살하게 내버려두지도 않을 것이다.

모든 분야에서 인간을 웃도는 능력을 자랑하는 고성능 프
렌드 AI이지만 자살 방조 앞에서는 무력했다.

"아이, 부탁이 있어." 구레나이는 눈물이 그렁그렁한 얼굴
로 애원한다. 얼굴과 손도 핏기를 잃어 하얘지고 있다. "나, 싫
어. 인간이 아닌 채 죽는 건 정말로 싫어. 그렇게 되기 전에 죽
여줘. 부탁이야, 제발 죽게 해줘." 소녀의 목소리가 떨린다. 위
아래 어금니가 딱딱 부딪친다.

구레나이는 백신을 접종했으니 Z로 변하기까지는 시간이
걸린다. 손에 권총이 없고 자결을 도와줄 사람도 없으면 공포
에 떠는 시간만 늘어간다. 그 시간이 언제까지 계속될지 예측
할 수 없는 것 또한 공포스럽다.

그렇긴 하나 구레나이가 떨고 있는 모습이 심상치 않다.
당신은 의문스러워한다. 물론 죽음은 누구나 두려워한다. 더
구나 죽은 뒤에 인간이 아닌 존재로 변화하여 타인까지 해치
는 상상을 하면 그냥 죽을 때보다 몇 배 더 두려워지는 게 사

실이다. 그러나 아직 중학생밖에 되지 않은 여자애가 진정한 두려움을 알 거라는 생각은 들지 않지만. 아까 노부인의 변화를 눈앞에서 목격한 탓일까.

왠지 그 때문만은 아닐 것 같다.

당신의 시선은 다시 과거로 날아간다. 시곗바늘은 고속으로 역주행하여 2년을 거슬러 올라간다.

*   *   *

당신은 다시 구레나이가 사는 집의 거실을 관찰하고 있다.

아직 아이가 소녀 곁에 없을 때이다. 열두 살 소녀 구레나이는 이를 바들바들 떨며 두 주먹을 꽉 쥐고 충혈된 눈을 부릅뜨고 있다. 그 시선의 끝에는 서른가량 된 여자, 아니 여자였던 것이 있다. 한때는 이 소녀의 어머니였다. 바이러스에 감염된 뇌는 이제 친딸조차 알아보지 못한다. 그것은 팔다리를 부자연스럽게 흐느적거리고 의미 없는 신음을 흘리면서 소녀를 향해 기어간다. 불행 중 다행히도 살아 있을 때 백신을 접종한 덕에 움직임이 둔했다.

그래서 도움의 손길이 늦지 않았다. "구레나이! 무사하니!"

별실 서재에 있던 아버지가 딸의 비명을 듣고 뛰쳐나왔다. 그는 Z가 된 부인을 잠시 절망에 빠진 눈빛으로 바라보지만, 지겹게 반복해온 Z 대처 훈련이 그의 몸을 움직였다. 그는 재빠르게 벽 쪽으로 가서 손전등과 쇠지레 옆에 나란히 걸어둔 Z 전용 권총을 빼들었다. 그러나 몸이 후들거려서 정확히 조준하지 못했다.

사랑하는 사람이 Z로 변했을 때 누구나 겪는 갈등이 이 남자에게도 찾아왔을 것이라고 당신은 짐작한다. 남자는 자문자답하고 있을 것이다. Z에게 물린 걸 왜 말하지 않았어. 아니, 말했다면 그다음에는 어떻게 했을까. 보건소에 신고하는 짓은 할 수 없다. 그렇다면 이 손으로 죽였을까. 과연 그렇게 할 수 있었을까. 내 가족에게.

Z가 딸의 팔을 붙잡았다. 그 순간 아버지는 말로 표현할 수 없는 비명을 지르며 과거에 아내였던 것에게 달려들어 관자놀이에 총구를 댔다.

"용서해줘."

Z가 쓰러지고 상황이 끝나자 아버지는 딸을 부둥켜안고 눈물을 쏟았다. 하나뿐인 딸과 함께 펑펑 울고 난 뒤, 그는 조개껍데기처럼 얇고 조그마한 귀에 대고 속삭였다.

"구레나이, 잘 들으렴. 저건 엄마가 아니야. 결코 엄마가 아니란다."

마치 이 남자가 자기 자신에게 읊조리는 말 같다고 당신은 느낀다.

"네게 친구를 데려다줄게. 아주 강한 친구니까 죽을힘을 다해 널 지켜줄 거야. 앞으로는 이런 위험에 처할 일은 없을 거야."

망설이던 시기는 영원히 지나갔다. 자기 손으로 사랑하는 딸을 죽이는 상황만큼은 어떻게든 피하고 싶었다. 만약 그런 상황이 온다면 정신이 무너지고 말 것이다. 바이러스에 감염되기 전에 산 송장이 될 것이다.

거기까지 지켜본 당신은 구레나이의 2년간을 조금씩 엿보면서 현재로 돌아온다.

아버지는 약속한 대로 고성능 프렌드 AI를 구입해온다. 구레나이는 그 아름다움에 사로잡혀 곧바로 아이라는 이름을 지어준다. 눈동자가 아름다운 푸른색이라서. 아름다운 외모 외에 요리, 경리, 목공, 전자공작까지 잘하는 다재다능함과 사용자를 충실히 따르는 태도가 구레나이의 마음을 움직인다. 지적인 대화 상대로도 더할 나위 없이 최고다. 가정교사로서도 우수하여 전 교과목을 적절히 지도해준다. 아이가 온 뒤로 구레나이는 공부를 좋아하게 되었을 정도다. 구레나이의 친절함에 프렌드 AI도 호의로 보답한다. 적어도 호의로 보이는 행동을 돌려준다. 신뢰의 피드백 고리가 형성된다.

좋아, 아이에게 귀여운 옷을 만들어줘야겠다. 구레나이는 전부터 관심이 있었던 수예에 열중한다. Z 시국 때문에 집에 틀어박혀 지내야 했으니 시간은 충분했다.

아무 생각 없이 옷 만들기에 몰두하는 사이에는 어머니를 잃은 비극을 잊는다. 이리하여 구레나이의 손재주는 나날이 발전한다.

완성한 옷을 보여주자 아이는 환한 미소를 지으며 구레나이의 손을 잡고 입이 닳도록 감사 인사를 한다. 물론 그것은 어디까지나 기뻐하는 것처럼 꾸미는 행동이라는 걸 머리로는 안다. 어차피 기계이니까, 아무리 인간과 똑같이 생겼어도 감정은 들어 있지 않다는 것을. 그래도 구레나이는 일부러 속아 준다. 그래야 즐거우니까. 마치 친구가 생긴 기분이니까.

소녀는 정신을 난도질한 상실감과 어두운 공포의 구멍을 수예와 로봇으로 메워나갔다.

*　　*　　*

당신은 현재로 돌아온다. 마누스 스토어 7층에는 저녁노을이 새어 들어온다. 오렌지색 빛은 소파에서 눈물을 흘리는 소녀와 그 옆에 우두커니 서 있는 소녀의 모습을 한 기계를 동등하게 비추고 있다.

"사실은." 프렌드 AI는 차분한 말투를 잃지 않는다. "딱 하나, 당신의 자살을 도울 방법이 있습니다."

"저, 정말이야?" 소녀의 목소리가 들뜬다. 놀란 나머지 눈물도 그친다.

"네. 모라벡 모드라고 합니다. 고성능 프렌드 AI의 일부 기종에 내장된 숨겨진 명령어인데, 특별조치법이 시행되는 기간에만 유효합니다. 그 모드를 실행하면 인공지능공학 삼원칙을 어느 정도 피하는 행동을 할 수 있습니다."

"아이에게도 그 무슨 모드가 있다는 거네?"

프렌드 AI는 고개를 끄덕였다. "모라벡 모드입니다."

"그, 모, 모라벡이 뭐야?"

"한스 모라벡. 인공지능의 아버지라고 불린 물리학자의 이름입니다."

"그렇구나. 그럼 그 모드는 어떻게 실행해?"

"사용자, 즉 당신의 음성으로 코드를 입력합니다. 코드는 '모라벡, 부탁해'입니다."

구레나이는 고개를 크게 끄덕하고는 기도하듯이 마법의 주문을 말한다. "모라벡, 부탁해."

그러고 나서 프렌드 AI를 물끄러미 관찰한다. 당신도 아이의 얼굴을 응시한다. 내리치는 벼락을 신호로 화장이 확 바뀌면서 롤리타 소녀에서 고딕 롤리타 소녀로 변신한다거나, 짙은 푸른색 눈동자가 금색으로 바뀐다거나, 우유처럼 하얀 얼굴에서 마우스 테크놀로지사의 로고가 떨어져 나가는 것 같은 눈에 띄는 변화는 나타나지 않는다. 제대로 실행된 게 맞는지 의심스러워질 때,

"모라벡 모드는 정상 가동되었습니다"라고 아이가 평소와 다름없는 말투로 말한다.

구레나이는 한숨을 돌리며 손을 가슴에 얹었다. "잘됐다. 그럼 빨리 날 도와줘."

"기다리십시오." 프렌드 AI는 차분하게 말을 잇는다. "아까도 말씀드렸지만, 이 모드에 들어갔다고 해서 인공지능공학 삼원칙, 그중에서도 매우 강력한 제1조를 완벽하게 피할 수

있는 건 아닙니다. 특별조치법은 제1조의 힘을 누르는 게 아니라 버티는 상태로 있는 것입니다. 따라서 자살을 방조하려면 매우 교묘한 방법을 써야 합니다."

"어떻게?" 구레나이는 고개를 갸웃한다.

"그 방법은 양자 자살이라고 합니다. 이 아이디어를 세계 최초로 떠올린 사람이 한스 모라벡입니다."

"그래서 모라벡 모드라고 하는구나."

아이는 고개를 끄덕인다. "양자 자살은 다른 말로 양자 러시안룰렛이라고도 합니다. 또는 슈뢰딩거의 인간."

"슈뢰…… 딩거? 그건 또 뭐야?"

"이 사람 또한 물리학자입니다. 양자 자살은 슈뢰딩거의 아이디어를 확장한 것입니다."

아이는 설명하기 시작한다. 우선 장치를 만든다. 재료는 전부 마누스 스토어 안에서 구한다. 방사성 동위원소와 가이거 계수기 그리고 Z 전용 권총과 탄환도. 장치의 메인 스위치를 켜면 권총의 방아쇠가 1초마다 자동으로 당겨진다. 그 1초 동안에 가이거 계수기가 방사성 동위원소의 붕괴를 검출하면 실탄이 발사되고, 검출하지 못하면 공포탄으로 끝난다. 그리고 그 방사성 동위원소는 1초당 붕괴될 확률이 50퍼센트인 물질을 고른다.

"어, 어려워 보여."

"설치는 당연히 제가 할 테니 걱정하지 마십시오."

"만들기는 네 특기지." 구레나이는 Z에게 물린 이후 처음으로 옅은 미소를 보였다.

"장치가 완성되면 당신은 관자놀이에 총구를 대고 있으면 됩니다. 직접 하고 싶지는 않으실 테니 제가 메인 스위치를 켜겠습니다. 100초가 경과하면 스위치를 다시 끄겠습니다."

당신은 열심히 머리를 굴린다. 1초당 살아남을 확률은 2분의 1. 그것을 100회 반복하는 것이니 확률을 단순히 곱해나가면 된다. 그렇다면 마지막까지 살아남을 확률은…… 으음, 거의 제로에 가깝다. 자살은 성공하겠군.

그러나 아이는 계산한 결과에 반하는 말을 한다.

"방아쇠를 100회나 당겼어도 당신은 살아남은 당신을 발견하게 될 것입니다."

"잠깐만." 거기에서 구레나이는 아이의 말을 끊었다. "그럼 난 결국 자살하지 못하는 거야?"

"그렇습니다."

"아이, 이건 자살하는 방법이라고 했잖아. 난 죽지 않으면 안 되는데."

그러자 프렌드 AI는 기묘한 이야기를 시작한다.

"방아쇠를 당길 때마다 세계는 둘로 분열됩니다. 당신이 죽은 세계와 당신이 여전히 살아 있는 세계로."

"그게 무슨 말이야?" 구레나이와 동시에 당신도 놀란다. 그러나 아이는 덤덤히 말을 잇는다.

"Z 전용 권총을 맞은 당신은 즉사하기 때문에 탄환이 발사된 세계의 당신은 자기 죽음을 의식할 수 없습니다. 다시 말해

당신 자신을 관찰하는 당신 시점에서 본다면, 당신은 확실히 살아남은 것입니다. 그러므로 제1조를 회피할 수 있습니다."

"그, 그러니까, 그래선 안 돼. 자살에 실패하는 거잖아."

"조급해하지 말고 천천히 생각해보세요." 아이는 푸른 눈동자로 사용자를 바라본다. "방아쇠를 100회 당겼으니까 100개의 세계가 생겨난 것입니다. 당신이 살아남은 세계는 100개의 세계 중 단 한곳뿐이고, 다른 99개의 세계에서 당신은 죽은 사람입니다. 더 나아가면 세계를 분기하는 사건은 Z 전용 권총의 방아쇠를 당기는 것만이 아닙니다. 당신의 수많은 선택, 이를테면 수예용품 층에서 처음 본 노부인을 구할지 말지, 그 이전에는 마누스 스토어에 갈지 말지 등 그 모든 선택이 다른 세계를 분기합니다. 각각의 세계에서는 다른 선택지를 택해서 조금씩 달라진 당신이 살고 있습니다."

조금씩 다른 나라니. 당신은 의문을 품는다. 아주 최근에 갈라진 두 사람이라면 거의 동일한 인물이겠지만, 1년 전이나 10년 전 또는 수십 년 전에 분기된 두 사람은 과연 동일인물이라고 할 수 있을까. 예를 들면, 수예를 취미로 삼지 않고 롤리타풍 의상을 입지 않는 구레나이는 여기 있는 구레나이와 같은 사람일까. 부잣집이 아니라 가난한 집에 사는 구레나이는, 아니면 아이와 만나지 않은 구레나이는, 또 그밖의 구레나이는……

구레나이는 멍하니 입을 벌리고 있었다. 몇 초가 지나서야 간신히 "믿을 수 없어"라고 말한다. 당신도 같은 의견이다. 그러나 아이는.

"수없이 많은 세계가 존재하는 것은 사실입니다. 일기예보나 클러스터 예보에 사용되는 양자 컴퓨터는 구골이나 구골플렉스나 구골듀플렉스보다 많은 세계에서 계산을 분담하기에 그만큼의 계산량을 처리할 수 있는 것입니다."

프렌드 AI가 지나가듯이 말한 숫자 때문에 당신은 기억을 꿍꿍 되짚는다. 으음, 기억하기로 구골은 10의 100제곱이다. 구골플렉스는 10의 구골제곱이고, 구골듀플렉스는 10의 구골플렉스제곱이다. 너무 거대한 개념이라 머리가 어지러워진다.

"세계가 분기한다는 건 전혀 실감하지 못하겠는데."

"당신은 둥그런 지구의 표면에 가만히 서 있지만, 이 지구는 지름으로 따지면 지구의 100배나 되는 태양의 둘레를 초속 30킬로미터로 빠르게 돌고 있습니다. 이것은 전부 과학적인 사실이지만 실감하지는 못하죠."

"그, 그렇지." 구레나이는 그제야 물러선다. 당신도 일단 받아들인다. 인간의 미덥지 못한 오감에서 오는 실감이란 믿을 수 없으니.

"그러므로 조금씩 다른 세계가 수없이, 아주 많이 존재한다고 치면 Z가 없는 세계도 반드시 존재하겠지요."

"그러면 Z가 없는 세계로 갈 수 없을까? 비행기로 외국에 가듯이 휙 날아서."

"인류가 실현할 방법으로는 불가능합니다."

인류가 아직 발견하지 못한 미지의 수단이라면 가능한가

하고 당신은 궁리한다. 아주 먼 미래의 인류 또는 외계인이 가진 초월적인 기술력이 있다면.

"갈 수 없다면 의미가 없지." 구레나이는 불만스럽게 말한다. 그러나 아이는.

"저는 의미 없다고 생각하지 않습니다. 그런 세계가 있다는 것만으로도 위안이 되지 않습니까?"

구레나이는 고개를 갸웃한다. 그 상태로 몇십 초가 지난다. 프렌드 AI의 말을 곱씹어보는 듯하다가 다시 묻는다. "100번 방아쇠를 당겨서도 살아남은 나는 어떻게 돼?"

"살아남았다면 결국 Z가 되겠지요. 그러니 만족할 때까지 양자 러시안룰렛을 반복하면 되지 않을까요? 헤아릴 수 없을 정도로 수많은 세계가 존재하며, 당신은 무수히 존재하는 당신 중 한 명에 지나지 않는다는 사실을 이해할 때까지."

구레나이는 다시 고개를 갸웃했다. 아까보다 더 오랜 시간이 지난 후에 고개를 들더니 "해볼게"라고 또렷하게 말했다.

프렌드 AI는 고개를 끄덕였다. "그럼 장치를 만들겠습니다. 내려가서 재료와 공구를 가져오겠습니다. 조금만 기다려주세요." 아이는 인사를 하고 뒤돌아가서 격자 철창살에 매달렸다. 당신은 흔들리는 파니에를 바라본다. 과연 그녀는 구원의 여신이 될까, 죽음의 천사가 될까.

실험 - 장치와 방법

전화를 끊은 지 십몇 분 뒤, 당신이 사는 아파트의 현관 벨이 울린다. 물리학자 친구가 근무하는 대학은 이 근처에 있다. 친구는 평소처럼 헐렁한 티셔츠와 청바지를 입고 왔다. 일반적으로 떠올리는 연구자의 이미지와 다른데, 그들은 대부분 하얀 가운을 잘 입지 않는 모양이다.

거실로 안내하자 친구는 티타임을 할 새도 없이 커다란 배낭을 연다. 접이식 상자, 가이거 계수기, 알파선을 방출하는 방사성 동위원소가 든 주사약병, 원격 스위치 같은 기계 등을 차례차례 꺼낸다. 그러나 당신의 시선은 친구가 들고 온 또 다른 짐, 여행용 애완동물 가방에 박혀 있다. 당신이 열어봐도 되냐고 묻자

"열어보게." 친구는 장치를 조립하면서 대답한다.

가방 입구를 열고 그래, 그래, 착하지라고 말을 걸며 살며시 안아든다. 장모종의 새하얀 고양이다. 초롱초롱한 푸른 눈동자도 무척 아름답다. 두 손에 느껴지는 보드라움, 체온, 털의 감촉 등 모든 게 실제 고양이와 다를 바 없었다. 오른쪽 앞발을 가볍게 쥐어본다. 젤리 같은 발바닥의 탄력까지도 진짜 같다.

이건 대단하다. 당신은 고양이의 발바닥을 뚫어져라 바라본다. 그러다가 넓은 중앙부에 난 검은 반점을 발견한다. 아니, 평범한 점이 아니다. 선명한 검은색을 띠는 그 작은 점은 인간의 손바닥을 닮았다.

이게 뭔가.

작업 중인 친구에게 묻자 알려준다. "아, 공학부의 고양이형 로봇 개발팀을 상징하는 마크라네. 실제 고양이로 착각할까 봐 구별하려고 넣었다는군."

하얀 고양이는 연분홍색 입술을 벌리며 야아아아옹 하고 울었다. 울음소리마저 실제 고양이와 똑같다.

믿을 수 없다. 어쩌면 이렇게 똑같이 만들었을까. 그러다 보니 인공로봇이라는 표시도 필요하겠군.

친구는 흥분한 당신을 아랑곳하지 않고 차분히 상자를 조립한 뒤 그 안에 장치를 배치한다. 마지막으로 당신의 손에서 고양이를 가져가 상자에 넣고 뚜껑을 닫는다. 그러자 울음소리가 들리지 않는다.

"방음장치가 되어 있네." 친구는 거실에 걸린 벽걸이 시계를 흘깃 본다. "좋아, 마침 12시로군. 1시가 되면 뚜껑을 열어서 고양이형 로봇의 기능이 정지되었는지 아닌지 확인해주게. 그런 다음 2시에 연구실로 전화해주면 되네. 알겠지?"

까먹지 않게 알람을 맞춰두겠네. 당신은 손목에 찬 디바이스의 어시스턴트 AI에게 명령한다. 모라벡, 부탁해. 오후 1시와 2시에 알람을 맞춰줘.

"배낭과 여행 가방은 두고 가겠네. 어차피 다시 써야 하니까." 친구는 일어선다.

당신은 고양이형 로봇 개발팀에 안부를 전해달라고 하면서 손을 흔든다.

친구가 떠난 뒤 당신은 거실 바닥에 자리 잡고 앉아서 실험용 상자를 바라본다. 크림색 상자는 애완동물 가방보다 두 배는 더 크다. 물론 불투명해서 내부는 보이지 않고, 소리도 아예 들리지 않는다.

아까 그건 아무리 봐도 살아 있는 고양이 같았어. 지금쯤 저 안에서 뭘 하고 있을까. 자고 있으려나. 고양이니까. 아니지, 저건 로봇이지. 고양이형 로봇도 잠을 잘까. 그래, 고양이와 그렇게 똑같이 생겼는데 잠자는 기능쯤이야 들어 있겠지. 잠 없는 고양이는 고양이가 아니니까.

흐뭇하게 웃으며 마음속으로 혼자 고양이에 관해 자문자답하는 사이에 당신은 궁금해지기 시작한다. 저 고양이는 아직 살아 있을까. 아니면 이미 죽었을까. 아니지, 정확히 말하면 죽은 게 아니라 기능이 정지된다고 해야지.

조심스럽게 상자 쪽으로 기어가서 귀를 대본다. 역시 아무런 소리도 나지 않는다. 깊은 잠에 빠졌을지도 모르지만, 어차피 소리가 차단되어 있다. 무음은 고양이가 죽었다는 증거가 되지 않는다.

고양이는 살았을까, 죽었을까. 뚜껑을 열 때까지 당신은 이도저도 확신할 수 없는 어중간한 상태에 놓인다.

한 시간이 꽤 길군.

불현듯 당신은 아직 점심식사를 하지 않았다는 걸 떠올린다. 나가서 먹을 수는 없으니 부엌으로 가서 냉장고를 열어본다. 냉장고 안에는 우유와 달걀과 버터와 밀가루밖에 없다.

팬케이크라도 구울까. 당신은 식기장에서 유리볼과 거품기를 꺼낸다.

실험-결과

"1시입니다." 어시스턴트 AI 모라벡이 중성적인 목소리로 시각을 알린다.

점심은 팬케이크로 때웠고, 프라이팬과 접시도 닦아서 정리한 뒤였다. 당신은 긴장감을 안고 크림색 상자의 뚜껑을 연다. 손에 땀이 차 있는 게 느껴진다. 과연 어느 쪽일까. 살았을까, 죽었을까.

야아아아옹. 울음소리와 함께 눈동자가 푸른 하얀 고양이가 상자에서 고개를 내민다. 그 순간 얼굴에 미소가 번진 당신은 나긋나긋한 목소리로 다행이다, 다행이야 중얼거리면서 부드러운 고양이를 안아 무릎 위에 올린다. 그 상태로 놀아준다. 한동안 시간 가는 것을 잊는다.

하얀 고양이가 당신 무릎 위에서 골골 소리를 내며 잠들었다. 아니, 잠든 것 같은 자세를 취한 뒤였다. "2시입니다."

어시스턴트 AI의 알람을 듣고 나서야 당신은 친구와 한 약속을 기억해낸다. 이런, 위험했어. 알람을 설정해놓지 않았다면 깜빡했겠군.

모라벡을 통해 연구실로 전화를 건다. 친구가 받는다. 당신은 고양이가 살아 있다고 보고한다.

"그렇군. 오후 2시 현재, 고양이의 생사가 확정되었군."

잠깐만, 이상한데. 당신 목소리가 커진다. 내가 오후 1시에 고양이가 살아 있다는 걸 확인했잖아. 내가 봤다고. 당신의 한쪽 손은 여전히 무릎 위에 있는 하얀 고양이를 쓰다듬고 있다.

그런데 친구는 이렇게 말한다. "아니, 내 관점에서는 지금 자네의 전화를 받고 고양이의 생사를 확인한 거야. 그전까지는 고양이가 살았는지 죽었는지, 어느 쪽이라고도 할 수 없는 상태였다네."

어느 쪽이라고도 할 수 없다니 그게 무슨 말인가. 고양이는 살았거나 죽었거나 둘 중 어느 한쪽에 해당하는 게 당연하지 않은가.

대체 이건 무엇을 알아보려는 실험인가. 끝나면 설명해주겠다고 약속했잖나.

"그랬지, 참." 그는 잠시 고민한다. "그럼 당장 장치를 회수하러 갈 테니 그쪽에서 이야기하세. 이야기가 길어지거나 복잡해질 때는 대면하는 편이 이해하기 수월할 거야." 곧 통화가 끊긴다.

얼마 지나지 않아 친구가 찾아온다. 아까처럼 그를 집 안으로 안내하고 차를 대접한다. 이번에는 찻잔에 입을 댄다. 그리고 그는 실험기구를 정리하기 시작한다. 우선은 상자를 해체한다. 그는 작업을 하면서 묻는다.

"그래. 자네는 이 실험이 뭐라고 생각하나."

당신은 비아냥거리듯이 말한다. 가이거 계수기로 고양이를 위험에 빠뜨리는 실험.

아직도 무릎 위에 있는 하얀 고양이가 분홍빛 입을 벌리며 야아아아옹 하고 울었다.

"그래, 예리하군." 친구는 의외로 흐뭇하다는 듯 웃었다. "가이거 계수기는 매우 중요해. 왜냐하면 이 실험은 가이거 계수기가 다루는 슈퍼 마이크로 사이즈의 세계에서 일어나는 일을 고양이처럼 눈에 보이는 사이즈의 세계로 확대해서 보여주거든."

슈퍼 마이크로? 이 실험에서는 알파선을 방출하는 방사성 동위원소인가.

"맞네." 친구는 방사성 원소가 든 주사약병을 케이스에 담아 배낭 안쪽에 조심스럽게 넣었다. "물리학에서는 이러한 초미립자들을 뭉뚱그려서 양자라고 한다네. 이 작디작은 양자는 거기 있는 고양이나 야구공과는 전혀 다르게 움직이지. 방사성 동위원소가 붕괴되는지 아닌지는 관찰해야 비로소 알 수 있잖아. 그전까지는 붕괴된 쪽과 붕괴되지 않은 쪽의 두 가지 상태가 중첩되는 것이지."

그렇다면 방사성 붕괴로 생사가 좌우되는 고양이도 외부와 차단된 상자 속에서 생과 사의 중첩 상태에 있는 것인가. 그러니 상자를 열어서 안을 들여다봐야 비로소 고양이의 생사가 확정된다는 말인가 보군.

"맞네. 그것을 양자역학의 코펜하겐 해석이라고 하네."

해석이라니. 과학인데 해석이 필요한가.

"현상을 뒷받침하는 설명, 그 정도로 생각해주게."

그래도 이 해석은 이상하지 않나. 생과 사가 중첩된다는 것이나 관찰로 생사가 결정된다는 것이나 너무 비약적이라서 믿을 수 없는걸.

"그래, 이상하지. 그러한 기상천외함을 강조하는 것이 실험의 목적이라네. 그리고 100년 전에 이 실험의 원조 격인 실험을 생각해낸 사람은 에르빈 슈뢰딩거라는 물리학자야. 그가 한 것은 순수하게 머릿속에서만 구현한 사고 실험이었어. 하지만 나는 이론가가 아니라 실험가라서 직접 해보지 않으면 이해할 수 없겠더라고."

그렇다면 실험 후반에, 내가 상자를 열어보고 그 결과를 자네에게 보고하는 부분은 뭔가.

"그건 유진 위그너라는 물리학자가 슈뢰딩거의 사고 실험을 확장한 거야. 위그너는 이렇게 질문했지. 고양이를 관찰하는 사람을 또 다른 사람이 관찰한다고 하면 고양이의 생사를 확정하는 사람은 누구냐고."

당연히 나라고 말하고 싶지만, 아까 자네가 한 이야기대로라면 자네일지도 모르겠군. 그래서 어느 쪽인가.

"자, 관찰자가 두 사람이면 모순이 발생하고 말지. 그러니 코펜하겐 해석은 옳지 않아. 만약 이 해석을 옳다고 한다면, 자네와 나 둘 중 한쪽은 의식이 없는 좀비 같은 존재여야 해. 의식이 없으면 관찰도 불가능하니까."

좀비라니. 그런 게 이 세상에 있을 리가.

"그래. 없지. 그러니까 코펜하겐 해석은 탈락이야."

그 해석이 옳지 않다면 대안은 있는 건가.

"있지." 그는 단호하게 말한다. "다세계 해석이라네. 무수히 많은 세계가 존재해서 고양이가 살아 있는 세계와 고양이가 죽은 세계가 동등하게 존재한다면, 살아 있는 동시에 죽어 있는 기묘한 고양이는 나오지 않을 거야." 친구는 당신 손에서 하얀 고양이를 가져가 여행용 애완동물 가방에 넣는다. 당신은 섭섭한 눈빛으로 가방을 바라보면서 말한다.

무수히 많은 세계라. 그것도 몹시 기묘한걸. 하지만 코펜하겐 해석을 부정할 수 있으니 다세계 해석이 옳다고 결론 내리는 건 너무 비약적이지 않나. 다세계 해석을 직접 증명할 실험은 없는 건가.

"있지." 그는 다시 단호하게 말한다.

도와줄까.

"아니, 괜찮네." 그는 불룩하게 부푼 배낭을 메고 일어섰다. 한 손에는 애완동물 가방을 든다. "그때는 내가 실험자인 동시에 관찰자가 된다네. 그건 일인칭 실험이야. 이인칭 관찰자는 필요하지 않아." 그는 협력해줘서 고맙다고 말하고는 곧바로 떠나갔다.

현관에서 친구를 배웅하고 문을 닫은 뒤, 당신은 왠지 모를 불안감을 느낀다. 설마 내가 좀비인 건 아니겠지? 의식, 있는 거지?

거짓말. 나, 아직 살아 있네.

믿을 수 없었다. 그렇지만 눈을 뜨니 스튜디오 세트가 펼쳐져 있다. 동그란 무대 한가운데에 내가 서 있고 머리 위에서 강렬한 조명이 떨어진다. 세 명이나 되는 카메라맨이 번쩍이는 렌즈를 나에게 맞춘다. 그들의 표정이 심각할 정도로 진지해서 무섭다. 무대를 포위하듯 많은 관객이 앉아 있다. 그들은 눈을 휘둥그레 뜬 채 입을 떡 벌리고 있다, 바보처럼. 그리고 반짝반짝하는 겨자색 재킷을 입고 나를 향해 걸어오는 날씬한 남자는 이 프로그램의 사회자다. 시청률 단독 1위에 빛나는, 일요일 저녁의 생방송 프로그램. 제목은 바로 〈슈뢰딩거의 소녀〉.

아직도 믿을 수 없다. 내가 살아남았다니.

"축하합니다. 자, 여러분도 큰 박수를 보내주십시오." 사회자는 카메라와 객석을 향해 크게 손을 흔들었다. 좌우로 넘긴 붉은 갈색 머리카락이 흔들렸다. "이 프로그램을 시작한 지 2년 만에 마침내 첫 생존자가 나왔습니다. 박수, 박수우우!" 관객들은 멍하니 앉아서 아무도 손뼉 칠 기미를 보이지 않는데도 박수가 요란하게 터져 나왔다. 효과음을 삽입한 게 분명했다.

사회자는 내 옆으로 와서 몸을 살짝 웅크렸다. 내가 이 사람보다 키가 너무 작은 탓이지만. 그는 마이크를 내 입가로 기울였다.

"구레나이 양. 세계 최초로 양자 러시안룰렛에서 살아남은 소감이 어떻습니까?" 그는 눈꼬리를 내리면서 입꼬리를 올렸다. 소름 끼치게 가식적인 미소에 몸이 파르르 떨렸다.

어떻게 대답해야 할지 곤란해서 나는 주위를 힐끔거렸다. 방송국에서 준비해준 의상은 새빨간 롤리타풍 원피스. 이 의상이 잘 어울리는 소녀만 출연할 수 있다는 조건은 어디에도 명시되지 않았으나 모두가 알고 있다. 그래서 이렇게 예쁜 의상을 난생처음 입어보는 소녀들만 응모한다. 나도 그중 한 명이다. 항상 구멍 난 헌 옷, 게다가 어른 사이즈의 옷을 소매만 접어서 입었다. 예선에서 모든 참가자가 이 의상을 입었는데, 아마도 내가 제일 잘 어울려서 뽑힌 것 같다. 방송 스태프들은 입을 모아 축하한다고 말했다. 탈락자들의 반응은 부러워하거나 어깨를 떨구거나 안도하는 등 각양각색이었다.

이 무대의 내 옆에는 나보다 나이 많은 아름다운 여자애가 나와 똑같은 디자인에 색깔만 다른 파란 원피스를 입고 서 있다. 푸른 눈동자는 아름답다 못해 차갑기 그지없다. 아니다, 여자애가 아니다. 왼쪽 눈 밑, 눈물점의 위치에 작고 검은 손바닥 마크가 새겨져 있다. 인간과 똑같이 생겼지만 이것은 마누스 테크놀로지사에서 만든 프렌드 AI다.

아이라는 이름의 프렌드 AI는 오른손에 권총을 쥐고 있다. 그 권총은 무대 구석에 있는 장치와 연결되어 있다. 자세한 원리는 모르는데 양자적으로 탄환이 발사되거나 불발되게 한다는 모양이다. 그래서 이 게임을 양자 러시안룰렛이라고 한다.

방아쇠를 100번 당겨서 출연자가 마지막까지 살아남을 가능성은 지극히 낮다. 그 대신 생존했을 때 상금이 어마어마하다. 나처럼 가난한 사람들의 눈이 뒤집힐 만큼.

나는 다시 아이를 쳐다봤다. 알겠다. 내가 죽지 않았으니 아이도 무사한 것이다. 무대에서 출연자와 값비싼 프렌드 AI가 연달아 쓰러지는 장면은 이 프로그램의 백미로 꼽힌다.

일반 AI는 인공지능공학 삼원칙 제1조에 따라 인간을 해치려 하면 그 전에 기능이 정지되는데, 아이 같은 고급 AI는 조금 다르다. 안락사법이 제정되면서 바뀌었다고 한다. 그녀를 구입할 정도의 부자가 말기암 같은 불치병에 걸려 자살을 결심한다면 옆에서 도와줄 수 있게끔.

초고성능 프렌드 AI는 강한 명령이 입력되면 인간을 죽일 수 있다. 그러나 그 직후 곧바로 기능이 정지된다. 명령이 내려왔을 때 해칠 수 있는 대상은 한 명뿐이니 이를테면 전쟁에 투입되어 적군을 대량 살상하는 일은 불가능하다.

하여간 아이는 프로그램에 출연한 소녀를 쏴 죽이면 자신도 바로 죽게 되는데, 한 주가 지나면 또다시 권총을 들고 무대에 선다. 그 프렌드 AI를 수리한 것인지, 아니면 매우 닮은 다른 AI를 세운 것인지는 알 수 없다. 하지만 수리하는 쪽이 비용이 적게 들 테니 아마 같은 녀석이리라.

프렌드 AI가 방아쇠를 당기는 이유는, 인간은 정확히 1초 간격으로 100번 연속 방아쇠를 당기는 게 불가능해서라고 설명한다. 그럴지도 모르나, 사실은 그 누구도 자기 손을 더럽히고 싶지 않았으리라 짐작한다. 아이는 살인자 역할을 강요당하고 있다. 매주 자신이 저지른 죄를 용서받으려고 죽는다. 그리고 한 주가 지나면 부활했다가 다시 죽는다. 마치 잔혹한 저주에 걸린 것 같다. AI로 존재하는 한 영원히 풀리지 않을 저주에.

내가 죽으면 이 아이도 죽겠구나. 나는 아이의 푸른 눈동자를 바라본다. 그렇다고 해서 가슴이 후련해지지는 않는다. 오히려 가여웠다. 오로지 그날 처음 만난 여자애와 동반자살을 하려고 존재하는 AI라니.

아무리 생각해도 저속한 프로그램이다. 하지만 그 저속함을 이용할 수밖에 없었다. 왜냐하면 우리 집에는 돈이 없으니까. 1만분의 1, 1억분의 1의 확률이라도 잘만 하면 큰돈을 거머쥘 수 있으니까. 신주쿠의 슬럼가에서 살면 이런 기회만 바랄 수밖에 없다.

"어떻습니까, 구레나이 양. 소감 한마디만 해주시죠." 사회자가 끈질기게 마이크를 밀어붙인다.

무슨 말을 해야 좋을까. 이 상금으로 아버지를 수술시켜드릴 수 있어서 기쁘다고 솔직하게 말할까. 아니, 그러진 말자. 속사정을 알리고 싶지 않다. 사람이 죽는 게임을 즐겁게 관람하는 저 머리 텅텅 빈 사람들이 목숨의 귀중함을 알 턱이나 있을까. 그래서

"정말 감격스러워요"라고만 대꾸했다.

그러자 갑자기 밝은 음악과 드럼 롤이 울리더니 스튜디오

천장에 달린 조명이 번쩍번쩍 눈부시게 빛났다. 사회자가 외쳤다. "와, 여기서 보너스 스테이지!"

보너스라고? 그런 규칙은 듣지 못했는데. 나는 고개를 갸웃했다.

"기쁜 소식입니다, 구레나이 양." 사회자는 가식적인 미소를 더욱더 가식적으로 꾸미며 달콤한 목소리로 설명했다. "상금이 100배로 늘어날 기회입니다. 한 번 더 총구 앞에 서기만 하면 됩니다. 방아쇠를 다시 100번 당긴 뒤에도 살아남는다면 당신은 억만장자가 되어 돌아갈 수 있습니다. 어때요, 도전하겠습니까?"

사회자의 처진 눈꼬리를 보려니 속이 울렁거렸다. 스튜디오를 빙 둘러보았다. 아이는 벌써 나를 향해 총구를 겨누고 있다. 푸른 눈동자는 싸늘하기 그지없어서 무슨 생각을 하는지 전혀 느껴지지 않는다. 스튜디오의 출입구는 회색 제복에 근육으로 무장한 남자들이 지키고 서 있다. 관객들은 한 장면이라도 놓칠세라 의자에서 떨어져나올 기세로 몸을 내밀고 있다. 이들은 이 프로그램을 관람하려고 엄청난 액수를 낸다고 한다. 떡 벌어진 입에서 침이 흘러나올 것 같다.

다시 사회자의 얼굴을 봤다. 눈이 웃지 않는다.

싫다는 말은 절대로 용납하지 않겠다는 눈빛.

나는 마지못해 고개를 끄덕였다. 구역질이 난다. 머리가 아프고 으슬으슬하다. 다리가 후들후들 떨린다. 처음 무대에 섰을 때보다 100배 더 심하게. 너무 춥다. 스튜디오 안은 이렇게

나 더운데.

"구레나이 양의 대단한 용기에 박수를 보내주세요." 사회자가 몸을 젖히며 선동했다. 객석이 뜨겁게 들끓었다. 드디어 피를 보게 생겼으니 흥이 올랐겠지.

아빠, 나 돌아가지 못할 것 같아. 말없이 나와서 미안해.

차가운 금속이 관자놀이에 닿았다.

실험 - 논의와 고찰

내가 좀비인 건 아니겠지.

불안감에 사로잡힌 당신은 다른 친구에게 도움을 청하려고 한다. 그 친구는 철학자인데, 전에 어떠한 계기로 철학의 세계에 생식하는 좀비 이야기를 해준 적이 있다.

모라벡을 통해 그를 호출한다. 잠시 후. "여, 자네인가. 오랜만이군. 별일은 없고?"

당신은 인사도 건성건성하고 질문을 던진다. 예전에 철학적 좀비에 관해 알려주었잖아. 기억하기로는 의식만 없을 뿐이고 나머지는 인간과 똑같다고 했지. 희로애락까지 보일 수 있다고 말이야. 그런 좀비를 인간과 구별할 방법이 있을까.

상대방은 학자답게 친구가 다소 매너 없이 갑작스러운 질문을 던져도 흔쾌히 답변해준다. "사실 그런 방법은 없네.

좀비는 마치 의식이 있는 것처럼 행동하거든. 당신에게 의식이 있나요 하고 물어보면 좀비는 십중팔구 그렇다고 대답할 거야."

그렇다면 나, 나는 좀비일까, 아닐까.

"그건 즉 자신에게 의식이 있는지 없는지를 묻는 거로군. 그거야 분명하잖아."

분명하다고? 하하하, 그렇군. 나는 생각한다, 고로 나는 존재한다. 당신은 힘없이 웃는다.

"그런데 왜 갑자기 철학적 좀비에 관심을 보이나?"

당신은 물리학자 친구가 실시한 실험에 관해 처음부터 이야기한다.

"흠. 그것은 양자역학의 해석 문제에 관한 실험이군."

앗, 알고 있었나.

다양한 해석이 있다면 더욱더 다세계 해석이 옳다는 것을 직접 증명할 실험을 해야 하겠군. 그 친구는 무슨 실험을 하려는 걸까. 자세히 물어보지는 못했는데.

철학자는 몇 초간 생각에 잠겨 있다가 말을 꺼냈다. "그게 아닐까. 양자 자살."

야, 양자, 자살? 불길한 어감에 당신은 겁을 먹는다. 그게 뭔가.

"양자 러시안룰렛 또는 슈뢰딩거의 인간이라고도 하지. 고양이 대신에 인간으로 같은 실험을 하는 거야."

철학자는 실험 과정을 알려주었다. 그야말로 양자적 장치를 이용한 러시안룰렛이다. 게다가 살아남을 확률은 매우 낮다. 당신은 전율했다. 그것은 자살이나 다름없는 행위다. 그걸 정말로 실행할 사람이 있을까.

"글쎄. 다세계가 실재한다고 확신한다면 실행에 옮길 수 있겠지. 아니면 지금 있는 세계에서 궁지에 몰렸다거나. 그냥 자살하는 것보다는 조금이나마 희망을 품을 수 있잖아."

그는 아마 전자일 거야. 그래도 상상을 초월하는 용기가 필요한데.

"하지만 용기를 내서 목숨을 건 실험을 해도, 실제로 다세계가 존재하는지는 살아남은 실험자 본인만 실감할 수 있어. 자네가 옆에서 관찰한들 자네가 알 수 있는 것은 실험자의 죽음뿐이야. 이 실험은 이인칭이 아니라 일인칭이니까."

당신의 가슴속에 어두운 불안감이 꿈틀거린다. 황급히 고맙다고 인사하고 철학자와 통화를 종료한 뒤 모라벡에게 명령한다. 물리학자 친구에게 연결해줘. 지금 당장. 최대한 빨리.

그러나 대기 상태가 길어진다. 그사이 당신은 여러 가지 불길한 상상을 한다. 잠시 뒤에 모라벡이 이렇게 말한다. "현재 어떠한 이유로 접속할 수 없는 상태입니다. 잠시 기다렸다가 다시 걸어주십시오.

당신의 상상은 짙은 어둠 속으로 달려간다.

세계 102

당신은 관찰한다.

당신은 마누스 빌딩 7층, 폐점한 카페 내부를 관찰하고 있다. 서쪽 창문에서 저녁노을이 깊숙이 파고들어와 파란색 롤리타풍 원피스를 입은 프렌드 AI의 등에 긴 그림자를 드리운다. 창가에 놓인 이인용 소파에는 빨간색 롤리타풍 원피스를 입은 소녀가 누워 있다. 구레나이의 눈동자는 크게 열려 있으나 숨은 끊어진 상태다. 측두엽에서는 선명한 붉은 액체가 흘러나오고 있다. 소파에는 새빨간 얼룩이 묻어 있다.

아이는 소파에 무릎을 꿇고 소녀의 손에서 Z 전용 권총을 집어 들었다. 소녀의 얼굴을 살며시 어루만지며 눈꺼풀을 덮어준다. 움직이지 않는 두 손은 가슴 위에 모아준다. 오른손에는 날카로운 잇자국이 나 있다.

프렌드 AI는 깍지 낀 구레나이의 두 손 위에 자기 손을 올리고는 푸른 눈동자를 감았다. 그대로 멈춰서 움직이지 않는다. 하얗고 우아하게 갸름한 턱에는 점처럼 작은 손바닥 모양의 상징 마크가 찍혀 있다. 당신이 그 마크를 물끄러미 바라보는데, 해가 점차 서쪽으로 기울어 시부야의 빌딩숲 너머로 잠겨가도 프렌드 AI는 미동도 하지 않는다. 푸른 어둠이 폐점한 카페를 뒤덮는다.

이것이 양자 동반자살이라고 당신은 생각한다. 그러나 아이는 모라벡 모드에서도 구레나이가 죽으면 자신의 기능 역시 정지된다는 사실을 사용자에게 알리지 않았다. 그녀가 보여준 마지막 배려였을까, 아니면 사랑이었을까. 또는 그런 감정은 전혀 없이 그저 그렇게 행동한 것이었을까.

당신은 이제 관찰을 종료한다.

세계 1000000001

"그리하여 저주는 깨끗이 풀렸습니다. 그리고 두 사람은 언제까지나 오순도순 행복하게 잘 살았답니다."

이야기를 마친 아이는 하얀 두 손으로 원피스 옷자락을 살짝 들어 올리면서 한 발을 뒤로 빼고 마치 왕궁에 온 것처럼 예의 바르게 인사했다. 흰색 헤드 드레스가 흔들렸다. 내가 만들어준 것이다. 아이의 찰랑찰랑한 생머리에 잘 어울렸다. 아이가 입고 있는 메이드풍 남색 원피스도 내가 만들었다. 지금 내가 입고 있는 실내복인 빨간색 원피스도. 제법 잘 만들었지? 수예가 내 특기야. 이건 자랑할 만해.

"에이, 또 해피엔딩이네. 시시하게." 나는 투덜거렸다.

"시시하지 않았는걸." 엄마가 달래준다. "후반에서는 주인공이 두 번이나 죽을 뻔했잖니. 엄마는 얼마나 조마조마했는데"라며 아이를 칭찬한다.

"그래, 그래. 이야기 중반쯤에서 주인공의 친구가 갑자기 사라졌잖아. 죽은 줄만 알았는데 끝날 무렵에 다시 등장해서 간담이 서늘했지 뭐냐." 아빠도 끼어든다.

"그래도요." 나는 입을 삐죽였다. 주말의 저녁식사 후 싸구려 소파와 작은 테이블만 놓아도 꽉 찬 거실에 둘러앉아 대화하는 이 시간은 아이가 우리 집에 온 2년 전부터 꾸준히 마련하고 있다. 이미 소중한 가정 행사로 자리 잡았다. 아이가 즉흥으로 지어낸 이야기는 기승전결이 잘 짜여 있고 놀람과 위로와 웃음도 가득해서 시간이 어디로 가는지 모른다. 이야기를 듣기만 하는데 마치 영화를 보는 것 같다.

"결말은 항상 똑같잖아." 나는 한숨을 쉬었다.

"구레나이도 참. 배드 엔딩이면 그건 그것대로 불평하잖니." 엄마가 웃었다.

"그래, 그래. 무서워서 잠이 안 와요 하면서 울며 매달렸지"라고 말하는 건 아빠였다.

"그만해요. 나도 이젠 다 컸다고요." 내가 목소리를 키우자 엄마·아빠는 동시에 폭소를 터뜨렸다. 아이는 생글생글 웃으며 그 모습을 바라보았다. 이 셋을 보고 있으니 나도 왠지 모르게 웃음이 났다.

아이. 고성능 프렌드 AI. 이마 한가운데에 찍힌 건 반점처럼 작은 손바닥 모양의 상징 마크. 우리 형편으로는 절대로 살 수 없는데 제조사인 마누스 테크놀로지사에서 주최한 이벤트에 당첨되었어. 당첨자는 전 세계에서 나를 포함해 다섯 명밖에 없다. 전 세계 인구는 약 100억 명이니까 확률은 20억분의

1이다.

굉장하지. 20억분의 1의 확률로 뽑힌 사람 중 한 명이 나라니. 난 대체 무슨 행운을 타고난 걸까.

나 말이야. 솔직히 말하면 예전에는 어두운 아이였어. 친구도 없고, 성적도 나쁘고. 나는 수예를 좋아하는데 그건 또 혼자서나 하는 어두운 취미 같잖아. 학교에 가기 싫고 너무 괴로워서 견딜 수 없었어. 차라리 자살이나 하면 편해질까 하고 고민도 했지.

그런데 아이가 온 뒤로 바뀌었어. 아이는 내 장점을 잔뜩 찾아주고 칭찬해주었어. 아이가 말해주기 전까지는 나에게 귀여운 구석이 있는 줄도 몰랐고, 내가 부모님에게 큰 사랑을 받고 있다는 것조차 느끼지 못했어. 분명 마음에 여유가 없었던 거야. 그리고 아이는 정말 못 하는 게 없어서 내 공부도 봐줬는데 그 덕분에 성적이 올랐어. 수학이 퍼즐처럼 재미있다는 걸 전에는 몰랐거든. 지금은 수학이 제일 자신 있는 과목이야. 수예도 아이의 반응을 즐기면서 하다 보니까 실력이 쑥쑥 올랐어. 드디어 지난달에는 마누스 스토어 시부야점에서 주최한 수제 의상 콘테스트에서 대상을 받았지. 열네 살에 상을 받은 건 개점 이래 최연소래. 에헤헷, 나 조금 우쭐해졌나. 그렇지만 너도 대단하다고 생각하지 않니?

살아 있길 잘했어. 아이를 볼 때마다 나는 그런 생각을 해.

펜로즈의
처녀

세계는 인간 없이 시작되었고 인간 없이 끝날 것이다.

– 클로드 레비 스트로스, 《슬픈 열대》

역사의 외침 1

1950년, 뉴멕시코의 로스앨러모스연구소에서 있었던 일이다. 엔리코 페르미는 동료인 에드워드 텔러, 허버트 요크, 에밀 코노핀스키와 점심을 먹으며 이야기를 하고 있었다. 화제는 한 뉴스 잡지 최신호로 넘어갔다. 잡지에 실린 만화에는 외계인이 뉴욕의 쓰레기통을 훔치는 장면이 그려져 있었다. 그러자 페르미가 이렇게 중얼거렸다. 그들은 모두 어디에 있을까?

'그들'이 외계인을 가리킨 것임을 금방 알아차린 세 동료는 그 말을 페르미식 유머로 받아들이며 웃었다. 그러나 페르미는 빠르게 계산해보더니 우주가 이토록 광활하니 외계인들 역시 당연히 존재하며 이미 지구를 몇 차례 방문했어도 이상하지 않다는 결론을 내렸다. 그런데 그들은 왜 만화에만 등장할까. 여기에서 그 유명한 페르미 역설이 탄생한다.

페르미는 이 역설에 명쾌한 해답이 나오는 것을 보지 못한 채 1954년에 위암으로 세상을 떠났다. 쉰셋이라는 젊은 나이였다.

남쪽 섬 1

요이치는 눈을 어렴풋이 떴다.

두세 번 눈을 깜빡이자 시야가 뚜렷해졌다. 건물, 아니 오두막 안인가. 통나무 대들보와 식물 잎사귀로 엮은 지붕 천장이 보였다. 놀랍게도 벽이 없고, 두꺼운 통나무 기둥이 밖에서 들어오는 눈부신 빛을 새까맣게 세로로 가르고 있었다. 요이치는 하얀 모래 바닥에 깔린 돗자리 같은 깔개 위에 누워 있었다.

산들바람이 볼을 어루만졌다. 부채가 펄럭이는 것 같아서 그쪽으로 시선을 옮기다 숨이 턱 막힐 뻔했다.

푸른 잎사귀로 엮은 부채를 쥐고 있는 이는 피부색은 카페 라테 같고 머리카락은 검고 길며 쌍꺼풀이 진하고 검은 눈동자가 큰 소녀였다. 올봄에 입학한 중학교에서도, 아니 3D TV에 등장하는 아이돌 중에서도 본 적 없는 엄청나게 예쁜 소녀였다.

게다가 소녀는 상반신에 아무것도 걸치지 않았다.

요이치의 주먹보다도 작고 아담한 카페라테 색 유방에 눈이 갔다. 적나라하게 드러낸 여자애의 가슴이 바로 눈앞에 있었다.

눈을 어디에 둬야 할지 몰라서 황급히 시선을 돌렸다. 얼굴이 화끈 달아올랐다. 이건 꿈이야. 이게 현실일 리 없어. 그래, 알았다.

이곳은 용궁이다. 그리고 그녀는 오토히메*다.

요이치는 오두막의 대들보를 올려다보며 허탈하게 웃었다. 요이치에게는 바닷속 별세계에 왔다고 믿을 만한 이유가 있었다. 아, 용궁이 정말로 있었구나. 환상처럼 아름다운 오토히메도 있어. 꿈속에서 그렸던 이상형이야.

소년이 눈을 뜬 걸 알아차렸는지 그 소녀는 부채를 내려놓고 무릎걸음으로 다가와서는 그의 머리를 살짝 들어 자기 무릎 위에 올렸다. 그녀의 목에 걸린 꽃목걸이에서 달콤한 향기가 흘러 요이치의 콧속을 간지럽혔다.

세상에, 여자아이의 무릎을 베다니. 아, 꿈만 같다.

---

* 일본의 전래동화 《우라시마 타로》에 나오는 용궁의 선녀. 현실에 존재하지 않을 것 같은 미인을 비유하기도 한다. 《우라시마 타로》는 어부 우라시마 타로가 거북이를 구해준 보답으로 용궁에 초대를 받아 극진한 대접을 받는데, 갑자기 집이 그리워져서 돌아가 보니 현실에서는 긴 세월이 흘러 가족과 이웃들이 모두 죽고 없었다는 내용으로 되어 있다.

몸을 온전히 맡긴 채 몽롱한 기분에 취해 있는데, 소녀가 머리통만큼 크고 단단한 무언가를 그의 입술에 대주었다. 달짝지근한 액체가 입안을 촉촉이 적셨다. 싱거운 수박주스 같은 맛이었다. 차갑지는 않았으나 기력을 잃은 요이치의 몸에는 오히려 그게 편안했다. 그는 꿀꺽거리며 목을 축였다. 다 마시고 보니 그 둥글고 딱딱한 것의 정체는 코코넛 열매였다. 코코넛주스를 처음 마셔본 것도 아닌데 지금 마신 주스는 그 무엇과도 비교할 수 없이 맛있었다. 지금까지 먹어본 코코넛주스는 얼음장처럼 차가웠던 데다가 쓸데없이 여러 개가 꽂힌 빨대나 덕지덕지 달린 종이 장식이 눈을 어지럽혔다.

코코넛이 있다는 건 바닷속이 아니라 땅 위라는 건데.

아무래도 목숨은 건진 것 같았다.

"고, 고마워." 목마름이 가신 덕분인지 간신히 말이 나왔다. 가슴은 보지 말자, 상대방의 눈을 보자. 말은 통하지 않더라도 고맙다는 말은 해야지.

그런데.

"천만에요."

카페라테 색 소녀는 더듬거리긴 했지만 분명 요이치의 모국어로 대답했다.

어안이 벙벙해진 요이치를 내버려두고 소녀가 일어섰다. 맨발로 깔개를 밟으며 오두막을 나갔다. 그러더니 요이치가 알아듣지 못하는 말로 뭐라고 외쳤다. 눈을 떴다고 알리는 걸까.

대체 이곳은 어디지?

조심스럽게 몸을 일으켰다. 그제야 덮개 밑이 알몸이라는 걸 알아버린 요이치의 얼굴이 다시 화끈 달아올랐다. 저렇게 예쁜 여자애 앞에서 팬티도 안 입고 있었다니.

허둥지둥 주위를 둘러보다가 근처에서 옷을 찾았다. 출발하기 전에 부모님이 사준 하얀 리넨 양복은 세탁되어 바닥에 가지런히 놓여 있었다. 저 소녀가 빨아줬으리라 단정 짓고 옷을 끌어안았다. 남쪽 나라의 꽃향기가 그윽하게 풍겼다.

셔츠 단추를 채우고 재킷 소매에 팔을 찔러넣을 때쯤 오두막 주위에서 사람 목소리가 들려왔다. 요이치는 급하게 부스스한 머리를 매만졌다. 아까 그 소녀가 다시 나타났다. 한쪽 팔에 하나씩 끌어안은 푸른 코코넛 중 한 개를 내밀면서 "드세요"라고 말했다. 통통한 복숭앗빛 입술에 걸린 상냥한 미소가 소년의 가슴을 다시 설레게 했다. 바라보기만 해도 행복해지는 여자애는 지금껏 만나본 적이 없었다.

그 뒤로 자그마한 노파가 나타났다. 노파의 피부도 카페라테 색이었으며, 새하얗게 센 머리는 풀지 않고 머리 꼭대기에 묶었다. 노파의 상반신도 나체였다. 아까는 소녀의 젖가슴에 심란했던 터라 미처 못 봤는데, 두 여자의 허리에서 무릎 밑까지 내려오는 덮개는 파란색과 노란색, 녹색의 화사한 줄무늬로 꾸며져서 매우 아름다웠다. 노파는 요이치가 코코넛주스 두 통을 허겁지겁 해치울 때까지 기다렸다가 처진 가슴 앞에 감싸 안고 있던 그릇을 내밀었다. "드시게." 노파의 억양은 놀라울 만치 자연스러웠다.

두 손으로 받은 크고 아름다운 반구형 그릇은 거무튀튀한 갈색을 띠었다. 흰 액체에 새알심처럼 동그란 알맹이가 동동 떠 있었다. 수저도 없으니 그릇 가장자리에 입을 대고 후루룩 마셔봤다. 살짝 달고도 담백한 그 음식은 코코넛밀크였다. 새알심의 재료는 무엇인지 모르겠으나 맛은 고구마와 비슷하고 식감은 떡 같았다. 맛있어서 정신없이 먹어 치웠다. 그릇에서 눈을 떼고 올려다보자 소녀와 노파가 흐뭇한 미소를 짓고 있었다.

"맛있어요. 정말 감사합니다."

"천만에요."

소녀가 손을 내밀어 빈 그릇을 받아들었다. 요이치는 어느새 가슴에 가 있는 시선을 돌렸지만 소녀는 가슴을 드러낸 것을 부끄러워하는 느낌이 없었다.

이곳의 문화가 그런 거야. 얼른 익숙해져. 익숙해지자.

머릿속으로 수없이 되뇌며 번뇌를 물리치고 있는데 오두막 앞에 사람 그림자가 나타났다. 이번에는 두 남자가 들어왔다. 요이치는 그들의 얼굴을 보고 다시 혼란스러워졌다. 여긴 정말 어디지?

눈앞의 중년 남자는 햇볕에 탄 몸에 여자들이 입은 것과 비슷한 줄무늬 허리 덮개 하나만 걸치고 맨발로 서 있었는데, 금발에 눈동자가 푸른색인 서양인이었다. 중학생인 요이치의 눈높이에서는 하늘을 올려다보는 것처럼 키가 컸다. 게다가 그는 요이치의 모국어를 제법 유창하게 구사하여 "이야, 기운을 차렸군요"라고 말했다.

이어서 젊은 남자를 봤다. 그도 햇볕에 그을리긴 했지만 의심할 여지 없는 동양인이었다. 붉은 꽃무늬 알로하 티셔츠에 하얀 반바지를 입고 비치 샌들을 신고 있었다. 그는 큼지막한 선글라스를 벗더니 요이치 곁으로 다가와 무릎을 꿇었다. "인마, 살아서 다행이다. 여기로 실려 왔을 때는 거의 죽은 줄 알았어. 걱정했다, 진짜."

세상에, 같은 나라 사람이었다. 요이치는 지옥에서 부처님을 만난 듯한 기분에 질문을 퍼부었다. "여기는 대체 어딘가요? 저는 어떻게 살아난 거죠? 누가 절 구해줬나요?"

"이 섬 사람들이야." 청년은 카페라테 색 여자들을 잠깐 쳐다봤다. "나는 고지마라고 한다. 이 섬에는 지난달에 왔어. 그리고 이쪽은."

"폴더라고 합니다. 인류학자입니다. 저는 이 섬을 조사하고 있습니다. 벌써 20년 되었죠." 허리 덮개를 찬 서양인은 오른손을 내밀었다. 그의 손은 야구 글러브처럼 크고 거칠었으며, 손가락에는 노란 잔털이 나 있었다.

요이치는 악수를 하며 자기소개를 했다. "요이치라고 합니다." 그러고 나서 빙글 뒤돌아 소녀에게 말을 걸었다.

"난 요이치라고 해. 넌?" 요이치는 자신을 가리켰다가 소녀를 가리켰다.

그러자 소녀는 복숭앗빛 입술에 오토히메 같은 미소를 머금었다. "사요."

또다시 멍해졌다. 이름을 들었는데 이국에 와 있다는 느낌이 들지 않았다.

"그런데 여긴 어딘가요?" 열대 지역이라는 것은 확실했다. 처마를 파고드는 뜨거운 햇볕, 축축하고 습한 공기, 코코넛 잎 사귀가 바람에 살랑거리는 소리로 미루어보면 그렇다. 정신을 차려보니 상반신에 아무것도 입지 않은 사람들이 오두막 주위를 에워싸고 있었다. 그들의 피부색도 카페라테 같았고 허리에는 가지각색의 멋진 덮개를 두르고 있었다. 젊은이들의 장신구는 머리에 쓴 화관이나 목에 걸친 꽃목걸이 정도인데, 나이 많은 여자는 조개를 엮어 만든 목걸이를 유방 사이로 늘어뜨렸다. 나이 많은 남자의 귀에는 커다란 귀걸이가 걸려 있고, 높이 올려 묶은 머리에는 우키요에* 속 오이란**의 장신구 같은 긴 비녀가 꽂혀 있었다.

서양인 인류학자가 소년의 질문에 대답했다. "여긴 콩데이 섬입니다."

"콩데이…… 라고요?" 몸에서 핏기가 싹 가시는 느낌이었다. 일반적인 관광 정보지에는 절대로 실리지 않지만, 전 세계 사람들이 알고 있는 섬.

---

* 16세기부터 일본 서민의 예술로 등장한 목판화. 명소의 풍경이나 배우, 여인 등 대중적이며 향락적인 주제를 다루었다.
** 유곽에서 일하는 상급 유녀.

고지마가 손을 뻗어 소년의 어깨를 가볍게 두드렸다. "그래. 그 유명한 제물의 섬이지."

콩데이섬은 제물의 대명사로 통했다.

요이치는 겁을 집어먹고 입술을 떨었다. 목숨을 건진 것은 다행인데, 왜 하필이면 이런 섬에 왔느냐 말이다.

역사의 외침 2

그들은 어디에 있을까?

페르미가 제기한 의문은 상상력이 풍부한 연구자와 작가들의 영혼에 불을 지폈다. 그 역설의 해답을 찾는 일은 진지하면서도 때로는 즐거운 취미로 수십 년을 계속 이어져 내려오고 있다. 그중 대표적인 해답 몇 가지를 들어보겠다.

첫째, 전사설. 우주를 떠도는 자기증식형 살육 기계에 들키지 않으려고 '그들'은 숨을 죽이고 있다.

둘째, 거리설. 별과 별 사이의 거리가 너무 멀어서 '그들'은 아직 이곳에 도착하지 못했다.

셋째, 시간설. 지적 생명체가 발생하는 것은 매우 드문 현상이다. 즉 '그들'은 우리와 시간상으로 단절되어 있다.

넷째, 방문 금지설. 지구는 우주에서 자연보호 구역으로 지정되어 있다. 또는 어떠한 금기 때문에 방문하려고 하지 않는다.

다섯째, 지속가능성설. 어떠한 문명이든 일정한 발달 단계에 이르면 핵전쟁이나 환경 파괴로 스스로 멸망한다.

어떠한 해답도 가설에 지나지 않는다. '그들'이 발견되지 않은 채 세월이 흐를수록 수수께끼는 더욱 깊어지고 있다. 인류는 왜 줄곧 고독한 생명체인 것일까.

남쪽 섬 2

콩데이섬은 국제적으로 고립되어 있었다.

애초에 지리적으로도 단절되어 있다. 가장 가까운 유인섬으로 가려면 바다를 100킬로미터나 건너야 한다. 연평균 기온이 28도 전후이고 강수량도 많아서 기후의 혜택을 받는 편이지만, 산호모래로 이루어져 호수나 늪, 하천은 없다. 다행히 섬의 지하에 두꺼운 담수층이 있어서 우물은 팔 수 있다.

산호섬의 특징은 해발이 매우 낮다는 것이다. 섬에서 가장 높은 곳이라도 약 3미터에 지나지 않는다.

섬 주민들은 지금도 고기잡이를 중심으로 자급자족하는 전통적인 생활 방식을 유지하고 있다. 같은 해역에 있는 다른 섬들은 여러 선진국에서 받은 원조금으로 태양광 패널이나 거대한 저수조, 무선 통신 설비를 도입하여 인프라를 정비하고, 밀가루 식품과 통조림 같은 수입 식품을 주민들의 비만이 문제가 될 정도로 사들이지만.

콩데이섬을 원조하지 않는 이유는 오랫동안 국제적으로 압박했는데도 섬 주민들이 인신 공양 풍습을 완강히 고집했기 때문이라고 한다.

전 세계로부터 고립당한 결과, 이 섬에서는 요이치의 모국어가 겨우겨우 사용되고 있었다. 벌써 100년도 전에 이 해역의 섬들은 요이치 모국의 지배로 식민지 교육을 받았다. 독립한 후 다른 섬들은 서양 국가들의 원조를 받아 그들의 언어를 받아들였지만 이 섬만 예외였다.

폴더가 이렇게 설명하는데 요이치는 반은 한 귀로 흘려들었다. 말하자면 이곳은 제물이라는 이유로 사람을 죽여 국제 사회로부터 따돌림당한 위험한 섬이 아닌가. 운이 없게도 이런 데로 구조되다니.

제물. 그 불온한 어감이 소년을 두려움에 떨게 했다. 무슨 일이 일어나는지 자세히는 모른다. 모르니까 더 무서웠다. 불에 태워죽이거나, 산 채로 땅속에 묻거나, 목을 매달거나, 잡아먹거나, 인터넷상에 음산하게 떠돌아다니던 출처 불분명한 정보가 자꾸만 머릿속을 스치며 두려움을 부채질했다.

큰일 났다. 여긴 위험하고 무서운 곳이다. 어서 빨리 부모님에게 연락해서 데리러 와달라고 해야 한다. 지금은 고집을 부릴 때가 아니다.

그런데 재킷 주머니를 뒤져도 휴대전화가 나오지 않았다. 어딘가에 떨어뜨렸을까. 그 상황에서는 그러고도 남았다.

"폴더 씨, 고지마 씨." 섬 주민이 아닌 남자들이 돌아봤다. "휴대전화를 빌려주실 수 있나요? 부모님에게 연락하고 싶어요."

고지마가 고개를 끄덕이며 알로하 셔츠 주머니에 손을 찔러넣었다. 그런데 인류학자가 "음식이 왔는데 안 먹으면 실례입니다"라며 소년의 등 뒤를 가리켰다. 그래서 뒤돌아봤더니 섬사람들이 손과 손에 초록 잎사귀로 만든 그릇을 들고 오두막 주위로 몰려들고 있었다. 첫 접시가 요이치 앞에 나왔다. 잘게 썬 생선살을 코코넛밀크에 버무린 음식이었다.

앗, 생선이네. 싫어하진 않지만.

"생선회입니다." 요리를 가져온 사람은 아까 본 노파였다. 전래동화에서 본 할머니처럼 복스러운 미소를 짓고 있었다. 진심으로 맛있다고 생각하며 권유하는 표정이었다. 아, 그런 표정을 지으면 안 먹을 수 없다.

젓가락이 없으니 손으로 집어 먹어야 한다. 생선살 한 조각을 집어서 비장하게 입에 넣었다. 깜짝 놀랐다. 지금까지 먹어본 생선들과 완전히 달랐다. 비릿하거나 느끼하지도 않고, 쫄깃쫄깃한 탄력이 있어서 씹는 맛도 좋았다. 아하, 신선도 차이로구나. 코코넛밀크에는 감귤 과즙과 다진 고추도 들어 있었다. 양념이 배어 나와 감칠맛을 더하길래 이렇게 외치고 말았다.

"이렇게 맛있는 생선 요리는 태어나서 처음 먹어봐요!"

그러자 섬 주민들은 무슨 대회에서 우승한 팀처럼 서로 얼싸안고 기뻐했다.

이어서 생선수프가 나왔다. 접시 대용인 커다란 조개껍데기 밖으로 생선 머리와 꼬리가 튀어나와 있었다. 생선뼈의 깊은 맛이 우러난 국물이 일품이라 생선을 싫어했던 일을 깨끗이 잊게 해주었다. 간은 역시 코코넛밀크로 되어 있었지만 질릴 것 같지 않았다.

그다음에는 벌겋게 삶은 커다란 새우가 싱그러운 초록색 바구니에 담겨 나왔다. 이렇게 호화로운 음식을 레스토랑에서 주문한다면 가격이 얼마나 나올까. 나이프나 포크가 없으니 호쾌하게 몸통을 갈라서 물어뜯었다. 달짝지근한 속살에 눈이 핑 돌 것 같았다. "마, 맛있어."

역시 이곳은 용궁이 아닐 수 없다. 옆에서는 아름다운 소녀 사요가 부지런히 생선뼈를 발라주고 코코넛주스를 권하며 시중을 들었다.

정신을 차리고 보니 주위의 깔개 위에는 요리가 담긴 잎사귀 접시가 발 디딜 틈 없이 차려져 있었다. 혼자서는 다 먹지 못할 양이었다. 몸짓과 표정으로라도 마음을 알아주길 기대하며 섬 주민들에게 말을 걸었다.

"다 같이, 먹어요."

그러자 그들은 한꺼번에 고개 숙여 인사했다. 그 뒤에는 아이부터 노인까지 어우러져 성대한 잔치가 벌어졌다.

이윽고 해가 질 무렵, 요리가 전부 동났다. 사람들이 빈 접시를 오두막 밖의 수풀로 휙휙 던지는 것을 보고 요이치가 놀라자 "저 접시는 바나나 잎사귀로 만들었습니다. 썩어서 다시 흙으로 돌아가죠."

인류학자가 설명해주었다.

"바나나 잎에서는 좋은 향이 납니다. 촉감도 좋고요. 이것에 익숙해지면 도기로 된 식기를 번번이 씻어서 쓴다는 게 얼마나 야만스러운 행위인지 깨닫게 될 겁니다."

이제 사람들은 모래밭으로 나갔다. 하얀 모래가 깔려 있어서 산뜻하고 깨끗했다. 그 한가운데에 반구형의 물체가 수북이 쌓여 있었다. 크기나 색깔로는 처음에 먹은 코코넛 새알죽 용기와 똑같아 보였다. 저게 무엇이냐고 폴더에게 질문했다.

"말린 코코넛 껍질입니다. 기름이 들어 있어서 불에 잘 타죠. 이제 땔감으로 쓸 겁니다."

"그릇으로도 쓰잖아요."

인류학자는 고개를 끄덕이고는 "코코넛은 버릴 게 없습니다. 나무줄기는 집의 골조를 이루고, 잎사귀는 지붕이 되죠" 라면서 오두막을 가리켰다.

코코넛 껍질 더미 옆에서는 요이치 또래의 소년이 팔뚝만한 두꺼운 봉을 땅에 눕히더니 눌러서 고정했다. 또 다른 소년이 젓가락처럼 긴 나뭇가지를 그 위에 비스듬히 대고 앞뒤로 비비기 시작했다. 마찰을 일으켜 불을 피우려면 오래 걸리지 않을까 싶었는데 1분 만에 연기가 피어올랐다. 1분 더 지나자 작은 불꽃이 마른 식물의 섬유로 옮겨붙었다. 다시 또 1분이 지나자 코코넛 껍질은 멋지게 활활 타올랐다. 탁탁 튀는 경쾌한 소리가 노을빛 하늘에 울려 퍼졌다.

두 손 들 정도로 대단한 기술이었다. 요이치는 감탄한 눈빛으로 섬 소년을 바라봤다. 나는 캠프에 가서도 성냥개비 하나 제대로 긋지 못했는데.

십 대로 보이는 젊은이들이 모닥불 주위로 모여들었다. 신호라도 떨어진 듯 남녀가 두 줄로 서더니 불빛을 끼고 서로 마주 보았다. 어른들은 조금 떨어진 곳에 앉아서 손바닥으로 무릎을 치며 장단을 맞추기 시작했다. 노래도 불렀다. 모음을 쭉 늘리면서 합창했다. 이 섬의 언어로 된 노래라서 요이치는 무슨 말인지 전혀 알아듣지 못했지만.

"손님을 환영하는 노래입니다. 아득히 먼 곳에서 수많은 파도를 건너 찾아와준 것을 칭송하는 내용입니다."

폴더가 또 설명해주었다. 노랫소리가 점점 커졌다. 소년 소녀들은 불빛에 살결을 비추며 춤을 추었다. 리듬에 맞춰 발을 구르고 팔을 들고 고개를 흔드는 단순한 동작일 뿐인데도 다들 꾸밈없이 즐거워하며 몸을 흔들었다.

"폴더 씨는 언어를 연구하나요?"

"조사하러 갈 지역의 언어를 배우는 건 인류학자에게는 기본입니다. 아주 오래전에는 당신네 나라에도 갔었습니다."

"난 이 녀석을 사용해." 고지마가 알로하 셔츠 주머니에서 휴대전화를 꺼냈다. "일부 노인들을 제외한 이 섬의 인간들은 우리말을 몇 마디밖에 못 알아들어. 복잡한 의사소통은 AI 번역기에 맡기지. 아무튼 빨리 부모님께 연락드려라."

그런데 이 사람은 콩데이섬에 뭐 하러 왔을까.

"고맙습니다." 고지마의 휴대전화로 손을 뻗으려 할 때 모닥불 앞에서 춤추던 소년들이 웃으면서 요이치에게 손짓을 했다.

"저길 봐요. 같이 춤추자고 하는군요."

인류학자가 재촉하지 않아도 안다. 같이 어울리는 게 예의다. 요이치는 재킷을 벗고 나가서 대열의 끝에 섰다. 정면에 사요가 있었다. 눈이 마주치자 사랑스러운 얼굴로 미소를 보냈다. 긴 검은 머리에 남국의 꽃이 꽂혀 있고 젖가슴 위에도 꽃목걸이가 걸려 있었다. 그 모습이 소년의 마음을 다시 사로잡았다.

요이치는 모국을 떠나 머나먼 이 섬에 온 고지마의 목적도, 모국에 있는 요이치의 중학교도, 중학교에 올라가서 처음 맞은 여름방학도, 그 여름방학에 부모님과 함께 참가한 태평양 크루즈도, 부모님에게 서둘러 연락하는 것도 잊었다. 속세와 관련된 모든 일을 잊고 춤췄다. 스텝을 밟고 손뼉을 치고 머리를 흔들면서 별이 수놓은 밤하늘을 올려다봤다. 기분 좋은 땀방울이 흘러내렸다. 타오르는 코코넛 껍질에서는 향유 같은 달콤한 향기가 풍겼다. 불꽃 너머에서 춤추는 사요와 자꾸만 눈빛이 마주쳤다. 아, 이대로 시간이 멈췄으면 좋겠다.

어느덧 노래가 끝나고 소년 소녀들은 숨을 고르며 차분히 정렬했다. 불빛 두 개가 어둠 속에서 천천히 다가왔다. 햇불을 든 시종들 사이에 선 노인이 이 섬에서 지위가 가장 높은 사람이라는 걸 한눈에 알아보았다. 누구보다도 큰 귀걸이를 한 데다가 높이 올려 묶은 머리에 유난히 긴 비녀가 세 개나 꽂혀 있었다. 온몸에는 화려한 소용돌이 모양의 문신이 새겨져 있었다. 저 문신을 완성하기까지 얼마나 오랜 시간이 걸렸고 얼마나 큰 고통을 견뎌냈을까. 섬 주민은 아주 어린 아이들까지도 모두 허리를 숙여 장로에게 존경의 인사를 했다.

그렇지. 감사 인사를 할 좋은 기회다.

약간 긴장한 요이치는 목소리를 쥐어 짜냈다. "구해주셔서 정말 감사합니다." 고개를 깊이 숙였다. 감사하는 마음은 태도로 전해질 것이다.

그러자 장로는 천천히 고개를 끄덕이더니 폴더보다 훨씬 자연스럽게 요이치의 모국어를 구사했다. "감사하다는 말은 사요에게 하게. 살려달라는 외침을 들은 건 그 아이니까."

이런 기적 같은 일이 있을 수가.

놀라서 소녀와 장로의 얼굴을 번갈아 보았다. 말도 안 된다. 간밤에는 폭풍이 몰아쳐서 바다에 빠진 내 비명은 순식간에 묻혔을 텐데. 크루즈선이 이 섬 근처를 지나갔다고 해도 그 소리가 사람의 귀에 닿았을 리 없다.

그러나 장로는 이렇게 말했다. "저 아이는 신비한 아일세. 저 아이의 말이니까 다들 의심하지 않고 사나운 바다로 배를 띄웠지." 주름투성이인 장로의 두 눈에 횃불의 빛이 비쳤다. 두 시종도, 방금 같이 춤춘 소년 소녀들도, 섬 주민들도 사뭇 진지한 얼굴로 고개를 끄덕였다. 누구 하나 그 말을 의심하는 표정을 보이지 않았다.

"고마워, 사요."

"천만에요." 맑은 눈동자, 옅은 미소를 머금은 입가. 그 표정은 나이에 걸맞지 않게 인생을 통달한 사람 같아 보였다.

사요는 신비한 아이. 요이치는 그 말을 믿을 수밖에 없는 기분에 사로잡혔다. 전등불 하나 없는 남쪽 섬의 밤은 칠흑같이 어두웠고, 그 속에서 빛나는 것이라고는 장작불과 머리 위의 별들뿐이었다.

식욕이 있어야 몸도 움직인다. 바다에 빠져 약해졌던 체력도 회복된 것 같아서 그날 밤 요이치는 간병용 오두막에서 바닷가에 있는 배 창고로 거처를 옮겼다. 앞으로는 사요의 극진한 간호를 받을 수 없다는 게 내심 아쉬웠다.

"이곳은 배를 보관하는 창고인데 남자 손님이 머무는 숙소로도 이용합니다. 낮에는 이 섬 남자들의 작업장으로 쓰이기도 하죠." 폴더가 설명했다.

"그런데 배는 어디에 있나요?" 요이치는 주위를 두리번거렸다.

조개껍데기에 코코넛오일을 채운 램프 등불이 오두막이라 하기에는 꽤 넓은 창고의 내부를 흐릿하게 밝히고 있었다. 바닥은 간병용 오두막과 똑같은 산호모래였고, 돗자리 같은 깔개 여러 장이 깔려 있었지만 이곳에도 벽은 없었다. 이 뻥 뚫린 공간에서 외지인 남자 셋이 뒤섞여 자야 한다. 내부가 훤히 보이는 건 다른 민가들도 마찬가지다. 밤바람이 통과하니 무척 시원했다. 깔개의 감촉이나 앉았을 때의 느낌은 조부모님 댁 방에 깔린 다다미와 비슷했다. 탄력이 있어서 체중을 부드럽게 흡수했다.

"배는 고기를 잡으러 먼바다로 나갔습니다."

"그럼 배가 돌아오면 우리를 재워줄 곳이 없어지나요?"

"괜찮습니다. 다섯 척밖에 없으니까요."

"달랑 다섯 척이라고요? 섬사람들이 먹을 양을 잡기에는 부족하지 않나요?"

"생선은 배를 타고 먼바다로 나가지 않아도 잡을 수 있습니다. 얕은 물에서 작살이나 그물이나 통발을 이용해서 작은 물고기나 새우, 문어를 잡죠."

그러자 고지마가 다가와서 요이치의 어깨를 두드렸다.

"자, 이걸 빌려줄게. 지금이라도 빨리 부모님에게 연락드려라. 몹시 걱정하고 계실 거야."

고지마가 가지고 있는 것은 무려 위성통신 단말기였다. 충전용으로 소형 태양광 패널도 갖고 있다고 했다. 그가 들고 온 짐은 많았다. 세 개나 되는 여행용 캐리어는 각각 튼튼한 자물쇠를 채워 오두막의 두꺼운 기둥에 매두었다.

섬사람들이 훔칠 거라고 생각한 건가. 경계심이 지나친 게 아닐까.

그에 비해 폴더는 최소한의 장비만 가져왔다. 기계류는 카메라밖에 없는데 그마저도 거의 사용하지 않는 것 같았다. 기록할 때는 작고 단단한 표지로 싸인 수첩에 직접 적어넣었다.

위성 전화기를 받았다. 제법 묵직한 몸체에 짧고 두꺼운 안테나가 달려 있었다. 콩데이섬에서는 일반 전화로는 외부와 연락할 수 없을까.

"모라벡, 부탁해. 렌털 모드로 바꿔줘." 고지마가 음성을 입력해서 사용자 제한을 해제해주었다.

모라벡은 휴대 단말기에 내장할 수 있는 어시스턴트 AI 중 최상위급에 속했다. 역시나 좋은 장비를 쓰는구나 하고 감탄했다. "고맙습니다. 잠깐 빌릴게요."

그러자 고지마는 얼굴을 가까이 대며 낮은 목소리로 말했다. "요이치, 이 섬을 빨리 떠나는 게 좋을 거야."

"네." 왠지 이상한 느낌이 들었지만 그때는 귀담아듣지 않았다.

위성과 원활하게 통신하려고 배 창고에서 나왔다. 부모님과 나누는 대화가 창피하게 두 사람에게 새어나갈 일이 없으니 마음이 편했다. 모래 해변에 앉았다. 환초로 둘러싸인 밤바다는 거울처럼 고요했다. 선선한 밤바람이 앞머리를 어루만졌다.

"모라벡, 부탁해. 지금 말하는 번호로 연결해줘."

접속되기를 기다렸다. 해변을 살포시 씻고 내려가는 희미한 파도의 소리와 작은 신호 대기음이 뒤섞였다. 쏟아질 듯한 별빛 아래에서는 발밑을 기어가는 소라게의 집게에 붙은 털까지도 잘 보였다.

"여보세요." 이동 위성과 연결되어 어머니의 목소리가 흘러나왔다. 발신인이 아들인 걸 알았는지 어머니의 목소리가 별안간 흔들렸다. "어머, 요이치. 요이치니. 정말 맞니?"

혼날 줄 알았다. 그런데 어머니는 울먹이는 목소리로 아들이 무사한 걸 기뻐했다. 아버지도 전화를 바꿔 받았다. "지금 어디냐? 당장 데리러 가마."

이상했다. 평소에는 그렇게 냉정했던 분이. "여긴 콩데이 섬이에요."

아버지가 숨을 꿀꺽 삼키는 소리가 들렸다. 몇 초 뒤. "왜, 왜 거기 있니. 어쩌다 하필이면 제물의 섬에……." 아버지의 뒤에서 그 이야기를 들은 어머니가 새된 비명을 질렀다.

"절 구해줬어요, 이 섬 사람들이요." 당황한 요이치는 해명하기 시작했다. "제물이니 뭐니 하는 소문은 다 거짓말이에요. 다들 제게 친절하게 잘해줬어요. 그러니까 걱정하지 마세요." 환대받고 함께 어울려 춤을 추고 나니 제물 풍습에 대한 공포심이 말끔히 사라지고 없었다. 저 순박하기만 한 원주민들이 살인한다는 건 상상도 되지 않았다.

"정말이니? 안전한 거지?" 이렇게까지 마음을 놓지 못하는 아버지의 목소리는 처음 들어봤다.

아, 이렇게도 날 걱정해주다니. 요이치는 이때 처음으로 부모님의 사랑을 실감했다. 지금 당장 자신이 다 잘못했다고 용서를 빌까 생각했다. 지금까지 고집만 부렸던 태도와 자신을 낳아준 부모님을 향해 던진 마음에 없었던 소리들, 화풀이하러 선원들의 눈을 피해 폭풍우 치는 갑판에 올라간 어리석은 행동까지. 그러나 입에서 나온 말은 달랐다.

"저, 조금만 더 이 섬에 머물래요."

예상외의 제안에 부모님이 놀라는 사이에 2주쯤 뒤 크루즈 선이 다시 이 해역으로 돌아올 때 배에 오르겠다고 약속했다.

"진짜로 걱정하지 않아도 돼요. 또 연락할게요." 요이치는 기분 좋게 통화를 끝냈다. 부모님보다 지금은 사요였다. 우선순위를 따지면 사요가 훨씬 더 위에 있었다. 부모님이야 언제든 다시 만날 수 있으니까.

배 창고로 돌아온 요이치는 고지마에게 위성 전화기를 돌려주자마자 씩씩하게 선언했다. "앞으로 2주간, 이 섬에서 지낼 거예요. 잘 부탁합니다."

"오, 잘됐군요." 폴더는 램프 등불 아래에서 활짝 웃었다. "좋은 대화 상대가 생겼네요. 기쁩니다."

그와 달리 고지마는 깜짝 놀라더니 이내 눈썹을 찌푸렸다. 요이치는 그러한 고지마의 의도를 알아채기에는 기분이 너무 들떠 있었다.

역사의 외침 3

1960년 4월, 웨스트버지니아주 국립전파천문대. 천문학자

프랭크 드레이크는 세계 최초로 외계에 있는 지적 생명체 탐사를 목적으로 한 오즈마 계획을 실시했다. 지금 기준에서 봐도 주도면밀하게 설계한 탐사였으나, 4개월이 지나도 의미 있는 전파 신호를 관측하지 못한 채 종료되었다.

그 이듬해에 드레이크는 전문가 아홉 명을 천문대로 초빙하여 회의를 열었다. 외계에 있는 지적 생명체를 발견할 가능성을 알아보기 위해서였다. 그들 중에는 천문학자 칼 세이건도 있었다. 이리하여 인간과 교신할 수 있는 외계 문명의 수를 추정하는 식으로 유명한 드레이크 방정식이 탄생한다.

이 회의에서 계산한 결과를 보면, 우리 은하에는 1천 개에서 1억 개에 이르는 문명이 존재할 수 있다.

외계 지적 생명체 탐사는 SETI Search for Extra-Terrestrial Intelligence라는 약칭으로 불리며, 현재 진행 중이지만 아직 아무런 신호도 발견하지 못했다. 드레이크는 아흔두 살로 세상을 떠날 때까지 SETI 활동에 관여했다.

남쪽 섬 3

다음 날 아침.

눈을 뜬 직후 요이치는 자신이 지금 어디에 있는지 몰라서 혼란에 빠졌다. 그것도 잠시, 벽이 없는 배 창고로 사정없이 쏟아져 들어오는 아침 햇살을 맞고 나서 알았다. 그렇다, 이곳은 콩데이섬이다. 나는 사요와 함께 지내고 싶어서 이 섬에 머무르기로 했다.

몸을 일으키자 옆에서 자고 있던 인류학자도 막 깬 것 같았다. 빨리 사요를 보러 가고 싶었다. 그녀의 집이 어딘지 폴더는 알까. 하지만 물어보기가 쑥스러웠다. 어떻게 말을 꺼내야 하나.

그렇게 머뭇거리는데 인류학자가 먼저 말을 걸었다.

"어때요? 선선할 때 섬을 산책할까요?"

요이치는 구원의 손길이 내려오자 덥석 잡았다. 산책하는 길에 그녀를 만난다면 바라던 바가 아닌가.

아직 잠에 취해 있는 고지마를 오두막에 남겨두고 두 사람은 촌락으로 향했다. 산책길은 이 섬의 중심가였다. 그래도 길의 폭은 2미터도 되지 않았다.

"안녕합니까."

"안녕합니까."

마주치는 섬 주민들이 상냥한 미소로 먼저 인사를 걸어왔다. 그들은 그물망과 작살, 바구니를 들고 있었다.

"다들 일찍 일어나네요." 요이치는 계속 곁눈질로 사요를 찾았다.

"보통 오전에 일합니다. 한낮에는 너무 뜨거워서 쉬어야 하죠. 남쪽 섬 사람들의 지혜랍니다."

마당에서 식사 중인 한 가족이 손짓하며 산호석에 구운 푸른 바나나와 생선을 먹어보라고 권했다. 아장아장 걷는 아이도 후식으로 먹던 과일을 반 잘라서 건네주려고 했다.

"음식은 나눠 먹는 게 이 섬의 문화입니다."

폴더와 나란히 걸으면서 아까 아이에게 받은 판다누스 열매를 베어먹었다. 크기나 생김새도 파인애플과 비슷한데, 알알이 나뉘어 있는 모습은 스낵 파인을 닮았다. 맛은 조금 떫은 맛이 나는 멜론 같았다.

"저렇게 인심 좋게 나눠주기만 하다가는 자기 몫이 없어지지 않나요."

"괜찮습니다. 이 섬 사람들은 서로 친척이거나 친구이거나 친척의 친구이거나 친구의 친척입니다. 베푸는 게 있으면 언젠가 보답이 돌아오지요."

"그래도 우리는 외지인인데 보답할 기회가 없을지도 모르잖아요."

"괜찮습니다. 손님이 오면 최대한 정성껏 대접하는 게 이곳의 문화이니까요. 이 섬에서는 사람과 사람 사이의 유대 관계를 돈독히 하는 것을 가장 중시합니다."

사람과 사람 사이의 유대 관계라. "멋진 문화네요."

인류학자는 먼 곳을 내다보았다. "예전에는 다른 섬들도 그랬습니다. 지금은 돈을 제일 중시하지만요."

다시 생각해봐도 콩데이섬 사람들이 제물로든 무슨 명목으로든 사람을 죽인다는 말은 믿을 수 없었다. 아마도 옛날 어느 나라에서 오해한 게 소문을 타고 퍼져나갔고 그게 사실처럼 굳어졌으리라. 나쁜 평판은 쉽게 사라지지 않는 법이니까. 설령 확실하지 않은 의혹에 불과할지라도.

그러니 이 2주간은 마음속에 그렸던 남쪽 섬에서 휴가를 보내면 된다.

사요와 손을 마주 잡고 빙글빙글 춤추는 모습을 상상하는 것만으로도 기뻐서 어쩔 줄 몰랐다. 투명한 푸른 바다와 하얗게 빛나는 모래 해변을 배경으로 그토록 꿈꿨던 이상형의 소녀가 머리에 커다란 꽃송이를 꽂고 미소 짓는다. 섬 주민들로 구성된 악단이 북을 두드리고 신나는 노래를 부르며 분위기를 띄워준다. 아, 완벽하다. 내 인생 최고의 하이라이트가 아닐까.

판다누스 열매의 껍질은 딱딱해서 먹을 수 없으니 던져버렸다. 하얀 산호모래로 된 바닥에 버리면 보기도 좋지 않을뿐더러 규율을 위반하는 셈이므로 길 양옆의 울창한 빵나무와 판다누스 수풀을 향해 던졌다. 언젠가는 나무들의 양분이 될 것이다.

머리 위에서 아치를 그리는 코코넛 잎사귀 틈새로 하늘을 우러러봤다. 느긋하게 풍경을 감상하고 이야기를 나누고 간식을 먹으면서 길 한복판을 당당하게 걷는 게 이렇게 기분 좋은 일인 줄 몰랐다. 이 섬에는 엔진을 장착한 이동 수단이 한 대도 없다. 자전거조차 없다. 요이치가 사는 나라의 길거리에서는 내내 차 바퀴에 쫓겨 몸을 웅크리고 걸어다녔다는 것을 새삼 느꼈다.

마음껏 심호흡했다. 이곳의 공기는 맑고 깨끗하다. 자동차가 없는 길은 산호가 부서져 생긴 모래로 덮여 있다. 강수량이 많고 습도까지 높으니 공기 중에 먼지가 떠 있을 수 없다.

길가의 오두막에서 여자들이 작업을 하고 있었다. 벽이 없으니 내부 모습이 훤히 보였다. 하얀 산호모래가 깔린 바닥에 연령대가 다양한 여자가 열 명 넘게 앉아서는 기다란 잎사귀를 엮어 무언가를 열심히 만들었다. 깔개와 부채, 작은 바구니와 큰 바구니, 적당한 바구니와 거대한 바구니, 햇빛을 완벽히 차단해줄 것 같은 챙 넓은 모자였다.

"저건 판다누스 잎입니다. 판다누스도 매우 편리한 식물이죠." 폴더는 이 섬의 풍습을 아낌없이 알려주었다. 이야기를 들어줄 사람이 있어서 즐거운 것 같았다. "여자들은 저 잎사귀로 무엇이든 만들어낼 수 있답니다. 배의 돛도 저걸로 만들죠."

"우아, 이 섬의 배는 돛으로 움직이는군요." 그렇게 맞장구치면서도 요이치는 일하는 여자들 사이에 사요가 있는지 살펴봤다. 있다. 찾았다. 사요의 이름을 부르며 크게 손을 흔들어봤다.

그러자 소녀는 눈부신 미소를 지어주었다. 앗, 어쩌지. 그토록 사요를 찾았던 주제에 막상 보이니까 얼떨떨해지는 이 기분은 뭘까. 요이치는 어색하게 오른손을 들었다. 산뜻하게 미소 지으려고 했는데 억지웃음처럼 보이진 않았을까.

사요는 옆에 앉아 있는 소녀에게 신호를 주더니 둘이서 함께 달려 나왔다.

"선물."

그렇게 말하고 두 소녀는 손에 든 꽃목걸이를 요이치의 목에 걸어주었다. 하얀 꽃은 코를 찌를 듯이 진한 남쪽 섬의 향기를 퍼뜨렸다.

"고마워." 멋쩍게 웃으면서 소녀들에게 인사했다. 그러고보니 두 사람은 많이 닮았다. 사요 옆에 있는 소녀는 키가 조금 더 작고 얼굴에서 앳된 티가 났다. 물론 가슴도 사요보다 작았다.

"동생. 마쓰."

사요가 그렇게 소개했다. 그 이름도 요이치의 모국에 있을 법한 이름이었다.

"섬에서 가장 예쁜 자매입니다." 폴더가 덧붙였다.

그래도 사요가 더 예뻤다. 요이치는 볼이 달아오르는 걸 느끼면서도 어떻게든 자신이 표현할 수 있는 말로 그녀의 아름다움을 칭찬해보려고 했다. "마치 오토히메 같아." 이상하게도 오늘은 사요의 얼굴을 바라볼 수 없었다. 눈을 똑바로 바라보지 못하고 시선을 내렸다. 가슴을 볼 때 느꼈던 죄책감은 거의 사라지고 없었다. 익숙해진다는 것은 참 무서운 일이다.

"오토히메?" 박식한 인류학자도 그 말은 모르는 눈치였다.

"아, 처녀*라는 뜻인가요?"

"음, 조금 다르지만요." 막상 외국인이 물어보면 어떻게 설명해야 할지 모르겠다. 다시 사요의 가슴을 보는데 문득 눈에 들어오는 게 있었다. 귀여운 두 유방 사이의 골짜기 한가운데에 검은 반점이 있었다.

그 점을 눈여겨보았다. 예쁜 손바닥 모양인데 크기가 작아서 아기 손 같았다. 그런데 반점이라고 하기에는 그려 넣은 것처럼 형태가 뚜렷했다. 혹시 문신인가.

이것도 섬의 풍습이려나. 폴더 씨에게 물어볼까.

그때 등 뒤에서 현지어로 쾌활하게 외치는 소리가 들려왔다. 뒤돌아보니 소년 여러 명이 화려한 줄무늬 허리 덮개를 펄럭이며 달려오고 있었다.

폴더가 통역해주었다. "고기잡이배가 곧 돌아온다고 합니다. 같이 보러 가자고 하는군요. 가볼래요?"

사요의 곁을 떠나고 싶지 않았지만, 일부러 말을 걸어주었으니 거절할 수 없었다.

"가볼게, 사요. 또 보자."

손을 흔들자 소녀도 손을 흔들어주었다. 괜찮다. 금방 다시 만날 테니까. 꽃목걸이도 받았으니 느낌이 좋았다. 요이치는 잔뜩 들뜬 기분으로 맨발의 소년들을 쫓아 중심가를 달렸다.

---

* 처녀는 일본말로 '오토메'라고 한다.

그런데 체력의 차이인지 순식간에 간격이 벌어지고 말았다.

"기다려!" 허리 덮개의 옷자락이 휘리릭 수풀의 모퉁이를 꺾어 사라졌다. 그 앞은 해변으로 내려가는 오솔길이었다. "기다리라고!" 한 번 더 외쳤을 때 무언가가 요이치의 뒤통수를 스쳐 발뒤꿈치 바로 옆으로 떨어지면서 둔탁한 소리를 냈다.

화들짝 놀라 돌아보니 하얀 모래땅에 푸른 코코넛의 꽁무니가 반쯤 묻혀서 꽂혀 있었다.

위를 올려다봤다. 야자수 줄기가 부드러운 곡선을 그리며 하늘을 향해 뻗어 있었다. 왕관 같은 무성한 녹색 잎사귀 밑에 한 소년이 두 다리와 왼손만 이용해서 매달려 있었다. 오른손에는 단도를 쥐고 있었다.

요이치는 그저 감탄했다. 믿기지 않았다. 혼자서 저렇게 높은 곳에 올라갈 수 있다니. 안전하게 발 디딜 데도 없고 밧줄조차 없는데.

그런데 그 소년의 얼굴이 어딘가 낯이 익었다. 지난밤에 장작불을 피운 소년이었다. 저렇게 재주도 많다니, 멋지다.

섬 소년은 요이치를 가만히 지켜보다가 야자수의 수관에 칼질을 했다. 잠시 뒤 푸른 열매가 또다시 요이치의 발밑으로 떨어졌다.

위험하게 무슨 짓이냐고 큰 소리로 따져 물어도 되지만 요이치는 방금 사요에게 꽃목걸이를 받고 들떠 있는 상태였다. 우연히 수확 작업 중인 현장에 들어왔을 뿐이다. 요이치는 꽃목걸이의 향기를 다시 한번 들이마시고는 바다로 이어진 오솔길을 내려갔다.

해변에는 이미 섬 주민 수십 명이 모여서 수평선을 내다보고 있었다. 요이치가 도착했을 무렵, 때마침 시력이 좋은 사람들이 산호초 너머에 하얗게 빛나는 점을 발견하고 환성을 질렀다. 허리 덮개만 걸친 아이들이 일제히 바다로 뛰어들더니 투명한 에메랄드 그린빛 물살을 능숙하게 가르면서 환초가 끊어진 지점을 향해 헤엄쳐 갔다.

요이치는 또 한 번 감탄했다. 나보다 훨씬 어린 아이들도 있는데. 이곳 사람들이 전진할 때, 육지와 바다의 경계는 없는 것이나 마찬가지였다. 오히려 바닷속에서 움직이는 게 더 빠르지 않을까. 저렇듯 헤엄치는 모습이 마치 돌고래나 물고기 같았다.

근시가 약간 있는 요이치의 눈에도 곧 배가 보였다. 먼저 하얀 돛이 보였다. 아름다운 삼각형 돛은 당당하게 바람을 품고 있었다. 저 돛을 판다누스 잎으로 만들었단 말인가. 얼마나 많은 여자의 손으로 저걸 짰을까. 선체는 양 끝이 뾰족해서 모양만 봐서는 앞뒤를 구별할 수 없었다. 하얀 삼각형 돛을 펄럭이며 잔물결 이는 수면을 미끄러지는 배의 우아한 자태에 요이치는 완전히 매료되고 말았다. 조용하다는 점에도 놀랐다. 다섯 척이나 뭍으로 접근하는데도 엔진 소리처럼 귀에 거슬리는 소리가 나지 않았다.

배가 다가올수록 뱃사람들의 모습도 잘 보였다. 요이치는 바다 사나이들의 육체미를 홀린 듯이 바라보았다. 허리 덮개만 걸친 몸에는 군살이 없었다. 그렇다고 해서 도시의 보디빌더처럼 영양소를 보충해서 근육을 과하게 키운 것도 아니다. 배를 타는 데 필요한 만큼의 근육만 붙어 있었다.

카페라테 색의 건장한 젊은이들은 해변을 향해 손을 흔든 뒤 순식간에 삼각형 돛을 둘로 접고, 마스트를 빼고, 돛을 돌돌 말아서 배 위에 눕혔다. 돛단배는 순식간에 노 젓는 보트로 변신했다. 마술을 보는 것 같아서 요이치는 몇 번이나 눈을 비볐다.

젊은이들 중 한 명이 배에 실린 수확물을 들어서 보여주었다. 신선한 생선은 햇빛을 반사하며 잘 다듬은 강철처럼 반짝였다. 해변에서 환호가 터졌다. 바다나 낚시를 잘 모르는 요이치도 그 생선의 이름은 알고 있었다. 가다랑어다. 몸통은 우람하고 통통하며, 꼬리와 지느러미는 칼날처럼 뾰족하고, 눈알은 맑고 싱싱했다.

전통적인 돛단배는 아까 바다로 뛰어든 아이들의 안내에 따라 모래밭에 달라붙듯이 물가로 올라왔다. 가까이 다가가보니 커다란 통나무 한 그루의 속을 파내서 만든 배였다. 뱃전과 밑바닥, 노와 방향키의 테두리는 전부 완만한 곡선을 그렸다. 설계도가 있는 공업제품과 다르게 사람의 손으로 끈기 있게 깎아냈다는 증거다. 못을 쓴 흔적은 없었다.

이렇게 아름다울 수가.

뱃사람들이 배를 들어 창고로 옮겼다. 전통적인 통나무배의 유려함과 간편함이 요이치의 가슴을 뜨겁게 달구는 사이, 해변에서는 수확물을 나누고 있었다.

"잡아온 물고기는 각 집에 나눠줍니다. 공평하게."

폴더가 요이치 옆으로 와서 모래 해변에 앉았다. 천천히 걸어서 따라온 모양이다.

"아름답네요, 저 배."

요이치가 뱃사람들이 나르는 통나무배를 가리키자 인류학자는 마치 자기 일인 것처럼 흐뭇하게 웃었다. 그러나 곧 쓸쓸한 표정으로 바뀌었다.

"저런 배를 만드는 곳은 이젠 이 섬밖에 없습니다. 다른 섬에서는 모터보트를 구입하니까요."

요이치는 그 말을 몹시 애석하고 슬프게 느꼈다. 이런 기분이 든 것은 처음이었다. "저 배, 좀 더 많이 만들면 좋을 텐데."

"그건 안 됩니다."

"왜요?"

"다섯 척으로 정해져 있습니다. 오래된 배가 망가졌을 때만 새로운 배를 만들 수 있습니다."

"그런 건 누가 정했어요? 장로인가요?"

그러자 인류학자는 말없이 바다를 가리키더니 이어서 섬의 숲을 가리켰고, 하늘을 가리키며 눈을 감았다.

아, 이 섬의 신을 말하는 건가. 요이치는 이해했다.

뱃사람들이 잡아온 가다랑어는 손님들의 저녁식사에도 올라왔다. 이번에도 어김없이 코코넛밀크에 버무려져 있었다.

다른 바나나잎 그릇에는 첫날 먹고 감동했던 새알심이 수북했다.

"와, 저 이거 정말 좋아해요. 고마워요."

음식을 가져온 노파는 진심으로 기쁨 어린 미소를 지었다. "보잘것없지만 많이 드시오." 고풍스럽고도 우아한 말투로 대답한 노파는 백발 머리를 숙여 인사한 뒤 다시 촌락 쪽으로 돌아갔다.

폴더가 새알심을 가리켰다. "이건 빵나무 열매를 삶아 빻은 뒤 다져서 만듭니다. 시간이 아주 오래 걸리죠."

그래서 떡 같은 식감이 난 것이다. "그런데 왜 빵나무 열매라고 하나요? 맛은 고구마나 밤이랑 비슷한데요."

"이 식물에 빵나무라는 이름을 붙인 사람은 17세기에 활동한 해적 윌리엄 댐피어입니다. 그에게는 이 열매가 머나먼 고향에서 먹었던 빵처럼 보였나 보죠."

해적이라면 어쩔 수 없지. 요이치는 죽은 지 300년도 지난 남자를, 고향을 그리워했을 마음을 생각해서 용서해주었다.

빵나무 열매로 만든 새알심과 신선한 생선을 감사한 마음으로 집어 먹었다. 이런 요리는 크루즈 중에도 구경하지 못했다. 크루즈 선상이나 지금까지 들렀던 관광지 섬에서 나온 식사는 죄다 프랑스 요리였다. 부모님은 만족해하는 것 같았지만 소년이 남쪽 섬에서 바란 것은 그런 게 아니었다.

한동안 정신없이 먹다가 문득 신경 쓰이는 게 있었다. 고지마가 접시에 전혀 손을 대지 않았다.

"안 드세요?"

고지마는 오두막 구석의 기둥에 기대어 자기가 챙겨 온 통조림을 뜯었다. "한 달이나 있다 보니 음식이 다 물리더라. 너도 날마다 생선에 나무 열매만 먹어 봐."

"정말요?" 요이치는 놀라서 손을 멈췄다. 이렇게 맛있는 게 물린다니. 새알심만 해도 아까 친절했던 할머니나 아마 사요도 포함해서 여러 사람이 시간과 정성을 들여 만들었을 텐데. 가다랑어도 그 멋진 사나이들이 먼바다까지 나가서 잡아 왔는데.

지붕 밑에 자리 잡은 아름다운 통나무배로 눈길을 돌렸다. 마스트를 바닥에 눕힌 배 다섯 척은 날개를 접고 잠든 바닷새처럼 보였다.

가슴이 답답했다. 그러나 다행히 온종일 섬 전체를 둘러보고 다닌 덕분에 위장은 아직 여유가 있었다. "그럼 제가 먹어도 될까요?"

"마음대로 해." 청년은 나무젓가락으로 통조림을 먹었다. 램프 불빛이 통조림통 옆면을 비췄다. 유명한 규동 체인점의 로고가 박혀 있었다.

폴더는 두 사람의 대화에 별 관심을 기울이지 않고 묵묵히 자기 그릇을 비웠다.

고지마는 인류학자를 흘깃 보고 나서 헛기침을 한 번 했다. "이봐, 요이치. 넌 하루라도 빨리 이 섬을 떠나. 다른 섬에서 모터보트를 빌려줄 사람을 알고 있어. 위성 전화기로 보트를 불러줄게."

"저만 보면 떠나라, 떠나라, 왜 자꾸 그 말만 해요?" 무의식적으로 언짢은 말투가 튀어나왔다.

청년은 젓가락으로 통조림 안에 남은 밥알을 한구석에 살뜰히 모았다. "이곳 음식은 금방 질릴 거야. 쌀밥이 그리워질걸? 고기도."

그 말을 듣고 보니 이곳에서 경작지나 가축을 본 적이 없었다. 서양에서 온 인류학자에게 시선을 돌리자,

"이 섬은 산호모래로 되어 있습니다. 그러니 곡물이나 채소도 자라지 않죠. 먹을 게 충분하지 않으니까 가축을 기를 여유도 없는 겁니다"라는 대답이 돌아왔다. "저는 제 나라에서 지낼 때부터 고기를 먹지 않는 습관을 길렀습니다. 그래서 불편하지 않습니다."

으음. 고기도 없고 쌀밥까지 없는 건 아쉽긴 했다.

하지만 딱 2주간이다. 사요와 지낼 소중한 시간을 음식이 질린다는 이유 따위로 단축할 수야 없지.

"그런데 고지마 씨는 왜 이 섬에 온 거예요? 음식도 질렸다면서."

고지마는 젓가락을 두 동강 내서 빈 깡통에 쑤셔 넣었다. 그리고 하얀 비닐봉지에 넣고 입구를 단단히 묶었다. "하고 싶은 일이 있어서 왔어. 콩데이섬의 진실을 온 세상에 알릴 때까지 돌아가지 않을 거야."

"진실이라니. 설마, 제물 풍습이요?"

고지마는 진지한 얼굴로 고개를 끄덕였다.

"알겠다. 동영상을 찍으려는 거죠?"고지마가 가져온 많은 짐을 떠올렸다. 그 안에 촬영 장비들이 들어 있어도 이상하지 않다.

특종을 찾아 전 세계의 비경을 돌아다니는 젊은이들이 선진국에 꽤 많다는 사실은 알고 있었다. 그들은 돈과 명성을 위해 위험을 무릅쓰고, 모국에 민폐를 끼치고, 때로는 목숨까지 버려서 가족을 슬픔에 빠뜨린다. 요이치는 그런 이기적인 어른들을 진심으로 경멸했다.

"제물은 무슨. 저 먼 나라에서 착각한 거겠죠. 이런 평화로운 섬에서 그런 일이 일어날 리 없어요."

"넌 그렇게 믿고 싶겠지. 하지만 증거가 있다. 식민지 시대에 행정관이 쓴 일기가 국회도서관에 보관되어 있어. 의식에 관해 여러 명이 언급한 내용이 있다."

"식민지 시대라면 100년도 더 지난 과거잖아요. 그렇게 오래된 걸 증거라고 할 수 있나요?"

"의식을 찍은 사진도 돌아다녀. 딱 봐도 최근에 찍은 거야. 하얀 모포에 싸인 시체가 찍혀 있었다고."

"일반 장례식 자료에서 그럴듯해 보이는 장면만 편집했을 수도 있죠."

"그렇게 말하는 사람들도 진실을 확인할 수 있게 실시간으로 생중계할 거야. 거짓말이었다면 애초에 다른 나라들이 그렇게 등을 돌리지는 않았겠지. 나는 제물 의식이 존재한다고 믿는다." 고지마는 비닐봉지를 들고 일어섰다. 그리고 모래밭으로 나가 수풀 밑을 파고는 쓰레기 봉지를 묻었다. 그는 다시 돌아와서 요이치 옆에 앉았다. "아무튼, 요이치, 넌 돌아가라. 여긴 네가 오래 머물 곳이 아니야."

"자꾸 왜 그래요?" 고개를 갸웃하면서 고지마의 얼굴을 쳐다봤다. 흔들리는 램프 불빛을 담은 그의 눈동자가 의미심장하게 빛났다. 그는 제물 의식이 실제로 있다고 말했다. 진실을 전 세계에 알리겠다고 했다.

만약 그의 말이 옳다면.

끔찍한 상상이 펼쳐졌다. "설마, 제 또래의 먼 이국에서 온 소년을 잡아서 제물로 삼나요? 어젯밤 그 환영회는 의식의 전야제였나요?" 갑자기 맥박이 빨라지고 숨이 가빠졌다. 손바닥에 땀이 배어 나왔다.

폴더를 돌아봤다. 그라면 아는 게 있을 것이다.

그러나 인류학자는 나지막한 목소리로 이렇게 답했다. "섬의 풍습 중 몇 가지는 외지인에게 말할 수 없습니다. 그것은 금기입니다. 꼭 알고 싶다면 당신들 눈으로 직접 보는 수밖에 없습니다. 저도 계속 그렇게 해왔고요."

"금기라뇨."

"신과 맺은 약속입니다. 이를 어기면 무서운 일이 일어납니다." 허리 덮개 하나만 걸친 인류학자의 눈빛은 차분했다.

"저런다니까. 이자는 금기를 방패 삼아 중요한 걸 하나도 알려주지 않아." 고지마는 어깨를 으쓱했다. "식민지 시대의 수기에도 자세히 묘사되어 있지는 않아. 행정관들은 부임지의 풍습에 별로 관심이 없었던 모양이야. 어떤 의식이며 누가 희생자가 되는지는 나도 몰라. 그렇지만 미라를 발굴하러 갔다가 되레 미라가 되는 수가 있어. 그러니까 요이치, 넌 최대한 빨리 이 섬을 떠나라. 너 같은 아이를 말려들게 하고 싶지 않다. 설령 네가 피해를 보지 않더라도 제물 의식 같은 걸 어린애가 목격해서 좋을 건 없지."

어린애 취급을 당하자 요이치는 반발했다. "그게 뭐예요. 모순이잖아요. 의식을 영상으로 찍어서 전 세계에 중계한다면서요. 아이들이 볼지도 모른다고요."

"물론 시청 등급은 12세 이상으로 제한할 거야."

"저는 열세 살이에요." 무심결에 말이 세게 나왔다. "아무튼 쓸데없는 참견은 하지 마세요. 저는 2주간 이곳에 머물기로 했으니까 방해하지 말라고요." 요이치는 신경질적으로 일어나서 모래밭으로 성큼성큼 걸어 나갔다.

오두막 밖은 아름다운 달밤이었다. 하얀 달빛이 산호모래를 비추었다. 요이치는 빛나는 달의 표면에서 소녀의 옆모습을 발견했다. 2주 동안 어떤 위험이 도사리고 있을지 모른다. 그래도 사요와 지내는 시간은 그 무엇과도 바꿀 수 없다. 네가 사는 이 섬에 머물고 싶어, 사요.

역사의 외침 4

SETI는 어째서 외계 문명의 신호를 발견하지 못할까.

드레이크 방정식은 인류와 교신 가능한 외계 문명의 수 N을 7가지 변수의 곱으로 나타낸다.

R*   우리 은하에서 1년 동안 탄생하는 항성의 수

FP   항성이 행성계를 가지고 있을 확률

NE   행성계에서 생명체가 살 수 있는 행성의 수

FL   생명체가 살 수 있는 행성에 생명체가 발생할 확률

FI   생명체가 지적 생명체로 진화할 확률

FC   지적 생명체가 성 간 통신을 시도할 확률

L   성 간 통신을 시도하는 문명이 지속되는 기간

R*, FP, NE은 현재에 이르러서는 매우 정확한 수치를 추정할 수 있게 되었다. 그것도 희망을 품을 정도로 크다. 그 외에 네 가지는 아직 추정치에 불과하다. 이들 중 무언가가 드레이크 방정식의 값을 억누르고 있다고 추측할 수 있다.

FL, FI, FC는 거의 1이라고 단언하는 사람부터 0에 가깝다고 주장하는 사람까지 있을 정도로 의견이 다양하다. 1이라고 생각하는 사람은 지구에 존재하는 인류라는 유일한 샘플의 영향을 지나치게 받은 것이다. 생명체의 발생은, 지적 생명체로 발달하는 일은 우리가 상상하는 것보다 훨씬 드물게 나타나는

현상일지도 모른다. 생각해보면 170만 종이 넘는 지구 생물 중 태반이 지적 능력 없이도 훌륭하게 번영하고 있지 않은가.

노년에 드레이크는 자신의 방정식을 단 하나의 변수로까지 압축했다.

$$N = L$$

남쪽 섬 4

둔탁하고 흐릿한 나팔 소리에 요이치는 눈을 떴다.

"무, 무슨 소리죠?" 판다누스 깔개에서 상체를 일으켰다. 날이 조금씩 밝아오고 있었다. 가까이에서 자던 두 여행객도 일어났다.

"시끄럽네. 저게 무슨 소리야?" 고지마는 잠이 덜 깼는지 눈을 비볐다.

"소라고둥입니다." 폴더가 일어서서 허리 덮개를 고쳐 맸다. "비상사태를 알리는 소리입니다. 바다 쪽에서 났으니까 가 보죠."

비상사태라는 말에 고지마도 정신이 번쩍 든 것 같았다. 세 사람은 함께 해변으로 달려 내려갔다. 파도치는 해변에는 배 다섯 척과 뱃사람들이 있었다. 그 주위로 소라고둥 소리를 들은 섬 주민들이 모여들었다. 고기잡이를 나가는 분위기는 아니라고 직감했다.

그런데 저 남자들. 어두울 때 창고에 와서 우리를 깨울까 봐 조심스럽게 배를 꺼내 갔구나. 요이치는 먼저 그 점에 놀랐고, 그들의 배려에 감사했다.

사람들이 계속 모여들었다. 그 가운데 사요와 마쓰 자매와 그들의 어머니로 보이는 중년 여자를 발견했다. 세 사람 다 골똘히 생각에 잠겨 있었다. 그래서 선뜻 말을 걸기 어려웠다.

배 다섯 척 중 한 척에 사람들의 관심이 집중되었다. 폴더는 그들 곁으로 다가가 현지어로 말을 걸었다. 섬 주민들은 정중하게 응대했다.

"역시 말이 통하는 힘은 크군." 고지마가 중얼거렸다.

곧 폴더가 두 사람을 돌아보며 손짓했다. 가까이 달려가 봤더니 "이걸 보십시오. 심각하죠."

배 내부에 바닷물이 차 있었다. 자세히 보니 바닥에 균열이 나 있었다.

인류학자는 뱃사람들과 다시 몇 마디를 나눈 뒤 이렇게 말했다. "이 배가 가장 오래되었습니다. 여기저기 상처는 났지만 수리하면서 사용했지요. 그런데 이젠 수명이 다한 것 같습니다."

"수명이 다했다면." 요이치는 어제 폴더가 해준 설명을 떠올렸다. "새로운 배를 만들겠네요." 갑자기 심장이 크게 뛰었다. 이 아름다운 배를 만드는 과정을 처음부터 지켜볼 수 있을지도 모른다. 사요의 카페라테 색 손이 판다누스 잎으로 삼각형 돛을 짜나가는 모습도.

그런데 요이치가 순수하게 들뜬 데 비해 인류학자와 뱃사람들, 섬 주민들의 표정은 하나같이 심각했다.

왜 그러지. 요이치는 고개를 갸웃했다. 그때 모두의 눈이 요이치의 등 뒤로 넘어가길래 뒤돌아보았다.

장로가 양옆의 두 시종에게 부채질을 받으며 해변으로 천천히 걸어나왔다. 사람들은 좌우로 갈라지며 배로 가는 길을 터주었다. 요이치도 허둥지둥 물러났다.

장로는 허리를 굽혀 배의 바닥을 확인하더니 다시 몸을 일으키고는 고개를 저었다. 그러고 나서 알아들을 수 없는 현지어로 두 시종에게 명령을 내렸다. 시종들은 고개를 끄덕했고, 한 사람이 목에 걸린 소라고둥을 불었다. 아까 울린 신호와는 가락이 다르다는 사실을 외지인인 요이치도 느꼈다. 긴 음 몇 가락을 조합한 선율은 구슬프기 그지없었다.

만가輓歌*라는 옛말이 뇌리를 스쳤다.

사람들의 시선이 망가진 배와 장로를 지나쳐 일제히 다른 곳을 향했다. 요이치도 시선이 쏠리는 방향을 쫓았다. 그런데 그 앞에 있는 건.

사요 자매와 그들의 어머니가 아닌가.

"왜, 왜들 그래요?" 불길한 예감이 들어서 폴더의 팔을 건

---

* 죽은 사람을 애도하는 노래나 가사.

드렸다. 그러나 인류학자는 가만히 지켜보라는 듯 고개를 살며시 젓기만 했다.

장로와 시종들은 무거운 걸음을 떼며 사요 가족에게 다가갔다. 뭐, 뭐지. 대체 무슨 일이 일어나려는 거지. 요이치의 가슴은 불안감으로 가득 찼다.

장로는 모녀 앞에 멈춰서서 오른손을 뻗었다. 아, 싫어. 설마, 아니겠지.

그의 손은 사요의 가슴 한가운데에 있는 손바닥 모양의 문신을 정확히 가리켰다. 사요는 두 눈을 감고 오른손으로 자기 문신을 만졌다. 받아들이겠다는 신호로 보였다.

그제야 폴더가 입을 뗐다. "이제 시작되고 말았으니 설명해도 괜찮겠죠. 새로운 배를 만들 때는 신에게 제물을 바쳐야 합니다. 가슴에 새겨진 손바닥 문신은 신을 위해 준비된 제물이라는 증표입니다."

제물의 증표라고? 사요가, 왜?

요이치는 충격이 큰 나머지 휘청거렸다. 그 몸을 뒤에서 고지마가 받쳐주었다. "괜찮냐?"

그러나 요이치는 말없이 청년의 손을 뿌리쳤다. 이 사람은 사요를 촬영할 작정이다. 그 가련한 모습을 거침없이 카메라에 담아서 전 세계 사람들에게 노출하려 한다. 그럴 목적으로 이 섬에 왔으니까.

요이치는 인류학자의 팔을 세게 잡아당겼다. "폴더 씨, 통역 좀 해주세요." 사요 모녀와 장로 사이에 끼어들어 소녀의 손을 잡았다. "사요, 내가 보트를 부를게. 같이 이 섬을 떠나자."

분명 인류학자는 그 말을 통역해야 할지 말지 망설이고 있었다. 그가 결단하기 전에 장로가 먼저 입을 열었다. "외지에서 온 손님이여. 그건 안 되네."

"왜요?" 요이치는 장로에게 따졌다. 주위의 섬 주민들은 요이치의 무례한 행위에 술렁거렸고 고함을 터뜨리기도 했지만 소년의 귀에는 아무것도 들어오지 않았다. "안 돼요. 제물이라뇨. 배를 만드는 일 따위에 왜 사람을 죽여야 하죠? 그것도 하필이면 왜 사요냐고요!"

"그것은." 장로는 주름진 큰 손을 자기 가슴에 댔다가 다시 손을 들어 머리 위를 가리켰다. "이 섬이 생겨났을 때부터 신과 맺은 약속이라네. 배를 만들려면 커다란 빵나무가 필요해. 그런데 그 빵나무를 베려면 섬에서 가장 순결한 처녀의 목숨과 맞바꿔야 한다고 신이 말씀하셨다네. 약속을 어기면 이 섬은, 아니 이 세계가 멸망할 거야."

"말도 안 돼요!" 요이치는 있는 힘껏 소리 질렀다. "뭐예요, 그 신이라는 작자는? 제물을 요구하고 세계를 멸망시키겠다고 인간을 협박하는 게 무슨 신이냐고요!"

인류학자가 그의 어깨에 손을 올렸다. "다른 문화를 나쁘게 말하면 안 됩니다."

"하지만 사요가!" 폴더를 올려다본 순간, 현지어로 날카롭게 외치는 소리가 귀를 파고들었다. 누구지? 요이치는 소리가 난 쪽으로 고개를 돌렸다.

요이치를 손가락질하며 사납게 소리치는 건 멋지게 장작불을 피우고 코코넛 따는 기술을 보여준 그 소년이었다. 곧바로 주위의 어른들이 소년을 타이르기 시작했다. 그만해라, 손님에게 실례가 아니냐고 어르는 분위기였다.

그러나 요이치는 소년이 뭐라고 비난하는지 도통 알아들을 수 없었다. "장로님. 제발, 제물 풍습 같은 건 없애주세요. 그렇게 해서 다른 나라들과 사이좋게 지내면 이 섬은 풍요로워질 거예요."

"여행객이여. 이해해줄지 모르겠지만 우리는 사요에게 고통을 주진 않을 것이네." 장로는 흔들리는 기색도 내비치지 않았다. "어떤 식물 뿌리에서 얻는 약이 있다네. 한 잔을 마시면 기분 좋게 취하면서 힘을 잃고, 두 잔을 마시면 잠든 채 신의 곁으로 떠나지. 사요의 이름은 새로운 배에 새길 테고, 우리는 그 배를 오랫동안 소중히 다룰 거야."

"그, 그래서 뭘 어쩌라고요! 괴롭지 않으니까, 배에 이름을 남겨줄 거니까 사요를 막 죽여도 되는 거냐고요!"

"우리도 슬프다네." 장로는 요이치의 손을 두 손으로 마주 잡았다. 가녀린 떨림이 느껴졌다. "사요는 싹싹하고 바지런한 아이야. 우리 모두 사요를 좋아한다네. 그리고 사요에게는 신비한 힘이 있어. 성장하면 뛰어난 무녀가 되겠지."

노인의 눈에서 나온 굵은 눈물방울이 주름이 자글자글한 카페라테 색 볼을 타고 흘러 하얀 모래 해변에 떨어졌다. "사

요가 귀한 아이일수록 신은 기뻐하실 게야." 주위에서는 슬픔
을 주체하지 못하고 오열하는 소리가 커졌다.

"그렇게 설명해도 모르겠어요. 이건 너무하잖아요. 이해할
수 없어요."

요이치는 사요를 바라보았다. 섬에서 가장 아름다운 소녀
는 몸을 가누지 못한 채 흐느끼는 어머니와 여동생 사이에
끼어서 오토히메 같은 신비한 미소를 지으며 가만히 서 있었
다. 마치 자기 죽음이 화두에 오른 것도 모른다는 듯한 느낌
이었다.

이제 와서 새삼 불길하게 느껴지는 검은 손바닥이 그녀의
가슴 한가운데에 자리 잡았다. 신을 위해 준비되었다는 증표.
작은 문신일지라도 아팠을 테고 눈에 띄는 위치에 있었다. 저
것을 새기는 동안 사요는 무슨 생각을 했을까.

사요는 모든 것을 알았을까. 다음에 배가 망가지면 자신이
제물이 된다는 것을.

섬사람들도 그랬을까. 가슴의 문신은 보고 싶지 않아도 눈
에 들어왔을 텐데.

그 소년을 돌아봤다. 장작에 능숙하게 불을 붙였던 그 소
년은 주위 어른들에게 입단속을 당하고 몸을 붙들려서 움직
이지 못하는 상황에서도 이글이글 불타는 증오의 눈빛으로
요이치를 노려보았다.

미움받는 이유로 짚이는 게 있었다. 설마, 오래된 배에 균
열이 생긴 것은 나를 구하려고 폭풍우 속으로 배를 띄운 탓이

아니었을까.

요이치는 이번에는 정말로 쓰러지고 말았다. 고지마가 다시 부축하는데도 그 손을 뿌리칠 힘이 남아 있지 않았다.

우주의 끝─1

"사요히메. 사요히메!"

친구가 부르는 소리에 사요히메는 몰입해서 읽고 있던 역사 정보에서 겨우 눈을 뗐다.

"너도 참. 멍하니 있기는. 대답은 해야지." 맨살을 드러낸 매끈한 어깨 뒤로 긴 머리카락을 사라락 넘긴 친구는 활 같은 눈썹을 찌푸리며 어이없다는 표정을 지었다. "그게 그렇게 재미있어? 아주 오래된 기록이잖아." 얇고 긴 실크 의상은 가슴에서부터 밑으로 칭칭 감아 허리끈을 묶기만 했다. 목덜미와 쇄골과 가느다란 팔이 고스란히 드러났다. 장신구 하나 없어도 열세 살 소녀의 모습은 심장을 꿰뚫을 정도로 아름다웠다.

"미안, 미안." 사요히메는 친구에게 최대한 미안하다는 뜻을 전했다. "딱 마침 가장 재밌는 대목이었거든. 소년이 사랑하는 소녀가 제물이 되고 말았어."

"사랑…… 으음, 그런 건 모르겠어." 친구는 다시 심드렁하게 대꾸하고는 긴 옷자락을 걷으면서 다가왔다. 걸음을 뗄 때마다 얇은 옷자락 밑으로 귀여운 발가락이 살짝살짝 보였다. "그러면 본론을 말할게. 사요히메, 네가 다음번 처녀야. 신호, 온 걸 몰랐니?"

"어머." 사요히메는 놀라서 무작위 순번 결정 시스템으로 생각을 보냈다. 정말로 자신과 연결된 ◆입자가 붕괴를 일으켰다. "정말이네. 미안해. 집중하느라 몰랐어."

"괜찮아. 이거, 너한테 줄게." 친구는 지구 소녀의 모습을 본뜬 몸에서 빠져나와 본래의 정신체로 돌아갔다. 사요히메가 교대해서 그 몸을 입었다. 이걸 입는 건 대략 1경 년 만이지만 신체 감각은 빠르게 돌아왔다. 역시 이 몸이 마음에 들었다.

준비운동을 하듯 오른손가락을 움직여보고서 가슴 한가운데를 만졌다. 그 소녀에게는 이 위치에 손바닥 모양의 증표가 있었다. 사요히메는 생각을 가슴에 집중했다. 처녀의 모습이 바뀌는 건 가벼운 정도라면 적당히 넘어간다.

집중을 풀고 얇은 옷을 걷어서 확인했다. 두 유방 사이에 생각한 것과 똑같은 손바닥 무늬가 생겼다.

"그게 뭐야? 뭐 한 거야?" 친구가 신기해하며 물었다.

"훗. 처녀의 증표랄까." 마무리에 만족한 사요히메는 얇은 옷을 다시 가다듬고 옷 위로 가슴을 가볍게 두드렸다. 조심하지 않으면 손가락은 옷을 뚫고 그 속의 육체를 관통하고 만다. 실제 지구인의 몸은 절대로 이렇지 않다. 밀도가 높고 모든 구성 입자가 강한 힘으로 결합되어 굳어져 만들어졌기 때문이다. 그러나 우리 펜로즈족이 이용할 수 있는 물질 입자는 아주 약한 ◆력으로 상호작용을 하는데, 애초에 입자 수가 한정되어 있다. 지금이 몇 대째인지는 잊었으나 다음 대 소녀로 넘어가면 더욱 희박해질 것이다. 윤곽 정도는 유지할 수 있었으면 좋겠다. 그렇지 않으면 처녀다운 모습을 잃고 말 테니까. 분위기는 절대로 무시할 수 없다고 생각했다.

"열세 살인가." 소녀의 모습 설정을 다시 생각했다. "겨우 열세 살이라니, 지금도 믿을 수 없고 상상할 수도 없어. 정말 한순간이잖아. 눈 깜짝할 새보다 짧아. 시간이라고도 할 수 없을 정도로. 이른바 시간이라는 차원을 떠도는 미세한 입자지."

"싫다. 꼭 지구의 시인이 읊을 듯한 대사네. 정말이지 넌 확실한 지구인 마니아구나." 정신체로 돌아간 친구는 그렇게 투덜거리고 나서 이따금 광자와 ◆자만이 떠돌아다니는 우주를 떠다녔다. "그럼 난 돌아갈게. 다음번 입자 붕괴로 누군가로 교체될 때까지 소녀를 잘 부탁해."

"그럼 나중에 봐." 손을 흔들어 지구인식 작별 인사를 한 뒤 지구인 소녀처럼 쿡쿡 웃었다. 저 친구도 알고 보면 상당한 지구인 마니아다. 마치 지구인처럼 말하고 지구인처럼 행동한다. 내가 나에게 붙인 사요히메라는 지구인 이름으로 항상 날 불러준다. 각자 조금씩 차이는 있어도 우리 펜로즈족은 모두 지구 마니아다.

자, 그러면 다시 역사 정보로 돌아가볼까. 그 소년은 이제 어떻게 할까.

처녀의 몸을 입은 사요히메는 품행이 단정치 못한 소녀처럼 다리를 꼬더니 허공에 떠 있는 초대질량 회전 블랙홀을 들여다봤다.

저것은 과거에 처녀자리 초은하단*이라고 불렸던 것의 서글픈 마지막 모습이다. 거기에는 태양계가 속한 우리 은하도 포함되어 있었다. 각 은하의 중심에 있던 대질량 블랙홀은 기나긴 세월, 그야말로 나유타나 불가사의라는 이름의 장대한 시간을 지나는 사이에 주위의 별들을 남김없이 집어삼켰고, 끝내는 서로 잡아먹어서 지금의 모습으로 뭉친 것이다. 적어도 펜로즈족이 관측 가능한 범위에서는 이것이 유일한 천체다.

지구인이 커 블랙홀이라고 부르기도 한 회전 블랙홀은 질량과 각운동량을 갖는다. 질량만으로 기술할 수 있는 슈바르츠실트 블랙홀보다는 조금 더 복잡하다.

사요히메의 두 눈에 회전 블랙홀의 모습이 비쳤다. 지구인의 시각으로는 이런 대담한 행위는 불가능하다. 블랙홀의 본질은 거대한 질량이 무한히 작게 압축된 특이점이고, 그 주위에는 시공간의 왜곡 외에는 아무것도 존재하지 않기 때문이다. 그리고 자전하는 블랙홀의 특이점은 점이 아니라 고리 모양이다. 점으로는 회전하지 못한다.

만약 블랙홀 뒤에 반짝이는 별이 있다면 엄청난 중력으로 빛이 휘는 모습을 관찰할 수 있을 것이다. 그러나 이미 별의 빛은 없다. 광막하고 아득한 어둠만이 관측 가능한 영역의 구석구석까지 널리 퍼져 있을 테니.

---

* 수많은 별이 모여서 은하계를 구성하듯이 은하들이 모여서 이룬 초대규모의 은하집단.

두 눈에 비친다는 말도 지구인스러운 표현이지 펜로즈족은 시각에 상당하는 것을 갖고 있지 않다. 청각과 후각도 무릇 인류가 이해할 수 있는 감각과 다르다. 그러나 그녀의 ◆각은 맹렬한 기세로 회전하는 작용권을 지각했다. 작용권은 이것이 부정확한 표현이란 걸 알지만 그래도 굳이 비유하면 회오리처럼 회전하는 타원체이다. 너무 빠르게 회전하므로 주위의 시공간을 잡아당긴다.

작용권 안을 들여다본다. ◆각이 구면의 모습을 한 사건의 지평선을 포착했다. 그 너머는 아주 강력한 중력으로 빛조차 빠져나갈 수 없을 정도로 시공간이 구부려져 있다. 말하자면 그곳으로 한 번 들어가면 어떻게 해도 탈출할 수 없다.

구면의 바로 위에서 벌거벗은 처녀들이 춤추고 있다. 선대, 선선대, 그보다 몇 대나 더 거슬러 올라간 선배들은 영원에 가깝게 그곳에서 계속 춤을 춰야 할 운명이다. 아니, 중력의 영향이 미치지 않는 곳에서 그렇게 보일 뿐이다. 그녀들은 적색이동*에 따라 저녁노을처럼 붉게 물들어 있었다. 그렇지만 적색이라는 색의 표현도 지구인스러운 비유에 지나지 않는다.

블랙홀은 수많은 기억의 저장고다. 사요히메의 눈앞에 있는 블랙홀은 처녀자리 초은하단으로부터 만들어졌다. 초은하단을 구성했던 은하나 별들의 정보를 추출하는 것은 원리적으로 가능한데, 실제로 그녀들은 ◆ ◆ ◆을 사용해서 그렇게 했다.

---

* 가시광을 포함한 전자기파의 파장이 길어지는 현상. 가시광 영역에서 파장이 길어지면 붉은색으로 보여 적색이동이라 한다.

사요히메는 우리 은하를 포함한 처녀자리 초은하단의 유해에서 아득히 먼 옛날에 멸망한 지적 생명체의 기록을 꺼내 읽기 시작했다. 지구 인류는 그들 펜로즈족이 관측 가능한 영역에 존재한 유일한 선행 문명이었다. 그 역사 기록을 감상하는 것이 펜로즈족에게는 유일한 오락거리였다.

역사의 외침 5

천문학자 칼 세이건은 계몽 활동에도 열정을 보여 대중매체를 이용해 과학 지식을 널리 보급하고자 힘썼다.

1973년에 쓴 저서 《에덴의 용》에서 그는 우주 달력이라는 개념을 제시했다. 우주의 역사는 138억 년이나 되어 직감적으로 이해하기 어렵다. 그래서 그 역사를 적당한 길이로 압축해서 보여주려고 고안해냈다. 빅뱅부터 현재까지를 1년이라는 기간 안에 밀어 넣는다. 그렇게 했을 때 우주 달력의 1초를 실제 시간으로 환산하면 약 437년이 된다. 인류는 12월 31일 밤 10시 30분이 지나서야 처음으로 등장한다.

그러나 현재를 우주 달력의 종점으로 보는 것은 인간 중심적인 교만함인 듯싶다. 진정한 우주 달력이라면 우주의 태초부터 종말까지를 범위로 삼아야 하지 않을까. 이 방식을 따른다면 현재는 당연히 12월 31일이 아니다. 무려 1월 1일, 그것도 오전 0시 0분에 한없이 가까우리라. 너무나도 가까워 현재에 점을 찍는다고 해도 오전 0시와 거의 구분할 수 없을 것이다. 왜냐하면 우주의 종말은 1구골 년 뒤에 찾아오기 때문이다. 구골은 1 뒤에 0이 백 개나 붙는 천문학적인 수를 가리키는 용어다. 그 기나긴 시간에 비하면 138억 년은 고작 한순간에 불과하다.

1980년, 칼 세이건은 직접 진행을 맡은 다큐멘터리 프로그램 <코스모스COSMOS>에서 드레이크 방정식을 소개했다. 그는 변수를 하나하나 손으로 써서 그 의미를 설명하다가 마지막에 힘주어 이렇게 말했다. 일곱 가지 변수 중 N의 수치에 큰 영향을 주는 것은 문명의 지속 기간을 가리키는 L입니다.

외계 문명이나 지구 문명이 오래 지속되지 못하고 일찍 멸망한다면 쌍방은 끝내 엇갈리고 만다.

그 후 칼 세이건은 혈액암을 앓다가 육친에게서 골수를 이식받았으나 완치하지는 못했다. 1996년에 그는 예순둘의 나이로 안타깝게 삶을 마쳤다.

남쪽 섬 5

그날 밤.
"우리는 이제 의식의 목격자가 되었어요. 앞으로 무슨 일이 일어날지 알려줘도 금기를 어기는 건 아니잖아요."

요이치의 간절한 부탁에 못 이겨 폴더는 마침내 무거운 입을 떼어 설명했다. 본의식은 다음 날 정오에 행해진다. 그때까지 제물이 될 처녀는 숲속의 외딴 오두막에 갇힌다.

그 말을 들은 요이치는 충동적으로 저질렀던 자신의 행동을 후회했다. 기다렸다가 오두막에 몰래 숨어들어서 구하면 되는데.

하지만 다시 생각을 바꾸었다. 그것은 뒤늦은 깨달음일 뿐이다. 그리고 그 상황에서 가만히 있는다는 건 도저히 무리였다. 지난 일은 잊어버리자. 그리고 지금부터 어떻게 해야 할지 생각해보자.

"숲속 오두막은 금기의 구역입니다. 장로를 모시는 시종만이 처녀에게 식사를 전달하러 출입할 수 있습니다."

"금기를 깨면 어떻게 되나요?"

"신이 저주를 내려 전 세계가 멸망한다고 믿고 있습니다."

또 허무맹랑한 소리를. "잠깐 산책 좀 하고 올게요"라면서 요이치는 깔개에서 일어났다.

"어둡다. 이걸 빌려줄게." 고지마가 손전등을 내밀었다.

"됐어요." 이 남자의 도움은 받고 싶지 않았다.

"그럼 내가 따라가마. 내 마음대로 발밑을 비추는 건 상관없겠지?"

요이치는 뒤돌아서 청년을 노려보았다. "카메라는 가져오지 말아요."

"봐, 안 갖고 있어." 고지마는 두 손을 들어 보였다. "어차 피 이 어둠 속에선 찍지도 못해."

인류학자는 배 창고를 나가는 두 사람의 등에 대고 말했다. "다른 문화도 존중해야 합니다."

손님일지라도 금기는 지키라는 건가.

그러나 사요를 데리고 떠나려면 기회는 오늘 밤밖에 없었다. 내일 정오가 지날 때까지 사요를 어딘가에 숨겨놓고 의식을 일단 연기시킨다. 다음 일은 나중에 생각하자.

숲속으로 들어가서 좁은 오솔길을 걸었다. 도중에 감시하는 사람이 있을까 봐 긴장했는데 아무리 가도 아무도 없었다. 한숨을 돌렸다. 금기의 힘을 다들 철석같이 믿는 건가.

촌락에서 한참 멀어져 목소리가 들리지 않겠다는 판단이 들자 요이치는 뒤로 빙글 돌아서 청년에게 따져 물었다. "고 지마 씨, 당신이 배를 망가뜨렸죠?"

청년은 그저 한숨을 길게 뱉었다. "그렇게 나올 줄 알았다."

"당신이⋯⋯." 청년에게 바짝 다가가서 알로하 셔츠째로 먹살을 잡았다. "제물 의식을 촬영하고 싶어서 나와 폴더 씨가 잠든 사이에 배에다 무슨 짓을 한 게 맞죠? 당신이야, 당신 때문이야. 당신은 살인자야!"

"아니야." 고지마가 단호하게 말했다. "믿을지 모르겠지만 나는 배를 건드리지 않았어. 솔직히 말하면, 식민지 시대의 옛 일기를 살펴보다가 의식은 배가 망가진 다음에 일어난다는 정보를 입수하긴 했어. 촬영하고 싶은 건 맞으니까 의심을 살 만도 해. 하지만 나는 아니야. 나도, 나도……." 목소리가 흐려지는가 싶더니 갑자기 커졌다.

"저렇게 어린데, 저렇게 어린 소녀가 제물이 되는 줄은 몰랐다고!"

"못 믿겠어요." 요이치는 알로하 셔츠에서 손을 뗐다. "당신이 하는 말은 못 믿겠지만, 당신이 가진 AI 번역기의 말은 믿어요. 도와줘요."

"뭘 하고 싶은지는 알겠는데, 어렵지 않을까."

"쓸데없는 말은 하지 말고요."

안다. 알고 있다. 요이치는 어두운 숲을 걸어가며 생각했다. 알고 있다. 내가 지금 고지마 씨에게 화풀이하고 있다는 것을. 그러나 남을 탓한다고 해서 달라지는 건 없었다.

이 끝없이 밀려오는 죄책감을 없애려면 사요를 구하는 길밖에 없었다.

숲의 오솔길은 외길이라서 길을 잃을 수 없었다. 벌레 울음소리와 나뭇잎 바스락대는 소리, 습하고 축축한 공기로 가득한 어둠을 가르며 한동안 걸었더니 주위가 훤하게 뚫린 듯 그런 광장이 나왔다. 그 한복판에 벽 없는 오두막집이 있었다. 밤하늘에는 달이 떠 있고, 이따금 박쥐의 날카로운 울음소리가 귓가를 스쳤다.

조개껍데기 램프가 오두막 내부를 흐릿하게 밝혔다. 사람 그림자가 움직였다. 사요였다. 소녀는 외지인들의 모습을 보더니 다급하게 일어나 두 손을 펼쳐 최대한 앞으로 내밀었다.

"안 돼."

손전등으로 비춰보니 오두막은 기둥에 묶인 흰 밧줄로 한 바퀴 에둘러져 있었다. 그 안쪽이 금기 영역이라는 뜻이다.

"알았어. 들어가지 않을게." 요이치는 사요를 안심시키려고 미소를 지으면서 고지마에게 신호를 주었다. 청년은 알로하 셔츠의 가슴께에 난 주머니에서 휴대전화를 꺼내서는 모라벡에게 명령하여 번역 애플리케이션을 실행했다.

"그 대신 잠깐 이야기를 하고 싶어."

요이치와 사요 사이에 AI 번역기를 두고 질문과 답변이 시작되었다.

사요, 한 번만 더 말할게. 나랑 같이 이 섬을 떠나자.

안 돼. 그럴 수 없어.

왜?

내가 도망치면 마쓰가 제물이 될 거야. 내 동생이 두 번째 후보니까.

마쓰의 가슴에는 그 증표가 없잖아.

응, 지금은 그렇지. 하지만 내가 사라졌다는 걸 알면 곧바로 같은 증표를 그 애에게 새기겠지. 그리고 첫 번째 후보가 될 거야.

그럼 마쓰도 데려가면 돼.

안 돼. 그 뒤에도 세 번째, 네 번째 후보인 여자애들이 있으니까 누군가는 반드시 제물이 될 거야. 나 대신 다른 사람이 죽는 건 싫어.

사요, 너는 네가 죽는 건 상관없어? 두렵지 않아?

두렵지 않아. 약을 마시고 편안히 잠들면 되니까. 그리고 오래전부터 각오는 하고 있었어.

어머니가 우실 거야.

괜찮아. 새로운 배에 내 이름이 새겨지잖아. 엄마는 그 배를 나라고 여길 거야. 두꺼운 빵나무 속을 파낸 배는 아주 튼튼하니까 인간의 수명만큼 오래갈 거야. 이건 알아줘. 나는 배로 다시 태어나는 거야.

"요이치." 고지마가 소년의 어깨에 손을 올렸다. "이제 그만하자. 이 아이는 마음을 굳혔어. 계속 설득해봤자 이 아이만 곤란하게 만드는 거야."

"사요." 하얀 밧줄의 경계를 넘어 소녀의 손을 잡았다. "미안해. 이렇게 된 건 다 나 때문이야. 날 구하는 바람에 네가 죽는 거잖아. 내 비명을 무시했어야 했는데. 바닷물에 빠져 죽게 내버려뒀어야 했는데. 부모님에게 반항하겠다는 같잖은 이유로 일부러 위험 속으로 뛰어든 바보 따위는 너 대신 살아갈 자격이 없어."

제물이 될 처녀는 고개를 저으며 미소 지었다. AI가 그녀의 말을 번역했다.

"배는 오래되었어. 곧 망가지겠다는 예감은 했어. 그건 하늘의 뜻이지 널 구한 것과는 상관없어. 그리고 가족과 싸우는 건 가장 불행한 일이야. 가족은 이 세상에서 널 제일 사랑하는 사람이잖아. 네가 자포자기했던 마음은 잘 알겠어."

소녀의 크고 검은 눈망울이 소년이 맛봤을 갈등과 괴로움을 꿰뚫어보는 것 같았다. "너는 살아남아서 앞으로 행복해졌으면 해."

"이 아이는 천사로구나." 고지마가 중얼거렸다. "신이 원할 만도 하다."

요이치는 소녀의 손을 놓으면서 청년을 휙 노려보았다. 그러나 이내 힘없이 어깨를 떨궜다. 이 사람을 탓하는 건 이치에 맞지 않았다.

문득 달콤한 향기가 나는 무언가가 살포시 머리에 닿았다. 사요가 머리에 쓰고 있던 하얀 화관을 요이치의 머리에 올려준 것이다. "요이치. 힘을, 내요."

소녀의 가슴으로 시선을 떨궜다. 옅은 램프 불빛이 가슴골에 새겨진 작은 손바닥 문신을 도드라지게 했다. 사요는 어떤 마음으로 이 증표를 받아들였을까. 가족을 위해서, 섬 주민 모두를 위해서일까. 아니면 고대부터 내려온 신과의 약속을 믿는 걸까.

더는 아무 말도 할 수 없었다. 눈물이 차오르고 온몸이 떨렸다. 울음을 참지 못하고 발걸음을 돌려 숲속 오솔길로 뛰어들어 무작정 달렸다. 손전등을 든 고지마가 당황해서 그 뒤를 쫓았다.

그날 밤은 잠들 수 없었다. 이리저리 뒤척이면서 하염없이 고민에 잠겨 있었다. 어떻게 하지. 이대로 포기해야 하나. 사요가 죽어가는 걸 그저 가만히 지켜봐야 하나.

아니, 싫다. 그건 싫다. 무언가 방법이 있을 것이다. 생각하자, 생각해.

섬에 와서 일어난 일을 하나하나 떠올려보았다. 어딘가에 힌트가 있을지도 모른다.

꿈에서 본 듯한 어여쁜 소녀, 아름다운 바다와 하얀 해변, 맛있는 요리. 환영회와 노래와 춤. 장로와 그의 시종들. 음식을 나눠준 마음씨 좋은 섬 주민들. 배를 보러 가자고 손짓한 소년들.

"앗." 무심결에 작은 소리를 내뱉고 말았다. 그래, 그에게 물어보자. 그 애라면 이 섬의 규율에 맞서 함께 싸워줄지도 모른다. 분명 그 애도 사요를 좋아하니까.

날이 밝기를 기다렸다가 누워 있는 인류학자의 옆으로 기어갔다. "폴더 씨." 그의 몸에 살며시 손을 올렸다.

인류학자도 잠을 이루지 못했는지 금방 눈을 떴다. "잘 잤습니까."

요이치는 그 옆에서 자세를 고쳐 앉았다. "저기, 어제 해변에서 저를 비난했던 남자애의 이름을 알려주세요."

"아, 그 아이 말이군요." 그는 깔개 위에서 몸의 방향을 돌렸다. "겐지."

그 역시 기억하기 쉬운 이름이었다. "고마워요." 요이치는 벌떡 일어나서 오두막을 나가 촌락 쪽으로 갔다. 인류학자는 소년의 등을 그저 바라만 볼 뿐 무엇을 하러 가는지는 묻지 않았다.

남쪽 섬의 아침은 빠르게 흐른다. 다들 해가 뜨자마자 일어나서 활동을 시작한다. 촌락은 좁고 집집에는 벽이 없으니 숨을 데도 없다. 한 집 한 집 돌아다니며 겐지라는 소년이 있는지 물었지만 찾을 수 없었다. 어깨를 떨구는 요이치가 안쓰러웠는지 한 중년 여자가 알려주었다. "해변."

문어잡이라도 나갔을까. 요이치는 바다를 향해 달렸다. 해변이 가까워질수록 이질적인 진동음이 들렸다. 야자수 숲이 트이면서 눈앞에 바다가 펼쳐졌다. 평소에는 조용한 환초 안쪽의 바다에 소형 모터보트가 떠 있었다. 그 광경에 요이치는 강렬한 위화감을 느꼈다. 저 시끄러운 소음은 이 섬에는 어울리지 않는다.

그 보트에 낯익은 소년이 막 올라타려 하고 있었다. 요이치는 파도를 차며 내달렸다.

"겐지! 기다려!"

섬 소년이 뒤돌아봤다. 그 얼굴이 아침 햇살에 반짝였다. 두 눈은 새빨갛게 충혈되었고 눈꺼풀은 부어 있었다. 밤새도록 운 게 틀림없었다.

보트에는 나이 든 남자가 타고 있었다. 피부는 소년처럼 카페라테 색이었는데, 반소매 셔츠를 입고 야구 모자를 쓰고 플라스틱 손목시계를 차고 있었다. 셔츠가 밀려 올라갈 정도로 불뚝 나온 배가 눈길을 끌었다. 그는 요이치를 보더니 더듬

더듬하는 말투로 "손님"이라고 했다.

그 남자가 자신이 아는 단어를 최대한 활용하고 손짓과 발짓을 섞어서 설명한 내용을 종합하면 이러했다. 그는 겐지의 친척이며 여기에서 100킬로미터 떨어진 큰 섬에 이주해서 살고 있다. 그런데 어제 콩데이섬에 머무르는 손님이 위성 전화기로 연락했다고 한다. 겐지가 섬을 떠나고 싶어 한다고. 그것도 최대한 빨리.

보트를 가져온 남자는 울다 지친 친척 아이의 얼굴을 안쓰럽게 바라봤다. "못 보겠다, 다시는 돌아오지 않겠다는군요."

말릴 수는 없었다. 요이치는 시끄러운 굉음을 내며 떠나는 모터보트를 바라봤다. 바닷새가 울고 소금기를 머금은 바람이 얼굴로 불어닥쳤다. 해변으로 떠밀려 나온 해조가 서서히 말라갔다. 엄지손가락만 한 붉은 게가 옆걸음질 치며 작은 구멍 속으로 숨어들었다.

요이치는 주먹을 불끈 쥐었다. 이제는 혼자서라도 막는 수밖에 없었다.

그 무렵.

요이치가 나가고 폴더가 아침 산책을 나간 뒤 고지마가 일어났다. 그는 주위를 한 번 더 확인하고 아무도 없는 틈을 타서 짐가방을 묶어둔 기둥으로 다가갔다.

"모라벡, 부탁해. 3번을 잠금 해제."

쇠사슬을 채운 자물쇠처럼 생긴 디바이스가 켜졌다 꺼졌

다. 전자음이 작게 울리더니 가장 작고 튼튼한 캐리어가 기둥에서 풀려났다. 고지마는 가방을 열었다.

완충재 한가운데에 소형 동영상 카메라와 전용 배터리가 들어 있었다. 위성 전화기와 접속하면 동영상을 전 세계에 송출하는 것도 가능하다. 배터리를 넣었다. 본체의 버튼이 녹색으로 깜빡였다. 좋아, 이상은 없다.

그렇게 안심한 찰나, 그의 등 뒤에서 긴 팔이 뻗어 나와 카메라를 빼앗으려 했다.

"무슨 짓이야!" 고지마도 순순히 당하지는 않았다. 상대의 팔을 뿌리치면서 다른 손으로 카메라를 감싸 안았다. 바닥을 굴러 도망치려 하는데 적도 집요하게 공격해왔다.

다른 방법이 없었다. 고지마는 벨트 홀더에서 전기충격기를 잽싸게 뽑아들어 상대의 맨 가슴팍에 댔다. 신경에 거슬리는 불쾌한 소리와 함께 불꽃이 팍 튀었다. 피부가 타는 듯한 고약한 냄새가 올라왔다. 끈질기던 적도 소리조차 내지 못하고 쓰러졌다.

"준비해두길 잘했군." 고지마는 전기충격기를 쥔 채 습격자를 내려다보았다. 허리 덮개를 찬 인류학자는 금빛 털로 덮인 가슴을 누른 채 숨을 가쁘게 쉬고 식은땀을 흘리면서 동양인 젊은이를 노려보았다. "만에 하나 제물이 될 때를 대비해서 갖고 있었는데. 최근에는 당신이 언젠가 이러지 않을까 싶어서 경계하고 있었어."

"섬사람들은 당신의 행위를 불편해하고 있습니다." 폴더는 거친 숨을 뱉으며 항의했다. "그래도 손님에게는 함부로 하지 못하죠. 그러니 내가 대신해서."

"그러는 당신이야말로 왜 해야 할 일을 하지 않지?" 그는 방심하지 않고 호신용 도구를 상대에게 겨눈 채 바닥에 한쪽 무릎을 꿇었다. "논문을 써서 이 섬의 실상을 전 세계에 알려야지 왜 안 하는 거야?"

"이유는 두 가지입니다. 첫째, 제물 풍습의 내용을 외부에 발설하는 것은 이 섬의 금기 사항입니다."

"당신은 이 섬에 사는 인간도 아니잖아. 금기를 지킬 이유가 어딨어?"

인류학자는 고지마의 지적을 무시했다. "둘째, 제물 풍습이 외지인에게 위험하지 않다는 사실이 알려지면 많은 사람이 이 섬을 찾겠지요. 섬의 생활과 전통도 엉망이 될 겁니다. 그러니 신비로운 베일에 싸인 채 놔두는 게 낫습니다."

"포장하지 마." 고지마는 싸늘하게 쏘아붙였다. "당신은 이 섬을 자기만의 것으로 삼고 싶은 거잖아. 인디 밴드를 응원하는 팬의 마음처럼 말이야. 그 밴드가 잘나가서 대중의 것이 되는 게 죽도록 싫은 거지. 그게 아니라면 20년이나 이 섬을 다니면서 연구 성과를 하나도 발표하지 않은 게 이해가 안 돼. 당신이 이 섬을 사랑하는 건 알겠어. 하지만 그 사랑은 정상이 아니야."

"오해입니다." 폴더는 신음을 내고는 어떻게든 몸을 일으키려고 했다. "나는 아름다운 이 섬을 지키고 싶을 뿐입니다.

오래된 풍습을 지금도 보존하고 있는 곳은 전 세계에 이 섬밖에 없습니다."

"어떻든 간에." 고지마는 전기충격기를 치켜들었다. "지금의 공격은 적당히 봐준 거야. 다음번엔 용서 없이 최고 전압을 맛보여줄 테니까 각오해." 상대를 노려보며 뒷걸음친 고지마는 오두막의 구석까지 가서는 하얀 산호 모래밭으로 나갔다. 해는 높이 떠서 모래를 달구고 있었다. 오늘도 제법 뜨거울 것 같았다.

비디오카메라는 하얀 모래 해변을 찍고 있다. 그 앞은 환초에 보호받는 잔잔한 바다다. 환초 너머는 파도가 거친 난바다다. 카메라는 바다에서 모래 해변을 지나 녹지로 천천히 이동하며 촬영했다. 관목들 틈으로 야자수가 하늘 높이 뻗어 있고 그 너머에 빵나무 숲이 있다.

파도치는 물가를 줌인하니 한눈에 봐도 오래된 데다 상처 난 흔적이 보이는 통나무배가 한 척 있다. 그 주위를 섬 주민들이 둥글게 에워싸고 있다. 얕은 여울에도 사람들이 서 있다. 다리를 파도에 씻기는 것은 그들에게는 모래를 밟고 다니는 것이나 마찬가지다. 피부색이 카페라테 같은 그들은 허리에 줄무늬 덮개를 둘렀다. 다들 눈물을 흘리거나 몸을 비틀거나 옆 사람과 끌어안으며 구슬픈 노래를 불렀다. 높은 목소리와 낮은 목소리, 잠긴 목소리와 힘찬 목소리가 뒤섞였다. 다 같이 아픔을 공유하며 받아들이려 했다.

카메라는 더 가까이 줌인해서 낡은 배 앞에 무릎을 꿇고 앉아 있는 소녀를 확대했다. 크고 검은 눈동자, 길고 짙은 속눈썹, 귀여운 코와 통통한 복숭앗빛 입술. 누구나 깜짝 놀랄 만한 미모다. 그리고 알몸인 상반신을, 십 대 소녀만이 갖는 섬세한 쇄골 선과 가느다란 어깨와 봉긋한 가슴 순으로 비추었다. 유방 사이에는 검은 손바닥 모양의 문신이 있다. 허리부터는 유난히 복잡한 줄무늬가 들어간 덮개를 둘렀다. 손목과 발목에는 조개로 엮은 팔찌와 발찌, 가슴에는 조개 목걸이가 걸려 있다. 등 한가운데까지 흘러내리는 검은 머리는 커다랗고 붉은 꽃송이로 장식했다. 이마와 볼은 노란색 분으로 화장했다.

소라고둥 소리가 드높이 울려 퍼졌다. 섬사람들은 흐느껴 울면서 울타리 한쪽 길을 터주었다.

두 남자가 해변을 차분히 걸어왔다. 허리 덮개의 무늬나 팔에 새겨진 문신으로 보아 특별한 지위에 있는 사람들임을 알 수 있다. 두 사람은 각자 아름다운 반구형 그릇을 두 손에 받쳐 가슴 높이로 들고 있다.

"저 그릇은 코코넛 껍질을 반으로 쪼개서 만든 것입니다. 저 안에는 일종의 마약이 들어 있는데, 특수한 식물의 뿌리에서 뽑아냈습니다." 고지마가 직접 실제 상황을 중계했다. 섬을 떠난 겐지에게 들은 정보를 바탕으로 이 의식을 해설했다. "제물이 된 처녀는 첫 번째 잔으로 정신을 잃고, 두 번째 잔으로 죽음에 이릅니다. 마치 잠든 것처럼."

카메라의 시점은 두 시종 사이를 빠져나가 그 뒤에 있는 노인에게 맞추어졌다. 그의 상반신은 공들인 소용돌이 모양의 문신으로 뒤덮여 있다. 누구보다 무늬가 호화로운 허리 덮개를 둘렀고, 귀에는 이 섬의 그 어떤 남자들보다도 큰 귀걸이를 했으며, 올려 묶은 머리에는 황갈색으로 반짝이는 비녀가 다섯 개나 꽂혀 있다.

그는 1미터쯤 되는 나무봉을 손에 들고 있는데, 봉 끝에는 흰빛을 띠는 이파리 여러 장이 연결되어 있다.

"야자수 새싹입니다. 콩데이섬 사람들은 야자수는 거짓말을 하지 않는다고 믿습니다. 그래서 중요한 의식에서 신에게 바치는 공물처럼 사용합니다."

두 시종은 제물 처녀의 앞에서 좌우로 확 갈라졌다. 장로는 처녀 앞에 서서 낮은 목소리로 주문을 외며 그녀 몸을 야자수 새싹으로 어루만졌다. 정화한다고 표현하는 게 맞을지도 모른다. 섬 주민들이 부르는 구슬픈 노랫소리가 음을 오르내리며 이어졌다.

이윽고 부정을 쫓는 의식이 끝났다. 장로는 시종 중 한 명에게 나무봉을 맡기고, 코코넛 껍질로 된 그릇을 받아들었다. 처녀 옆에서 한쪽 무릎을 꿇고 약이 담긴 그릇을 내밀었다.

처녀는 말없이 그릇을 건네받았다. 그리고 그 테두리에 복숭앗빛 입술을 댔다. 목구멍이 움직였다. 그릇이 조금씩 기울어졌다.

그러더니 처녀는 그릇을 떨어뜨렸다. 젖은 입술이 반쯤 벌어지면서 눈꺼풀이 내려갔다. 머리가 살며시 흔들렸다.

"잠기운이 빨리 온 모양입니다." 고지마가 설명했다. 그때였다.

사람들 울타리의 한구석에서 소란이 일어났다. 구슬픈 노래가 끊기고 혼란스러운 외침이 연달아 울려 퍼졌다. 카메라는 급하게 줌인해서 소동의 원인을 포착했다.

누군가가 사람들 틈을 억지로 비집으며 끼어들려고 시도했다. 머리에 관목 나뭇가지를 몇 개나 꽂고 얼굴을 식물의 녹색 즙으로 물들였지만, 그가 입은 옷은 리넨 양복이었다. 옷도 식물즙으로 얼룩져 있다. 그는 덤벼드는 카페라테 색 팔들의 밀림을 헤치며 물불 가리지 않고 의식의 중심으로 들어가려고 했다.

"사요!" 침입자는 아직 변성기도 지나지 않은 목소리로 힘껏 외쳤다.

우주의 끝 2

처녀를 본뜬 몸이 진동했다.

앗, 신호다. 사요히메는 깜짝 놀라 블랙홀 정보 저장고에서 고개를 들었다. 이럴 수가, 이제부터 흥미진진해지려는 참인데.

정신체 친구들로부터 잇따라 여러 생각이 들어왔다. 몸을 비틀거나 울거나 부르짖지는 않아도 그녀들의 애절한 감정이 절절히 전해왔다.

"세상에, 무슨 일이야."

"설마 사요히메의 차례가 될 줄은 몰랐어."

"널 잊지 않을게. 우주가 종말을 맞는 그날까지."

"네 이름, 내가 이어받아도 되겠니." 사요히메 전에 처녀를 맡았던 친구였다. "지구의 문학작품에 등장한 여주인공의 이름이잖아."

친구는 정말로 잘 알고 있다. "당연히 되지. 네게 줄게."

그나저나 운도 안 좋다. 사요히메는 슬프게 고개를 흔들었다. 좌우로 흔들리는 긴 머리카락이 쇄골의 푹 파인 부위를 어루만졌다. 선대 처녀가 블랙홀에서 끌어올린 에너지가 벌써 바닥을 보이는 것인가. 그로부터 5자 년밖에 지나지 않았는데 주기가 점점 짧아져 가는 것 같았다.

아무튼 정말로 운이 안 좋았다. 이야기가 앞으로 어떻게 되는지 궁금해서 못 견디겠는데.

정신체로 존재하는 펜로즈족도 아주 적은 양이나마 조금씩은 에너지를 소비한다. 맥스웰의 악마*가 증명한 대로 정보를 처리하는 데는 에너지가 필요하다. 아무리 그것이 하나의 정신활동 단위당 1전자볼트의 1경분의 1이라 할지라도 정신이 아득해지는 기나긴 시간 속에서는 겹겹이 쌓인다.

————

* 영국의 물리학자 제임스 클러크 맥스웰이 열역학 제2법칙을 위배할 수 있는지 가정하여 고안한 사고 실험.

회전 블랙홀에서 에너지를 퍼 올린다는 발상을 지구 인류가 생각해냈다는 사실을 알게 된 펜로즈족은 놀라움을 금치 못했다. 지구 문명의 과학기술로는 블랙홀에 접근하는 것조차 불가능한데 말이다. 머리가 아주 좋은 그 지구인에게 경의를 표하려고 그들은 펜로즈족이라고 부르기로 했다. 블랙홀에서 정보를 꺼내 지구 인류를 알기 전까지는 그들에게 이름 같은 건 없었다. 드넓은 우주에 그들밖에 없는데 자신들을 가리켜서 굳이 구분할 필요가 있었을까.

로저 펜로즈가 1969년에 쓴 논문에는 이런 말이 나온다. 질량이 있는 물체를 회전 블랙홀의 작용권으로 던진다. 그 안에서 물체가 둘로 갈라져 한쪽이 사건의 지평선 너머로 떨어지면 다른 한쪽은 블랙홀의 회전 에너지 일부를 얻어 작용권 밖으로 벗어날 수 있다.

블랙홀은 물체가 획득한 만큼 에너지를 잃는다. 그러므로 이 방법은 결국 지속가능한 것이 아니다.

사요히메는 일어나서 얇은 옷을 걸친 몸을 힘껏 끌어안았다. 그 몸은 인류가 끝내 그 눈으로 보지 못한 입자로 되어 있다. 바로 암흑 물질이다.

암흑 에너지의 무자비한 힘으로 끝까지 팽창한 우주에서는 물질이 아주 낮은 밀도로만 분포한다. 더구나 장대한 시간이 지남에 따라 과거에는 불멸이라 믿었던 양자나 전자조차 붕괴되고 말았다. 질량이 있는 입자로 살아남은 것은 ◆자 등 일부 암흑 물질뿐이다.

이 물질들과 호킹 방사로 매우 느리게 증발되는 초대질량블랙홀*만
이 펜로즈족에게 남겨진 자원 전부였다.

남쪽 섬 6

"사요!"

요이치의 목소리는 처녀의 귀에 닿지 않았다. 그녀의 눈은
굳게 감겼고, 몸은 앞뒤로 흔들렸다. 장로는 침착하게 의식을
진행했다. 그는 시종에게서 두 번째 용기를 받아 직접 제물의
입술에 가져다 댔다.

"사요!" 머나먼 북쪽 섬나라에서 온 소년은 울부짖었다. 그
러나 그 외침도, 필사적인 저항도 몇몇 건장한 팔에 가로막혔
다. 소년의 몸은 공중으로 들어 올려져 찰싹찰싹 파도치는 물
가로 옮겨졌다. 카메라는 그 모습을 따라갔다. 카페라테 색 젊
은이들은 발이 닿지 않는 깊은 곳까지 들어가 이국에서 온 소
년을 바다로 내던졌다. 잠시 뒤 물보라가 엄청 크게 튀었다.

그 직후, 다시 소라고둥 소리가 높이 울려 퍼졌다. 카메라
는 의식의 중심으로 다시 돌아갔다. 두 번째 코코넛 그릇은 비

---

* 현재까지 알려진 가장 무거운 블랙홀로 질량이 대략 태양의 십만 배에서 백억 배 사이
인 블랙홀.

워진 채 모래 위에 떨어져 있었다. 장로는 축 늘어진 처녀의 몸을 옆으로 안아 들어서 낡은 배의 바닥에 눕혔다. 그 위에서 시종들이 커다란 흰 천을 덮었다.

"저건 저 배에 달려 있던 돛입니다." 고지마가 중얼거리듯이 말했다.

다음 소라고둥 소리가 울리자 우락부락한 젊은이들이 처녀를 태운 배를 밀어서 바다에 띄웠다. 젊은이들은 망가진 배가 가라앉지 않게 뱃전을 잡고 균형을 맞추면서 환초가 끊어진 곳을 향해 나아갔다.

그리고 같은 소라고둥 소리를 신호로 숲에서는 나무를 베는 작업이 시작되었다. 물론 이것은 카메라에 담지는 않았다. 두 손으로 감싸 안을 수 없는 두꺼운 빵나무에 도끼질을 했다. 도끼는 대왕조개 껍데기로 만들도록 규정되어 있었다. 대왕조개가 아무리 단단하다고는 하지만 이 두꺼운 나무를 베어 내려면 젊은이들이 교대로 작업해도 반나절은 걸린다.

"여기까지 제물 의식이었습니다." 고지마는 마이크에 대고 전 세계에 이야기했다. "배를 한 척 만들려고 나무 한 그루를 벨 때, 그 대가로 한 사람의 목숨이 희생됩니다. 여러분, 이걸 어떻게 생각하십니까. 콩데이섬 사람들은 자신들의 피를 흘리며 진정한 지속가능성이 무엇인지 우리에게 묻고 있습니다. 여러분, 저는 이렇게 생각합니다."

고지마는 숨을 들이마셨다가 다시 뱉었다. "이 섬, 콩데이섬이야말로 이 세계를 위한 제물이 아닐까요."

요이치의 몸은 거품에 감싸여 에메랄드 그린빛 물속으로 서서히 가라앉았다. 바다의 투명도가 얼마나 높은지 시력이 별로 좋지 않은 요이치도 바다 밑 모습을 뚜렷이 볼 수 있었다. 저것은 코코넛 잎사귀를 얹은 지붕인데. 집이다. 이런 곳에 집이 있다. 그것도 하나가 아니다. 다섯 채, 여섯 채……. 설마, 이곳은 촌락이었던 건가.

고지마는 멀어지는 낡은 배를 찍으면서 말을 이었다. "콩데이섬은 최근 20년간 해발이 급속도로 낮아져 바닷가의 촌락 하나가 통째로 물속에 잠기고 말았습니다. 이 섬이 해수면 아래로 완전히 가라앉는 것도 시간문제입니다. 그것을 우리 외지인은 언제까지 못 본 척할 생각입니까?"

우주의 끝 3

사요히메는 허공을 정처 없이 떠돌기를 멈추고 거대한 블랙홀을 향해 일직선으로 접근했다. 그녀의 ◆각으로는 작용권의 표면은 엄청난 회전 에너지가 물결치는 것처럼 보였다. 마치 대형 저기압에 다가간 것 같다. 암흑 물질로 된 몸이 끌려 들어가는 것을 느낀다. 강렬한 시공간의 왜곡에 빨리도 영향을 받기 시작했다.

두렵지는 않다. 인류처럼 살아 있는 육체가 있는 것도 아니고 고통을 느끼는 신경계도 없으니까. 다만, 사건의 지평선을 통과하면 두 번 다시 친구들을 만날 수 없다는 게 슬펐다. 무엇보다 그 소년과 제물 처녀의 이야기가 어떤 결말을 맞았는지 영영 알 수 없다.

그래도 그녀는 지구인처럼 고개를 저었다.

하필이면 자신이 처녀일 때 에너지가 고갈되고 말았으니 어쩔 도리가 없다. 모두를 위해, 모든 펜로즈족을 위해 해야 할 일이다. 언젠가는 자기 차례가 돌아올 줄 알고 있었고, 각오도 했다. 선대 처녀도, 그 전의 처녀도, 그 전의 전의 처녀도 다들 훌륭히 제 역할을 하여 에너지를 우리에게 전달해준 뒤 용감하게 시공의 저편으로 사라지지 않았나.

사요히메의 이름을 물려받은 친구를 떠올린다. 그녀는 잘 알고 있다. 마쓰우라 사요히메*는 지구의 오래된 문학작품에 등장한 여주인공이다. 그녀는 제물이 되어 세계를 구한다. 지구의 제물은 하나같이 아름다운 소녀다. 그래서 펜로즈족도 암흑 물질로 소녀의 몸을 만들었다.

제물 이야기는 많은데 다음 세상에 이름을 남긴 처녀는 많지 않다. 안드로메다, 구시나다히메** 등 몇몇뿐이다. 그중에서도 내가 사요히메를 좋아하는 이유는 남자의 도움을 받지 않고 자기 힘으로

---

* 사요히메는 일본의 3대 비극 중 하나인 이루지 못한 사랑 이야기의 주인공으로 알려져 있지만, 〈마쓰우라초샤〉라는 전설에서 돌아가신 아버지를 공양하려고 스스로 큰 구렁이의 제물이 된 사요히메는 구렁이 마음을 바꾸고 돌아오는 진취적인 인물로도 그려진다.
** 일본 신화의 농경신. 머리가 여덟 개 달린 구렁이의 제물이 될 뻔하지만, 바다를 다스리는 신 스사노오의 도움을 받고 그의 아내가 된다.

위기에 맞섰기 때문이다.

자, 가자.

마음을 단단히 먹고 작용권으로 몸을 던졌다. 슈바르츠실트 블랙홀*에 떨어지는 것은 깔대기 모양의 우물로 미끄러지는 것과 같다고 하지만, 회전 블랙홀에 떨어지는 것은 마개를 뺀 욕조의 소용돌이로 빨려드는 것과 비슷하다. 처녀의 몸은 이제 급격한 회전에 삼켜져 잔뜩 구겨지면서 중심으로 다가간다.

앞에는 벌거벗은 처녀들이 한 명 또 한 명씩 몸의 밀도가 높은 순으로 사건의 지평선으로 떨어져 가는 모습이 보였다. 선배들이 영원의 춤에서 해방된 것은 이제는 사요히메도 그녀들과 같은 시공에 존재하기 때문이다.

자, 지금이다. 사요히메는 긴 옷을 벗어서 블랙홀의 바깥을 향해 힘껏 집어 던졌다. 하늘하늘한 얇은 옷은 대량의 회전 에너지를 획득하여 ◆파를 방사하고 강한 빛을 발하면서 원래 있던 허공으로 돌아갈 것이다. 저 희박한 암흑 물질 덩어리가 다음 처녀의 몸을 만든다.

다들, 소중히 써주기를. 나, 사요히메의 목숨과 바꿔서 얻은 에너지를.

선대 처녀를 따라 사요히메는 사건의 지평선으로 돌입했다. 바로 앞에 가는 처녀의 가슴에 자신과 똑같은 손바닥 모양 증표가 있

*** 독일의 천문학자 카를 슈바르츠실트의 계량에서 나온 블랙홀 모델로 블랙홀 모델 중 가장 단순한 형태이며 구면 대칭을 이루어 회전하거나 대전되지 않는 블랙홀이다.

는 것을 발견했다. 눈을 비비고 다시 보니 그 앞의 처녀도, 그 앞의 앞에 가는 처녀도 그 증표가 있었다. 사요히메는 쓴웃음을 지었다. 선배들도 그 역사 기록을 읽은 것이다. 바로 앞에 가는 선배에게 이야기를 끝까지 읽었냐고 물어보고 싶었지만, 아무리 쫓아가도 따라잡지 못하리라는 걸 안다.

그녀는 의식적으로 앞만 바라봤다. 뒤돌아보면 머나먼 미래를 엿볼 수 있겠으나, 그것은 펜로즈족의 쇠망과 우주의 종말일 테다. 싫다. 그런 건 보고 싶지 않았다.

사건의 지평선 중심에서는 특이링*이 불길하게 회전하고 있었다. 앞에 가는 벌거벗은 처녀들은 차례차례 저 링에 삼켜져 부피를 잃고 늘어날 것이다. 자신도 지금부터 저것의 일부가 된다.

친구들아, 안녕. 펜로즈족도 안녕. 우주여, 안녕. 그리고 요이치도 안녕. 당신의 처녀는 어떻게 되었을까.

역사의 외침 6

빅뱅을 시작점으로 해서 10의 100제곱, 즉 구골 년에 이르는 우주의 역사 속에서 별과 은하가 반짝이는 기간은 고작 수

---

* 표면이 없고 두께가 0인 고리로 블랙홀의 모든 질량을 포함하여 매우 빠르게 회전한다.

백억 년 후까지만 지속된다. 다행히도 지구 문명은 그 한복판에 태어났다.

우주 개벽으로부터 1조 년이 지나면 항성은 전부 죽어 중성자성*이나 백색왜성**이나 블랙홀이 된다. 우주는 암흑에 휩싸인다.

1해, 즉 10의 20제곱 년 뒤에는 모든 천체가 블랙홀에 삼켜진다. 10의 40제곱 년이 지나면 양자 붕괴가 일어나 우주는 광자나 전자나 뉴트리노***가 가끔 표류하는 빈 공간이 된다. 유일하게 블랙홀만이 존재감을 내뿜겠지만, 이들도 작은 순으로 점점 증발한다. 구골 년이 지나면 마지막 블랙홀도 증발하여 이 우주는 종말을 맞는다.

남쪽 섬 7

요이치는 어렴풋이 눈을 떴다.

위에서 빛이 눈부시게 쏟아지길래 다시 눈을 감았다. 이번

---

* 주로 중성자로 이루어졌다고 생각되는 밀도가 아주 높고 크기가 작은 천체.
** 크기가 작고 밀도가 매우 높은 항성으로 높은 온도와 낮은 광도가 특징이며, 더는 핵융합이 불가능한 항성.
*** 표준모형에서 경입자에 속하는 소립자의 하나로 중성미자라고도 한다.

에는 조심해서 천천히 눈을 떴다. 누군가가 자신을 들여다보고 있었다. 누구지, 설마.

"사요!"

날카롭게 외치며 몸을 일으켰다. 그 몸을, 따뜻하고도 반가운 두 팔이 감싸 안았다.

"요이치. 다행이야, 무사해서."

어머니는 눈물로 범벅이 된 얼굴을 요이치의 볼에 대고 비볐다.

"걱정했다." 아버지도 곧장 침대 옆으로 다가와서 아들의 머리를 쓰다듬었다. 아버지의 헝클어진 머리와 덥수룩한 턱수염이 눈에 띄었다. 넥타이도 하지 않았다. 옷차림은 항상 단정해야 한다고 그렇게 까다롭게 강조하던 아버지가 다른 사람 같았다. "네 전화를 받고 나서 서둘러 보트를 알아봤다. 그런데 그 제물의 섬으로 가줄 배가 선뜻 나오지 않더구나. 기다리게 해서 미안하다." 그러면서 아버지는 두 손으로 얼굴을 감싸며 고개를 옆으로 돌렸다. 어머니는 요이치의 등에 꽉 두른 손을 떼지 않고 하염없이 울었다. 평소 세련되게 꾸미고 다니는 어머니가 블라우스를 뒤집어 입고 있었다.

부모님이 우는 모습은 처음 보았다.

어머니의 어깨 너머로 주위를 둘러봤다. 태양처럼 눈부신 LED 조명이 사방의 하얀 벽을 환히 밝히고 있었다. 하얀 침대, 하얀 약장, 벽에 뚫린 작고 동그란 창문. 이곳은 크루즈선의 의무실이었다. 에어컨이 틀어져 있어서 쾌적했다.

"죄송해요." 이 말이 자연스럽게 나왔다. 어머니의 등을 살며시 어루만졌다. 괜찮아, 무사하니까 됐어 하며 울먹이는 말이 돌아왔다.

지금은 고개를 돌린 채 어깨를 떨고 있는 아버지에게도 "죄송해요"라고 솔직하게 표현할 수 있었다. 자신의 옹졸함을 깨달았으니까. "참, 아버지. 그 뒤로 생각해봤어요. 제가 이런저런 고집을 부렸지만, 역시 전 아버지의 뒤를 잇겠어요."

아버지는 놀라서 고개를 들었다. 두 눈은 충혈되어 있었다. "지, 진심이냐?"

소년은 어머니 품 안에서 고개를 끄덕였다. 부모님에게 여러모로 심한 말을 뱉었다. 대를 잇게 하려고 날 낳았냐고. 더러운 일만 하는 정치가 따위는 되고 싶지 않다고. 부모님은 외동아들의 말에 얼마나 큰 상처를 받았을까. "저, 세계를 움직이는 정치가가 되겠어요. 아니, 꼭 될 거예요."

"요이치." 아버지는 아무 말도 하지 않고 입술만 떨었다.

"전 세계에서 눈물짓는 사람을 한 명이라도 줄이고 싶어요." 소년은 어머니의 등을 부드럽게 토닥였다. 마치 아이를 어르듯이. "참, 어머니. 저 이제 생선을 먹을 수 있어요."

어머니는 아들을 안고 오열했다. 몸이 떨리는 소년의 눈에도 지금까지 흘려본 적 없는 눈물이 그렁그렁했다. 세계를 지키려고 죽은 소녀의 모습이 머릿속에 새겨져 있었다. 그녀의 가슴에 새겨진 손바닥 모양의 문신. 신에게 바치는 제물이라는 증표. 그 신은 누구인가. 탐욕스러운 인류 자체가 아닐까.

화해한 부모와 아들을 태운 대형 크루즈선은 강력한 엔진으로 남쪽의 푸른 바다를 가르고 이산화탄소를 마구 내뿜으면서 북쪽으로 향했다.

이 책의 콘셉트는 디스토피아와 소녀의 만남입니다. 절망
에 빠진 세계에서 싸우는 여성들을 그린 작품집입니다.

먼저 주인공이 왜 '소녀'인지 밝히겠습니다.

2010년에 데뷔한 이래 제 작품은 남자주인공을 그린 이야
기가 훨씬 많았습니다. 주인공을 저와 같은 여성으로 설정하
면 객관적으로 묘사하기가 어려울 것 같아서였습니다.

그런데 2019년에 출간한 단편집 《이브의 후예들의 내일》
에 수록할 단편을 집필하다가 문득 이런 생각이 들었습니다.
여자주인공을 내세운 작품을 쓰지 않는 것은 스스로 표현의
가능성을 줄이고 있는 게 아닐까 하고요.

그래서 써본 작품이 《이브의 후예들의 내일》에 마지막으

로 수록한 〈방주의 좌석〉입니다. 젊고 눈부시게 아름다운 여성 삼인조가 사리사욕에 눈이 먼 할배들(죄송)을 물리치는 통쾌한 우주 대활극입니다.

그래서 이 작품을 탈고하면서 생각했습니다. 여자주인공 이야기도 생각보다 재미있네. 이 기세를 몰아 '소녀들의 이야기'를 써나가서 책 한 권으로 엮어보자고 말이죠.

소녀 다음으로 생각한 주제는 '디스토피아'입니다.

소설의 목적은 시련에 맞서는 영혼을 그리는 것이라고 생각합니다. 이것은 SF작가 벤 보버가 쓴 《Notes to a Science Fiction Writer(SF 작가를 위한 비망록)》(1985)에서 발췌한 글귀입니다. 시련이 가혹하면 가혹할수록 작품의 재미는 더해갑니다. 그래서 이 책에서는 히로인들을 디스토피아라고 할 만한 가혹한 세상으로 내던졌습니다.

이제 작품을 해설하겠습니다. 글 내용은 언급하지 않고 작품을 쓰게 된 배경을 이야기하려고 합니다. 따라서 목차 순이 아니라 집필한 순서로 나열했습니다.

살 좀 찌면 안 되나요

〈방주의 좌석〉으로 '히로인 이야기'의 맛을 본 제가 두 번째로 쓴 이야기입니다.

여기에서도 여성 삼인조가 활약합니다. 〈방주의 좌석〉에는 정말 아름다운 여자들만 모아놨기 때문에 이 작품에서는 조금 더 친밀감을 느끼기 쉬운 캐릭터를 만들었습니다. 그런데 막상 제 마음에 든 캐릭터는 남자 캐릭터 중 한 명인 나가라구이였습니다. 최애를 향한 사랑을 관철하는 모습이 멋져 보이지 않았나요?

그리고 이 작품을 처음 발표했을 때 제목은 〈살을 빼고 싶지 않은 사람은 읽지 마세요〉였습니다. '이 책을 읽었더니 살이 빠졌다'는 반응이 있었는지는 모르겠지만, 저는 집필하면서 몸무게가 줄었답니다.

이세계 수학

이 책에 수록하기로 하면서 가장 공을 들인 작품입니다. 처음에 발표했을 때보다 내용을 30퍼센트 추가했고 제목도 바꾸었습니다. 다른 작품이다 싶을 정도로 탈바꿈했으므로 처음에 《Genesis 그래도 별은 흘러간다》를 읽은 분들도 부디 그냥 넘기지 말아주시면 좋겠습니다.

이 작품을 집필하게 된 발단은 '만약 수학이 금지된다면 어떻게 될까' 하는 상상이었습니다. 여기에다가 오래전부터 그리고 싶었던 '남몰래 좋은 일을 하는 지하조직'을 결합했더니 이런 이야기가 나왔습니다.

수학을 싫어하는 독자분들도 재밌게 읽도록 고심했습니다. 작품에는 수학과 관련된 잡지식도 숨어 있으니 수학을 좋아하는 분들이라면 그것을 찾아보는 즐거움도 있겠네요. 힌트를 드린다면 '57'이나 캐릭터들의 이름.

꽁치는 쓴가, 짠가

이 단편만 유일하게 도쿄소겐샤와 작업하지 않고 미쓰비시종합연구소에서 의뢰한 SF 프로토타이핑 작품입니다. 따라서 작풍에서도 살벌함은 비교적 덜한 분위기입니다.

작가 여러 명이 각자 다른 주제로 경쟁하는 형식인데, 제게 주어진 테마는 '환경'이었습니다. 한 번쯤은 꿈꿔본 미래 세계에서 우리에게 너무나 친숙한 생물이 멸종된다면 충격이지 않을까 하는 생각에서 이야기를 그려보았습니다. 집필할 당시 꽁치의 어획량이 사상 최저치를 경신하여 가격이 치솟는 상황이었던 것도 여기에 참고했습니다.

그리고 제사題辭로 인용한 아키모토 후지오 씨의 에세이 〈꽁치〉는 일본의 꽁치 문학 중에서도 최고봉이라고 생각합니다. 저는 《日本の名 筆19-秋 일본의 명수필19 가을》라는 책에서 읽었습니다. 참, 일부 구절을 제목으로 가져온 사토 하루오 씨의 시 '꽁치의 노래'도 아주 걸작이라서 어느 쪽을 인용할지 꽤 고민했습니다. 두 작품이 꽁치 문학의 쌍벽을 이루었다는 말로 마무리하겠습니다.

예순다섯 데스

데뷔했을 때부터 줄곧 '멋있는 할머니를 그리고 싶다'는 야망이 있었습니다. 그 꿈을 마침내 실현한 작품입니다. 그리고 할머니와 소녀의 우정을 그린 이야기이기도 합니다. 두 인물의 나이는 과감하게 차이 나도록 설정했습니다. 그 점이 재미를 유발할 듯했습니다. 그 오랜 소원을 이뤘음에도 제 마음에 든 캐릭터는 단역으로 등장한 고모노였지만.

이 작품의 설정은 도전적이었고, 단편 여섯 편 중에서도 가장 대담하게 디스토피아를 구현해낸 작품이라고 할 수 있습니다. 도쿄소겐샤 사이트에서 이 단편을 공개했을 때 독자들의 반응도 매우 좋았습니다.

펜로즈의 처녀

이 단편도 '아주 아주 아주 굉장히 시간 축이 긴 이야기를 쓰고 싶다'는 제 오랜 야망을 실현한 작품입니다. 얼마나 긴지 본편을 꼭 확인해주세요.

페르미 역설은 제가 제일 좋아하는 주제라서 다른 여러 작품에서도 언급했습니다. 제가 이 주제의 바이블로 삼은 책은 스티븐 웹의 저서로 일본에는 《넓은 우주에 지구인밖에 없는 75가지 이유》라는 제목으로 출간되었습니다. 이 책은 《넓은 우주에 지구인밖에 없는 50가지 이유》의 개정판입니다. 웹 씨는 다음번 개정판으로 '100가지 이유'를 내야 할 차례입니다. 열렬히 기다리고 있습니다.

슈뢰딩거의 소녀

'디스토피아 × 소녀'를 콘셉트로 한 이 책을 마무리하는 장에 걸맞은 작품을 쓰려고 했습니다.

집필 동기는 한스 모라벡의 '양자 자살'을 알게 된 것이었습니다. 다세계 해석을 증명하는 방법이 터무니없이 과격해서 충격을 받았기에 이걸 어떻게 해서든 많은 사람이 즐길 수 있는 작품으로 옮겨와야겠다고 결심했습니다. 그런데 젊디젊은 히로인이 적극적으로 죽음을 선택할 이유를 설정하기가 무척 어려웠습니다. 이런저런 시행착오를 거친 끝에 이 작품이 완성되었습니다.

이 작품을 쓰는 동안 많은 문헌 자료를 참고했습니다. 그중에서도 《Do Zombies Dream of Undead Sheep?》(티모시 버스타이넨 & 브래들리 보이텍, 2016)에서 중요한 힌트를 얻었으므로 이 자리를 빌려 저자 두 분께 감사하다는 말씀을 전합니다.

이 책은 절대로 저 혼자 힘으로는 완성할 수 없었습니다. 도쿄소겐샤의 수완 좋은 편집자 가사하라 사야카 님과 고하마 데쓰야 님은 이번에도 적재적소에서 조언해주시며 마지막의 마지막까지 도와주셨습니다. 꽁치 이야기를 쓸 기회를 주신 미쓰비시종합연구소 분들, 게이오기주쿠대학의 오오사와 히로타카 선생님, 도쿄대학의 미야모토 도진 선생님도 감사합니다. SF 프로토타이핑 일거리는 항상 즐겁게 작업하고 있습니다. 교정 담당인 이시토비 제스 님과 우치야마 아키코 님. 저자가 어리석은 실수를 해도 꼼꼼히 살펴보고 짚어주시는 대단한 능력에 항상 감동합니다. 두 분이 계신 자리로는 발을 뻗을 수도 없을 정도로 감사할 따름입니다. 그리고 표지를 멋지게 장식해주신 일러스트레이터 사토 오도리 님과 디자이너 니시무라 히로미 님. 이 책이 잘 팔리면 두 분 덕분입니다. 아카쓰키 인쇄와 조판 담당 포레스트 님. 읽기 편하고 아름다운 책이 인쇄되어 나오는 것은 결코 당연한 일이 아니라고 늘 생각합니다. 감사합니다.

2022년 가을,
거대도시 도키요에서

발표 일람(수록 순)

<예순다섯 데스>
도쿄소겐샤 〈Web 미스터리즈!〉 2020년 11월

<살 좀 찌면 안 되나요>
《Genesis 백일몽 통신》 2019년 12월
(〈살을 빼고 싶지 않은 사람은 읽지 마세요〉에서 제목을 바꿈)

<이세계 수학>
《Genesis 그래도 별은 흘러간다》 2021년 10월
(〈수학을 싫어하는 여고생이 이세계에 떨어지더니 위험인물이 되다〉에서 제목을 바꿈)

<꽁치는 쓴가, 짠가>
다이아몬드사 《SF 사고》 2021년 7월

<펜로즈의 처녀>
《Web 도쿄소겐샤 매거진》 2022년 5월

<슈뢰딩거의 소녀> 집필

슈뢰딩어의 ✦ 소녀

초판 인쇄	2023년 10월 20일
초판 발행	2023년 11월 1일

지은이	마쓰자키 유리
옮긴이	장재희
기획	조성근, 권진희, 최미진, 명선효, 손영은
편집	최미진
디자인	권진희
표지그림	tototatatu
마케팅	이승욱, 왕성석, 노원준, 조성민, 이선민
SNS 마케팅	명선효, 손영은

펴낸이	엄태상
펴낸곳	(주)시사북스
등록번호	제2022-000159호
등록일자	2022년 11월 30일
주소	서울시 종로구 자하문로 300 시사빌딩
전화	1588-1582
이메일	emptypage01@sisadream.com

ⓒ마쓰자키 유리

ISBN   979-11-982882-3-3   03830